HEYNE

Das Buch
Vor 15 Jahren wurde Casey Carters Verlobter ermordet – der steinreiche, berühmte Philantrop Hunter Raleigh III. Die Beweislast gegen Casey war erdrückend, auch wenn sie stets ihre Unschuld beteuerte und behauptete, während der Tatzeit tief geschlafen zu haben. Als Dornröschen-Killerin verspottet, wurde sie zu langjähriger Haft verurteilt. Nun ist sie wieder frei und wendet sich hilfesuchend an Laurie Moran, die Fernsehjournalistin, die in ihrer Sendung »Unter Verdacht« ungeklärte Verbrechensfälle behandelt. Denn selbst nach ihrer Entlassung ist Caseys Martyrium nicht vorüber: Keiner glaubt an ihre Unschuld, nicht einmal ihre eigene Mutter; in den Medien wird sie erneut als eiskalte Mörderin bezeichnet. Auch Laurie Moran weiß nicht recht, wie sie den Fall einordnen soll. Dennoch nimmt sie ihn an, weil Caseys Verzweiflung sie berührt. Da ihr Freund Alex aus der Sendung ausgestiegen ist, muss Laurie nun mit einem neuen Kollegen zusammenarbeiten, was für ständige Konflikte sorgt. Vor allem aber erweist sich der Fall als viel verzwickter und gefährlicher als geahnt ...

Die Autorinnen
Mary Higgins Clark zählt zu den erfolgreichsten Thrillerautoren weltweit. Mit ihren Büchern führt sie regelmäßig die internationalen Bestsellerlisten an und hat bereits zahlreiche Auszeichnungen erhalten, u.a. den begehrten Edgar Award.
Alafair Burke war lange als Staatsanwältin tätig. Ihr Beruf inspirierte sie dazu, Kriminalromane zu schreiben, u.a. die New-York-Times-Bestsellerserie um Ellie Hatcher. Sie ist die Tochter von Erfolgsautor James Lee Burke und lebt in New York.

Lieferbare Titel
In der »Unter Verdacht«-Serie um die Ermittlerin Laurie Moran ist bereits erschienen: *In der Stunde deines Todes – So still in meinen Armen – Und niemand soll dich finden – Schlafe für immer – Mit deinem letzten Atemzug*

MARY HIGGINS CLARK
ALAFAIR BURKE

SCHLAFE FÜR IMMER

THRILLER

Aus dem Amerikanischen von Karl-Heinz Ebnet

WILHELM HEYNE VERLAG
MÜNCHEN

Die Originalausgabe erschien unter dem Titel
THE SLEEPING BEAUTY KILLER
bei Simon & Schuster, New York

Zitat von Oscar Wilde: aus »Die Ballade vom Zuchthaus zu
Reading«, übersetzt von Albrecht Schaeffer, Insel Verlag, Leipzig, 1917.

Sollte diese Publikation Links auf Webseiten Dritter enthalten,
so übernehmen wir für deren Inhalte keine Haftung,
da wir uns diese nicht zu eigen machen, sondern lediglich
auf deren Stand zum Zeitpunkt der Erstveröffentlichung verweisen.

Verlagsgruppe Random House FSC® N001967

Vollständige deutsche Taschenbuchausgabe 9/2019
Copyright © 2016 by Nora Durkin Enterprises Inc.
All rights reserved. Published by arrangement
with the original publisher, Simon & Schuster Inc.
Copyright © 2018 der deutschen Ausgabe
by Wilhelm Heyne Verlag, München,
in der Verlagsgruppe Random House GmbH
Neumarkter Str. 28, 81673 München
Umschlaggestaltung: Nele Schütz Design/Margi Memminger, München,
nach einem Konzept von Martina Eisele, unter Verwendung
von Motiven von shutterstock (Boule, Gilmanshin)
Redaktion: Claudia Alt
Satz: Leingärtner, Nabburg
Druck und Bindung: GGP Media GmbH, Pößneck
Printed in Germany

ISBN 978-3-453-43973-3
www.heyne-verlag.de

*Für Agnes Partel Newton,
in Liebe*
   MARY

*Für Chris Mascal und Carrie Blank,
auf weitere 20 + 20 Jahre Freundschaft*
   ALAFAIR

Doch jeder tötet, was er liebt,
Das hört nur allzumal!
Der tuts mit einem giftigen Blick,
Und der mit dem Schmeichelwort schmal.
Der Feigling tut es mit dem Kuss,
Der Tapfre mit dem Stahl.

OSCAR WILDE,
Die Ballade vom Zuchthaus zu Reading

Prolog

Die Angeklagte möge sich erheben.
Mit wackeligen Knien richtete sich Casey auf. Ihre Haltung war tadellos – die Schultern waren gerade, den Blick hielt sie nach vorn gerichtet –, aber ihre Beine fühlten sich an, als könnten sie jeden Moment unter ihr nachgeben.

Die Angeklagte. Drei Wochen lang war sie im Gerichtssaal so angesprochen worden. Keiner hatte sie Casey genannt, keiner hatte sie mit ihrem richtigen Namen Katherine Carter angesprochen und schon gar nicht als Mrs. Hunter Raleigh III., mit dem Namen, den sie jetzt tragen würde, wenn alles anders gekommen wäre.

Man hatte sie behandelt, als wäre sie ein juristischer Sachverhalt, nicht ein Mensch oder die Frau, die Hunter mehr geliebt hatte, als sie jemals für möglich gehalten hatte.

Der Richter sah von seiner Bank aus zu ihr hinunter, und plötzlich kam sie sich unendlich klein vor, jedenfalls viel kleiner als die ein Meter siebzig, die sie in Wirklichkeit maß. Nein, sie war ein verängstigtes Kind in einem Albtraum, das zu einem übermächtigen Zauberer aufsah.

Bei den nächsten Worten des Richters lief ihr ein kalter Schauer über den Rücken. *Vorsitzende der Jury, sind Sie zu einem einstimmigen Urteil gelangt?*

»Ja, Euer Ehren«, antwortete die Angesprochene.

Der große Augenblick war gekommen. Drei Wochen zuvor waren zwölf Bewohner des Fairfield County ausgewählt worden, um darüber zu entscheiden, ob Casey freigesprochen werden sollte oder ihr restliches Leben hinter Gittern verbringen musste. So oder so, ihre Zukunft jedenfalls hatte sie sich völlig anders vorgestellt. Sie würde Hunter nicht mehr heiraten. Hunter war nicht mehr am Leben. Wenn sie nachts die Augen schloss, konnte sie immer noch das Blut vor sich sehen.

Caseys Anwältin Janice Marwood hatte sie davor gewarnt, in die Mienen der Geschworenen irgendetwas hineinzuinterpretieren, aber natürlich konnte sie der Versuchung nicht widerstehen. Verstohlen sah sie zur Jury-Vorsitzenden, einer kleinen, pummeligen Person mit weichen, sanften Gesichtszügen – sie sah aus wie die Frauen, neben denen sich Caseys Mutter bei einem Kirchenpicknick gern niedergelassen hätte. Bei der Anhörung zur Auswahl der Geschworenen, erinnerte sich Casey, war sie als Mutter zweier Töchter und eines Sohnes vorgestellt worden. Und sie war erst vor Kurzem Großmutter geworden.

Eine Mutter und Großmutter musste in ihr doch einen Menschen sehen und nicht bloß eine *Angeklagte,* oder?

Casey musterte ihr Gesicht und versuchte Anzeichen zu entdecken, die Anlass zur Hoffnung gaben, blickte aber nur in eine reglose Miene.

Wieder war der Richter zu hören. *Vorsitzende, bitte verkünden Sie das Urteil.*

Die nachfolgende Pause fühlte sich wie eine Ewigkeit an. Casey wandte den Kopf und ließ den Blick über die versammelte Zuschauermenge schweifen. Unmittelbar hinter dem Tisch der Anklage saßen Hunters Vater und Bruder. Vor kaum einem Jahr wäre sie beinahe Mitglied ihrer Familie geworden. Jetzt starrten sie sie an wie ihre Erzfeindin.

Schnell sah sie weiter zu »ihrer« Reihe, wo sie sofort an einem Augenpaar hängen blieb – Augen, die ebenso hellblau waren wie ihre und fast ebenso ängstlich wirkten. Natürlich war ihre Cousine Angela gekommen. Seit dem ersten Verhandlungstag stand Angela ihr bei.

Gleich daneben saß Caseys Mutter Paula, die Angelas Hand hielt. Sie war blass und fünf Kilo leichter als zum Zeitpunkt von Caseys Verhaftung. Und eigentlich erwartete Casey, dass ihre Mutter auch der Person auf der anderen Seite die Hand hielt, aber dort saß jetzt ein Fremder mit Notizblock und Stift. Ein weiterer Reporter. Wo war Caseys Vater? Hektisch sah sie sich im Gerichtssaal um und hoffte, ihn irgendwie übersehen zu haben.

Nein, sie hatte sich nicht getäuscht. Ihr Vater war tatsächlich nicht erschienen. Wie konnte er nur, ausgerechnet heute?

Er hat mich gewarnt, dachte Casey. »Nimm das Angebot an«, hatte er gesagt. »Dann bleibt dir noch genügend Zeit, um dir ein neues Leben aufzubauen. Und ich kann dich immer noch vor den Traualtar führen und irgendwann meine Enkel kennenlernen.«

Als ihr klar wurde, dass ihr Vater nicht im Gerichtssaal war, glaubte sie zu wissen, was geschehen würde. Die Geschworenen würden sie verurteilen. Keiner hielt sie für unschuldig, noch nicht einmal ihr eigener Vater.

Die Frau mit dem sanften Gesicht, die das Blatt mit dem Urteilsspruch in der Hand hielt, ergriff endlich das Wort. »Im Anklagepunkt eins, der Anklage wegen Mordes, befinden die Geschworenen die Angeklagte ...« In diesem Moment musste die Vorsitzende husten. Von den Zuschauerrängen war ein Stöhnen zu hören.

»... für nicht schuldig.«

Casey verbarg das Gesicht in den Händen. Es war vorbei. Acht Monate, nachdem sie von Hunter Abschied genommen hatte, konnte sie sich wieder ein Morgen vorstellen. Sie konnte nach Hause. Die Zukunft, die sie mit Hunter geplant hatte, war verloren, aber sie würde wieder in ihrem eigenen Bett schlafen können. Sie würde allein duschen können und essen dürfen, was sie wollte. Sie wäre frei. Morgen würde eine neue Zukunft beginnen. Vielleicht legte sie sich einen Welpen zu, jemanden, für den sie sorgen konnte und der sie lieben würde, trotz allem, was über sie berichtet worden war. Und nächstes Jahr könnte sie vielleicht wieder an die Uni und ihre Promotion abschließen. Sie wischte sich Tränen der Erleichterung aus den Augen.

Aber dann fiel ihr ein, dass es eben noch nicht vorbei war.

Die Vorsitzende räusperte sich und fuhr fort. »Im Anklagepunkt des Totschlags befinden die Geschworenen die Angeklagte für schuldig.«

Kurz glaubte Casey, sie hätte sich verhört. Als sie sich aber zur Geschworenenbank hinwandte, strahlte die Miene der Vorsitzende nichts Unergründliches mehr aus, ihr Gesicht hatte nichts Sanftes mehr an sich. Genau wie die Familie Raleigh starrte sie Casey voller Verachtung an. *Crazy Casey,* wie die Zeitungen sie genannt hatten.

Hinter sich hörte sie ein Schluchzen. Als sie sich umdrehte, sah sie ihre Mutter sich bekreuzigen. Und Angela hatte vor Verzweiflung die Hände vors Gesicht geschlagen.

Wenigstens ein Mensch glaubt mir, dachte Casey. Wenigstens Angela glaubt, dass ich unschuldig bin. Trotzdem werde ich für lange Zeit ins Gefängnis kommen, genau wie es die Staatsanwaltschaft angekündigt hatte. Mit meinem Leben ist es aus und vorbei.

1

Fünfzehn Jahre später

Casey Carter trat vor, als sie das Klacken hörte, gleich darauf ertönte hinter ihr das vertraute laute und dumpfe Knallen. Das war das Geräusch der Zellentür, wenn sie zugeworfen wurde. Das hörte sie jeden Morgen, wenn sie sich zum Frühstück aufmachte, und jeden Abend nach dem Essen und in der Zeit dazwischen meistens noch zweimal. Viermal am Tag, seit fünfzehn Jahren. Machte etwa 21900 Mal, Schaltjahre nicht mit eingerechnet.

Aber dieses Geräusch war jetzt anders. Und statt der üblichen orangefarbenen Gefängniskleidung trug sie eine schwarze Hose und die steife, weiße Baumwollbluse, die ihre Mutter am Vortag bei den Wärterinnen abgegeben hatte – beide waren ihr eine Nummer zu groß. Wenn sie heute ihre Zelle verließ, würde sie ihre Bücher und Fotos mitnehmen.

Es war, so Gott wollte, das letzte Mal, dass sie den metallischen Widerhall hörte. Dann hätte sie es geschafft. Keine Bewährungsauflagen, keine Einschränkungen. Wenn sie dieses Gebäude verließ, war sie frei.

Bei dem fraglichen Gebäude handelte es sich um die Strafvollzugsanstalt York. In der Anfangszeit nach ihrer Einweisung war sie zunächst in Selbstmitleid versunken. *Crazy Casey*, 30 hatten die Zeitungen sie genannt. Doch eher wohl die *verdammte* Casey. Mit der Zeit hatte sie sich aber gezwungen, dankbar zu sein für die kleinen Wohltaten, in deren Genuss sie hin und wieder kam. Brathühnchen am Mittwoch. Eine Zellengenossin mit einer wunderbaren Stimme und einer Vorliebe für Songs von Joni Mitchell. Neue Bücher in der Bibliothek. Irgendwann hatte man ihr das Privileg gewährt, einer kleinen Gruppe von Insassen Kunstunterricht zu erteilen.

Casey hätte sich früher nie träumen lassen, an einem Ort wie York zu landen, trotzdem war das Gefängnis für eineinhalb Jahrzehnte zu ihrem Zuhause geworden.

Ihre Mithäftlinge feuerten sie an, als sie durch den gefliesten Korridor ging – eine Wärterin vor ihr, eine Wärterin hinter ihr. »Los, Casey, zeig es ihnen.«, »Vergiss uns nicht.«, »Zeig allen, was du drauf hast.« Sie hörte das Gejohle und das Klatschen. Sie würde dem Gefängnis keine Träne nachweinen, aber sie würde sich an viele Frauen hier erinnern und an das, was diese sie gelehrt hatten.

Sie war aufgeregt und verängstigt, so verängstigt, wie sie es seit ihrer Einweisung nicht mehr gewesen war. 21 900 Mal hatte sie das Knallen der Türen gezählt, bis der Tag ihrer Entlassung gekommen war. Und jetzt, als sie endlich in Freiheit war, hatte sie eine Heidenangst.

Und dann hörte sie etwas ganz Neues – die Gefängnistore, die vor ihr aufgingen –, und sie fragte sich: Wie wird mein Leben morgen aussehen?

Ihre Erleichterung war groß, als sie draußen ihre Mutter und ihre Cousine sah, die auf sie warteten. Die Haare ihrer Mutter waren grau geworden, sie selbst war mindestens zwei Zentimeter kleiner als damals bei Caseys Haftantritt. Aber als ihre Mutter sie in die Arme schloss, fühlte sich Casey wieder wie ein kleines Kind.

Ihre Cousine Angela sah so wunderbar aus wie immer. Auch sie nahm Casey in den Arm. Casey wollte nicht an ihren Vater denken, weder daran, dass er jetzt nicht hier war, noch, dass ihr die Gefängnisleitung drei Jahre zuvor nicht gestattet hatte, an seiner Beerdigung teilzunehmen.

»Danke, dass du den weiten Weg gekommen bist«, sagte Casey zu Angela. Die meisten ihrer Freundinnen hatten mit ihr nach der Verhaftung kein Wort mehr geredet. Und die wenigen, die sich während des Prozesses noch den Anschein der Neutralität gegeben hatten, waren nach der Verurteilung schnell aus ihrem Leben verschwunden. Nur ihre Mutter und Angela hatten sie während der gesamten Haftzeit unterstützt.

»Das hätte ich mir nie nehmen lassen«, sagte Angela. »Aber ich muss mich bei dir entschuldigen: Ich war heute Morgen so aufgeregt, dass ich die Sachen, um die mich deine Mom gebeten hat, einfach vergessen habe. Aber keine Sorge. Wir können auf dem Heimweg an einer Mall anhalten und dort die nötigsten Dinge kaufen.«

»Du suchst doch bloß einen Vorwand zum Shoppen«, zog Casey sie auf. Angela, ein ehemaliges Model, war mittlerweile Marketingchefin von Ladyform, eines Unternehmens von Sportbekleidung für Frauen.

Als sie im Wagen saßen, fragte Casey Angela, wie gut sie die Familie Pierce kannte, die Begründer des Unternehmens Ladyform.

»Ich habe die Eltern nur mal kurz kennengelernt, aber Charlotte, die die Niederlassung in New York leitet, gehört zu meinen besten Freundinnen. Warum fragst du?«

»Das Verschwinden von Amanda Pierce, der jüngeren Schwester deiner Freundin, ist vergangenen Monat in der Sendung *Unter Verdacht* behandelt worden. Du weißt, in der Sendung werden Altfälle neu aufgerollt. Vielleicht kann Charlotte ja für mich ein Treffen arrangieren. Ich will herausfinden, wer Hunter wirklich umgebracht hat.«

Caseys Mutter seufzte schwer. »Kannst du nicht wenigstens einen Tag Ruhe geben, bevor du alles wieder aufrührst?«

»Bei allem Respekt, Mom, aber ich würde sagen, fünfzehn Jahre sind lang genug, wenn man auf die Wahrheit warten muss.«

2

Am Abend lehnte Paula Carter am Kopfbrett ihres Bettes und hatte ein iPad mini auf dem Schoß. Die gelegentlich von den Lachkonserven im Fernsehen übertönten Stimmen von Casey und Angela aus dem Wohnzimmer spendeten ihr Trost. Sie hatte mehrere Bücher über die soziale Wiedereingliederung von Strafgefangenen gelesen. Ursprünglich hatte Paula befürchtet, dass ihre Tochter, die schon immer sehr umtriebig und offen für alles Neue gewesen war, sich sofort wieder in das geschäftige Leben von New York City stürzen würde. Stattdessen hatte sie erfahren, dass es Menschen in Caseys Lage anfangs eher schwerfiel, sich das Ausmaß ihrer neuen Freiheit überhaupt bewusst zu machen.

Im Moment hielt sich Paula vorwiegend in ihrem Zimmer auf, damit sich Casey im ganzen Haus frei bewegen konnte und nicht das Gefühl haben musste, von ihrer Mutter unablässig umsorgt zu werden. Es tat Paula im Herzen weh, wenn sie nur daran dachte, dass schon der Weg vom Schlafzimmer ins Wohnzimmer und der uneingeschränkte Gebrauch der Fernbedienung ein Maß an Unabhängigkeit war, das ihre kluge, talentierte, willensstarke Tochter in den letzten fünfzehn Jahren nicht hatte genießen dürfen.

Sie war Angela sehr dankbar, dass sie sich den Tag freigenommen hatte. Die beiden Frauen waren Cousinen, Paula und ihrer Schwester Robin hatten ihre jeweiligen Töchter aber so erzogen, als wären sie Geschwister. Angelas Vater hatte nie eine Rolle gespielt, weshalb Frank für Angela eine Art Ersatzvater geworden war. Und dann, als Robin starb – Angela war gerade fünfzehn gewesen –, hatten Paula und Frank sie bei sich aufgenommen.

Angela und Casey standen sich so nah wie Schwestern, obwohl sie nicht unterschiedlicher hätten sein können. Beide waren sie schön, beide hatten strahlend blaue Augen, nur war Angela blond, während Casey brünette Haare hatte. Angela hatte die Größe und Statur des erfolgreichen Models, das sie früher gewesen war. Casey war schon immer die sportlichere gewesen und hatte an der Tufts-Universität in der Tennismannschaft gespielt. Während Angela das Studium sausen ließ, um in New York ihre Modelkarriere voranzutreiben und in das rege gesellschaftliche Leben einzutauchen, war Casey eine gewissenhafte Studentin gewesen und hatte sich diversen politischen und gesellschaftspolitischen Themen gewidmet. Angela war Republikanerin, Casey überzeugte Demokratin. Die Liste hätte sich beliebig fortsetzen lassen, dennoch standen sich die beiden sehr nah.

Paulas Blick fiel auf die Nachrichten, die sie auf dem iPad las. Nur zehn Stunden nach ihrer Entlassung war Casey schon wieder in den Schlagzeilen. Würde die öffentliche Aufmerksamkeit am Ende noch dazu führen, dass sie sich in ihrem Zimmer verschanzte und nicht mehr herauskam?

Oder, schlimmer noch, sie mitten hinein ins öffentliche Interesse katapultieren? Paula hatte an ihrer Tochter schon immer bewundert, dass sie sich – häufig auch lautstark – für das einsetzte, was sie als richtig empfand. Aber würde es jetzt nach Paula gehen, würde Casey ihren Namen ändern, ein neues Leben anfangen und Hunter Raleigh nie mehr erwähnen.

Wie erleichtert war sie gewesen, als sich Angela ebenfalls gegen Caseys Vorhaben ausgesprochen hatte, die Produzenten von *Unter Verdacht* zu kontaktieren. Casey hatte das Thema, als sie in der Mall waren, erst mal ruhen lassen, aber Paula kannte ihre Tochter. Das letzte Wort war in dieser Sache noch lange nicht gesprochen.

Erneut ertönte das Konservenlachen aus dem Fernseher. Casey und Angela sahen eine Sitcom, konnten aber jederzeit mit einem Klick über die Nachrichten stolpern. Es überraschte sie, dass die Medien von ihrer Entlassung so schnell Wind bekommen hatten. Verfolgten Journalisten Tag für Tag die Namen der Strafgefangenen, deren Freilassung bevorstand? Vielleicht hatte auch eine der Gefängniswärterinnen irgendwo angerufen. Oder Hunters Familie hatte eine Presseerklärung herausgegeben. Die Familie war weiß Gott der Ansicht, dass Casey für den Rest ihres Lebens hinter Gitter gehörte.

Oder jemand in der Shopping Mall hatte Casey erkannt. Erneut bereute Paula, dass sie Angela damit betraut hatte, die Garderobe für Casey zusammenzustellen. Sie hätte wissen müssen, dass ihre Nichte in der Arbeit viel zu viel um die Ohren hatte.

Paula hatte keine Mühen gescheut und alles besorgt, was Casey eventuell brauchen könnte. Zeitschriften auf dem Nachttisch. Neue Handtücher und einen Bademantel. Einen mit den besten Pflegeprodukten ausgestatteter Badezimmerschrank. Den Einkauf all der Sachen hatte sie übernommen, damit Casey sich nicht so oft in der Öffentlichkeit zeigen musste. Doch dann waren sie in der Mall gelandet.

Wieder warf sie einen Blick auf ihr iPad. CRAZY CASEY IM KAUFRAUSCH! Keine Fotos, trotzdem wusste die sogenannte Reporterin, in welcher Mall sich Casey aufgehalten und welche Läden sie besucht hatte. Der Artikel endete: »Das Gefängnisessen scheint sich vorteilhaft auf die Figur unseres Dornröschens ausgewirkt zu haben. Wie wir erfahren haben, ist Casey schlank und rank – Ergebnis ihres intensiven Workouts im Gefängnishof. Braucht sie, die ja angeblich nur hinter dem Geld der Männer her ist, die neue Garderobe, um sich einen neuen Verehrer zu angeln? Nun, wir werden ja sehen.«

Die Bloggerin hieß Mindy Sampson. Es war lange her, dass Paula über den Namen gestolpert war, aber Sampson schien nichts verlernt zu haben. Casey war in ausgezeichneter körperlicher Form, weil sie nicht eine Sekunde lang stillhalten konnte und immer schon ihre Arbeit, ihre ehrenamtlichen Tätigkeiten, ihr Engagement in politischen Gruppierungen und die Kunstausstellungen unter einen Hut zu bringen versucht hatte. Und in der Strafanstalt hatte sie nichts anderes zu tun gehabt, als Sport zu treiben und ansonsten ihre ganze Energie darauf zu verwenden, jemanden zu finden, mit dessen Hilfe sie ihren Namen reinwaschen könnte. Aber bei einer Klatschkolumnistin wie Mindy Sampson klang das alles so, als hätte sie sich bloß auf ihren großen Auftritt auf dem roten Teppich vorbereitet.

Ob Paula nun wollte oder nicht, sie musste Casey warnen. Als sie in den Flur kam, war vom Konservengelächter nichts mehr zu hören. Dann bog sie um die Ecke und sah, wie Casey und Angela reglos auf den Fernseher starrten. Die Moderatorin des Kabelsenders gefiel sich in frommer Entrüstung: »Wie soeben bekannt wurde, ist Casey Carter heute aus dem Gefängnis entlassen worden und hat sofort eine Shopping Mall aufgesucht. Genau, Crazy Casey, die Dornröschen-Killerin, ist wieder unter uns, und das Erste, worauf sie es abgesehen hat, ist ein Schrank voll neuer Kleider.«

Casey schaltete den Fernseher stumm. »Versteht ihr jetzt, warum *Unter Verdacht* für mich so wichtig ist? Bitte, Angela, ich habe Anwälte und Kanzleien im ganzen Land angeschrieben, keiner will mir helfen. Die Fernsehsendung ist das Beste, was ich tun kann, sie ist vielleicht meine *einzige* Chance. Und deine Freundin Charlotte hat direkten Zugang zu den Produzenten. Bitte, ein einziges Treffen, mehr brauch ich nicht.«

»Casey«, unterbrach Paula sie, »wir haben doch schon darüber gesprochen. Es ist keine gute Idee.«

»Tut mir leid, ich muss Paula zustimmen«, sagte Angela.

»Ich sage es ungern, aber es gibt immer noch welche, die meinen, deine Strafe wäre viel zu gering ausgefallen.«

Paula und Frank waren am Boden zerstört gewesen, als ihre Tochter wegen Totschlags verurteilt worden war. Die Medien allerdings werteten das Urteil als eine Niederlage für die Staatsanwaltschaft, die Casey als kaltblütige Mörderin hingestellt hatte.

»Die sollten alle bloß mal eine Woche in einer Zelle verbringen!«, entgegnete Casey aufgebracht. »Fünfzehn Jahre, das ist eine Ewigkeit.«

Paula legte Casey die Hand auf die Schulter. »Die Raleighs sind eine einflussreiche Familie. Hunters Vater könnte seine Beziehungen spielen lassen, und die Sendung könnte dich in ein äußerst unvorteilhaftes Licht rücken.«

»Unvorteilhaftes Licht?«, höhnte Casey. »Das habe ich doch längst hinter mir, Mom. Meinst du, ich hätte nicht gemerkt, wie mich die Leute beim Einkaufen angestarrt haben? Ich kann noch nicht mal einen Laden betreten, ohne mich wie ein Tier im Zoo zu fühlen. Was ist denn das für ein Leben? Angela, rufst du nun – mir zuliebe – deine Freundin an, oder nicht?«

Paula spürte, wie Angela sich erweichen ließ. Die beiden hatten sich immer sehr nahegestanden, und Casey klang so überzeugend wie zu ihren besten Zeiten. Flehentlich sah Paula zu ihrer Nichte. Bitte, betete sie im Stillen, lass nicht zu, dass sie diesen Fehler begeht.

Erleichtert nahm sie Angelas taktvolle Antwort zur Kenntnis: »Warte doch erst mal ein paar Tage ab, bis du siehst, wie es dir geht.«

Casey schüttelte enttäuscht den Kopf, griff zur Fernbedienung und stellte den Fernseher ganz aus. »Ich bin müde«, sagte sie plötzlich. »Ich gehe ins Bett.«

Als Paula an diesem Abend einschlief, hoffte sie, die Medien würden sich einem anderen Thema zuwenden, damit sich

Casey in aller Ruhe an ihr neues Leben gewöhnen konnte. Am nächsten Morgen aber ging ihr beim Aufwachen durch den Kopf, dass ihre Tochter, wenn sie von der Bedeutung einer Sache überzeugt war, auf die Meinung anderer nichts gab.

Caseys Zimmer war leer. Auf dem Esstisch lag ein Zettel. *Bin mit dem Zug in die Stadt. Komme abends zurück.*

Casey musste die gut eineinhalb Kilometer zum Bahnhof zu Fuß gelaufen sein. Und Paula glaubte auch zu wissen, warum Casey so früh aufgebrochen war. Sie wollte sich mit der Produzentin von *Unter Verdacht* treffen, koste es, was es wolle.

3

Mit einem höflichen Lächeln lehnte Laurie Moran das Ansinnen des Kellners ab, ihr Kaffee nachzuschenken. Verstohlen sah sie auf ihre Uhr. Zwei Stunden. Geschlagene zwei Stunden saß sie schon an diesem Tisch im 21 Club. Es war eines ihrer Lieblingsrestaurants, aber sie musste zurück ins Büro.

»Hmmm, das Soufflé ist einfach himmlisch. Sie wollen wirklich nicht davon kosten?«

Ihre Begleiterin bei diesem quälend langen Essen war Lydia Harper. Manchen Aussagen zufolge war sie eine tapfere Witwe aus Houston, die ihre beiden Jungen allein großgezogen hatte, nachdem deren Vater, ein renommierter Medizinprofessor in Baylor, von einem geistesgestörten Unbekannten bei einem Autounfall getötet worden war. Andere sahen in ihr eine hochmanipulative Frau, die einen Auftragskiller angeheuert hatte, um ihren Mann umzubringen, weil sie fürchtete, er würde sich scheiden lassen und einen Sorgerechtsprozess anstreben.

Ein Fall, der wie gemacht zu sein schien für Lauries Sendung *Unter Verdacht*, ein auf nicht aufgeklärte Altfälle spezialisiertes Fernsehformat. Es war zwei Wochen her, dass sich Lydia telefonisch einverstanden erklärt hatte, den Mord an ihrem Mann neu aufzurollen, nur hatte sie bislang nichts unterzeichnet. Mehrmals hatte sie Laurie versichert, dass sie »jetzt aber wirklich mal zur Post müsse«, zwei Tage zuvor hatte sie dann allerdings überraschend erklärt, dass man sich persönlich treffen solle – in New York, inklusive eines Flugs erster Klasse und zwei

Übernachtungen im Ritz-Carlton –, bevor sie ihre Unterschrift auf die gestrichelte Linie setzte.

Laurie, die annahm, Lydia gehe es bloß um einen netten Fünfsterneausflug auf Kosten der Produktionsfirma, willigte gern ein, wenn sie dafür die Einverständniserklärung bekommen würde. Aber jedes Mal, wenn Laurie beim Essen darauf zu sprechen kam, wechselte Lydia das Thema und ließ sich über die Broadway-Show aus, die sie am Abend zuvor gesehen hatte, oder über ihre Shoppingtour zu Barneys am Morgen oder das ausgezeichnete Truthahn-Haschee, das sie im 21 bestellt hatte.

Wieder hörte Laurie das Klingeln ihres Handys, das sie im Außenfach ihrer Handtasche verstaut hatte.

»Gehen Sie ruhig ran«, sagte Lydia. »Ich habe vollstes Verständnis dafür. Arbeit, nichts als Arbeit. Es hört nie auf.«

Laurie hatte mehrere Anrufe und SMS ignoriert, fürchtete aber, dass dieser Anruf von ihrem Boss sein könnte.

Ihr zog sich der Magen zusammen, als sie einen Blick auf das Display warf. Vier verpasste Anrufe: zwei von ihrer Assistentin Grace Garcia, zwei von ihrem Produktionsassistenten Jerry Klein. Daneben eine ganze Reihe von Textnachrichten der beiden.

Brett sucht dich. Wann ist mit dir zu rechnen?

Großer Gott! Crazy Casey ist wegen ihres Falls hier. Sie behauptet, Charlotte Pierce zu kennen. Du solltest mit ihr reden. Ruf an!

Wo steckst du? Immer noch beim Essen?

CC ist immer noch da. Und Brett sucht dich.

Was sollen wir Brett erzählen? Ruf an!!! Brett explodiert gleich, wenn du dich nicht bald meldest.

Und dann die letzte Nachricht von Grace, gerade erst abgeschickt: *Wenn er noch mal hier in deinem Büro auftaucht, muss auf dem 15. Stock der Notarzt anrücken. Was ist bloß so schwer daran zu verstehen, wenn man sagt: Sie ist nicht da?*

Mit einem stillen Seufzer dachte Laurie an Brett, wie er wieder mal durch die Gänge tigerte. Ihr Chef war ein brillanter

Produzent, aber auch für seine Ungeduld und Gereiztheit bekannt. Letztes Jahr hatte eine mit Photoshop bearbeitete Porträtaufnahme von ihm, die auf den Körper eines strampelnden Babys mit einer Rassel in der Hand montiert war, bei den Angestellten die Runde gemacht. Laurie hatte immer Jerry als Urheber in Verdacht gehabt, war aber überzeugt, dass er seine elektronischen Spuren – falls er es wirklich gewesen war – sorgfältig verwischt hatte.

Die Wahrheit aber lautete nun mal: Laurie ging Brett aus dem Weg. Mittlerweile war ein Monat vergangen, seitdem die letzte Sendung ausgestrahlt worden war, und er konnte es kaum erwarten, dass sie mit der Produktion der nächsten Folge begann.

Im Grunde aber sollte sie dafür dankbar sein. Es war noch nicht so lange her, dass sie nachts wach gelegen und das Ende ihrer Karriere vor sich gesehen hatte. Nach der Ermordung ihres Mannes Greg hatte sie sich zunächst eine Weile freigenommen. Aber als sie wieder zur Arbeit erschien, ging es erst einmal ziemlich holprig weiter. Hatte »sie den Anschluss verloren«, war sie »in einem Tief« – diese Sätze hörte sie nach jedem Flop aus dem Mund der jungen, ehrgeizigen Produktionsassistenten, die nur darauf warteten, ihren Platz einzunehmen.

Mit *Unter Verdacht* hatte sich das alles verändert. Laurie hatte sich bereits vor Gregs Tod mit der Idee befasst. Das Publikum stand auf ungelöste Kriminalfälle. Die Geschichte aus Sicht der Verdächtigen zu erzählen war jedoch ein ganz neuer Ansatz im Umgang mit Altfällen. Nach Gregs Ermordung brütete sie jahrelang über der Idee. Im Nachhinein wurde ihr klar, dass sie nicht den Eindruck einer Witwe vermitteln wollte, die völlig besessen war vom ungelösten Mordfall ihres Mannes. Aber Not macht erfinderisch, wie man so schön sagt. Als ihre Karriere auf der Kippe stand, brachte sie schließlich ihr, wie sie meinte, bestes Konzept ein. Und jetzt hatten sie drei erfolgreiche Sendungen hinter sich, deren Quoten und Bewertungen und deren »viraler Trend« von Mal zu Mal besser wurden. Aber wie sagte man auch? Die Belohnung für gute Arbeit ist noch mehr Arbeit.

Einen Monat zuvor war Laurie überzeugt gewesen, ihrem Zeitplan voraus zu sein. Sie hatte einen anscheinend perfekten Fall. Jurastudenten der Universität Brooklyn hatten sie wegen einer jungen Frau kontaktiert, die drei Jahre zuvor wegen des Mords an ihrer Zimmergenossin auf dem College verurteilt worden war. Angeblich konnten sie beweisen, dass einer der Hauptzeugen der Staatsanwaltschaft gelogen hatte. Der Fall passte streng genommen nicht zu den Vorgaben der Sendung – schließlich sollten ungelöste Fälle aus der Perspektive derjenigen aufbereitet werden, die jahrelang ein Leben unter Mordverdacht führen mussten. Aber die Möglichkeit, einer in die Mühlen der Justiz geratenen und zu Unrecht verurteilten Frau wieder zur Freiheit zu verhelfen, gehörte nun mal zu genau den Dingen, wegen derer Laurie ursprünglich Journalistin geworden war.

Sie tat alles, um Brett von der Idee zu überzeugen, und pries ihm die Verurteilung Unschuldiger als ein Thema an, das momentan höchst populär war. Drei Tage, nachdem Brett ihr grünes Licht gegeben hatte, verkündete allerdings die Staatsanwaltschaft auf einer gemeinsam mit den Jurastudenten einberufenen Pressekonferenz, dass sie aufgrund von neu vorgelegten, überzeugenden Indizien die Verurteilte freilassen und von sich aus den Fall neu aufrollen wolle. Damit war der Gerechtigkeit Genüge getan, Lauries Sendung aber hatte sich damit erledigt.

Also wandte sich Laurie ihrer zweiten Wahl zu: dem Mord an Dr. Conrad Harper, dessen Witwe ihr nun gegenüber saß und mit dem Nachtisch fast fertig war. »Lydia, es tut mir schrecklich leid, aber ich muss unbedingt ins Büro zurück. Sie sagten, Sie wollten über die Sendung reden?«

Lydia überraschte Laurie, als sie den Löffel ablegte und nach der Rechnung winkte.

»Laurie, ich wollte es Ihnen unbedingt persönlich sagen. Ich dachte, das wäre nur fair. Ich werde doch nicht teilnehmen.«

»Was ...«

Lydia hob abwehrend die Hand. »Ich habe mit zwei Anwälten geredet. Beide sagten mir, ich könnte zu viel verlieren. Lieber ertrage ich weiterhin die vielsagenden Blicke der Nachbarn, bevor ich mich rechtlich in Schwierigkeiten bringe.«

»Aber darüber haben wir doch schon gesprochen, Lydia. Es ist Ihre Chance herauszufinden, wer Conrad getötet hat. Ich kenne Ihre Verdachtsmomente gegen seinen ehemaligen Studenten.« Der Student hatte ihrem Mann eine Zeit lang nachgestellt, nachdem er im Semester zuvor bei ihm durchgefallen war.

»Wenn Sie in der Sache ermitteln wollen, nur zu, ich habe bestimmt nichts dagegen. Aber ich selbst werde dazu keine Aussage abgeben.«

Laurie wollte etwas darauf erwidern, aber Lydia unterbrach sie sofort. »Bitte, ich weiß, Sie müssen in Ihr Büro zurück. Sie können mich nicht umstimmen, ich habe meine Entscheidung getroffen.«

In diesem Moment kam der Kellner mit der Rechnung, die Lydia sofort an Laurie weiterreichte. »Es war sehr schön, Sie kennengelernt zu haben, Laurie. Ich wünsche Ihnen alles Gute.«

Völlig perplex blieb Laurie sitzen, als Lydia vom Tisch aufstand und sie allein zurückließ. Sie war es, ging es ihr noch durch den Kopf, und keiner wird es ihr jemals nachweisen können.

Während Laurie darauf wartete, dass man ihr die Kreditkarte zurückbrachte, verfasste sie für Grace und Jerry eine SMS: *Sagt Brett, ich bin in zehn Minuten da.*

Was sollte sie ihm sagen? Dass ihr Fall über den ermordeten Professor gerade den Bach runtergegangen war?

Sie wollte sie schon versenden, als ihr noch Jerrys SMS über Crazy Casey einfiel. War es möglich? Sie korrigierte ihre Nachricht. *Will Casey Carter wirklich mit mir reden?*

Grace antwortete sofort. *JA! Sie wartet im Konferenzraum A. Bei uns sitzt eine verurteilte Mörderin rum. Hätte fast die Polizei gerufen.*

Als Journalistin hatte Laurie bereits mehrere Menschen interviewt, die wegen Mordes angeklagt und in einigen Fällen deswegen auch verurteilt worden waren. Grace hingegen zuckte schon bei dem Gedanken daran zusammen. Gleich nach Graces Antwort kam auch die von Jerry. *Hab schon befürchtet, sie könnte wieder gehen. Als ich ihr für ihre Geduld dankte, sagte sie aber, wir würden sie erst loswerden, wenn sie mit dir gesprochen hat!*

Mit einem Lächeln unterschrieb Laurie die Essensrechnung. Lydia Harpers Absage hatte vielleicht auch sein Gutes. Caseys Haftentlassung war vergangenen Abend die Topnachricht auf allen Sendern gewesen, und jetzt wollte sie sich mit ihr treffen. Im Taxi schrieb sie die nächste SMS. *Vertröstet Brett. Sagt ihm, ich bin an einem vielversprechenden neuen Fall dran. Ich möchte erst mit Casey reden.*

4

Im fünfzehnten Stock des Rockefeller Center trat Laurie aus dem Fahrstuhl und eilte sofort in den Konferenzraum der Fisher Blake Studios. Von Bretts Sekretärin Dana hatte Grace erfahren, dass er die nächsten fünfzehn, zwanzig Minuten noch mit einer Telefonkonferenz beschäftigt sein würde, danach würde er seine Jagd auf Laurie aber ungehemmt wieder aufnehmen.

Laurie fragte sich, warum Brett so erpicht darauf war, mit ihr zu reden. Klar, er wollte, dass sie den nächsten Fall unter Dach und Fach brachte, aber das war nichts Neues. Hatte er möglicherweise selbst herausgefunden, dass die Professorenwitwe ihr einen Korb geben würde? Sie verwarf den Gedanken. Ihr Boss hätte es zwar gern, wenn die anderen ihn für einen Hellseher hielten, aber das war er beileibe nicht.

Die Frau, die im Konferenzraum wartete, sprang auf, als Laurie die Tür öffnete. Laurie erkannte sie sofort. Katherine »Casey« Carter. Laurie hatte damals gerade ihr Studium abgeschlossen und ihre Journalisten-Karriere begonnen, als der Dornröschen-Fall die Schlagzeilen bestimmte. Wobei der Beginn ihrer »Karriere« vor allem darin bestand, den Redakteuren einer Lokalzeitung in Pennsylvania den Kaffee zu bringen, trotzdem war sich Laurie wie im Himmel vorgekommen und hatte alles begierig aufgesaugt, was sie aufschnappen konnte.

Als engagierte Journalistin hatte sie sich sehr für den Prozess interessiert. Als sie am vergangenen Abend von Caseys Entlassung hörte, konnte sie kaum glauben, dass das alles schon fünfzehn Jahre zurücklag. Die Zeit war so schnell vergangen ... nur für Casey wohl nicht.

Zum Zeitpunkt des Prozesses war Casey eine fantastisch aussehende junge Frau gewesen, mit langen, glänzend braunen Haaren, alabasterfarbener Haut und mandelförmigen blauen Augen, die nahezu immer funkelten. Gleich nach dem Studium hatte sie eine heiß begehrte Stelle als Assistentin in der Abteilung für Gegenwartskunst bei Sotheby's bekommen. Sie hatte noch an ihrer Promotion gearbeitet und von einer eigenen Galerie geträumt, als sie bei einer Auktion Hunter Raleigh III. kennenlernte. Es hatte nicht nur am Bekanntheitsgrad ihres Verlobten gelegen, warum das ganze Land so gebannt den Fall verfolgte. Auch Casey selbst war eine faszinierende Frau.

Sie war immer noch schön, auch nach fünfzehn Jahren. Ihre Haare waren kürzer, etwa schulterlang, so wie sie auch Laurie trug. Sie war dünner, machte aber einen durchtrainierten Eindruck. Und in ihren Augen lag noch immer dieser funkelnde, intelligente Blick. Mit einem festen Händedruck stellte sie sich Laurie vor.

»Ms. Moran, ich danke Ihnen, dass Sie sich Zeit für mich nehmen. Entschuldigen Sie, dass ich keinen Termin vereinbart habe, ich fürchte, Sie können sich vor Anfragen gar nicht retten.«

»Das stimmt.« Laurie gab mit einer Geste zu verstehen, dass sie beide am Konferenztisch Platz nehmen sollten. »Aber nicht von Leuten, deren Name so bekannt ist wie Ihrer.«

Casey lächelte traurig. »Von welchem Namen reden wir? Von Crazy Casey? Oder der Dornröschen-Killerin? Deshalb bin ich hier. Ich bin unschuldig. Ich habe Hunter nicht ermordet, und ich will meinen Namen – meinen *richtigen* Namen – wieder haben.«

Für alle, die mit *Hunter* nicht auf vertrautem Fuß gestanden hatten, hatte er ganz offiziell Hunter Raleigh III. geheißen. Sein Großvater, Hunter der Erste, war Senator gewesen. Dessen beiden Söhne, Hunter Junior und James, meldeten sich nach ihrem Abschluss in Harvard zur Armee. Nachdem Hunter Junior früh im Vietnam-Krieg gefallen war, wurde sein jüngerer Bruder James Berufssoldat und nannte seinen erstgeborenen Sohn Hunter den Dritten. James stieg schließlich zum Dreisternegeneral auf und diente selbst im Ruhestand seinem Land noch als Botschafter. Die Raleighs waren eine kleinere Ausgabe der Kennedys, eine Politikerdynastie.

Und dann ermordete Casey den Thronerben.

Sofort wurde Casey von den Zeitungen als Dornröschen bezeichnet. Sie behauptete, tief und fest geschlafen zu haben, als eine unbekannte Person oder mehrere Personen ins Landhaus ihres Verlobten einbrachen und ihn erschossen. Das Paar hatte am Abend in der Stadt an einer Gala der Raleigh'schen Familienstiftung teilgenommen, war aber früh aufgebrochen, weil sich Casey nicht wohl gefühlt hatte. Laut ihrer Aussage war sie noch im Wagen eingeschlafen und konnte sich nicht einmal mehr an die Ankunft im Haus erinnern. Stunden später wachte sie auf dem Sofa im Wohnzimmer auf, schleppte sich ins Schlafzimmer und fand ihren Verlobten blutüberströmt auf dem Bett liegen. Sie war damals ein junges und schönes neues Gesicht in der Kunstwelt, und Hunter das angesehene Mitglied einer amerikanischen Politikerfamilie. Genau die Tragödie, die im ganzen Land für Schlagzeilen sorgte.

Und dann, nur wenige Zeitungsausgaben später, wurde Dornröschen von der Polizei verhaftet. Die Staatsanwaltschaft konnte mit schwerwiegenden Argumenten aufwarten. Die Zeitungen nannten sie von nun an »Dornröschen-Killerin« und schließlich »Crazy Casey«. Nach den gängigen Theorien hatte sie sich, als Hunter ihre Verlobung auflösen wollte, in ein trunkenes Eifersuchtsdrama hineingesteigert.

Jetzt saß sie mit Laurie im Konferenzraum und behauptete, unschuldig zu sein.

Laurie wusste, dass ihr nicht mehr viel Zeit blieb, bevor sie mit ihrem Boss reden musste. Normalerweise hätte sie sich methodisch durch Caseys Version der Geschichte gearbeitet, jetzt aber musste sie sofort auf den Punkt kommen.

»Verzeihen Sie mir, wenn ich so unverblümt bin, Casey, aber die Beweise gegen Sie lassen sich nur schwer ignorieren.«

Casey hatte geleugnet, jemals die als Mordwaffe identifizierte Pistole abgefeuert zu haben, allerdings hatte man darauf ihre Fingerabdrücke gefunden, außerdem waren an ihren Händen Schmauchspuren festgestellt worden. Laurie fragte, ob sie diese Fakten nach wie vor leugnen wolle.

»Ich gehe davon aus, dass die Forensiker korrekt gearbeitet haben, aber das kann doch auch heißen, dass der Mörder meine Hand an die Waffe gedrückt und damit einen Schuss abgegeben hat. Überlegen Sie doch mal: Warum hätte ich sagen sollen, ich habe die Waffe nie benutzt, wenn ich Hunter damit wirklich erschossen habe? Ich hätte meine Fingerabdrücke doch leicht erklären können, wenn ich behauptet hätte, ich hätte sie auf dem Schießstand abgefeuert. Ganz zu schweigen von der Tatsache, dass der wahre Mörder aufgrund der Einschusslöcher im Haus zweimal sein Opfer verfehlt hat. Ich war eine sehr gute Schützin. Wenn ich wirklich jemanden töten wollte – was niemals der Fall sein wird –, dann würde ich nicht danebenschießen, das können Sie mir glauben. Und wenn ich diese Waffe abgefeuert hätte, warum hätte ich mich dann freiwillig auf Schmauchspuren testen lassen sollen?«

»Was ist mit den Medikamenten, die die Polizei in Ihrer Handtasche fand?«

Caseys Unwohlsein in jener Nacht war so gravierend gewesen, dass die Polizei einen Drogentest angeordnet hatte. Laut den Ergebnissen hatte sie Alkohol und ein Sedativum im Blut, und bei der Durchsuchung von Hunters Haus wurden die gleichen Medikamente in ihrer Handtasche gefunden.

»Noch einmal, wenn ich mir diese Medikamente wirklich freiwillig angetan hätte, warum sollte ich dann noch drei weitere Rohypnol-Tabletten in meiner Handtasche aufbewahren? Es ist eine Sache, mich als Mörderin zu verdächtigen, aber ich hätte nie gedacht, dass man mich für so dumm halten könnte.«

Laurie kannte Rohypnol, ein gängiges K.o.-Mittel, das häufig bei Date Rapes verwendet wurde.

Casey wiederholte also lediglich die Argumente, die schon ihre Anwältin beim Prozess vorgebracht hatte. Sie behauptete, jemand habe sie auf der Gala unter Drogen gesetzt, dieser unbekannte Täter sei dann zu Hunters Haus zurückgekehrt, habe ihn erschossen, während sie geschlafen habe, und ihr den Mord angehängt. Die Geschworenen hatten es ihr nicht abgenommen.

»Ich habe Ihren Prozess damals aufmerksam verfolgt«, sagte Laurie. »Eines der Probleme war meiner Meinung nach, dass Ihre Anwältin niemals eine alternative Erklärung anbieten konnte. Sie deutete an, die Polizei hätte Ihnen Beweise untergeschoben, aber sie konnte dafür nie ein plausibles Motiv nennen. Und, was noch wichtiger ist: Sie hat den Geschworenen niemals einen anderen Verdächtigen präsentiert. Also, Casey, sagen Sie mir: Wenn Sie Hunter nicht umgebracht haben, wer war es dann?«

5

Ich hatte viel Zeit, um darüber nachzudenken, wer Hunter umgebracht haben könnte«, sagte Casey und reichte Laurie ein Blatt mit fünf Namen. »Ich glaube nicht, dass es sich um einen zufälligen oder gescheiterten Einbruch handelte, während ich ausgeknockt auf dem Sofa lag.«

»Der Ansicht bin ich auch«, erwiderte Laurie.

»Als bei mir Spuren eines Beruhigungsmittels im Blut festgestellt wurden, war mir klar, dass Hunters Mörder an diesem Abend auch auf der Gala der Familienstiftung im Cipriani gewesen sein musste. Den gesamten Tag hatte ich mich wunderbar gefühlt. Erst etwa eine Stunde nach unserer Ankunft wurde mir übel. Jemand muss mir heimlich etwas ins Glas gegeben haben, das heißt also, er musste Zugang zu uns gehabt haben. Ich habe keine Ahnung, wer Hunter etwas antun wollte, ich weiß nur, dass ich ihn nicht umgebracht habe. Die hier Aufgeführten hatten alle ein Motiv und die Gelegenheit dazu.«

Laurie kannte drei der fünf Namen, war aber überrascht, sie hier als mögliche Verdächtige zu sehen. »Jason Gardner und Gabrielle Lawson waren ebenfalls anwesend?«

Jason Gardner war Caseys Exfreund und der Verfasser eines Enthüllungsbuches, das den Spitznamen *Crazy Casey* im Bewusstsein der breiten Öffentlichkeit verankerte. Laurie konnte sich nicht an alle Details der Beziehung von Hunter zu Gabrielle Lawson erinnern, aber die Frau gehörte auf jeden Fall zur High Society in der Stadt. Wenn sie es richtig im Kopf hatte, gab es in der Klatschpresse Gerüchte, dass Hunter trotz seiner

Verlobung mit Casey immer noch an ihr interessiert gewesen sei. Jedenfalls hatte Laurie nicht gewusst, dass Jason oder Gabrielle in der Mordnacht im Cipriani gewesen waren.

»Ja. Gabrielle ist immer aufgetaucht, wo Hunter war. Sie kam an unseren Tisch und schlang auf ihre unnachahmliche Art die Arme um ihn. Es wäre ihr ein Leichtes gewesen, mir etwas ins Glas zu schütten. Und Jason ... na ja, wahrscheinlich war er da, um die Plätze am Firmentisch seines Arbeitgebers zu füllen, aber für mich war das alles andere als ein Zufall. Irgendwann nahm er mich beiseite und sagte mir, dass er mich immer noch liebe. Natürlich sagte ich ihm, dass es vorbei sei. Ich würde Hunter heiraten. Beide waren also ganz offensichtlich eifersüchtig auf die Beziehung zwischen Hunter und mir«, sagte Casey.

»So eifersüchtig, dass sie dafür einen Mord begingen?«

»Die Geschworenen haben es mir zugetraut, warum sollte man es den beiden nicht auch zutrauen können?«

Der dritte bekannte Name überraschte Laurie am meisten. »Andrew Raleigh?«, sagte Laurie und runzelte die Stirn. Andrew war Hunters jüngerer Bruder. »Das kann nicht Ihr Ernst sein, oder?«

»Hören Sie, es macht mir keinen Spaß, andere Leute zu verdächtigen. Aber wie Sie schon sagten, wenn ich es nicht war – und ich war es nicht –, dann muss es jemand anderes gewesen sein. Und Andrew hatte an dem Abend eine Menge getrunken.«

»So wie Sie. Laut einigen Zeugenaussagen.«

»Was nicht stimmt. Ich hatte ein Glas Wein, zwei höchstens. Ich habe aufgehört, als mir schlecht wurde. Wenn Andrew trinkt, dann ... na ja, dann wird er zu einem anderen Menschen. Hunters Vater hat nie einen Hehl daraus gemacht, dass er ihn mehr mochte als Andrew. Ich weiß, ihm eilt ein gewaltiger Ruf voraus, aber als Vater konnte er äußerst grausam sein. Andrew war unglaublich eifersüchtig auf Hunter.«

Laurie kam das ein bisschen übertrieben vor. »Was ist mit diesen anderen beiden: Mark Templeton und Mary Jane Finder?« Beide Namen sagten ihr nichts.

»Bei ihnen muss ich ein wenig ausholen. Mark war nicht nur einer von Hunters engsten Freunden, sondern auch Finanzvorstand der Raleigh-Stiftung. Und wenn Sie mich fragen, ist er der Hauptverdächtige.«

»Obwohl er und Hunter so eng befreundet waren?«

»Lassen Sie es mich erklären. Hunter hatte öffentlich nichts bekannt gegeben, aber er bereitete den Schritt in die Politik vor, er wollte sich entweder als Bürgermeisterkandidat für New York City oder als Senator zur Wahl stellen lassen. So oder so, er war entschlossen, von der Privatwirtschaft in die Politik zu wechseln.«

Er hatte offiziell nichts bekannt gegeben, aber in der Öffentlichkeit kursierten bereits seit Langem entsprechende Gerüchte. Hunter wurde regelmäßig unter den begehrenswertesten Junggesellen des Landes aufgeführt. Als er plötzlich seine Verlobung mit einer Frau verkündete, mit der er noch nicht einmal ein Jahr zusammen war, sahen darin viele einen ersten Schritt hin zu einem öffentlichen Amt. Andere hielten Casey allerdings für eine riskante Wahl für einen Politiker. Die Familie Raleigh war für ihre konservativen Ansichten bekannt, während sich Casey ganz offen als eine Liberale ausgab. Politisch jedenfalls passte das Paar kaum zusammen.

»Bevor sich Hunter in die Politik wagte«, erklärte Casey, »ging er die Finanzen der Stiftung durch, er wollte absolut sicher sein, dass es keinerlei Spenden oder Finanzpraktiken gab, die sich als strittig oder kompromittierend herausstellen könnten. Am Abend der Gala fuhr ihn sein Chauffeur aus Connecticut in die Stadt, und sie holten mich in meiner Wohnung ab. Im Wagen erzählte er mir, dass er einen Wirtschaftsprüfer damit beauftragen wollte, sich die Unterlagen wegen einiger ›Unregelmäßigkeiten‹ genauer vorzunehmen. Hunter versicherte mir aber, dass er nur wahnsinnig vorsichtig und im Übrigen überzeugt sei, dass man sich keine Sorgen machen müsse. Daran musste ich erst vier Jahre nach meiner Verurteilung wieder denken, als nämlich Mark plötzlich und ohne weitere Erklärung von seinem Posten zurücktrat.«

Es war das erste Mal, dass Laurie von diesem Thema hörte. »Ist das ungewöhnlich?«, fragte sie. Sie war mit den Gepflogenheiten bei privaten Stiftungen nicht vertraut.

»Laut den Wirtschaftsjournalisten anscheinend schon«, antwortete Casey. »In der Gefängnisbibliothek durften wir Online-Medien abrufen. Anscheinend war das Vermögen der Stiftung so geschrumpft, dass Spekulationen laut wurden. Sie müssen wissen, als Hunter sich in die Stiftung einbrachte, verdreifachte sich der Geldzufluss durch Spenden. Es war damit zu rechnen, dass das Spendenaufkommen nachließ, nachdem Hunter nicht mehr die Leitung innehatte. Aber nach Auskunft mancher Medien war der Vermögensstand der Stiftung ziemlich niedrig, so niedrig, dass Fragen aufkamen, ob nicht Missmanagement oder Schlimmeres im Spiel war.«

»Wie ging die Stiftung mit diesen Verdachtsmomenten um?«

Casey zuckte mit den Schultern. »Ich weiß nur, was ich mir bei meinen Internet-Recherchen zusammenreimen konnte, aber die Vermögensverhältnisse einer gemeinnützigen Stiftung sind nun mal nicht so interessant wie zum Beispiel ein Mordprozess mit Personen des öffentlichen Lebens. Aber nachdem Marks überraschender Rücktritt bekannt wurde, ernannte Hunters Dad einen neuen Finanzvorstand und lobte gleichzeitig Mark in den höchsten Tönen. Die Story verschwand in der Versenkung. Die Tatsachen aber bleiben: Das Stiftungsvermögen war unerklärlich niedrig. Und noch etwas kann ich Ihnen sagen: Mark Templeton saß bei der Gala gleich neben mir. Er hätte mir ganz leicht etwas ins Glas geben können.«

Laurie hatte ursprünglich nur aus Neugier eingewilligt, sich mit Casey zu treffen – und natürlich um Brett sagen zu können, dass sie möglicherweise einen neuen Fall an der Hand hatte –, aber schon jetzt konnte sie sich vorstellen, die neuen Verdächtigen vor die Kamera zu bringen. Sie musste sich allerdings eingestehen, dass sie nach wie vor Alex als Moderator vor sich sah. Nach ihrem letzten gemeinsamen Fall hatte er jedoch verkündet, sich ganz auf seine Kanzlei zu konzentrieren. Außerdem blieb durch seinen Abgang auch der Stand ihrer persönlichen Beziehung völlig im Unklaren. Sie schob den Gedanken zur Seite und konzentrierte sich wieder auf das Gespräch.

»Und Mary Jane Finder? Wer ist sie?«

»General Raleighs persönliche Assistentin.«

Laurie sah sie erstaunt an. »Welche Verbindung besteht hier?«

»Sie war schon einige Jahre bei ihm beschäftigt, als ich Hunter kennenlernte. Hunter mochte sie von Anfang an nicht, vor allem gefiel ihm nicht, wie sie nach dem Tod von Hunters Mutter anscheinend das Heft in die Hand nahm. Er fürchtete, sie könnte seinen verwitweten Vater ausnutzen oder ihn gar zur Heirat bewegen.«

»Der Sohn des Bosses mochte sie nicht? Das erscheint mir nicht unbedingt ein zwingendes Motiv für einen Mord.«

»Nicht nur, dass er sie nicht mochte. Er hielt sie für berechnend und intrigant. Er war überzeugt, dass sie etwas zu verbergen hatte, und hatte fest vor, sie zu feuern. Und jetzt Folgendes: Auf dem Weg zur Gala rief er noch im Wagen einen befreundeten Anwalt an. Der sollte ihm einen Privatdetektiv empfehlen, für Hintergrundrecherchen, um eine gewisse Person zu überprüfen. Ich hörte ihn sagen, es handle sich um eine heikle Sache. Als er auflegte, fragte ich, ob das mit der geplanten Wirtschaftsprüfung der Stiftung zu tun habe.«

Sie wurden durch ein Klopfen an der Tür unterbrochen.

Gleich darauf steckte Jerry den Kopf herein. »Es tut mir furchtbar leid, aber Bretts Telefonkonferenz ist vorbei. Er ist gerade bei Grace und will wissen, wo du steckst.«

Laurie wollte auf keinen Fall, dass Brett erfuhr, wo sie sich aufhielt, sonst wäre er sofort hereingestürmt und hätte das Gespräch an sich gerissen. Aber sie wollte Grace auch nicht in die Verlegenheit bringen, den Chef ihrer Chefin unverblümt anlügen zu müssen.

»Kannst du ihm bitte ausrichten, dass du mit mir gesprochen hast und ich in weniger als fünf Minuten bei ihm im Büro sein werde?« Brett würde annehmen, sie hätten miteinander telefoniert, damit wäre Grace aus der Schusslinie. Aber jetzt musste sie sich beeilen.

»Okay, der Privatdetektiv hatte also mit der Stiftung zu tun«, wandte Laurie sich wieder an Casey.

»Nein. Zumindest glaube ich das nicht. Ich fragte Hunter, ob es mit der Wirtschaftsprüfung im Zusammenhang steht. Aber sein Blick ging nur kurz zum Chauffeur, Raphael, als wollte er sagen: *Jetzt nicht.* So, als sollte Raphael den Namen der betreffenden Person nicht hören.«

»Vielleicht war Raphael diese Person«, sagte Laurie.

»Bestimmt nicht. Raphael gehörte zu den freundlichsten, liebenswertesten Menschen, die ich je kennengelernt habe. Er und Hunter mochten sich sehr. Er war für Hunter fast so was wie ein Patenonkel. Aber er war auch äußerst vertrauensselig und nahm von jedem immer nur das Beste an, auch von Mary Jane. Hunter beschwerte sich in Raphaels Gegenwart nicht mehr über sie, um den Chauffeur nicht in eine unangenehme Situation zu bringen, wenn er mit der Frau zu tun hatte, die ja großen Einfluss auf das Hauspersonal hatte. Wenn Mary Jane tatsächlich irgendetwas zu verbergen hatte, dann hatte sie es zu verhindern gewusst, dass er ihr auf die Schliche kam.«

»Aber war sie denn mit auf der Gala?«, fragte Laurie.

»Oh, gewiss. Sie saß gleich neben General Raleigh. Hunter war nicht ohne Grund besorgt darüber, was sie vorhatte.«

Laurie sah Brett regelrecht vor sich, wie er auf die Uhr sah und die Minuten zählte. »Casey, diese Liste ist ein hervorragender Anfang. Ich werde einige erste Nachforschungen anstellen und mich dann wieder bei Ihnen melden ...«

»Nein, bitte, ich habe noch so viel zu sagen. Sie sind meine einzige Hoffnung.«

»Ich sage nicht Nein. Tatsächlich bin ich ziemlich fasziniert von allem.«

Caseys Unterlippe begann zu zittern. »Oh, mein Gott, es tut mir so leid.« Sie blinzelte. »Ich habe mir fest vorgenommen, nicht zu weinen. Aber Sie haben ja keine Vorstellung, wie viele Briefe ich an Anwälte und Kanzleien und Journalisten geschrieben habe. Viele haben zurückgeschrieben und genau das Gleiche gesagt – *wirklich sehr interessant* oder *ich werde mir das genauer ansehen*. Und dann habe ich nie wieder von ihnen gehört.«

»Das wird hier nicht passieren, Casey. Wenn, dann bin ich diejenige, die sich Sorgen macht, wenn ich mit viel Aufwand Ihre Behauptungen nachprüfen lasse und dann feststellen muss, dass Sie Ihre Geschichte schon dem nächstbesten Nachrichtenportal anvertraut haben, das sich bereit erklärt, alles online zu stellen.«

Casey schüttelte entschieden den Kopf. »Nein, bestimmt nicht. Ich habe doch selbst gesehen, was diese sogenannten Journalisten abliefern. Aber ich kenne Ihre Sendung, und ich weiß, dass Alex Buckley einer der besten Strafverteidiger in der Stadt ist. Ich werde nicht mit anderen Medien reden, solange Sie keine Entscheidung getroffen haben.«

Die Erwähnung von Alex versetzte Laurie einen Stich.

»Wann können wir uns wiedersehen?«, fragte Casey drängend.

Laurie musste an Jerrys SMS denken. *Sie sagte, wir würden sie erst loswerden, wenn sie mit dir gesprochen hat!* Im Moment musste sie Casey loswerden.

»Freitag«, sagte sie spontan. In zwei Tagen also. Sie wollte ihre Aussage schon revidieren, überlegte dann aber, dass es vielleicht gar nicht so schlecht wäre, wenn sie sich mit Casey und ihrer Familie außerhalb des Büros traf, bevor eine endgültige Entscheidung über das weitere Vorgehen gefällt wurde. »Ich könnte aber auch zu Ihnen kommen. Und vielleicht Ihre Eltern kennenlernen.«

»Mein Vater ist bereits gestorben. Ich wohne bei meiner Mutter. Allerdings in Connecticut.«

Dann fahre ich eben nach Connecticut, dachte sich Laurie.

Sie waren schon an der Tür, als Laurie noch etwas anderes einfiel: »Mein Produktionsassistent sagte mir, Sie kennen Charlotte Pierce?«

Drei Monate zuvor war Charlotte Pierce nur »die Schwester« von Amanda Pierce gewesen – die Schwester der verschwundenen Braut, deren Fall Thema der letzten Sendung gewesen war. Zu Lauries Überraschung hatte Charlotte sie nach dem Ende der Dreharbeiten zum Essen eingeladen. Und mehrere Essen später betrachtete sie Charlotte als Freundin, die erste, die sie seit langer Zeit gefunden hatte.

Casey lächelte verlegen. »Ich habe vielleicht ein wenig übertrieben«, gestand sie. »Meine Cousine Angela Hart arbeitet bei ihr. Sie sind ganz enge Freundinnen, aber ich selbst habe sie nie getroffen.«

Casey setzte eine große, dunkle Sonnenbrille auf, steckte sich das Haar hoch und zog sich eine Yankees-Mütze tief in die Stirn. »Es war schon schlimm genug, als ich in der Mall erkannt wurde.«

Noch während Laurie zu Brett eilte, nahm sie sich vor, Charlotte anzurufen und nachzufragen, ob sie irgendwelche Hintergrundinformationen für sie hatte. Und noch etwas schärfte sie sich ein: Casey Carter war durchaus bereit, sich die Wahrheit ein Stück weit zurechtzubiegen, wenn es ihr nützte.

6

Bretts Sekretärin Dana Licameli warf Laurie einen mitfühlenden Blick zu, als sie sie ins Büro durchwinkte, das sich in diesem Moment wie eine Hinrichtungsstätte anfühlte. »Nimm dich in Acht«, warnte sie Laurie noch. »So verärgert habe ich ihn nicht mehr gesehen, seitdem seine Tochter mit einem Nasenpiercing aus Europa zurückgekommen ist.«

Sofort schwang Brett auf seinem Bürostuhl zu ihr herum. »Ich bin eigentlich davon ausgegangen, dass du nach deinem ausgedehnten Ausflug tief gebräunt zurückkehrst und nach Rum und Sonnencreme riechst.« Er sah auf seine Uhr. »Fast drei Stunden im 21 Club? Wir dürfen uns alle sehr glücklich schätzen. Und gib nicht deinen Mitarbeitern die Schuld. Sie haben ihr Bestes gegeben, um dich zu decken. Aber ich habe Dana dazu bringen können, einen verstohlenen Blick auf deinen Terminplan auf dem Computer deiner Assistentin zu werfen.«

Laurie sah ihn fassungslos an. Sie fand es fürchterlich, Jerry und Grace in ihrer Abwesenheit Bretts Übergriffen ausgesetzt zu haben. Aber wenn sie ihm jetzt sagte, was ihr durch den Kopf ging, wären sie alle drei ihren Job los. Schließlich murmelte sie: »Ich möchte mich entschuldigen, Brett. Ich habe schlichtweg vergessen, dass wir heute Nachmittag eine Sitzung anberaumt hatten.«

Ihre trockene Erwiderung schien ihm den Wind aus den Segeln zu nehmen. Er lächelte sogar etwas. Mit seinen einundsechzig Jahren war Brett immer noch recht attraktiv. Er hatte volles graues Haar, einen markanten Kiefer und sah genauso aus wie viele der Nachrichtensprecher, die er im Lauf der Zeit angestellt hatte.

»Sei nicht so schnippisch. Du weißt sehr wohl, dass keine Sitzung anberaumt ist. Aber du gehst mir aus dem Weg, und wir wissen beide, warum.«

»Ich gehe dir nicht aus dem Weg«, entgegnete Laurie und strich sich eine Strähne ihrer hellbraunen Haare hinters Ohr. Sie hatte nur darauf gewartet, sich endlich von der texanischen Witwe loszueisen, um Brett zu sagen, dass sie loslegen konnten. »Ich dachte wirklich, unser Mediziner-Fall wäre in trockenen Tüchern. Die Witwe ließ sich zwar etwas bitten, trotzdem war ich überzeugt, dass wir sie für die Sendung gewinnen können.«

»Du meinst, sie will nicht? Du hast mir immer erzählt, sie käme bloß wegen ihrer Bälger nicht dazu, zur Post zu spazieren.«

Laurie konnte mit Bestimmtheit sagen, dass sie Lydias Jungs nicht als Bälger bezeichnet hatte. »Anscheinend hat sie es sich anders überlegt, oder sie hat mich die ganze Zeit an der Nase herumgeführt.«

»Ich wette, sie hat Angst. Vielleicht ist sie doch die Täterin.«

Zu den schwierigsten Aufgaben bei Lauries Arbeit gehörte es, die Hauptakteure zur Teilnahme an der Sendung zu überreden. Gewöhnlich gab sie sich so freundlich und zuvorkommend, dass es allen schwerfiel, abzulehnen. Aber hin und wieder mussten schwerere Geschütze aufgefahren werden. Sie war nicht immer stolz darauf, aber ein einziges fehlendes Teil im Puzzle konnte die ganze Produktion sprengen.

»Das glaube ich auch. Sie sagte, sie habe zwei Anwälte konsultiert und habe viel zu verlieren.«

»Dann ist sie schuldig.«

»In diesem Fall stimme ich ausnahmsweise zu. Jedenfalls klang sie sehr entschieden. Und eine Sendung über den unaufgeklärten Mord an ihrem Mann würde niemanden vor den Fernseher locken, wenn sie nicht vor die Kamera tritt.«

»Du willst mir also den Tag endgültig vermiesen.« Brett flüchtete sich in Sarkasmus.

»Nicht absichtlich, nein. Aber mein Ausflug, wie du ihn bezeichnet hast, hat mich auf eine neue Idee gebracht. Ich habe mich eben mit Casey Carter getroffen.«

»Crazy Carter? Ich habe vergangenen Abend von ihr in den Nachrichten gehört. Hat sie die Klamotten getragen, die sie in der Mall gekauft hat?«

»Ich habe sie nicht gefragt. Ich war eher damit beschäftigt, ihr zuzuhören. Sie behauptet nämlich, unschuldig zu sein. Und sie hat mir fünf Verdächtige genannt. Für *Unter Verdacht* könnte das genau das Richtige sein. Fälle von Justizirrtümern liegen voll im Trend.«

»Aber nur, wenn sich die Justiz auch wirklich geirrt hat.«

»Ich weiß. Es war ja nur ein erstes Treffen. Es steht noch viel Arbeit an, aber wenigstens redet sie ausschließlich mit mir und mit sonst niemandem.«

»Laurie, ganz ehrlich, in diesem Fall interessiert es mich nicht die Bohne, ob das Mädel die Mörderin ist oder nicht. Allein ihr Name sorgt für hohe Quoten.« Laurie erwartete eigentlich, dass er sie jetzt gnadenlos nach Einzelheiten ausquetschen würde, die sie noch gar nicht kannte. Aber statt nachzuhaken sagte er nur: »Gut, hoffen wir also, dass es damit was wird. Die Fisher Blake Studios haben die letzten Jahre nicht überlebt, weil sie einen Flop nach dem anderen finanziert haben.«

»Botschaft verstanden«, antwortete Laurie und verbarg ihre Erleichterung. »Wolltest du mich nur wegen der neuen Sendung sehen, oder gibt es noch einen anderen Grund?«

»Aber natürlich. Wir müssen über den Elefanten im Zimmer reden: Ob es dir gefällt oder nicht, Alex ist nicht mehr dabei, und du musst dich nach einem neuen Moderator umsehen.« Brett reichte ihr ein Blatt Papier. »Zum Glück für dich habe ich den perfekten Kandidaten für den Job.«

Laurie konnte an nichts anderes als an Alex denken, als sie nun auf das elfenbeinfarbene Blatt in ihrer Hand starrte. Er war der perfekte Gastgeber für *Unter Verdacht* gewesen – sie hatte es sofort gewusst, schon beim ersten Mal, als er seine blaugrauen Augen hinter der Brille mit dem schwarzen Gestell auf die Kamera gerichtet hatte. Und wie er mit ihr, ohne zu zögern, in den Wagen gestürzt war, als ihr Vater mit Herzkammerflimmern ins Krankenhaus eingeliefert wurde. Ihr erstes Dinner, nur sie beide allein, im Marea. Wie er sofort bei ihr und Timmy war, als der Mann, der Greg umgebracht hatte, auch sie töten wollte. Und die vielen Stunden, die sie damit verbracht hatten, bei einer Flasche Rotwein über den jeweiligen Fall zu sprechen. Das Gefühl, wenn sie seine Lippen auf ihren spürte.

In diesem Moment wurde ihr klar, dass Brett recht hatte. Sie war ihrem Boss ausgewichen, und nicht nur, weil sie auf die Unterschrift der Frau aus Texas gewartet hatte. So sehr sie gehofft hatte, die Witwe würde an der Sendung teilnehmen, so sehr hatte sie sich das auch von Alex gewünscht. Vielleicht würde es in seiner Kanzlei ja zeitweilig weniger zu tun geben. Vielleicht würde er ja nicht widerstehen können, wenn sie einen interessanten Fall anzubieten hatte. Oder vielleicht fehlte ihm ja auch die Arbeit mit ihr.

Aber jetzt war Alex' Abschied Wirklichkeit geworden. In der Hand hielt sie das Bewerbungsschreiben eines realen Menschen mit einem ganz realen Namen: Ryan Nichols. Jurastudium in Harvard, mit Auszeichnung abgeschlossen. Stelle am Obersten Gerichtshof. Gerichtserfahrung als Bundesstaatsanwalt. Erst als sie zur Passage über seine Fernseh-Erfahrung kam, verband sie Ryans Namen mit dem Gesicht, das in letzter Zeit überall in den Nachrichten der Kabelsender zu sehen gewesen war.

In Gedanken ging sie bereits eine Aufzeichnung durch, die es noch gar nicht gab. *Unter Verdacht, mit Ryan Nichols.* Nein, dachte sie, das klingt nicht richtig. Der Name sollte Alex Buckley lauten.

Brett mit seiner rauen Stimme riss sie aus ihren Gedanken. »Meines Erachtens ist Ryan perfekt. Er wird am Freitag um vier hier sein, dann wird es offiziell. Du kannst mir später danken.«

Mit einem bleischweren Knoten im Magen wandte sie sich zum Gehen. Dann hörte sie hinter sich noch mal Brett: »Dann unterhalten wir uns auch über Crazy Casey. Ich kann es kaum erwarten, mehr darüber zu hören.«

Toll. Es blieben ihr also zwei Tage, um Casey Carters Behauptung, Opfer eines Justizirrtums geworden zu sein, ausführlich darlegen zu können, auch wenn sie bislang keine Ahnung hatte, ob die Frau unschuldig oder eine Mörderin war. Sie musste Charlotte anrufen.

7

Laurie hatte gerade erst auf dem weinroten Samtsofa in der luxuriösen Lobby von Ladyform Platz genommen, als Charlotte auch schon durch die weiße Doppeltür kam. Laurie erhob sich und umarmte ihre Freundin.

»Na, heute sind wir beide mal gleich groß«, bemerkte Charlotte fröhlich.

»Weil du platte Treter trägst und ich sieben Zentimeter hohe Absätze«, sagte Laurie. Charlotte war fast ein Meter achtzig, sie war leicht untersetzt, schien sich aber in ihrer Haut sehr wohlzufühlen. Ihre halblangen hellbraunen Haare umrahmten ihr rundes, ungeschminktes Gesicht. Für Laurie war sie jedenfalls die perfekte Repräsentantin des Familienunternehmens.

»Vielen Dank, dass du so kurzfristig für mich Zeit gefunden hast«, sagte sie, während Charlotte schon zu ihrem Büro vorausging.

»Kein Problem. Die Ablenkung tut mir gut. In einer Stunde landet die Maschine meiner Mom aus Seattle. Und, stell dir vor, Dad kommt aus North Carolina hoch. Sobald wir hier fertig sind, muss ich eine Flasche Wodka köpfen.«

»O Gott. Ist es so schlimm? Als ich sie das letzte Mal gesehen habe, schienen sie mir doch ganz gut miteinander auszukommen.« Mehr als das, dachte Laurie. Das spurlose Verschwinden von Charlottes Schwester hatte zum Bruch in ihrer Beziehung geführt, aber die Eheleute schienen wieder zueinandergefunden zu haben, nachdem sie endlich die Wahrheit erfahren hatten, was mit ihrer Tochter geschehen war.

»War nur Spaß. Größtenteils. Es ist fast so, als wären sie wieder frisch verliebt. Wie rührend. Mir wäre es bloß lieber, sie würden wieder zusammenziehen, damit sie nicht mehr mich besuchen müssen, wenn sie sich sehen wollen. Dad bringt mir allmählich mehr Vertrauen in unternehmerischen Dingen entgegen, trotzdem habe ich das Gefühl, dass er mir auf die Finger schaut, wenn er hier ist. Apropos frisch verliebt: Wie läuft es denn mit Alex?«

»Gut. Es geht ihm gut – das ist das Letzte, was ich von ihm gehört habe.«

Theoretisch war Alex' Ausscheiden aus der Sendung rein beruflich begründet, da er sich wieder ausschließlich um seine Kanzlei kümmern wollte. Aber im vergangenen Monat hatte sie ihn nur einmal gesehen, und ihr »Date« an diesem Donnerstag bestand darin, dass er sich bei sich in der Wohnung mit ihrem Vater und ihrem Sohn das Giants-Spiel ansehen wollte. An dem Abend würde es spät werden, aber Timmy hatte am folgenden Tag wegen einer Lehrerkonferenz keinen Unterricht.

»Hab schon verstanden«, sagte Charlotte. »Du hast gesagt, es geht um die Sendung?«

»Arbeitet bei dir eine Angela Hart?«

»Ja. Sie ist meine Marketing-Direktorin. Und eine meiner besten Freundinnen. Ah, jetzt verstehe ich, warum du hier bist. Es geht um ihre Cousine.«

»Dann weißt du, dass sie mit Casey Carter verwandt ist?«

»Natürlich. Sie macht in der Firma nicht viel Aufhebens darum, aber ich weiß, dass sie nicht in die Hamptons gefahren ist, wenn sie jeden zweiten Freitag früher Schluss gemacht hat. Sie hat dann immer Casey besucht. Vor ein paar Jahren, nach zu vielen Martinis, habe ich Angela rundheraus gefragt: War deine Cousine es? Sie hat sofort Stein und Bein geschworen, dass Casey unschuldig ist.«

»Hat sie zufällig erwähnt, dass Casey heute bei mir war? Sie will ihren Fall in *Unter Verdacht* vorstellen. Sie hat mir eine Liste mit fünf Verdächtigen in die Hand gedrückt, die ihre Verteidigerin niemals genauer unter die Lupe genommen hat.«

»Davon wusste ich nichts. Mir ist nicht allzu viel über den Fall bekannt, aber ich hatte den Eindruck, dass die Beweise recht eindeutig waren. Natürlich habe ich das gegenüber Angela niemals anklingen lassen. Aber behauptet nicht jeder im Gefängnis, dass er es nicht war?«

»Ich weiß, trotzdem interessiert mich der Fall. Natürlich kann man behaupten, dass man unschuldig ist, aber sie ist am ersten Tag nach ihrer Entlassung gleich bei mir im Büro erschienen. Um dir die Wahrheit zu sagen, es hat sich in etwa so angefühlt wie damals, als deine Mutter bei mir aufgetaucht ist und mich um Hilfe gebeten hat. Ich konnte sie nicht abweisen.«

»Angela ist vielleicht nicht ganz objektiv, wenn es um ihre Cousine geht, aber würdest du mit ihr mal reden wollen?«

»Ich habe gehofft, dass du uns bekannt machst.«

8

Zwei Minuten später trat eine außergewöhnlich schöne Frau in Charlottes Büro. Ihre langen honigfarbenen Haare waren sanft gewellt, und wenn sie lächelte, funkelten ihre Zähne zwischen den erdbeerrot geschminkten, vollen Lippen. Sie war sogar noch größer als Charlotte, weit über eins achtzig, dazu durchtrainiert, sie bewegte sich elegant und hatte die gleichen blauen, mandelförmigen Augen wie ihre Cousine.

Bei sich hatte sie einen Stapel Akten und Papiere. »Ich habe ein paar vorläufige Skizzen für die Show erstellt, außerdem habe ich den Mietvertrag für das Lagerhaus dabei. Ich konnte günstigere Bedingungen aushandeln, die Papiere müssen aber morgen Vormittag raus.«

Sie verstummte abrupt, als sie Charlottes Gast im Büro bemerkte, machte dann eine Hand frei und streckte sie Laurie entgegen. »Angela Hart.«

Laurie stellte sich als die Produzentin von *Unter Verdacht* vor.

Sofort war für Angela die Verbindung zu ihrer Cousine klar. »Ich hätte es mir denken können, dass sie es nicht auf sich beruhen lässt. Wenn sich Casey etwas in den Kopf gesetzt hat, gibt es für sie kein Halten mehr.«

»Sie hat Ihnen von ihrem Interesse an unserer Sendung erzählt?«

»Sie hat schon auf dem Weg von der Strafanstalt nach Hause damit angefangen.«

»Sie klingen nicht recht begeistert.«

»Entschuldigen Sie, ich sollte nicht so negativ sein. Meiner Ansicht nach hätte sie sich ruhig ein paar Tage Zeit lassen und über alles in Ruhe nachdenken können. Klar, ich weiß, bei Charlottes Familie ist es ganz wunderbar gelaufen. Ich wollte dich noch dazu befragen, Charlotte, um Casey davon zu erzählen. Aber diese Mietsache ist ziemlich kompliziert geworden ...«

»Der Raum, in dem sonst unsere Herbstshow stattfindet, wurde durch einen Elektrobrand zerstört«, erklärte Charlotte. »Also mussten wir uns kurzfristig nach einer Alternative umsehen. Der reine Albtraum.«

»Charlotte sagt, Sie seien im Marketing«, fuhr Laurie fort, nachdem ihr bewusst geworden war, dass sie viel zu unvermittelt auf den Fall zu sprechen gekommen war.

»Seit Ladyform die Dependance in New York eröffnet hat«, antwortete Angela. »Mein Gott, das ist schon mehr als zwölf Jahre her. Wäre Charlotte nicht gewesen, würde ich jetzt wahrscheinlich auf der Straße leben und den Müll nach Pfandflaschen durchwühlen.«

»Hör auf«, unterbrach Charlotte. »Jedes Unternehmen, das dich nicht eingestellt hätte, wäre dumm gewesen.«

»Charlotte ist zu nett«, sagte Angela. »Die Wahrheit war: Als sie mich damals angestellt hat, war ich als Model erledigt. Wenn du erst mal über dreißig bist, bekommst du nur noch Angebote für Faltencremes und Hüfthalter. Ich habe an die ganze Stadt Bewerbungsschreiben geschickt, weil ich irgendwie in der Modebranche arbeiten wollte, aber ich wurde noch nicht mal zu einem Bewerbungsgespräch eingeladen. Kein Abschluss. Keine Berufserfahrung außer als Model. Jetzt bin ich vierundvierzig und so was wie eine Karrierefrau, und das alles nur, weil mir Charlotte eine Chance gegeben hat.«

»Du machst Witze«, warf Charlotte ein. »Du hast *uns* eine Chance gegeben. Keine Ahnung, was du dir gedacht hast, als du zum Gespräch mit mir und Amanda aufgetaucht bist. Wir waren doch noch halbe Kinder.«

Laurie wusste, dass Charlotte und ihrer jüngere Schwester Amanda das Unternehmen mit dem Büro in New York in eine ganz neue Richtung geführt hatten. Der ehemals kleine »Miederwaren«-Hersteller in Familienbesitz galt mittlerweile als Trendsetter für Frauensportbekleidung.

»Wie auch immer«, erzählte Angela weiter, »das Bewerbungsgespräch zog sich jedenfalls in die Länge, und dann gingen wir in das Lokal nebenan, wo wir beim Wein die Unterhaltung fortsetzten. Seitdem sind wir befreundet.«

»Das kommt mir irgendwie bekannt vor«, sagte Laurie. »Charlotte und ich lernten uns bei den Arbeiten für die Sendung über ihre Schwester kennen, aber sie sorgte dann dafür, dass wir darüber hinaus Freundinnen blieben.«

»Na ja«, sagte Charlotte. »Fünf Jahre lang war das Leben meiner Familie die reine Hölle gewesen. Keiner wusste, was mit Amanda geschehen war. *Unter Verdacht* hat uns aus dieser Hölle herausgeführt. Das Gleiche könnte Laurie für Casey tun.«

»Ich weiß, dass Ihre Sendung neue Indizien aufdecken kann«, sagte Angela, »aber meine Tante und ich fürchten, dass sich die öffentliche Meinung über Casey dann nur noch verschlimmern wird. Vor zehn Jahren, als sie noch im Gefängnis saß, wäre das etwas anderes gewesen. Aber jetzt ist sie frei. Sie hat ihre Strafe abgesessen. Ich verstehe Caseys Wunsch, die Öffentlichkeit davon zu überzeugen, dass sie noch nicht einmal einer Fliege etwas zuleide tun könnte, von Hunter ganz zu schweigen. Sie hat ihn aufrichtig geliebt. Aber ich glaube, sie hat keine Vorstellung, wie sehr sich die Welt in den vergangenen fünfzehn Jahren gewandelt hat. Wenn sie die Schlagzeilen der Klatschpresse fürchterlich fand, dann warten Sie erst mal ab, wie sie es findet, was Twitter und Facebook mit ihr anstellen. Manchmal spricht doch einiges dafür, die Vergangenheit endgültig hinter sich zu lassen.«

»Ihre Tante, nehme ich an, ist Caseys Mutter?«, fragte Laurie.

Angela nickte. »Tante Paula ist Caseys Mutter, die Schwester meiner Mom. Casey und ich waren Einzelkinder, wir standen uns also sehr nah, als wir klein waren. Erst mit fünf erfuhr ich, dass ihr vollständiger Name Katherine Carter lautet, das hieß, wir hatten unterschiedliche Nachnamen. Ich weiß noch, wie meine Mom mir erklären musste, dass Casey nicht meine kleine Schwester ist.«

»Es muss schlimm für Sie gewesen sein, als sie verurteilt wurde.«

Angela seufzte. »Es war fürchterlich. Ich war mir so sicher, dass die Geschworenen die Wahrheit erkennen. Wie naiv von mir. Sie war damals erst fünfundzwanzig, kaum aus dem College heraus. Jetzt ist sie vierzig und hat keine Ahnung, wie sehr sich alles verändert hat. Bevor sie ins Gefängnis musste, hatte sie so ein Aufklapp-Handy, und jetzt weiß sie nicht, wie sie mein Smartphone benutzen soll, wenn sie etwas nachsehen will.«

»Und Paula ist dagegen, dass Casey in der Sendung auftritt?«

»Und zwar ganz entschieden dagegen. Ich will ganz offen sein, Caseys Verurteilung ist meiner Meinung nach der Grund für den vorzeitigen Tod ihres Vaters. Und ich frage mich, wie Paula mit dem Stress zurechtkommen wird, wenn ihre Tochter wieder im Licht der Öffentlichkeit steht.«

Charlotte tätschelte ihrer Freundin aufmunternd die Hand. »Ich hatte die gleichen Befürchtungen, als meine Mutter Laurie davon überzeugte, sich mit Amandas Verschwinden zu befassen. Ich dachte damals auch, dass man die Vergangenheit auf sich beruhen lassen sollte. Aber jetzt wissen meine Eltern, was geschehen ist, und damit endete endlich der Albtraum, in dem sie fünf Jahre lang gelebt haben.«

Laurie war es genauso ergangen, als sie ein Jahr zuvor die

Wahrheit über Gregs Mörder erfahren hatte. *Albtraum,* das beschrieb exakt den Zustand, in dem sie sich selbst bis vor nicht allzu langer Zeit befunden hatte.

»Waren Sie an dem Fall in irgendeiner Weise beteiligt?«, fragte Laurie. »Kannten Sie Hunter?«

»Natürlich war ich nicht da, als er getötet wurde«, antwortete Angela. »Aber ich habe beide an dem Abend auf der Gala der Stiftung gesehen. Und ich war die Erste, die sie anrief, als sie ihn tot im Landhaus fand – und nachdem sie die Polizei verständigt hatte. Ich hatte am nächsten Morgen ein Fotoshooting, sprang aber sofort in den Wagen, um zu ihr zu fahren. Als ich in New Canaan in Connecticut eintraf, war sie immer noch völlig benommen. Mir war sofort klar, dass sie unter Drogen stand. Ich war sogar diejenige, die dann darauf bestand, dass die Polizei von ihr eine Blutprobe nahm. Man fand schließlich Alkohol und Rohypnol. Würde irgendjemand, der noch bei Verstand ist, freiwillig Rohypnol nehmen? Niemals. Das ist keine Freizeitdroge. Nach allem, was ich weiß, macht es einen zum Zombie.«

Laurie musste an ihre Freundin Margaret denken, die überzeugt war, dass ihr jemand etwas in den Drink gegeben hatte, als sie kurz nach ihrem Uni-Abschluss zusammen an einer Bar saßen. Laut Margaret hatte sie dabei das Gefühl gehabt, als würde sie alles von außerhalb des eigenen Körpers wahrnehmen.

»Sie glauben also immer noch, dass Casey unschuldig ist?«

»Natürlich. Deshalb hat sie sich auch nicht auf einen strafmildernden Deal mit dem Gericht eingelassen – mit einem Geständnis wäre sie lediglich zu sechs Jahren Haft verurteilt worden.«

»Falls Casey und ich uns auf die Sendung einigen, können wir dann mit Ihrer Unterstützung rechnen? Soweit ich weiß, sind Sie und ihre Mutter die Einzigen, mit denen sie noch in Kontakt steht.«

»Kann ich Sie irgendwie dazu überreden, ihr mehr Zeit einzuräumen, bevor sie eine endgültige Entscheidung treffen muss? Das alles kommt mir sehr überhastet vor.«

»Nein, leider nicht. Ich stehe unter Termindruck.«

»Seien Sie ehrlich: Sie brauchen Paula und mich gar nicht, oder? Sie ziehen die Sache durch, ganz egal, was wir davon halten.«

»Ja, solange wir Casey in der Sendung haben und zumindest einige der anderen Verdächtigen.«

»Was soll ich dann sagen? Ich werde weiterhin Casey unterstützen, das habe ich immer gemacht. Aber ich kann Ihnen schon jetzt sagen: Paula wird nicht mit Ihnen kooperieren. Sie ist überzeugt, dass Casey einen schrecklichen Fehler begeht.«

»Ich hoffe, dass dem nicht so ist«, entgegnete Laurie. »Aber ich werde es im Hinterkopf behalten.«

9

Zwei Tage später betrachtete sich Laurie im Toilettentischspiegel in ihrem Schlafzimmer. Diese Falte zwischen den Augenbrauen war gestern doch noch nicht da gewesen. Konnte das sein? Tauchten Falten über Nacht auf? Sie griff schon zum Concealer, hielt dann aber inne. Sie zog es vor, so natürlich wie möglich auszusehen, auch wenn es bedeutete, dass sie ein paar Fältchen mehr hatte – sie würde sich damit abfinden, ungern zwar, aber immerhin.

Im Spiegel sah sie Timmy ins Zimmer kommen, in der Hand hatte er sein iPad. »Mom, du wirst in beide Richtungen im Stau stecken. Du musst spätestens um drei in Connecticut losfahren, wenn du es noch rechtzeitig für Alex und den Kick-off schaffen willst. Auf dem Bruckner Expressway geht es dann nur stockend voran.«

Unglaublich, wie schnell ihr Sohn groß wurde. Auf ihrer letzten Fahrt nach Florida vergangenen Monat hatte er sich als »Navigator« auf dem Rücksitz bewährt und sämtliche Verkehrs-Apps aus dem Effeff beherrscht.

Sie sah keine Notwendigkeit, ihm mitzuteilen, dass sie sogar noch früher los musste, weil sie um vier Uhr einen Termin bei Brett und dem von ihm ausgewählten neuen Moderator hatte.

Sie umarmte Timmy, bevor sie ihn ins Wohnzimmer lotste. »Ich habe dir beigebracht, dass man nicht zu spät kommen soll, das gilt auch für die Schule«, erinnerte sie ihn. »Zieh deine Schuhe an und hol deinen Rucksack. Und vergiss die Mathe-

Hausaufgaben nicht. Die lagen letzten Abend auf dem Beistelltisch.«

Während Timmy in sein Zimmer trottete, kam ihr Vater herein und reichte ihr eine Tasse Kaffee. »Ich hab sogar an diese schreckliche Mandelmilch gedacht, die du so gern magst.«

In Wahrheit hatte sie die anfänglich nur gekauft, weil sie hoffte, ihr Vater würde sie trinken. Seitdem ihm im vergangenen Jahr zwei Stents eingesetzt worden waren, hielt er sich an eine strikte herzschonende Kost, bestand aber weiterhin darauf, Vollmilch in den Kaffee zu geben. Na ja, dachte sie sich, wenn sich jemand ein kleines Laster gönnen darf, dann mein Vater. Sechs Jahre zuvor war ihr Vater Leo Farley noch Erster Stellvertretender Polizeichef gewesen und galt als Anwärter auf den Chefposten. Doch dann, an einem Spätnachmittag, wurde Lauries Mann Greg, als er mit Timmy auf dem Spielplatz war, durch einen Schuss in den Kopf getötet. Plötzlich war Laurie alleinerziehende Mutter und wusste nicht, wer ihren Mann ermordet hatte. Und Leo gab ihr und Timmy zuliebe seine Arbeit auf, die ihm so wichtig war.

Gleich würde er Timmy zur Schule bringen, wie jeden Tag, nachdem er die wenigen Blocks von seiner Wohnung zurückgelegt hatte, um seinen Enkelsohn abzuholen. Wenn er Milch in seinem Kaffee wollte, dann sollte er sie haben.

»Timmy freut sich schon auf Alex, das sieht man«, sagte er.

»Natürlich. Er himmelt Alex an.«

»Das tun wir doch alle, oder?«, antwortete er. »Sorry. Das sollte keine Anspielung sein.«

»Ich weiß, Dad. Schon gut.«

Es war ein offenes Geheimnis: Nichts wünschte sich Leo mehr, als dass Laurie und Alex glücklich bis an ihr Lebensende zusammen waren. Und es war ja nicht so, dass sie das nicht ebenfalls wollte. Aber jedes Mal, wenn sie dachte, sie wäre dazu bereit, kam ihr Greg in den Sinn, und dann konnte sie spüren, wie sie sich wieder von Alex zurückzog. Ihr Mann war immer noch so sehr in ihrem Herzen verankert, dass sie sich fragte, ob dort jemals Platz für einen anderen sein würde.

Nach Alex' eigener Aussage würde er wegen eines wichtigen Falls häufig auf Reisen sein, aber sie wusste sehr gut, warum er sie nicht anrief. Er hatte sich in sie verliebt und hielt jetzt Abstand, bis sie seine Gefühle erwidern konnte. Sie musste ihm Platz einräumen und hoffen, dass er noch da sein würde, wenn sie für ihn bereit war.

»Timmy sagt, du würdest ein Gefängnis besuchen?«, fragte Leo. »Worum geht es denn?«

Timmy hatte die Angewohnheit, immer nur das zu hören, was am meisten Aufregung versprach. »Ich besuche kein Gefängnis, sondern treffe mich nur mit jemandem, der am Dienstag aus einem entlassen wurde. Dad, was weißt du noch über die Dornröschen-Killerin?«

»Sie hat einen verdammt feinen Menschen umgebracht und dann behauptet, von der Polizei vorschnell abgeurteilt worden zu sein. Sie hätte lebenslänglich bekommen müssen, aber die Geschworenen haben sich von ihr einlullen lassen.« Plötzlich wirkte er besorgt. »O Laurie, sag mir jetzt nicht, dass du dich mit ihr treffen willst.«

10

Lauries Smartphone informierte sie darüber, dass ihr Wagen vorgefahren war und in der 94th Street wartete, aber Leo versuchte sie immer noch davon zu überzeugen, dass die Fahrt reine Zeitverschwendung war. »Sie sieht dir treuherzig in die Augen und lügt dir dann unverblümt ins Gesicht, genau wie bei den Polizisten, als sie verhaftet wurde.«

Laurie bedauerte bereits, den Grund ihrer Fahrt nach Connecticut erwähnt zu haben. Sie nahm den letzten Schluck von ihrem Kaffee. Sie hatte das Koffein bitter nötig.

»Ich habe noch keine Entscheidung getroffen«, erwiderte sie.

»Ich kann dir jetzt schon sagen, was diese Casey dir auftischen wird – angeblich ist sie bei dieser Wohltätigkeitsveranstaltung von einem unbekannten Fremden unter Drogen gesetzt worden.«

»Ich weiß, ich weiß«, antwortete sie und vergewisserte sich, dass sie alles in ihrer Tasche hatte, was sie für den Tag brauchte. »Die Tests bestätigten damals, dass sie nicht nur Alkohol im Blut hatte, sondern auch Rohypnol. Sie wird mir erzählen, dass das keine Freizeitdroge ist, sondern ein Medikament, das man als K.o.-Tropfen verwendet, wenn man jemanden ausschalten möchte.«

»Nur dass sie eben nicht von einem Unbekannten unter Drogen gesetzt wurde, Laurie. Sie hat die Drogen ganz bewusst genommen, damit sie behaupten kann, jemand anders habe den Mord begangen.« Leo schüttelte angewidert den Kopf.

»Dad, ich muss los, okay? Ich habe Casey *versprochen*, dass ich ihren Fall wenigstens in Betracht ziehe. Das habe ich von dir doch gelernt: Wenn man jemandem sein Wort gibt ...«

»Aber muss das unbedingt heute sein? Lass dir Zeit und ziehe stattdessen ein paar andere Fälle in Betracht.«

Aber mir sitzt Brett im Nacken, hätte sie fast gesagt, wollte ihrem Vater aber nicht weitere Munition gegen ihren Chef liefern. Leo hielt immer und manchmal zu sehr zu ihr. Wie oft hatte er ihr gesagt, dass sie bei jedem anderen Fernsehsender des Landes arbeiten könnte. Würde es nach Leo gehen, sollte sie einen ganzen Schrank mit Emmy Awards haben und sich der ständigen Abwerbeversuche von *60 Minutes* erwehren müssen.

»Caseys Mutter will anscheinend nicht, dass sie an der Sendung teilnimmt.«

»Eine kluge Frau«, kam es entschieden von ihm. »Wahrscheinlich weiß sie, dass ihre Tochter schuldig ist.«

»Jedenfalls will ich sie lieber früher als später kennenlernen ... nur für den Fall, dass ich mich doch dafür entscheiden sollte, ihre Geschichte zu nehmen.«

»Was du hoffentlich nicht tun wirst.«

Timmy und Leo begleiteten Laurie zum schwarzen SUV, der vor dem Gebäude wartete. Laurie umarmte Timmy noch einmal, dann sah sie den beiden nach, als sie sich auf ihren täglichen Weg zur Saint David's School machten.

Draußen vor den Scheiben des SUV zog die Stadt vorbei, und sie war dankbar, dass sie die lange Fahrt nach Connecticut und zurück heute unternahm. Denn ihr Sohn war nicht der Einzige, der sich auf Alex freute. Und je mehr sie zu tun hatte, desto schneller würde die Zeit bis zum Abend vergehen.

11

Paula Carter stand in der Tür zum Gästezimmer und sah, wie sich ihre Tochter in dem von ihr geschaffenen behelfsmäßigen Büro durch die Unterlagen arbeitete. Casey hatte das Gefängnis mit zwei Kartons verlassen. Soweit Paula gesehen hatte, bestand deren Inhalt aus nichts anderem als aus Akten und Notizbüchern, die jetzt auf der Kommode und den beiden Nachtkästchen ausgebreitet waren. Bis auf die Fahrt in die Stadt vor zwei Tagen hatte Casey die gesamte Zeit hier verbracht und war die Dokumente durchgegangen.

»Alles ein bisschen eng hier, was, Liebes?«, sprach Paula sie an.

»Es ist ein Palast verglichen mit dem, was ich gewohnt bin«, sagte Casey mit einem traurigen Lächeln. »Mom, im Ernst, vielen Dank für alles, was du für mich getan hast. Ich weiß, es muss hart für dich gewesen sein, hierher zu ziehen.«

Hierher war Old Saybrook in Connecticut, ein kleiner Ort, nur knapp zwanzig Kilometer von der Strafanstalt entfernt, die in den vergangenen fünfzehn Jahren Caseys Zuhause gewesen war.

Paula hätte nie gedacht, dass sie Washington, D.C., jemals verlassen würde. Dorthin war sie gezogen, als sie mit sechsundzwanzig Jahren den zwölf Jahre älteren Frank geheiratet hatte. Sie hatten sich in Kansas City kennengelernt. Er war Partner einer der größten Anwaltskanzleien des Landes gewesen und sie Rechtsberaterin für eines der Unternehmen, das von ihnen vertreten wurde. Ein gravierender Produktionsfehler in der

Niederlassung in Missouri hatte dazu geführt, dass sie monatelang beruflich miteinander zu tun hatten. Als der Fall abgeschlossen war, hatte Frank ihr einen Heiratsantrag gemacht und sie gefragt, ob sie sich vorstellen könne, mit ihm nach Washington, D.C., zu ziehen. Woraufsie geantwortet hatte, der einzige Nachteil sei, dass ihr ihre Schwester Robin und ihre kleine Nichte Angela fehlen würden, die gerade erst gelernt hatte, sie Tante Pau-Pau zu nennen. Robin war alleinerziehend, Angelas Vater hatte sich schon recht früh aus dem Staub gemacht. Paula hatte Robin in ihrem Unternehmen eine Stelle als Sekretärin verschafft und half aus, wenn sich jemand um die Kleine kümmern musste. Sowohl Paula als auch Robin hatten immer davon geträumt, Jura zu studieren.

Drei Tage später hatte Frank eine Lösung parat. Robin und ihre Tochter Angela würden ebenfalls nach D.C. umsiedeln. Seine Kanzlei würde Robin als Sekretärin einstellen, mit flexiblen Arbeitszeiten, damit sie neben dem Beruf die Lizenz zur Rechtsberaterin erwerben oder sogar Jura studieren konnte. So zogen sie alle drei – Paula, Robin und die kleine Angela – nach Washington, D.C.

Was war das für ein Abenteuer gewesen. Innerhalb eines Jahres waren Paula und Frank verheiratet, und vor ihrem zweiten Hochzeitstag wurde Casey geboren. Paula schaffte es nie, ihren Traum, Anwältin zu werden, zu verwirklichen. Robin allerdings absolvierte das Studium, während Paula ihr wunderbares Leben mit Frank führte. Sie hatten ein herrliches Haus in Georgetown mit einem kleinen Garten, in dem die Mädchen spielen konnten. Das Weiße Haus, die National Mall und der Oberste Gerichtshof lagen gleich vor ihrer Haustür. Wer hätte jemals gedacht, sagten sie und Robin sich oft, dass unsere Töchter eines Tages in so einer Umgebung aufwachsen würden?

Die Hauptstadt war ihnen allen wirklich zur Heimat geworden.

Doch dann, zwei Jahre nach ihrem Juraabschluss, erhielt die gerade achtunddreißigjährige Robin ihre Krebsdiagnose. Sie unterzog sich unzähligen Behandlungen, die Haare fielen ihr aus, und sie hatte ununterbrochen mit Übelkeit zu kämpfen. Aber die Behandlungen schlugen nicht an. Angela war noch in der Highschool, als sie ihre Mutter zu Grabe trug. Danach wohnte sie bei den Carters in Georgetown, bis sie die Schule abgeschlossen hatte, nach New York City zog und von einer Modelkarriere träumte. Vier Jahre später zog auch Casey von zu Hause aus, ging zunächst auf die Tufts-Universität, um sich dann in der Kunstszene in New York umzutun.

So blieben Frank und Paula allein in D.C. Immerhin konnten sich die Mädchen in New York gegenseitig beistehen – anfangs zumindest, bevor die Sache mit Hunter geschah.

Und dann, drei Jahre zuvor, als Paula und Frank die Stufen zum Lincoln Memorial hinaufstiegen, brach Frank plötzlich zusammen. Der Arzt im Sibley Memorial Hospital teilte ihr mit, dass er nicht zu leiden hatte. »Es hat sich wahrscheinlich angefühlt, als wäre das Licht ausgeschaltet worden.« In ihrer Vorstellung starb ihr Mann an gebrochenem Herzen – das an dem Tag gebrochen worden war, an dem Casey verurteilt wurde.

Ohne Frank fühlte sich das Haus in Georgetown nun viel zu groß an. Bei jedem Spaziergang hatte Paula das vor Augen, was sie bislang immer zusammen mit den Menschen gesehen hatte, die ihr jetzt so sehr fehlten. Robin und Frank waren tot. Angela war nach wie vor in New York. Und Casey lebte in einer zwei mal zweieinhalb Meter großen Zelle in Connecticut. Nein, die Hauptstadt des Landes war ihr keine Heimat mehr. Aber Casey, Frank, Angela und Robin, die boten ihr eine Heimat. Also verkaufte sie das Haus und erwarb wegen der Nähe zu ihrer Tochter ein Haus in Old Saybrook. Sie hätte auch eine Million Dollar gezahlt, wenn sie in die Zelle neben der von Casey hätte einziehen können.

Jetzt, da ihre Tochter da war, fühlte es sich etwas mehr wie ein Zuhause an. Sie wischte sich eine Träne aus dem Augenwinkel und hoffte, dass Casey es nicht bemerkt hatte. Frank hat dich angefleht, ein Geständnis abzulegen, damit du ein milderes Urteil bekommst, dachte sie. *Ich bin alt,* hatte er gesagt, *und ich werde nicht jünger.* Casey, du hättest schon vor neun Jahren entlassen werden können, dann wären Frank noch mindestens sechs Jahre – vielleicht sogar noch mehr – geblieben, die er mit dir hätte verbringen können.

Ein Klingeln an der Tür riss sie aus ihren Gedanken.

»Das muss Laurie Moran sein«, sagte Paula. »Ich verstehe nicht, warum du dir das antun willst. Aber von mir nimmst du ja weiß Gott keine Ratschläge an.« So wenig, wie du sie von deinem Vater angenommen hast, dachte sie.

12

»Ich soll Ihnen wirklich keinen Tee machen?«

Es war das dritte Mal, dass Paula ihr welchen anbot. Dazwischen hatte sie wiederholt den Saum ihres Kleides glattgestrichen, hatte sich erhoben, um ein Bild an der Wand gerade zu rücken, und war ansonsten unablässig auf dem Sofa hin und her gerutscht.

»Doch, das wäre nett.« Laurie hatte keine Lust auf Tee, aber sie hätte auch saure Milch getrunken, nur damit sie die Frau mit ihrer Nervosität endlich loswurde.

Nachdem Paula das Zimmer verlassen hatte, sagte Casey: »Ich muss daran denken, als meine Eltern nach Hunters Ermordung bei mir waren. Sie sind von D.C. angereist und haben darauf bestanden, bei mir zu wohnen, damit ich nicht allein war. Ich wusste nicht recht, ob ich das überhaupt wollte. Jedenfalls bot mir meine Mutter zwei Tage lang ununterbrochen Obst oder Käse und Saft und Tee an, sie stand mitten im Gespräch auf und wienerte die Küchenplatte. Der Boden war so sauber, dass man sich darin spiegeln konnte.«

Bis Paula mit einem silbernen Teetablett zurückkehrte, hatte Laurie das Gespräch auf den Abend von Hunter Raleighs Ermordung gelenkt.

»Um wie viel Uhr haben Sie die Gala im Cipriani verlassen?«, fragte sie.

»So kurz nach neun. Ich hatte ein wahnsinnig schlechtes Gewissen, weil ich Hunter zwang, sein eigenes Fest zu verlassen. Es war gerade mal das Dessert serviert worden. Ich schlug ihm vor, mir allein ein Taxi zu nehmen, aber er bestand darauf, mich zu begleiten. Mir ging es fürchterlich schlecht, ich konnte mich kaum auf den Beinen halten, wahrscheinlich war ihm klar, dass irgendetwas nicht stimmte. Aber der Gedanke, dass mir jemand Drogen verabreicht haben musste, ist mir erst später gekommen.«

Darauf, dachte Laurie, werden wir sicherlich noch zurückkommen. Zunächst wollte sie sich ein Bild vom Ganzen machen, von Anfang bis zum Ende.

»Hunters Chauffeur hat Sie also zu Hunters Haus gebracht?«

»Ja, Raphael. Er hat draußen im Wagen gewartet.«

»Sie wollten nicht einfach in der Stadt bleiben, obwohl es Ihnen so schlecht ging?« Neben dem Landhaus in New Canaan hatten sowohl Casey also auch Hunter damals jeweils eine eigene Wohnung in Manhattan.

Casey schüttelte den Kopf. »Das Haus dort ist zauberhaft. Es ging mir gleich besser, als wir dort ankamen – dachte ich zumindest. Während der Fahrt bin ich immer wieder eingenickt. Ich hätte gleich wissen müssen, dass etwas nicht stimmt, egal, wie spät es war. Ich habe nämlich generell Probleme mit dem Einschlafen. Und ich schlafe nie im Auto oder im Flugzeug.«

Selbst die Staatsanwaltschaft hatte zur Kenntnis genommen, dass Casey Rohypnol im Blut hatte. Die entscheidende Frage lautete nur: Hatte sie das Medikament selbst genommen, nachdem sie Hunter erschossen hatte, um sich ein Alibi zu verschaffen, oder hatte es ihr jemand anderes im Lauf des Abends verabreicht?

Von ihren Recherchen wusste Laurie, dass die Polizei ein Foto von Hunters Wagen vorgelegt hatte. Es wurde aufgenommen, als das Fahrzeug die Mautspur auf dem Henry Hudson Parkway passierte, und zeigte Casey aufrecht neben Hunter auf dem Rücksitz. Beim Prozess legte der Staatsanwalt dieses Bild als Gegenbeweis zu Caseys Behauptung vor, bereits während der Gala unter Drogen gesetzt worden zu sein.

»War Müdigkeit das einzige Symptom, unter dem Sie litten?« Als man Lauries Freundin Margaret K.o.-Tropfen in ihr Getränk gemischt hatte, sei ihrer Aussage zufolge das Gefühl, das sich danach einstellte, ganz anders gewesen als bei purer Müdigkeit.

»Nein, es war schrecklich. Mir war schwindlig, ich war verwirrt, dazu kam diese fürchterliche Übelkeit. Mir war gleichzeitig heiß und kalt. Das Sprechen fiel mir schwer, mir wollten die Wörter nicht mehr einfallen. Und mir war, als hätte ich überhaupt keine Kontrolle mehr über meinen Kopf oder Körper. Ich weiß noch, ich habe im Stillen gebetet, dass es endlich aufhört.«

Genauso hatte Margaret ihren Zustand beschrieben.

»Sie haben nach Mitternacht den Notruf gewählt. Um null Uhr siebzehn, um genau zu sein. Was geschah zwischen der Zeit, als Sie im Haus eintrafen, und dem Anruf?«

Casey blies sich die Haarsträhnen aus dem Gesicht. »Es ist so sonderbar, wieder darüber zu reden. Jahrelang habe ich das alles immer wieder vor meinem geistigen Auge ablaufen lassen, aber seit meiner Verhaftung hat es keinen gegeben, der wirklich meine Version der Geschichte hören wollte.«

Laurie drängte sich die Stimme ihres Vaters auf: *Wenn sie so unschuldig ist, warum hat sie dann die Aussage verweigert?* »Ich muss Sie berichtigen, Casey. Alle wollten Ihre Version hören, aber Sie haben vor Gericht nicht ausgesagt.«

»Meine Anwältin hat mir geraten, von meinem Recht der Aussageverweigerung Gebrauch zu machen. Sie hat zwei Zeugen aufgetan, die mitbekamen, wie Hunter und ich uns einmal wortreich gestritten haben. Ja, das hätte vor Gericht für mich nicht gut ausgesehen. Die Anklage hätte mich in der Luft zerrissen und mich jedes Mal damit konfrontieren können, sobald ich die Fassung verlor. Nur weil ich ein eher temperamentvoller Mensch bin, macht mich das noch lange nicht zur Mörderin.«

»Wenn Sie an der Sendung teilnehmen, werden wir Ihnen dieselben und möglicherweise unangenehmen Fragen stellen. Ist Ihnen das klar?«, fragte Laurie.

»Absolut. Ich werde alle beantworten.«

»Auch an einem Lügendetektor?«

Casey stimmte, ohne zu zögern, zu. Laurie würde das Gerät nicht benutzen, weil es erwiesenermaßen unzuverlässig arbeitete, aber Caseys Bereitschaft, sich einem Lügendetektortest zu unterziehen, sprach für sie. Um ihre Ehrlichkeit ein weiteres Mal zu testen, fragte Laurie sie, ob sie bereit wäre, ihre Anwältin von ihrer Verschwiegenheitspflicht zu entbinden, damit Laurie direkt mit dieser reden könnte. Erneut stimmte Casey zu.

»Bitte fahren Sie mit Ihrer Geschichte fort«, forderte Laurie sie auf.

»Ich kann mich kaum noch erinnern, wie ich ins Haus kam. Wie gesagt, ich kippte immer wieder weg. Hunter weckte mich, als wir in die Einfahrt einbogen. Raphael half mir, als ich nicht aus dem Wagen kam, aber dann schaffte ich es mit Hunters Hilfe mühsam ins Haus. Ich musste mich sofort auf die Couch gelegt haben und eingeschlafen sein. Als ich aufwachte, trug ich immer noch mein Abendkleid.«

»Und was geschah, als Sie auf dem Sofa aufwachten?«

»Ich torkelte ins Schlafzimmer. Mir war immer noch schwindlig, aber irgendwie schaffte ich es durch den Flur. Hunter lag auf dem Bett, aber nicht ... nicht so, als würde er schlafen, sondern als wäre er rückwärts darauf gefallen. Von den Fotos weiß ich, dass nur sein Hemd und die Decke voller Blut waren, aber in dem Moment kam es mir so vor, als wäre er überall mit Blut bespritzt. Ich lief zu ihm und schüttelte ihn und flehte ihn an, aufzuwachen. Als ich seinen Puls fühlte, glaubte ich etwas zu spüren, aber dann bemerkte ich, dass es nur meine zitternde Hand war. Er war schon kalt. Er war tot.«

13

Caseys Mutter rutschte wieder auf dem Sofa herum. »Ich wusste, dass es zu viel für dich ist, das alles kommt viel zu früh, du bist doch erst seit ein paar Tagen wieder zu Hause. Vielleicht sollten wir das Gespräch zu einem späteren Zeitpunkt fortsetzen, Ms. Moran.«

Caseys verärgerter Blick war eindeutig. »Mom, ich habe fast die Hälfte meines Lebens darauf gewartet, das alles endlich erzählen zu können. Bitte halt dich da raus«, sagte sie entschieden. »Nachdem ich die Polizei verständigt hatte, rief ich meine Cousine Angela an. Dem Himmel sei Dank, dass ich sie habe. Ohne sie hätte ich es im Gefängnis nicht ausgehalten. Die Polizei hatte mich auf dem Bett angetroffen, wie ich mich verzweifelt an Hunter klammerte. Mein Kleid war trägerlos, daher waren meine Hände, die Arme und Schultern blutverschmiert. Hunter trug noch sein weißes Hemd und die Smokinghose. Sein Jackett lag auf der Bank am Fußende des Bettes.«

»Wie ist die Polizei ins Haus gekommen?«, fragte Laurie.

»Die Tür hat anscheinend offen gestanden, was ich nicht gemerkt hatte, als ich auf dem Sofa aufgewacht war.«

»Ist das ungewöhnlich, dass die Tür offen stand?«

»Natürlich. Aber wir haben dort draußen meistens erst zugesperrt, wenn wir zu Bett gingen. Hunter hatte auch eine Alarmanlage, die schalteten wir aber meist nur ein, wenn wir in die Stadt fuhren. Wahrscheinlich hatte Hunter alle Hände voll zu tun, um mich ins Haus zu schaffen, sodass er nicht mehr die Tür hinter sich schloss. Ich denke mir also, der Täter ist durch die Tür geschlüpft, bevor Hunter sie absperren konnte, und ließ sie später einfach offen.«

Neben den beiden Schusswunden, an denen Hunter gestorben war, hatte die Polizei zwei weitere Einschüsse in den Wänden zwischen Wohn- und Schlafzimmer gefunden. »Als die Polizei da war«, fuhr Laurie fort, »fand sie Hunters Waffe im Wohnzimmer, richtig?«

Casey nickte. »Wie gesagt, ich war auf dem Bett und hielt Hunter in den Armen, als ich die Polizei kommen hörte. Sie schrien mich an, ich soll von der Leiche weggehen. Ich kam mir vor wie in einem Albtraum. Ob es nun am Schock lag oder an den Medikamenten, ich kam der Aufforderung jedenfalls nicht gleich nach. Ich war noch immer so groggy. Insgeheim frage ich mich, ob nicht alles anders abgelaufen wäre, wenn ich die Anweisungen schneller befolgt hätte. Sie rannten durchs Haus und sahen in den Bädern und den Schränken nach. Mit mir gingen sie sehr grob um und bestanden darauf, dass ich ins Foyer gehe. Sie mussten mich von Hunter wegzerren. Als ich im Foyer war, brüllte eine Polizistin plötzlich ›Waffe!‹ Ich hatte fürchterliche Angst und dachte, sie hätten irgendwo einen Einbrecher entdeckt. Aber dann hielt sie eine Pistole hoch, die sie unter dem Sofa im Wohnzimmer gefunden hatte. Sie fragte mich, ob ich die schon mal gesehen hätte. Sie sah wie Hunters neue Walther P99 aus. Eine Neunmillimeter. Die hatte er kurz zuvor gekauft.«

»Hunter war ein begeisterter Sportschütze und Sammler«, erklärte Paula. »Ich dachte wirklich, Casey würde ihn davon abbringen können, stattdessen ging sie mit ihm dann sogar auf den Schießstand. Frank und ich waren entsetzt.«

Anscheinend vertrat Caseys Familie gewisse politische Ansichten, ein Aspekt, den Laurie im Hinterkopf behalten wollte.

»Es war sein Hobby, er hat es genossen«, sagte Casey. »So wie andere Männer eben Golf spielen.«

»Wie haben Sie reagiert, als die Polizei die Pistole unter dem Sofa fand, auf dem Sie geschlafen haben?«

»Ich war überrascht. Hunter schloss normalerweise seine Waffen in einem Safe weg, außer die, die er im Nachtkästchen liegen hatte. Als ich den Beamten sagte, das sei Hunters neueste Pistole, dachte ich nicht im Traum daran, dass sie mich für die Täterin halten könnten.«

Laut den Prozessunterlagen, die Laurie am Tag zuvor überflogen hatte, hatte Casey der Polizei erzählt, dass sie die neue Waffe nie abgefeuert habe. Sie dachte, Hunter hätte sie gleich nach dem Kauf mit auf den Schießstand genommen, aber sie schwor, sie selbst nie angerührt zu haben. Dann aber wurden ihre Fingerabdrücke auf der Pistole sichergestellt sowie Schmauchspuren an ihren Händen.

Wieder mischte sich Paula ein. »Als die Polizei darum bat, Casey auf Schmauchspuren zu testen, sagte man ihr, es diene nur dazu, sie als Verdächtige auszuschließen. Und jetzt sagen Sie mir: War das fair? Sie taten so, als würden sie es gut mit ihr meinen, dabei hatten sie es die ganze Zeit nur auf sie abgesehen.«

»Natürlich ließ ich mich auf den Test ein. Ich wollte alles tun, um zu helfen. Sie haben ja keine Vorstellung, wie schrecklich es ist, wenn man weiß, dass man die ganze Zeit da war. Ich *war da,* als ihn jemand vom Wohnzimmer ins Schlafzimmer verfolgt und dabei auf ihn geschossen hat. Ich lag auf dem Sofa und schlief, während jemand den einzigen Mann ermordete, den ich jemals geliebt habe. Ich werde mich für den Rest meines Lebens fragen, ob er nach mir gerufen hat.« Wieder stockte sie.

Paula gab ein aufgebrachtes Seufzen von sich. »Ich weiß nicht, warum wir das alles wieder aufwühlen müssen. Wir können die Zeit nicht zurückdrehen. Wenn wir das könnten, würde ich dich zwingen, ein Geständnis abzulegen. Stattdessen hast du dich auf die Geschworenen eingelassen. Und deine unfähige

Anwältin hat dich mit ihrer Behauptung, du seist an diesem Abend nicht bei Sinnen gewesen, im Grunde ins Gefängnis gebracht. Hätte Casey es darauf angelegt, wegen Totschlags verurteilt zu werden, hätte sie auf schuldig plädieren können und dafür ein milderes Urteil bekommen.«

Casey hob die Hand. »Mom, wenn jemand weiß, welchen Preis ich dafür gezahlt habe, dann ich.«

Laurie ging die fünf Namen der Verdächtigen durch, die Casey ihr gegeben hatte: ihr Exfreund Jason Gardner; Gabrielle Lawson, die Dame aus der High Society, die hinter Hunter her war; Andrew Raleigh, der eifersüchtig war auf seinen älteren Bruder; Mark Templeton, der Finanzchef der Stiftung, sowie Mary Jane Finder, die persönliche Assistentin, über die Hunter anscheinend Erkundigungen eingezogen hatte. »Gibt es möglicherweise noch andere?«, fragte sie.

»Das sind alle, die mir einfallen«, bestätigte Casey. »Jeder von denen hätte mir etwas ins Glas schütten und nach uns die Gala verlassen können, um nach Connecticut zu fahren, wo ich, bis sie eintrafen, bereits ohnmächtig war.«

»Aber was, wenn das nicht der Fall war?«, fragte Laurie. Die Wirkung von Rohypnol wies, soweit sie wusste, eine große Bandbreite auf. Der Mörder hatte nicht mit Sicherheit davon ausgehen können, dass Casey bei seiner Ankunft schon bewusstlos war.

»Daran habe ich auch gedacht. Einerseits mache ich mir Vorwürfe, dass ich nicht wach war, um Hunter zu helfen. Andererseits muss ich annehmen, dass der Täter mich ebenfalls erschossen hätte, wenn ich noch bei Bewusstsein gewesen wäre.«

Paula sah flehentlich zu ihrer Tochter. »Das alles kommt viel zu früh. Namen nennen im Fernsehen? Hast du auch nur einmal daran gedacht, wie diese Leute darauf reagieren werden? Sie werden dich fertigmachen. Die Hoffnung auf einen Neuanfang, auf ein neues Leben kannst du dann vergessen.«

»Mom, ich bin schon ganz unten, ich brauche keinen *Neuanfang*. Ich will nicht als ein anderer Mensch neu beginnen. Ich will mein Leben zurück. Ich will durch eine Mall gehen können, ohne dass ich mich ständig fragen muss, ob die anderen Kunden mich erkennen.«

Ohne weitere Erklärung erhob sich Casey plötzlich vom Sofa, verschwand kurz im Gang und kehrte mit einem Foto zurück. »Zwei Tage lang habe ich über den Unterlagen in meinen Aktenordnern gebrütet. Ich kann einfach nicht fassen, dass es mir nie aufgefallen ist. Vielleicht hat der Umstand, dass ich nicht mehr in meiner Zelle, sondern an einem anderen Ort bin, mir die Augen geöffnet. Fünfzehn Jahre hatte ich Zeit, mir Gedanken zu machen, wie ich beweisen kann, dass an jenem Abend noch jemand im Haus gewesen sein muss, und jetzt, glaube ich, weiß ich es endlich.«

14

Vier Stunden später saß Laurie auf dem Rücksitz des SUV und sah erneut auf ihre Uhr. Normalerweise war sie ganz froh, dass die Fisher Blake Studios im Rockefeller Center mit Blick auf die berühmte Eislaufbahn untergebracht waren. Heute aber war der Verkehr in Midtown völlig zum Erliegen gekommen. Bei dem Gedanken, Brett warten zu lassen, sprang sie schließlich drei Straßen von dem Gebäude entfernt aus dem Wagen und lief die restliche Strecke zu Fuß. Es war schon fünf vor vier, als sie endlich im fünfzehnten Stock aus dem Aufzug trat. Sie war völlig außer Atem, aber sie hatte es rechtzeitig geschafft.

Sie entdeckte Jerry und Grace, die vor der Tür zu ihrem Büro auf der Lauer lagen. Wie immer war Grace ausgiebig geschminkt. Dazu trug sie einen purpurfarbenen Sweater mit V-Ausschnitt, der sich sanft an ihre Kurven schmiegte und lang genug war, um den oberen Rand ihrer oberschenkellangen Stiefel zu streifen. Ein sehr sittsames Outfit, zumindest nach ihren Maßstäben. Der große und schlaksige Jerry neben ihr sah in seinem »Slim Fit«-Anzug, wie er ihn nannte, dagegen äußerst gestylt aus.

Bei Lauries Auftauchen kam Leben in die beiden.

»Was heckt ihr beide denn hier aus?«, fragte sie.

»Das Gleiche wollte ich dich fragen«, erwiderte Jerry.

»Das Einzige, was sich gegen mich verschworen hat, war der Verkehr, der mich daran hindern wollte, rechtzeitig zu Brett und dem Vieruhrtermin zu kommen.«

»Nicht nur zu Brett«, sagte Grace spöttisch.

»Wollt ihr mir bitte erzählen, was los ist?«

Jerry antwortete als Erster. »Wir haben gesehen, wie Bretts Sekretärin vor einer Viertelstunde Ryan Nichols begrüßt hat. Das ist unser neuer Moderator, oder? Sein Lebenslauf könnte nicht besser aussehen.«

Grace fächelte sich theatralisch Luft zu. »Nicht nur sein Lebenslauf. Ich meine, Alex wird uns allen fehlen, aber der Neue ist einfach nur toll.«

Großartig. Noch war Laurie Ryan Nichols gar nicht begegnet, aber er genoss schon jetzt die Bewunderung ihrer Mitarbeiter. Und er war eine Viertelstunde vor dem anberaumten Termin erschienen.

Sie betrat Bretts Büro. Ihr Boss saß neben Ryan Nichols auf dem Sofa, auf dem Beistelltisch standen eine Flasche Champagner sowie drei Gläser. Brett bot ihr nie das Sofa an, wenn sie allein zu ihm ins Büro kam, und Champagner hatte er auch nur einmal ausgegeben, damals nach ihrer ersten Sendung, als sie die höchsten Einschaltquoten erzielt hatte. Sie widerstand dem Drang, sich für das Eindringen in diese traute männliche Zweisamkeit zu entschuldigen.

Ryan erhob sich, um sie zu begrüßen. Grace hatte nicht übertrieben. Er sah wirklich gut aus: blonde Haare, große grüne Augen und perfekte Zähne, wie zu sehen war, als er lächelte. Sein Handschlag war so fest, dass es fast schmerzte. »Es freut mich sehr, Sie kennenzulernen, Laurie. Ich bin richtig aufgeregt, Ihrem Team beizutreten. Brett hat mir erzählt, dass Sie gerade unseren nächsten Fall vorbereiten. Ich bin wirklich sehr froh, vom Start weg dabei sein zu können.«

Das Team? Vom Start weg? Wohl eher ein Frühstart, dachte sie.

Sie versuchte ebenso enthusiastisch zu klingen, wusste aber, dass sie keine sehr gute Lügnerin war. »Ja, Brett und ich haben einige Entscheidungen zu treffen, sowohl hinsichtlich des nächsten Falls als auch des neuen Moderators. Aber es freut mich sehr, dass Sie interessiert sind. Nach Ihren anderen Tätigkeiten zu schließen müssen Sie zeitlich ja sehr eingespannt sein.«

Verwirrt sah Ryan zu Brett.

»Laurie, tut mir leid, dass ich mich nicht klarer ausgedrückt habe. Aber Ryan *ist* dein neuer Moderator, den Punkt kannst du also von deiner To-do-Liste streichen.«

Wie vom Donner gerührt sah sie ihn an.

»Ach«, sagte Ryan, »ich müsste kurz mal auf die Toilette. Meinen Sie, Dana könnte mir den Weg zeigen? Ich werde mich dann bald allein zurechtfinden.«

Brett nickte, und Ryan verließ den Raum und schloss hinter sich die Tür.

»Willst du alles sabotieren?«, fuhr Brett sie an. »Das war äußerst peinlich.«

»Ich wollte niemanden in Verlegenheit bringen, Brett, aber ich hatte doch keine Ahnung, dass du schon eine Entscheidung getroffen hast, ohne mich überhaupt anzuhören. Ich dachte, *Unter Verdacht* wäre meine Sendung.«

»Jede Sendung, die in diesem Studio produziert wird, ist *meine* Sendung. Ich habe dir Ryans Bewerbungsschreiben vorgelegt und keinerlei Einwände gehört.«

»Mir war nicht klar, dass das endgültig sein sollte.«

»Gut, es war meine Entscheidung, ich habe sie getroffen. Wir konnten von Glück reden, dass wir Alex hatten, aber Ryan ist noch besser. Er spricht mehr das jüngere Publikum an. Und offen gesagt, mit seinen Referenzen könnte er auch auf dem besten Weg zum nächsten Justizminister sein. Glücklicherweise will er lieber berühmt werden.«

»Und das ist etwas, was für einen Journalisten spricht?«

»Ach, lass das hochtrabende Gerede. Du produzierst eine Reality-Show, Laurie. Also halte dich daran.«

Sie schüttelte den Kopf. »Wir sind mehr als nur eine Reality-Show. Das weißt du, Brett.«

»Okay, du hast gute Arbeit geleistet. Und du hast den Menschen geholfen. Aber das wurde nur möglich wegen deiner Einschaltquoten. Du hattest einen Monat Zeit, um einen neuen Moderator vorzuschlagen, bist aber nicht in die Gänge gekommen. Du kannst mir also danken, dass wir noch einen wie Ryan gefunden haben.«

Es klopfte an der Tür, dann kam Ryan zurück.

Sie setzte ihr schönstes Lächeln auf. »Willkommen bei *Unter Verdacht*«, strahlte sie ihn an, während Brett den Champagnerkorken knallen ließ.

Sie hatte kaum den ersten Schluck genommen, als sich Brett nach den Fortschritten bei der Casey-Carter-Geschichte erkundigte.

Sie wollte ihr Treffen mit Casey zusammenfassen, wurde aber schnell von Ryan unterbrochen. »Das ist kein ungeklärter Fall. Die Prämisse der Sendung lautet doch, sich ungeklärte Fälle aus Sicht derjenigen vorzunehmen, die seitdem – ich zitiere – *unter Verdacht* – stehen.«

Danke, dass du mir die Prämisse meiner Sendung erklärst, dachte Laurie.

»Der Mord an Hunter Raleigh wurde aufgeklärt«, fuhr er fort. »Und die einzige Person, die unter Verdacht stand, wurde verurteilt und ins Gefängnis geschickt. Fall abgeschlossen. Habe ich etwas übersehen?«

Laurie erklärte, sie und Brett hätten bereits beschlossen, dass es der Sendung eine ganz neue Richtung geben könnte, wenn sie auch potenzielle Justizirrtümer behandelten.

Diesmal wurde sie von Brett unterbrochen. »Ryan hat nicht

unrecht. Der Fall war eine hieb- und stichfeste Sache. Das Mädel hat auf der Gala zu viel gebechert und ihn öffentlich bloßgestellt. Wahrscheinlich haben sie sich zu Hause gestritten. Er wollte Schluss machen, und sie zog die Waffe. Wenn ich mich recht erinnere, war die Beweislast erdrückend. Scheinbar ging es nur darum, ob sie die Tat kaltblütig oder bloß in der Hitze des Gefechts begangen hat. Die Geschworenen haben dann wohl im Zweifelsfall für die Angeklagte gestimmt.«

»Brett, bei allem Respekt, beim letzten Mal hast du gesagt, es interessiere dich nicht im Geringsten, ob sie schuldig oder unschuldig ist, allein ihr Name garantiere hohe Einschaltquoten.«

Ryan kam Brett mit der Antwort zuvor. »Das entspricht noch dem alten Medienmodell. Fünfzehn Minuten Ruhm entsprechen heute aber eher fünfzehn *Sekunden*. Bis wir auf Sendung sind, ist sie vielleicht schon längst wieder vergessen. Und die Quoten werden vom jüngeren Publikum generiert. Wir brauchen Zuschauer, die in den sozialen Medien die Sendung bekannt machen. Aber von Casey Carter haben die doch noch nie etwas gehört.«

Brett wies mit seiner Champagnerflöte in Ryans Richtung. »Auch da hat er nicht unrecht. Wir brauchen etwas Neues, sonst ist das alles bloß ein müder Aufguss eines fünfzehn Jahre alten Prozesses.«

Am liebsten hätte Laurie ihren Champagner auf ex gekippt, aber stattdessen stellte sie das Glas ab. Sie brauchte einen klaren Kopf.

Sie griff in ihre Tasche, holte das Foto heraus, das sie von Casey bekommen hatte, und reichte es Brett. »Das ist das Neue, das wir brauchen.«

»Was ist das?«, fragte er.

»Casey hatte fünfzehn Jahre Zeit, um die Indizien in ihrem Fall akribisch durchzugehen. Sie kennt den Polizeibericht in- und auswendig. Nach unserem Gespräch am Mittwoch fuhr sie nach Hause und ging erneut die Unterlagen durch, unter anderem die alten Tatortfotos. Sie meint, sie erscheinen ihr jetzt, da sie nicht mehr im Gefängnis ist, in einem ganz anderen Licht. Und sie versuchte sich wieder zu erinnern, was geschah, nachdem sie mit Hunter nach Hause gekommen war.«

»Oh, also bitte!«, warf Ryan spöttisch ein.

»Jedenfalls ist ihr Folgendes aufgefallen«, sagte Laurie und deutete auf das Foto.

»Ein Nachtkästchen«, sagte Brett. »Und?«

»Es geht nicht darum, was da ist, sondern darum, was *nicht* da ist. Nämlich Hunters liebstes Erinnerungsstück – ein gerahmtes Bild von sich mit dem Präsidenten bei einem Treffen im Weißen Haus, zu dem die Raleigh-Stiftung eingeladen wurde. Laut Casey stand dieses Foto in einem Kristallrahmen immer dort. Sie ging auch die anderen Tatortfotos durch. Und nirgends taucht Hunters Bild mit dem Präsidenten auf. Warum ist es verschwunden?«

»Sie glauben also dem Wort einer Mörderin, derzufolge auf diesem Nachttisch ein Foto gestanden haben soll?«, sagte Ryan.

»Unsere Sendung funktioniert, weil wir den Aussagen aller Teilnehmer unvoreingenommen gegenüberstehen«, antwortete sie scharf. »Man nennt das Recherche.«

»Immer mit der Ruhe«, ging Brett dazwischen. »Also einmal *angenommen*, es stimmt, was sie über dieses fehlende Foto sagt, was ergibt sich dann daraus?«

»Der wahre Mörder hat es als eine Art Souvenir mitgenommen. Sonst fehlte nichts aus dem Haus.«

Erleichtert sah Laurie, dass Brett nickte. »Wer es also an sich genommen hat, muss gewusst haben, wie viel es Hunter bedeutet«, sagte er.

»Genau.« Wieder dachte Laurie an die neuen Verdächtigen, vor allem an Hunters Freund Mark Templeton. Hunter hatte ihm so weit vertraut, dass er ihm die Finanzen seines wichtigsten Projekts überlassen hatte – der Stiftung, die nach seiner Mutter benannt war. Es lagen persönliche Gründe nahe, wenn jemand Geld aus dieser Stiftung unterschlug. Hunter war wohlhabend, attraktiv, mächtig und beliebt. Sie stellte sich vor, dass sich über die Jahre hinweg Ressentiments angestaut haben mussten bei dem Mann, der immer in seinem Schatten gestanden hatte, dem plötzlich finanzielle Ungereimtheiten vorgeworfen wurden und der damit rechnen musste, öffentlich bloßgestellt zu werden. Zwei Schüsse im Schlafzimmer. Und auf dem Nachtkästchen das Foto von Hunter mit dem Präsidenten, wie um ihn zu verhöhnen.

»Denkt an die Quoten«, sagte sie, weil sie wusste, worauf es Brett unterm Strich immer ankam. »*Dornröschens Rückkehr: Zum ersten Mal redet Casey Carter vor der Kamera.*«

Verärgert musste sie zur Kenntnis nehmen, dass Bretts Blick zu Ryan ging.

»Woher wollen wir wissen, dass es dieses Foto jemals gegeben hat?«, fragte Ryan.

»Das wissen wir nicht«, sagte Laurie. »Noch nicht. Aber was, wenn sich das ändert?«

»Dann hast du eventuell eine Story, also mach weiter.« Abrupt stellte Brett sein Glas ab und erhob sich. »Wir sollten lieber wieder an die Arbeit, Ryan. Außerdem wollen Sie doch nicht zu spät zur Signierstunde kommen.«

»Signierstunde?«, fragte Laurie.

»Sie kennen meinen Freund Jed, den Historiker?«

»Natürlich.« Laurie kannte ihn, weil Brett jedes Mal, wenn Jed Nichols wieder ein neues Buch veröffentlicht hatte, die Nachrichtenabteilung so lange beharkte, bis sie ein Zeitfenster fand, um das Werk zu promoten. Außerdem wusste sie, dass Jed Bretts bester Freund und College-Zimmergenosse am Northwestern gewesen war. Und dann wurde ihr klar, welche Verbindung bestand. Nichols – wie bei Ryan Nichols.

»Jed ist Ryans Onkel«, erklärte Brett. »Ich dachte, ich hätte das erwähnt.«

Nein, dachte sie. Daran würde ich mich erinnern.

Laurie stand an der Ecke Ridge Street und Delancey Street auf den Stufen vor einem alten Gebäude ohne Fahrstuhl und versuchte zu telefonieren. Mit einem Finger hielt sie sich das Ohr zu, um den Verkehrslärm der Williamsburg Bridge auszublenden. Trotzdem konnte sie ihren Vater am anderen Ende der Leitung kaum verstehen.

»Dad, ich werde heute Abend später zu Alex kommen.« Ihr war, als wäre sie allein in der vergangenen Woche öfter zu spät gekommen als in den letzten fünf Jahren zusammen. »Kannst du bitte Timmy hinbringen, und wir treffen uns dann dort?«

»Wo steckst du? Du klingst, als würdest du mitten auf einem Freeway stehen. Du bist doch nicht noch bei Casey Carter, oder? Lass dir eins gesagt sein, Laurie: Die Frau ist schuldig.«

»Nein, ich bin downtown. Aber ich muss mit einer Zeugin reden.«

»Jetzt? Du arbeitest noch?«

»Ja, aber es sollte nicht lange dauern. Zum Kickoff bin ich da.«

Als sie das Gespräch beendete, erschien die nächste Textnachricht auf ihrem Display. Sie stammte von Charlotte. *Angela hat mit Casey telefoniert, du wärst stundenlang bei ihr gewesen. Angela meint, sie soll sich keine allzu großen Hoffnungen machen. Wie siehst du das?*

Sie tippte eine kurze Antwort. *Vorsichtig optimistisch. Noch viel zu tun.* Sie verschickte sie und steckte das Handy in die Tasche.

Sie wollte jetzt nicht daran denken, wie ihr Vater reagieren würde, wenn sie wirklich Caseys Unschuldsbeteuerungen Glauben schenken sollte. Und sie wollte auch nicht Charlotte enttäuschen, falls sie zu dem Schluss kam, dass die Cousine ihrer Freundin schuldig war. Allerdings brauchte sie einen Fall für ihre nächste Sendung.

Als sie auf die Klingel drückte, dachte sie: Ich gehe überallhin, egal, wohin die Indizien mich führen. Das ist die einzige richtige Antwort.

15

Die Wohnung war bescheiden, aber blitzsauber. Was nicht überraschen sollte, da die Bewohnerin, Elaine Jenson, jahrzehntelang die von allen geschätzte Haushälterin der Familie Raleigh gewesen war.

»Danke, dass Sie sich so kurzfristig für mich Zeit genommen haben, Mrs. Jenson.«

»Bitte nennen Sie mich Elaine.« Die äußere Erscheinung der Frau – sie trug eine perfekt gebügelte türkisfarbene Bluse und eine schwarze Hose – war ebenso untadelig wie ihre Wohnung. Sie war höchstens einen Meter fünfundfünfzig groß. »Aber ich muss gestehen, ich weiß nicht, ob ich mich darauf eingelassen hätte, wenn mir klar gewesen wäre, welche Sendung Sie machen. Ich gehe davon aus, es ist kein Zufall, dass Sie mich nach Hunter fragen wollen, nachdem Casey Carter vor Kurzem entlassen wurde.«

Als Laurie sie während der Rückfahrt aus Connecticut anrief, hatte sie ihr nur gesagt, dass sie für die Fisher Blake Studios arbeite und über ihren ehemaligen Arbeitgeber reden wolle. »Kein Zufall. Nein, Casey hat mir Ihren Namen genannt.« Elaine schürzte die Lippen und brachte damit deutlich ihren Unmut zum Ausdruck. »Ich entnehme Ihrer Reaktion, dass Sie nicht gerade ein Fan von ihr sind.«

»*Fan?* Nein. Ich habe sie mal sehr geschätzt, aber damit ist es schon lange vorbei.«

»Sie halten sie für schuldig?«

»Selbstverständlich. Ich habe mich dagegen gesträubt, zumindest am Anfang. Ich mochte Casey. Sie war jung, aber ein wunderbarer Mensch. Für mich passte sie hervorragend zu Hunter, trotz der Bedenken seines Vaters. Ich bin froh, dass ich nie was gesagt habe, denn es stellte sich nun mal heraus, dass der General mit seiner Meinung recht hatte. Nicht, dass er einen Mord vorausgesehen hätte, natürlich nicht.«

»Hunters Vater war gegen die Verbindung?«

»O mein Gott. Ich dachte, Sie als Reporterin müssten das wissen. Ich spreche nicht über die Familie. Ich glaube, Sie sollten wieder gehen, Ms. Moran.«

»Ich bin nicht hier, um alte Klatschgeschichten auszugraben. Casey hat nichts davon erwähnt, dass Hunters Familie ihr ablehnend gegenübergestanden hat.«

Elaine senkte den Blick. »Weil Hunter es ihr nie erzählt hat«, entgegnete sie leise. »Und jetzt, bitte – mehr will ich nicht sagen. Ich bin in Rente, aber die Raleighs haben mich immer sehr gut behandelt. Es ist nicht recht, wenn ich so über sie rede.«

»Verstehe.« Laurie erhob sich. »Sie haben eine schöne Wohnung hier. Haben Sie immer in der Stadt gewohnt?«

Elaine hatte immer noch dieselbe Telefonnummer, die auch in den Polizeiberichten aufgeführt war. Um sie zu finden, war lediglich ein Anruf nötig gewesen.

»Ich wohne hier, seitdem ich vor sechsundzwanzig Jahren geheiratet habe. Aber Hunter wusste, wie gern meine Kinder im Freien waren. Im Sommer war ich mit ihnen oft wochenlang im Landhaus. Wir konnten im Gästehaus wohnen und dort aushelfen, ansonsten habe ich aber für die Familie in der Stadt gearbeitet.«

»Was ist mit Mary Jane Finder? Zog sie ebenfalls mit ins Landhaus?«

»Nicht, um dort zu arbeiten. Aber sie war oft, sehr oft an der Seite des Generals zu finden«, antwortete sie und klang dabei etwas verdrossen. »Natürlich war sie im Haus untergebracht.«

Laurie, die Missbilligung herauszuhören glaubte, hakte nach. »Sie hat doch sogar am Abend von Hunters Ermordung die Gala besucht. War das nicht ungewöhnlich für eine Assistentin?«

»Ja, der Meinung war ich auch. Der Meinung waren viele, aber wer bin ich, um so etwas zu beurteilen?«

Elaine stellte sich vielleicht vor die Familie Raleigh, aber nicht vor die Assistentin des Generals. »Ich habe gehört, dass Hunter wenig begeistert davon war.«

Es war zu sehen, dass Elaine ihre Worte sehr sorgfältig wählte. »Er war argwöhnisch. Sein Vater war Witwer. Mächtig, reich. Es wäre nicht das erste Mal gewesen, dass andere das auszunützen versuchen.«

»Was war mit Hunters Chauffeur Raphael? Ich habe gehört, er und Mary Jane waren befreundet. Haben Sie noch Kontakt zu ihm?« Laurie hatte ihn ebenfalls auf ihrer Interviewliste. Zumindest könnte er Caseys Zustand während der Rückfahrt von der Gala beschreiben.

Elaine sah plötzlich traurig aus. »So ein netter Mann. Er ist vor fünf Jahren gestorben. Raphael war mit allen befreundet. Die meisten vom Dienstpersonal, die ich kannte, sind mittlerweile tot. Außer Mary Jane. Wenn es nach dieser Frau geht, wird sie bis zu ihrem letzten Atemzug da sein. Und jetzt habe ich genug gesagt.«

Erneut dankte Laurie ihr, dass sie sich Zeit für sie genommen hatte. Als sie sich der Wohnungstür näherten, sprach sie noch einen weiteren Punkt an. »Mir scheint, dass Hunter ein wunderbarer Mensch war.«

Elaines Blick hellte sich auf. »Ein wahrer Gentleman. Nicht nur großzügig und ehrenwert, sondern ein Visionär. Er hätte einen hervorragenden Bürgermeister oder sogar Präsidenten der Vereinigten Staaten abgegeben.«

»Er ist dem Präsidenten auch persönlich begegnet, oder?«

»Oh, ja, gewiss doch. Im Weißen Haus. Die Raleigh-Stiftung

gehörte zu den fünf Stiftungen, die ausgewählt wurden, um den Wert privater Wohltätigkeitseinrichtungen darzulegen. Das ging alles auf Hunter zurück. Die Stiftung gab es damals ja schon seit zehn Jahren, aber Hunter hat dann den Fokus auf die Prävention und Behandlung von Brustkrebs gelegt, nachdem seine Mutter an dieser Krankheit gestorben war. Die arme Miss Betsy. Ach, das war schrecklich.« Sie verstummte.

»Hunter soll sehr gerührt gewesen sein, vom Weißen Haus auf diese Weise ausgezeichnet worden zu sein.«

»Er war sehr stolz darauf«, sagte sie und klang ebenfalls sehr stolz. »Er hatte ein Bild davon, es stand immer auf seinem Nachttisch.«

Bingo!, dachte Laurie. »Im Landhaus?«

Sie nickte. »Die meisten würden so etwas groß in der Mitte der Bürowand aufhängen. Aber Hunter war keiner, der damit geprahlt hätte. Ich vermute, er hat es an einem ganz besonderen Platz aufbewahrt, weil es ihm persönlich einiges bedeutet hat.«

»Ich weiß, das ist jetzt eine seltsame Frage, aber befand sich dieses Bild auch in der Nacht, in der er ermordet wurde, auf dem Nachttisch?«

»Das ist wirklich eine seltsame Frage. Die Antwort ist Ja.«

»Weil es immer dort war?«

»Nein, ich kann das sogar mit noch größerer Bestimmtheit sagen. Einmal in der Woche war ich zum Putzen im Haus in Connecticut. Raphael hat mich immer hin- und zurückgefahren. An dem Abend aber hat mich ein Fahrdienst zurückgebracht, weil Raphael Hunter zur Gala fahren musste. Ich staubte das Bild von ihm und dem Präsidenten ab, als Hunter ins Schlafzimmer kam. Er wollte gerade zur Gala aufbrechen, und ich fragte ihn, ob er dort ein weiteres Bild mit dem Präsidenten bekommen würde. Er lachte nur und sagte, ›nein, der Präsident wird heute nicht anwesend sein.‹ Daran musste ich noch denken, als er schon fort war. Ich hatte ja keine Ahnung, dass dies mein letztes Gespräch mit ihm sein würde.«

»Hielt sich da noch jemand im Haus auf?«

»Nein, nur ich. Als ich ging, habe ich abgesperrt. Und dann, na ja, kehrten Hunter und Casey nach New Canaan zurück ...« Wieder verstummte sie.

Laurie sah die Szene vor sich, als wäre sie eben erst passiert. Es fühlte sich absolut real an. Sie glaubte Elaine, dass zu dem Zeitpunkt, als Hunter zur Gala aufgebrochen war, das Bild noch auf dem Nachttisch gestanden hatte. Und das hieß, dass Casey die Wahrheit sagte.

Jemand war in dieser Nacht noch mit im Haus gewesen.

16

Sie warteten in Alex' Wohnung auf den Kickoff. Die Football-Partie hatte noch nicht begonnen, aber die Snacks waren schon geplündert. Eine breite Auswahl an Chips, Dips und Cracker waren auf dem Sideboard in Alex' Wohnzimmer angerichtet. »Ich vermute mal, Timmy ist dafür verantwortlich, dass die Schale mit dem Käse-Popcorn fast schon leer ist«, sagte Laurie.

»Ich hab auch ein paar gegessen«, sagte Alex. Er saß auf der Couch und hatte den Arm um sie gelegt.

»Ramon, wenn es nach Timmy ginge, würde er nichts als Makkaroni mit Käsesauce und Käse-Popcorn futtern«, sagte Laurie.

Ramons offizieller (und selbstgewählter) Titel lautete Butler, aber er war darüber hinaus auch Alex' persönlicher Assistent, Küchenchef und vertrauter Freund. Und zum Glück für Alex und alle, die er zu sich einlud, war er auch ein hervorragender Partyorganisator, der immer die dem Anlass angemessene Speisenfolge auftischte.

»Keine Sorge, es gibt nicht nur Junkfood«, antwortete Ramon lächelnd. »Ich habe zum Essen ein überaus gesundes Truthahn-Chili zubereitet. Und darf ich Ihnen ein Glas Chardonnay einschenken?«

Alex hatte Laurie mit einem herzlichen Kuss begrüßt. »Ich würde sagen, Ramon kennt dich ziemlich gut, Laurie«, sagte er jetzt. »Ich bin froh, dass du es noch rechtzeitig geschafft hast. Ich weiß doch, es würde dir das Herz brechen, wenn du auch nur eine Partie verpassen würdest.«

Laurie verfolgte gern Football-Spiele, auch wenn sie alles andere als ein glühender Fan war. Aber sie fand es schön, wenn sich ihr Sohn und ihr Vater zusammen Sportveranstaltungen ansahen, weshalb sie für alle ihrer Lieblingsteams mitjubelte. Und als Alex neben ihr auf dem Sofa Platz genommen und den Arm um sie gelegt hatte, gefiel ihr das auch.

Zur Halbzeit folgte Timmy Ramon in die Küche, um sich zum Nachtisch seinen eigenen Eisbecher zusammenzustellen. Sofort erkundigte sich Lauries Vater, wie es in Connecticut gelaufen war. »Wenigstens hat Casey keinen neuen Einkaufsbummel unternommen«, sagte er. »Vom Gefängnis sofort in die Mall? Das war nicht der beste Schachzug, um die Öffentlichkeit für sich einzunehmen.«

»So war es nicht, Dad. Sie hatte doch buchstäblich nur das an Kleidung, was sie am Leib trug.«

Laurie wollte Alex auf den aktuellen Stand bringen, aber der ließ sie gar nicht zu Wort kommen. »Dein Vater hat erzählt, sie ist auf dich zugekommen.« In seiner Stimme lag ein seltsamer Unterton.

»Dann nehme ich an, hat Dad dir auch klargemacht, dass ich die Finger von dem Fall lassen soll. Und ich nehme an, du bist der gleichen Meinung.«

»Tut mir leid«, sagte Alex, »ich wollte nicht so negativ klingen.«

»Also gut, du hast nun einige Zeit mit ihr verbracht. Was denkst du jetzt darüber?«, fragte Leo. »Ist sie so verrückt, wie alle behaupten?«

»Überhaupt nicht.« Laurie hielt inne und suchte nach den richtigen Worten. »Sie ist direkt. Sehr sachlich. Sie spricht sehr klar und offen über ihren Fall und sehr emotionslos. Fast wie eine Reporterin oder Anwältin.«

»Weil sie lügt«, warf Leo ein.

»Das weiß ich nicht, Dad. Es klingt glaubhaft, wenn sie beschreibt, wie sie sich an dem fraglichen Abend gefühlt hat. Zudem gibt es handfeste Indizien dafür, dass eines von Hunters wertvollsten Besitztümern im Haus fehlt. Nach allem, was ich weiß, hat sich die Polizei nie damit beschäftigt.«

»Siehst du? Sie gibt wieder der Polizei die Schuld, genau wie damals beim Prozess.«

»Das meinte ich nicht. Damals ist niemandem aufgefallen, dass der fragliche Gegenstand verschwunden ist. Casey kam darauf, als sie sich die alten Tatortfotos vorgenommen hat. Und Hunters Haushälterin hat es bestätigt. Bei ihr war ich noch nach der Arbeit. Alex, du bist so still. Hast du den Prozess damals verfolgt?«

»Tut mir leid, mir ist gerade bewusst geworden, dass ich mit der Sendung gar nichts mehr zu tun habe ...«

»Ich will keine offizielle Aussage von dir. Ich bin nur neugierig auf deine Meinung«, drängte sie ihn.

Leo schüttelte den Kopf. »Bitte sorg du dafür, dass sie Vernunft annimmt.«

»Schau, die Beweislast war erdrückend«, antwortete Alex. »Aber das weißt du sicherlich. Einige der Geschworenen sagten nach dem Prozess, dass die überwältigende Mehrheit sie wegen Mordes verurteilen wollte. Es gab nur zwei, die Mitleid mit ihr hatten und alle anderen überzeugen konnten, auf Totschlag zu plädieren, damit sie der Todesstrafe entging.«

»Kannst du irgendwas über ihre Anwältin Janice Marwood sagen? Sie muss eine einzige Katastrophe gewesen sein, nach allem, was Casey und ihre Mutter über sie erzählen.«

»Ich kenne sie nicht persönlich, aber damals hielt ich sie nicht für sonderlich gut. Ihre Verteidigung war ein einziges Wirrwarr. Einerseits versuchte sie zu suggerieren, dass die Polizei Beweise manipuliert hat, um bei dem aufsehenerregenden Fall schnell eine Verhaftung vornehmen zu können. Aber gegen

Ende des Prozesses deutete sie an, dass Casey, wenn sie schon schuldig sei, Hunter im Affekt getötet habe. Und die ganze Zeit kam von Casey keine Aussage, somit hatten die Geschworenen keine klare Geschichte, der sie hätten folgen können. Ich persönlich würde der Verteidigerin eine Vier minus geben.«

»Dad, nur um es noch mal deutlich zu machen: Wenn ich mich mit Caseys Behauptungen befasse, heißt das noch lange nicht, dass ich ihr einen Freifahrtschein ausstelle. Du weißt, wie unsere Sendung funktioniert. Wir nehmen jeden genau unter die Lupe. Und es kann passieren, dass der oder die Betreffende danach in einem schlechten, ganz schlechten Licht erscheint.«

»Aber sie wird nicht hinter Gittern enden«, sagte Leo. »Sie hat ihre Strafe abgesessen. Sollte sich herausstellen, dass sie ihn kaltblütig umgebracht hat, kann man sie nicht wegen Mordes verurteilen. Sie ist frei. Niemand kann wegen derselben Straftat zweimal vor Gericht gestellt werden, richtig, Alex?«

»Das ist richtig. Laurie, sie wäre die Erste in deiner Sendung, die keine Angst haben muss, angeklagt und verurteilt zu werden, wenn zusätzliche Beweise gegen sie auftauchen.«

Das war ein stichhaltiger Einwand, auch wenn sich Laurie nicht sicher war, ob sie es daran scheitern lassen sollte. »Ich muss bald eine Entscheidung treffen. Brett sitzt mir im Nacken.«

Alex machte einen beunruhigten Eindruck.

»Du siehst aus, als wolltest du was sagen.«

Er schüttelte den Kopf, wirkte aber immer noch recht abwesend. »Ich würde mich nicht voreilig auf etwas festlegen, nur weil Brett dich unter Druck setzt.«

»Ganz zu schweigen von der Nervensäge, die er, ohne sich mit mir abzusprechen, als Moderator angeheuert hat.«

Sofort ging Leo hoch und drohte damit, auf der Stelle Brett anzurufen, um ihn gehörig zusammenzustauchen.

»Dad, ich bin eine erwachsene Frau. Es geht nicht an, dass mein Vater meinen Boss anruft.«

»Kenne ich den Typen zufällig?«, fragte Alex.

»Vielleicht. Er heißt Ryan Nichols.«

Alex stieß einen Pfiff aus. »Ein ziemlicher Überflieger. Ich muss sagen, du hättest es schlechter treffen können.«

»Ich weiß. Auf dem Papier ist er in allem perfekt. Er hat einen herausragenden Ruf, aber auch ein entsprechendes Ego. Er kommt mir vor wie jemand, der jeden Morgen als Erstes sein Spiegelbild küsst, ich bin mir nur nicht sicher, ob er es wirklich drauf hat. Außerdem ist er der Neffe von Bretts bestem Freund, wir haben es also mit Vetternwirtschaft zu tun. Ihr hättet sehen sollen, wie Brett immer wieder zu Ryan sah, um dessen Meinung zu hören. Es war, als würde man mir meine eigene Sendung aus der Hand nehmen.« Sie bemerkte, wie Alex' Blick zum East River ging. Über Casey zu reden war eine Sache, aber sie hätte nicht anfangen dürfen, sich über Ryan zu beschweren.

Timmy kam mit einem Banana-Split zurück. »Mom, Ramon hat fünf verschiedene Eissorten besorgt. Ist das nicht toll?«

Den restlichen Abend sprach sie nicht mehr über die Sendung, weil sie nicht wollte, dass sich Alex für ihre Probleme verantwortlich fühlte. Aber ihr wurde deutlich bewusst, wie sehr er ihr jetzt schon fehlte.

17

Casey wollte auf den kleinen Knopf drücken, um die Tür zu ihrem neuen Schlafzimmer abzuschließen, hielt dann aber inne und zwang sich, die Tür einen schmalen Spalt offen stehen zu lassen.

Was sollte sie tun, jetzt, da sie draußen war? Wo fand eine Vorbestrafte wie sie Arbeit? Sicherlich nicht in einem Auktionshaus. Sie könnte es mit Schreiben probieren, aber das würde ihr genau die öffentliche Aufmerksamkeit einbringen, die sie gerade zu vermeiden suchte. Würde ihr erlaubt werden, ganz offiziell ihren Namen zu ändern? So viele Fragen und keine Antworten.

Sie hatte von Frauen gehört, die kurz nach ihrer Entlassung wieder zu einer Haftstrafe verurteilt wurden, weil sie mit dem Leben draußen nicht mehr zurechtkamen. Keine Sekunde lang hatte sie geglaubt, dass das auf sie zutreffen würde. Aber jetzt war sie hier und hatte Angst, im Haus ihrer Mutter bei offener Tür zu schlafen.

Nichts war so schrecklich gewesen wie der Kleidereinkauf. Erst als sie die Shopping Mall betraten, dämmerte ihr, wie seltsam es sich anfühlte, in aller Öffentlichkeit unter Fremden zu sein. Keine Aufseher. Keine ungeschriebenen Verhaltensregeln. Auf der Zugfahrt in und aus der Stadt am Tag danach hatte sie sich hinter ihrer Zeitung versteckt.

Vielleicht hatten ihre Mutter und Angela recht. Sie könnte die Vergangenheit hinter sich lassen und ein neues Leben anfangen. Aber wo, und was tun? Sollte sie ihren Namen ändern, in irgendeine Einöde ziehen und wie eine Einsiedlerin leben?

Was war das dann für ein Leben? Wenn sie in den ersten Tagen etwas begriffen hatte, dann, dass sie noch nicht einmal im vorstädtischen Connecticut in eine Mall gehen konnte, ohne von der Vergangenheit eingeholt zu werden.

Leider nicht von ihrer ganzen Vergangenheit. Niemand erinnerte sich an die Topstudentin an der Tufts, wo sie der Star des universitären Tennis-Teams oder die Vorsitzende der örtlichen Vereinigung der Jungen Demokraten gewesen war. Niemand erinnerte sich, dass sie zu den wenigen gehört hatte, die direkt nach dem Studium einen Job bei Sotheby's ergatterten. Oder dass sie Hunter zum Lachen gebracht hatte, als sie ihm bei ihrer ersten Begegnung Picassos vollen Taufnamen aufsagen konnte: *Pablo Diego José Francisco de Paula Juan Nepomuceno María de los Remedios Crispiniano de la Santísima Trinidad Ruiz y Picasso.* Oder als er sie in den Armen gehalten und unter Tränen beschrieben hatte, wie es war, seine Mutter an Brustkrebs sterben zu sehen, derselben Krankheit, an der auch ihre Tante Robin in so jungen Jahren gestorben war.

Niemand wird sich jemals an irgendetwas davon erinnern, dachte Casey, während sie sich auszog. Alle hatten ein ganz bestimmtes Bild von ihr, das wenig mit ihrem wahren Ich zu tun hatte.

Widerwillig dachte sie an Mindy Sampson, die die meisten hässlichen Spottnamen für Casey in Umlauf gebracht hatte.

Sie war davon ausgegangen, dass Mindy mittlerweile im Ruhestand sein musste. Sie wusste, dass Mindy von der *New York Post* gefeuert worden war. Aber erst heute hatte sie entdeckt, dass Mindy ihre Kolumne *The Chatter* nun online gestellt hatte und als Blog weiterführte.

Das Medium hatte sich geändert, der Müll allerdings war der gleiche geblieben. Mindy hatte es noch vor meiner Verhaftung auf mich abgesehen, dachte Casey. Sie hatte damals dieses Foto von Hunter mit dieser grässlichen Gabrielle Lawson gebracht.

An dem Tag, an dem es veröffentlicht wurde, hörte ich die anderen Frauen bei Sotheby's tuscheln: *Hab ich's nicht schon immer gesagt, hab ich's nicht schon immer gewusst? Ich sagte doch, sie kann ihn nicht an sich binden. Ich wusste doch, die schaffen es nie zum Altar.* So viele waren eifersüchtig gewesen auf das, was sie mit Hunter verband, und Mindy hatte diese Eifersucht benutzt, um die Auflage der Zeitung in die Höhe zu treiben.

Und jetzt ist sie wieder dabei, ihrer Website auf meine Kosten mehr Aufmerksamkeit zu verschaffen, dachte Casey.

Sie zog ihren neuen Pyjama an, nahm ihr neues Smartphone zur Hand, auf dem sie die Postings auf *The Chatter* zu ihrer Entlassung aus dem Gefängnis gelesen hatte. Wie es ihre Mutter ihr gezeigt hatte, aktualisierte sie den Bildschirm und scrollte nach unten zu den Kommentaren. Wie früher wurde ihr schlagartig eiskalt, als sie eine neue Nachricht im Kommentarteil entdeckte. *Wen kann das schon überraschen? Jeder, der Casey kennt, weiß, dass sie niemand anderen als sich selbst liebt. Nach dem Mord an Hunter, bevor sie sich mit Medikamenten zugedröhnt hat, hat sie wahrscheinlich noch mal ihr Make-up aufgefrischt, damit sie vor den Kameras besser aussieht.* Der User hatte mit einem Nickname unterzeichnet: RIP_Hunter.

Es war still im Zimmer, aber Casey glaubte ihr Herz pochen zu hören. Oben auf dem kleinen Bildschirm sah sie, dass es kurz nach 22 Uhr war. Gott sei Dank gab es jemanden, der noch ihre Anrufe entgegennahm, egal, wie spät es war.

Ihre Cousine meldete sich nach dem zweiten Klingeln.

»Angela«, sagte sie, bevor ihr die Stimme versagte. »Geh auf Chatter.com und gib meinen Namen ein. Es gibt dort einen schrecklichen Kommentar über mich von einem RIP_Hunter. Ich schwöre, Mindy Sampson muss diesen Dreck von Gabrielle Lawson bekommen. Sie gehen wieder auf mich los.« Sie begann zu schluchzen. »Mein Gott, habe ich nicht schon genug durchgemacht?«

18

Am darauffolgenden Montag wurde Laurie von Grace und Jerry aus ihren Gedanken gerissen. Die beiden erzählten sich direkt vor ihrer Bürotür, was sie am Wochenende so getrieben hatten. Nach allem, was Laurie mitbekam, hatte sich Jerry die gesamte Staffel einer TV-Serie reingezogen, von der sie noch nie gehört hatte, während sich Grace zum dritten Date mit einem gewissen Bradley getroffen hatte, worüber Jerry sie jetzt ausführlich ausfragte.

Es kam selten vor, dass Laurie noch vor Grace im Büro erschien, vom Frühaufsteher Jerry ganz zu schweigen. Heute war das anders, heute wollte sie Brett darüber in Kenntnis setzen, dass sie Caseys Fall als Thema der nächsten Folge nehmen wollte. Und dazu musste sie vorbereitet sein.

»Hast du mit Bradley auch schon das Kuchenservice ausgesucht?«, fragte Laurie schließlich und steckte den Kopf aus der Bürotür.

»Sorry«, antwortete Grace. »Mir war nicht klar, dass du schon da bist. Kaffee gefällig?«

Laurie hielt den Venti Latte hoch, den sie sich unterwegs im Coffeeshop besorgt hatte.

»Es gibt keine Hochzeit«, verkündete Grace. »Und es gibt auch keinen Bradley mehr, wenn wir schon dabei sind.«

»O Mann«, schaltete sich Jerry dazwischen. »Was passt dir an ihm denn nicht?«

Grace fiel es nie schwer, Vertreter des anderen Geschlechts für sich zu begeistern, umgekehrt galt das aber nicht immer unbedingt. »Er hat mich gebeten, ihn nächstes Wochenende auf eine Firmenparty zu begleiten. Und bevor ich überhaupt zusagen konnte, meinte er: ›Natürlich kauf ich dir auch ein dem Anlass angemessenes Outfit‹.«

»Und? Lebt er noch?«, fragte Laurie mit einem Lachen.

Grace grinste. »Ich hab ihn gnädigerweise am Leben gelassen, ich wollte doch nicht in unserer nächsten Folge die Hauptrolle spielen. Aber ich hab ihn in allen sozialen Medien blockiert. Für mich existiert er nicht mehr.«

Laurie bewunderte Graces Talent in der manchmal mörderischen Welt des modernen Dating. Bevor sie Greg kannte, hatte sie sich nie wohlgefühlt beim Anbahnen von Liebesbeziehungen. Nichts fand sie schlimmer als ein desaströses Date. Grace andererseits konnte immer noch etwas Positives herausziehen. Selbst die schrecklichste Verabredung gab noch eine gute Geschichte her – irgendwann einmal. Vor allem aber gefiel sie sich so, wie sie war, und nichts anderes zählte.

»Apropos unsere nächste Folge«, sagte Laurie. »Ich wollte erst euch meine Argumente vortragen, bevor ich damit bei Brett aufkreuze. Sagt mir, ob ihr sie okay findet.«

Sie zogen sich beide Stühle heran. »Wir sind ganz Ohr«, versicherte ihr Grace.

Aufgrund ihrer intensiven Vorbereitung konnte sie lückenlos die Hauptindizien gegen Casey aufzählen, vervollständigt um die neuen Informationen, die sie erst seit dem Treffen mit ihr zusammengetragen hatte.

Jerry applaudierte ihr kurz, als sie mit ihrem Vortrag zu Ende war. »Fantastisch. Ich weiß nicht, ob wir überhaupt einen neuen Moderator brauchen.«

Grace reckte den Zeigefinger. »Stell dich auf keinen Fall zwischen mich und diesen Ryan Nichols. Das könnte Ihnen schlecht bekommen, Mr. Klein.«

Laurie hatte das Gefühl, dass Ryan Graces Spötteleien nicht ganz so witzig finden könnte, wie Alex das getan hatte. »Grace, versuch bitte davon Abstand zu nehmen, unseren neuen Moderator sexuell zu belästigen. Außerdem änderst du ja vielleicht deine Meinung, wenn du ihn erst mal kennengelernt hast.«

»Aha. Das klingt ja so, als hätte er es sich mit dir schon verscherzt.«

»Erzähl«, drängte Jerry sie.

»Vergesst es. Ich hätte gar nichts sagen sollen. Also, was denkt ihr? Eignet sich der Fall für die Sendung?«

Als Laurie Jerry kennengelernt hatte, war er ein unbeholfener, etwas linkischer College-Praktikant gewesen, der den Produktionsteams mittags die Sandwiches gebracht hatte. Im Lauf der Jahre aber war er gewachsen, nicht nur im übertragenen Sinn, sondern auch buchstäblich. Denn mittlerweile lief er nicht mehr wie ein krummes Fragezeichen durch die Gegend, weil er meinte, seine lange, schlaksige Gestalt verbergen zu müssen. *Unter Verdacht* war ursprünglich Lauries Baby gewesen, war aber zu einem Teamprojekt herangereift. Jerry hatte das Auge, um die Story eines Reporters in eine visuell ansprechende Fernsehsendung umzusetzen. Grace wiederum erwies sich immer wieder als unschätzbares Testpublikum, das sofort wusste, wie die Zuschauer auf einzelne Punkte reagieren würden.

Jerry ergriff das Wort. »Du kennst mich, ich denke immer als Erstes ans Setting. Die Gala im Cipriani nachzustellen spricht mich natürlich an. Sehr elegantes Ambiente und stinkvornehm. Der Übergang zum ländlichen Setting in Connecticut und dem Landhaus fällt dann sehr dramatisch aus. Aus Sicht des Produzenten funktioniert die Geschichte also. Die Raleigh-Familie und Casey sind Zuschauermagneten. Weniger zuversichtlich bin ich bei der Darstellung der finanziellen Verhältnisse der Stiftung, aber da wird uns sicherlich etwas einfallen, um alles verständlich rüberzubringen. Was wissen wir sonst noch über den ehemaligen Finanzvorstand der Stiftung?«

»Er heißt Mark Templeton«, erläuterte Laurie. »Ich habe ein bisschen recherchiert. Gleich nach seinem Rücktritt als Finanzvorstand der Stiftung stellte ein Journalist anhand der öffentlich einsehbaren Unterlagen fest, dass das Stiftungsvermögen in den Jahren davor drastisch geschwunden war, worauf er einen möglichen Zusammenhang zwischen dem Abgang und dem geschrumpften Vermögen herstellte. Hunters Vater James bereitete den Spekulationen aber schnell ein Ende, indem er mitteilte, dass die Spendeneinnahmen seit Hunters Ermordung zurückgegangen seien. Er stellte einen neuen Finanzvorstand und Spendensammler ein, seitdem scheint die Stiftung finanziell auf sicherem Boden zu stehen. Templeton seinerseits ist seitdem der Leiter von Holly's Kids.«

»Was ist das denn?«, fragte Jerry.

»Eine gemeinnützige Einrichtung, die Schutzräume für obdachlose Jugendliche bereitstellt. Klingt ganz solide, aber in seinem Lebenslauf klafft eine Lücke von etwa acht Monaten nach seinem Weggang von der Raleigh-Stiftung. Vielleicht hat er sich eine Auszeit genommen, vielleicht aber ist es auch ein Anzeichen dafür, dass sich die Gerüchte ungünstig auf seine Neuanstellung auswirkten. Ich habe ihm am Freitagnachmittag telefonisch eine Nachricht hinterlassen, aber er hat sich bislang nicht gemeldet.«

Grace war sehr still, wie es sonst gar nicht ihre Art war.

»Bedrückt dich was?«, fragte Laurie.

»Lass mich nie Poker spielen. Man kann mir meine Gedanken sogar unter einer Decke versteckt vom Gesicht ablesen. Gut, ich sag es frei heraus: Casey Carter ist doch vollkommen durchgeknallt. Man sieht es an ihren Augen. Sogar damals hab ich meiner Mom gesagt: ›Mommy, die Frau hat den Blick einer Irren‹.«

Jerry musste lachen. »Grace, wir waren damals noch Kinder.«

»Kann schon sein, aber ich weiß sofort, wenn ich ein böses Mädchen vor mir habe, glaub mir. Sie sollte Mrs. Hunter Raleigh III. werden. Wahrscheinlich hatte sie sich schon ein Abendkleid für seine Amtseinführung als US-Präsident ausgesucht. Aber dann hat sie sich auf der Gala völlig danebenbenommen, und zu Hause machte er dann mit ihr Schluss. Fall gelöst.«

»Und der fehlende Fotorahmen?«, fragte Laurie. »Findest du das nicht überzeugend?«

»Wahrscheinlich schleudert sie ihm, als sie sich streiten, den Rahmen entgegen, er zerbricht, sie fegt die Scherben auf, verbuddelt das Foto im Wald und ruft die Polizei, oder sie nimmt es als Souvenir mit nach Hause, nachdem sie ihn abgemurkst hat.«

Jerry fand das alles andere als plausibel. »Warum hätte sie dann bis jetzt warten sollen, bis sie das Foto erwähnt? Ihre Anwältin hätte das schon damals ansprechen und noch während des Prozesses Zweifel säen können.«

Das Telefon auf Lauries Schreibtisch unterbrach sie. Grace hob ab. »Büro von Ms. Moran.« Nachdem sie aufgelegt hatte, sagte sie: »Wenn man vom Teufel spricht – das war die Rezeption: Katherine Carter und Angela Hart sind da und wollen dich sprechen.«

19

Laurie, hören Sie überhaupt zu?«

Die Frage kam von Angela. Laurie war ganz in der Betrachtung von Casey versunken, weil ihr wieder Graces Kommentar zu ihrem »irren Blick« in den Sinn gekommen war. Sie hatte in ihren Augen nämlich ein Funkeln bemerkt, das sie ihrer Intelligenz oder ihrem Sinn für Humor zugeschrieben hatte. Nun konnte sie sich aber auch vorstellen, dass dort ein Feuer schwelte, das jederzeit hochlodern konnte.

»Entschuldigung«, antwortete sie. »Ich höre zu. Es ist nur ziemlich viel, was es zu bedenken gilt.«

Casey und Angela hatten die ausgedruckten Online-Kommentare mitgebracht, die im Lauf des Wochenendes im Internet zu Artikeln über Caseys Entlassung aufgetaucht waren. Soweit sie sagen konnte, war der erste dieser Artikel auf der Klatsch-Website *The Chatter* erschienen und stammte von einem »RIP_Hunter«. »Ich habe auf anderen Sites weitere RIP_Hunter-Kommentare gefunden«, sagte Casey. »Im Grunde behaupten sie immer dasselbe: Ich sei eine Narzisstin und hätte Hunter umgebracht, damit niemand erfährt, dass er unsere Beziehung beenden wollte.«

Angela legte Casey beruhigend die Hand aufs Knie. »Es kommt nichts Gutes dabei heraus, wenn man Kommentare im Internet liest.«

»Ich kann sie doch nicht einfach ignorieren, oder?«, fragte Casey. »Hör dir an, was über mich geschrieben wird. Es ist fast wieder wie vor fünfzehn Jahren.«

»Außer dass du nicht vor Gericht stehst«, erinnerte Angela sie. »Du bist frei. Wen interessiert es, was irgendwelche Internet-Trolle über dich absondern?«

»Mich. Mich interessiert es, Angela!«

Leider hatte Laurie selbst Erfahrungen mit Internet-Trollen gemacht. Einige Jahre nach Gregs Tod beging sie den Fehler, ein Internet-Forum aufzurufen, in dem Hobby-Detektive ihre Meinung zu ungelösten Kriminalfällen abgeben konnten. Nachdem sie mehrere Kommentare von Leuten gelesen hatte, die überzeugt waren, sie selbst hätte einen Auftragskiller angeworben, um ihren Mann im Beisein ihres dreijährigen Sohnes umbringen zu lassen, konnte sie eine Woche lang nicht schlafen. Erneut blätterte Laurie durch die Kommentare, die Casey ihr ausgedruckt hatte.

Jeder, der Casey kennt ... Wir haben alle Angst, mit Journalisten zu reden, sonst geht sie vielleicht auch noch auf uns los ...

»Er – oder vielleicht auch sie – klingt, als würde er Sie persönlich kennen«, sagte Laurie.

»Genau«, stimmte Casey zu. »Genau so war es damals auch.«

»Was meinen Sie?«

»Damals, als ich vor Gericht stand, war das Internet noch ziemlich neu. Im Grunde informierte man sich noch durch Zeitungen oder Fernsehen und Radio. Aber es gab auch schon Foren, in denen sich Leute über meinen Fall austauschten. Sie können sich vorstellen, welcher Ton da herrschte. Folgendes nun: Jemand hat immer wieder gepostet und so getan, als würde er mich kennen oder hätte Informationen aus erster Hand, aus denen hervorging, dass ich schuldig sei. Unterzeichnet waren sie alle mit ›RIP_Hunter‹.«

»Und Sie nehmen an, dass es sich um einen Fremden handelte?«, fragte Laurie.

»Ja. Weil keiner, der mich kannte, so etwas gesagt hätte – weil es einfach nicht stimmte.«

»Noch nicht mal jemand, mit dem Sie bekannt waren und der Sie nicht mochte?«

Casey zuckte mit den Schultern. »Möglich. Vielleicht war der oder die Betreffende auch nur völlig besessen von Hunter. Die Kommentare überschlugen sich darin, wie wunderbar er gewesen sei, was für ein guter Bürgermeister oder sogar Präsident er geworden wäre. Ich hätte nicht nur ihn um seine Zukunft, sondern das ganze Land um die vielen guten Dinge gebracht, die er noch in die Wege geleitet hätte. Ich habe letzten Abend versucht, diese alten Postings zu finden, aber sie scheinen nicht mehr online zu sein. Wenn es einen Stalker gab, wäre es für ihn oder sie ein Leichtes gewesen, eine Eintrittskarte für die Gala zu bekommen. Vielleicht hat er oder sie mich unter Drogen gesetzt und ist uns dann nach Hause gefolgt. Vielleicht hat Hunter zur Selbstverteidigung zur Waffe gegriffen, und dann ist alles aus dem Ruder gelaufen.«

»Können wir irgendwie beweisen, dass jemand mit diesem Benutzernamen damals während des Prozesses die Kommentare geschrieben hat?«, fragte Laurie.

»Das weiß ich nicht«, antwortete Casey. »Ich habe damals meiner Anwältin davon erzählt. Außerdem hatte einer der Geschworenen damals einen der schlimmsten Kommentare sogar selbst zu sehen bekommen. Er ließ dem Richter darüber auch eine Notiz zukommen.«

Es war das erste Mal, dass Laurie von einer solchen Notiz hörte. »Was stand da drin?«

»Laut dem Geschworenen habe seine Tochter im Internet über den Prozess gelesen und mit ihm darüber sprechen wollen. Er machte ihr zwar klar, dass er mit niemandem darüber reden durfte, aber da war sie schon damit herausgeplatzt, dass jemand im Internet behauptete, ich hätte ihm gegenüber ein Geständnis abgelegt. Im Kommentar stand so viel wie: ›Casey Carter ist schuldig. Sie hat es mir selbst erzählt. Deshalb verweigert sie die Aussage.‹ Und unterzeichnet war natürlich mit RIP_Hunter.«

Laurie war keine Anwältin, aber sie war davon überzeugt, dass ein solcher Vorfall ein triftiger Grund gewesen wäre, den Geschworenen mit sofortiger Wirkung zu entlassen. Wahrscheinlich hätte sogar der gesamte Prozess wegen eines Verfahrensfehlers eingestellt werden müssen. »Das fällt unter Befangenheit«, entgegnete Laurie. »Geschworenen ist es untersagt, Informationen von außen über den Fall zur Kenntnis zu nehmen oder über die Gründe zu spekulieren, warum der Angeklagte die Aussage verweigert. Ganz davon zu schweigen, dass im Kommentar behauptet wurde, Sie hätten gestanden.«

»Was ich absolut nicht getan habe!«, rief Casey aus.

»In den Dokumenten, die Sie mir gegeben haben, ist nirgends von einer solchen Notiz die Rede.« Sie hätte sich sicherlich daran erinnert. »Wurde der Geschworene ausgewechselt? Und machte Ihre Anwältin Verfahrensfehler geltend?«

Angela schaltete sich entrüstet dazwischen. »Sie meinen diese Null von Anwältin Janice Marwood? Sie hat überhaupt nichts getan. Der Richter hat den Geschworenen pauschal vorgelesen, dass sie sich nicht von außen beeinflussen lassen und nur die Beweise in Betracht ziehen dürfen, die vor Gericht vorgelegt werden. Und als Casey ihre Anwältin darauf ansprach, sagte diese, sie solle ihr mehr vertrauen und nicht jede von ihr getroffene strategische Entscheidung kritisieren. Was ist das denn für eine Strategie?«

Laurie dachte an Alex, der Janice Marwood mit der Note vier minus bewertet hatte. Und sie erinnerte sich daran, dass Casey sich bereit erklärt hatte, die anwaltliche Verschwiegenheitspflicht aufzulösen, damit Laurie direkt Marwood kontaktieren und Einsicht in die Akten nehmen konnte. Sie öffnete kurz die Bürotür und bat Grace darum, zusammen mit Jerry ein entsprechendes Schreiben aufzusetzen, dass Casey dann nur noch zu unterzeichnen brauchte.

Aufgrund der ungeheuren Publicity, die Caseys Prozess auf sich gezogen hatte, überraschte es Laurie nicht, dass irgendwelche Spinner im Schutz der Anonymität, die das Internet nun mal bot, völlig abwegige Anschuldigungen erhoben. Schlimmer für Casey schien allerdings das Wiederauftauchen des Online-Kommentators zu sein, der sich selbst RIP_Hunter nannte. Der Gebrauch desselben Pseudonyms zielte wahrscheinlich darauf ab, Casey psychisch zu zermürben. Und seine Rechnung schien aufzugehen.

Laurie schloss wieder die Tür.

»Casey, wissen Sie zufällig, ob sich Ihre Anwältin diese Internet-Postings angesehen hat?«

»Keine Ahnung. Ich bin ihr gegenüber viel zu nachsichtig gewesen. Manchmal frage ich mich, ob mir nicht besser gedient gewesen wäre, wenn ich mich selbst vertreten hätte.«

Laurie nahm an, dass es nach wie vor möglich sein müsste, die während des Prozesses verfassten Original-Postings nachzuverfolgen. Das Internet, sagt man doch, vergesse nichts. Sie notierte sich, die Studiotechniker darauf anzusetzen, als ihr auffiel, wie spät es schon war.

»Es tut mir fürchterlich leid, wenn ich Sie so abrupt verlasse, aber bei mir steht noch ein Treffen mit dem Studioleiter an. Wenn Sie noch etwas dableiben könnten, Grace hat nämlich noch einige Dokumente, die Sie unterschreiben müssten. Zum einen Ihre Einverständniserklärung zur Auflösung der anwaltlichen Verschwiegenheitspflicht. Das andere ist unsere Standard-Teilnahmeerklärung. Wir haben für Sie, Angela, auch eine vorbereitet, Sie haben Hunter und Ihre Cousine ja nur wenige Stunden vor dem Mord gesehen.«

Peinlich berührt sahen sich Casey und Angela an. »Ich dachte ...«, begann Angela.

»Angela«, unterbrach Casey sie, »ich brauche deine Unterstützung. Du hast mich gebeten, noch ein paar Tage zu warten, damit ich mir alles durch den Kopf gehen lassen kann. Das habe ich getan. Und ich bin mehr denn je von meiner Entscheidung überzeugt. Bitte!«

Angela drückte Casey kurz die Hand. »Natürlich. Ich an deiner Stelle würde mich anders entscheiden, aber ich mache alles, wenn ich dir helfen kann.«

»Wunderbar«, entgegnete Laurie. »Dann hätte ich von Ihnen, Casey, gern noch eine Liste mit den Personen, die Sie und Hunter als Paar gekannt haben.«

»Gut, da gibt es Angela, klar. Dann Hunters Bruder Andrew, allerdings kann ich mir lebhaft vorstellen, wie er sich über mich auslassen wird. Es gab mal eine Zeit, da dachte ich, ich würde in New York Gott und die Welt kennen. Aber ich habe alle meine Freunde verloren, einen nach dem anderen. Wenn man wegen Mordes verhaftet wird, ist man sehr schnell eine Ausgestoßene.« Caseys Augen hellten sich auf. »Was ist denn mit Sean? Wir haben uns anfangs doch ständig zu viert getroffen. Mann, war das peinlich.«

Ihr Kichern spielte auf etwas an, in das Laurie nicht eingeweiht war, aber sie spürte das innige Vertrauensverhältnis der beiden Frauen. Casey mochte fünfzehn Jahre hinter Gittern verbracht haben, aber das Verhältnis zwischen ihr und Angela war so, als wären die beiden nie getrennt gewesen. Casey beugte sich vor, als würde sie ein Geheimnis ausplaudern. »Angela und Hunter waren nämlich mal zusammen, bevor ich ihn kennengelernt habe.«

Angela lachte. »Zu sagen, wir waren ›zusammen‹, ist eine maßlose Übertreibung. Wir hatten bloß ein paar Verabredungen – mehr oder weniger, und alles rein platonisch. Wenn ich niemanden hatte und zufällig einen Begleiter brauchte, dann kam er mit, falls er Zeit hatte. Ich habe das auch für ihn gemacht.«

»Wirklich?«, fragte Laurie. »Und das war, bevor Hunter Casey kennengelernt hat?«

»Oh, *lange* vorher. Casey war gerade nach New York gezogen, nachdem sie an der Tufts ihren Abschluss gemacht hatte. Und dann, etwa zwei Jahre später, erzählte sie mir, sie würde sich mit einem fantastischen Typen treffen, den sie bei Sotheby's kennengelernt hatte. Dann nannte sie den Namen Hunter Raleigh, und sie wäre fast vom Stuhl gefallen, als ich ihr erzählte, ich sei mit ihm ein paarmal aus gewesen. Aber es war keine große Sache. Wir haben immer darüber gescherzt, dass Hunter und ich ein ganz schreckliches Paar abgegeben hätten. Aber Sean, das war was Ernstes. Ich dachte, wir würden heiraten. Ich habe allerdings keine Ahnung, wie ich jetzt an ihn rankommen soll.«

»Machen Sie sich darüber mal keine Gedanken«, sagte Laurie. »Leute zu finden ist unsere Spezialität. Wie heißt Sean mit Nachnamen?«

»Murray«, antwortete Angela. »Bedeuten diese vielen Fragen, dass Sie Caseys Fall wirklich in Ihrer nächsten *Unter-Verdacht*-Sendung bringen wollen?«

»Ich kann nichts versprechen, solange ich nicht mit meinem Boss geredet habe. Aber, Casey, ich darf Ihnen jedenfalls versichern, dass ich Ihre Geschichte für unsere nächste Sendung vorschlagen werde.«

»Wirklich?« Sie sprang vom Sofa auf und warf Laurie fast um, so überschwänglich fiel sie ihr um den Hals. »Danke. Und dir auch, Angela, damit das alles möglich wurde. Das ist das erste Mal seit fünfzehn Jahren, dass ich wieder so etwas wie Hoffnung habe.«

Tränen traten Casey in die Augen, in denen nun überhaupt nichts Verrücktes schlummerte.

20

Laurie hätte es eigentlich nicht überraschen sollen, dass Ryan Nichols auf dem Sofa in Bretts Büro saß, als sie dort eintraf. Er schien sich mit jedem Tag mehr einzuleben. Und in der kommenden Woche hatte er dann vielleicht sein eigenes Bett samt Nachttischkästchen in der Ecke stehen. Sie konnte es immer noch nicht glauben, dass Brett den Neffen seines besten Freundes unter Vertrag genommen hatte.

»Ryan, wie kriegen Sie das bloß mit Ihrer Arbeit auf die Reihe und finden auch noch Zeit für unsere Sendung? Brett hat es vielleicht erwähnt, wir haben unseren vorherigen Moderator Alex Buckley verloren, weil sich die Anforderungen einer Anwaltskanzlei kaum mit den Notwendigkeiten einer Fernsehproduktion vereinbaren ließen.«

»Hat Brett es Ihnen nicht erzählt? Ich nehme mir in der Kanzlei eine Auszeit. Ich habe bei den Fisher Blake Studios einen Vollzeit-Exklusivvertrag. Neben der Moderation von *Unter Verdacht* bin ich für eine ganze Reihe von anderen Sendungen zuständig und leiste juristischen Beistand für den Fall, dass unsere Stars rechtliche Probleme bekommen, solche Dinge eben. Wenn es klappt, produziere ich vielleicht mal meine eigene Show.«

Bei ihm klang das so, als wäre die Ausarbeitung einer Fernsehsendung ein kleines Hobby, das man so nebenbei betreiben konnte. *Wenn ich mal Lust habe, im Sand zu spielen, dann baue ich mir vielleicht eine eigene Burg.*

Brett bedeutete ihr, neben Ryan Platz zu nehmen. »Laurie, ich muss gestehen, ich setze dir immer hart zu, wenn du journalistische Prinzipien über die Einschaltquoten stellen willst, aber diesmal hast du einen Haupttreffer gelandet. Unser Dornröschen ist wieder in den Schlagzeilen, und soweit ich es sagen kann, hat sie außer mit dir noch mit niemandem gesprochen.«

»Jedenfalls nicht mit anderen Reportern. Sondern nur mit ihrer Familie.«

»Ist dem so? Wie oft wurden wir schon von Informanten übers Ohr gehauen, die uns weismachen wollten, sie würden nur mit uns reden.«

»Ich bin mir nahezu sicher, Brett. Tatsächlich war Casey mit ihrer Cousine eben bei mir im Büro. Ich habe ihr Wort – wenn wir ihren Fall übernehmen, ist sie mit im Boot.«

»Ihr Wort?«, fragte Ryan skeptisch. Der zweifelnde Blick, den die beiden Männer austauschten, war unmissverständlich. »Hat sie eine Vereinbarung unterzeichnet?«

»Das geschieht in diesem Augenblick. Soll ich Ihnen eine Kopie davon zustellen, Ryan? Zu den größten Herausforderungen unserer Sendung gehört es, Vertrauen zwischen uns und den potenziellen Teilnehmern aufzubauen. Das muss von Anfang an geschehen. Es ist für mich daher eine ziemlich wichtige Angelegenheit, dass sie diese Vereinbarung unterschreibt.«

»Nun werde nicht gleich emotional«, warf Brett ein. »Ich weiß, dass du mit den Teilnehmern *ganz enge Beziehungen* aufbaust. Hast du etwas über dieses fehlende Foto in Erfahrung bringen können?«

Sie erzählte von ihrem Treffen am Freitag mit Elaine Jenson, die mit detaillierten Erinnerungen an das Foto aufwarten konnte, das am Tag von Hunters Ermordung anscheinend auf dem Nachttisch gestanden hatte.

Brett schien sich damit zufrieden zu geben, aber dann schaltete sich Ryan ein. »Das heißt noch gar nichts. Die Polizei wurde erst nach Mitternacht verständigt. Der Kristallrahmen mit dem Foto könnte doch genauso gut bei einem Streit zwischen den beiden zerbrochen sein, und Casey räumte alles weg, bevor sie die Polizei rief. Und jetzt benutzt sie das Bild als Ablenkungsmanöver.«

Das gleiche Gegenargument hatte auch Grace angebracht.

»Warum hat sie dann nichts davon erzählt, als der Prozess zu ihren Ungunsten lief?«, hielt Laurie dagegen. »Weil es eben kein Ablenkungsmanöver ist. Laut Casey war ihr zum Zeitpunkt des Prozesses noch nicht mal klar, dass das Bild nicht mehr da war.«

Als Laurie sah, wie Brett zu Ryan blickte, fürchtete sie schon das Schlimmste, aber dann sagte ihr Chef: »Ich stimme Laurie zu. Auch wenn es möglich sein sollte, eine Erklärung für das fehlende Foto zu finden, bleibt es eines der Rätsel, mit denen man das Publikum ködert. Außerdem ist es ein neues Indiz. Genau wie das finanzielle Chaos, das der Freund in der Stiftung angerichtet hat. Damit ist die Sendung nicht bloß ein müder Aufguss eines fünfzehn Jahre zurückliegenden Gerichtsprozesses, und das ist alles, was zählt. Und noch eines, Laurie: Mindy Sampson bloggt rund um die Uhr über Casey. Casey ist im Moment *das* Thema, aber so schnell, wie es aufgekommen ist, kann es damit auch wieder vorbei sein. Wir müssen also bald mit den Dreharbeiten beginnen.«

Mit jeder *Unter-Verdacht*-Folge gingen Bretts Erwartungen hinsichtlich der Einschaltquoten nach oben, während die Drehzeit entsprechend zusammengekürzt wurde. Anders als die bisherigen Folgen gab es in diesem Fall bereits ein Gerichtsverfahren, damit konnten sie also auf Prozessunterlagen zurückgreifen, was ihnen höchstwahrscheinlich viel Arbeit ersparen würde. »Wir werden so schnell wie möglich mit der Produktion beginnen«, sagte sie.

»Wie sieht es mit der Raleigh-Familie aus?«, fragte Brett. »Die Sendung ist ohne sie kaum denkbar.«

Laurie war stolz, dass sie bislang in jeder Folge die Familie des Verbrechensopfer zur Teilnahme hatte überreden können.

»Das weiß ich nicht. Ich habe Hunters Vater eine Nachricht hinterlassen, aber von ihm noch nichts gehört. Es dürfte auch nicht besonders hilfreich sein, dass seine persönliche Assistentin Mary Jane Finder auf Caseys Liste der Verdächtigen steht. Aber ich bin heute Nachmittag mit Hunters Bruder Andrew verabredet.«

»Gut. Sobald du einen aus der Familie zur Teilnahme bewegen kannst, machen wir die Sendung.«

Als Laurie Bretts Büro verließ, hörte sie Ryan sagen: »Ich habe mal einen großen Betrugsprozess mit einer Woche Vorlauf übernommen. Wir sollten das also auch hinkriegen.«

Sie fragte sich nur, wann die andere Hälfte dieses »wir« endlich anfing, sich sein Honorar auch zu verdienen.

21

Andrew Raleigh hatte Laurie gebeten, sich mit ihm um 15.45 Uhr in der East 78th Street, gleich westlich der Park Avenue, zu treffen. Das fragliche Stadthaus, vor dem sie dann stand, war dreimal so breit wie die anderen in der Straße. Der Eingang war mit einem schweren schwarzen Eisentor und einer Videokamera gesichert. Sie drückte auf die Klingel, gleich darauf sprang das Tor auf.

Sie war knapp zwei Kilometer von ihrer eigenen Wohnung in der 94th Street entfernt, befand sich aber in einer völlig anderen Welt. Hier in einem der prestigeträchtigsten Straßenzüge von ganz Manhattan wohnten Familien, deren Namen auf Universitätsgebäuden, Theaterfoyers und Museumswänden prangten.

Die Frau, die an die reich verzierte Mahagonitür kam, trug ein maßgeschneidertes marineblaues Kostüm mit weißer Seidenbluse. Ihre langen schwarzen Haare waren zu einem strengen Pferdeschwanz gebunden. Laurie stellte sich vor und erklärte, mit Andrew Raleigh verabredet zu sein.

»Ich bin Mary Jane Finder, General James Raleighs Assistentin. Andrew ist im ersten Stock, in der Kennedy-Bibliothek. Er erwartet Sie bereits. Folgen Sie mir bitte.«

Dieses Haus hatte nicht nur eine Bibliothek, sondern eine Bibliothek mit eigenem Namen. In der Tat eine andere Welt.

Laurie blieb kurz am Fuß der Treppe stehen und nahm die Stille des Foyers in sich auf. Aus Erfahrung wusste sie, dass die meisten Menschen, wenn sie mit Schweigen konfrontiert wurden, unwillkürlich weiterredeten. Aber diese Frau war nicht wie die meisten Menschen. Auf Lauries Anrufe beim General hatte sich sowohl am Freitagnachmittag als auch an diesem Morgen jeweils Mary Jane gemeldet. Jedes Mal hatte sie sich überaus verbindlich gegeben und Laurie mitgeteilt, dass sie ihre Nachrichten weiterleiten werde, ohne freilich zu versprechen, dass der General auch zurückrufen würde. Jetzt stand Laurie neben ihr, trotzdem erwähnte Mary Jane mit keinem Wort Lauries vergebliche Kontaktversuche.

Mary Jane Finder schien etwa Mitte fünfzig zu sein, war aber immer noch sehr attraktiv und dürfte ungefähr in Hunters Alter gewesen sein, als sie für die Familie zu arbeiten begonnen hatte. Aber war die Frau schon immer so kühl und abweisend gewesen?

Über das Wochenende hatte Laurie einen biografischen Abriss über Hunter Raleighs jüngeren Bruder gelesen. Andrew wurde dort als »mächtige Persönlichkeit« beschrieben. Wie zutreffend der Ausdruck war, sah sie, als er sie in der Kennedy-Bibliothek begrüßte. Sie schätzte ihn auf gut eins neunzig. Im Unterschied zu seinem sportlich schlanken Bruder hatte er einen tonnenförmigen Brustkorb und einen feisten Hals, seine Hände waren jeweils so groß wie Timmys Baseballhandschuhe. Und sein weites, mit bunten tropischen Mustern verziertes Hemd und die Khakis wollten so gar nicht zum äußeren Ambiente passen.

Auch seine Stimme war mächtig. »Ich danke Ihnen sehr, dass Sie sich mit mir treffen konnten, Ms. Moran«, dröhnte er. »Was dagegen, wenn ich Sie Laurie nenne?«

»Natürlich nicht.«

Sie ließ den Blick über die vertäfelten Bücherregale, den Perserteppich und die schweren Vorhänge an den Fenstern schweifen. »Der Raum ist herrlich«, sagte sie und meinte es ehrlich.

»Dieses alte Mausoleum? Das ist Dads Reich. Ich wohne ja lieber in der Stadt, aber meine Wohnung wird gerade renoviert.

Vielleicht hätte ich das alles in East Hampton aussitzen sollen, aber da draußen wird es jetzt schon etwas kühl. Gut, ich hätte auch nach Palm Springs fliegen können oder zu meiner Wohnung in Austin. Na, wie auch immer, Sie sind nicht hier, um von den Immobilien der Raleighs zu hören.«

Laurie glaubte einen leichten Südstaatenakzent auszumachen, der bei einer so alteingesessenen New Yorker Familie doch etwas unerwartet kam. Die Erwähnung der Wohnung in Austin erinnerte sie aber daran, dass Andrew die Universität von Texas besucht hatte. Er musste den Bundesstaat als sein zweites – oder drittes oder viertes – Zuhause angenommen haben.

Mary Jane hatte sie an der Tür zur Bibliothek allein gelassen. »Ms. Finder sagt, sie ist die Assistentin Ihres Vaters. Ist sie schon lange hier?«

»Um die zwanzig Jahre. Die Frau – aber das bleibt jetzt unter uns – jagt mir eine Heidenangst ein. Fraglich, ob in ihren Adern überhaupt menschliches Blut fließt.«

»Ich habe mit ihr telefoniert, weil ich eigentlich mit Ihrem Vater sprechen wollte. Seltsam, sie ist jetzt überhaupt nicht auf die Nachrichten eingegangen, die ich Ihrem Vater hinterlassen habe.«

»Mary Jane ist so verschlossen wie eine Auster, aber Dad hält sie auch viel mehr am Laufen als ich. Er berät Politiker, sitzt in einem Dutzend Ausschüsse, arbeitet an seinen Memoiren. Und ich? Ich gehe gern angeln und trinke gern Bier. Apropos, wollen Sie was? Es geht ja irgendwie schon auf fünf Uhr zu.«

Laurie lehnte ab, und Andrew ließ sich ihr gegenüber auf einem Sessel nieder. »Sie denken ernsthaft darüber nach, eine Sendung über den Tod meines Bruders zu machen? Ich muss Ihnen sagen, ich sehe nicht so recht den Sinn dahinter, Laurie.«

»Wie Sie vielleicht anhand der Berichterstattung am Wochenende gemerkt haben, ist der Fall Ihres Bruders nach wie vor von großem öffentlichem Interesse. Seine Verlobte ist damals wegen Totschlags verurteilt worden, viele Beobachter im Gerichtssaal meinten allerdings, man hätte sie wegen Mordes verurteilen müssen. Aber Casey ist nie von ihrer Version abgewichen.«

»Dass jemand sie mit Tabletten, die sich zufällig in ihrer Handtasche befunden haben, ausgeknockt hat?«

»Sie jedenfalls behauptet, jeder auf der Gala hätte ihr leicht etwas ins Glas kippen können. Und als sie im Haus eingeschlafen war, hätte diese Person ihr die Tabletten in die Handtasche legen können, um den Verdacht auf sie zu lenken.«

»Oder sie lügt.«

»Ist das Ihre Meinung? Dass Casey Ihren Bruder umgebracht hat?«

»Zunächst dachte ich das nicht, nein. Ich mochte Casey. Zum Teufel, hätte ich sie vor Hunter kennengelernt, hätte ich mir vorstellen können, selbst etwas mit ihr anzufangen. Sie war witziger als der Typ Frau, mit dem Hunter sonst so liiert war.«

»Er hatte einen speziellen Typ?«

Andrew zuckte mit den Schultern. »Sie waren immer schön, aber langweilig. Taugten für ein oder zwei Dates, für ein Foto auf dem roten Teppich, aber im Grunde waren sie austauschbar. Casey allerdings war anders. Sie war ... wow!«

»Ich bin mir nicht ganz sicher, was Sie damit meinen.«

»Ach, nichts Abwertendes. Sie war eine Herausforderung, keine Frage. Sie kannten sich etwa zwei Monate, da fuhr Hunter für eine Woche auf Kiawah Island, ohne ihr Bescheid zu geben. Er rief sie kein einziges Mal an, obwohl sie verdammt genau wusste, dass er sein Handy immer bei sich hatte. Aber dann entdeckte sie ein Foto von ihm auf einer politischen Veranstaltung, bei der für einen Senator aus South Carolina Geld beschafft werden sollte. Sie wusste also, wo er sich rumtrieb. Als er dann aber wieder zu Hause war, ging sie nicht ran, wenn er anrief. Und als er vor ihrer Tür auftauchte, knallte sie sie ihm vor der Nase zu. Das hatte noch keine Frau vor ihr gewagt, keine hatte ihm die Grenzen aufgezeigt.« Andrew musste lachen. »Jedenfalls hatte sie damit seine Aufmerksamkeit, das können Sie mir glauben. Danach war Hunter wie ausgewechselt. Bis über beide Ohren verliebt. Er war ganz verrückt nach der Frau.«

»Warum sollte sie ihn dann umbringen?«

»Um das zu beantworten ... Wie viel wissen Sie über meinen Vater?«

»Ich weiß, was ich in einer Biografie über ihn gelesen habe. Und dass er eine Assistentin hat, die meine Anrufe nicht weiterleitet und vielleicht ein Vampir ist«, sagte sie mit einem Lächeln.

Andrew stimmte ihr mit erhobenem Daumen zu. »Er ist ganz in Ordnung, aber er war Dreisternegeneral und der Sohn eines Senators. Er ist noch ganz alte Schule. In seiner Welt haben Männer eines gewissen Stands der Welt gegenüber Verpflichtungen. Sie leiten Stiftungen und dienen der Gesellschaft.«

Laurie glaubte fast zu hören, wie der Satz insgeheim weitergehen musste: ... *Sie widmen ihre Leben nicht dem Angeln und Biertrinken.*

»So ein Mann braucht natürlich auch eine ganz bestimmte Frau an seiner Seite«, fuhr er fort. »Jedenfalls keine Frau, die einen Mann um den Finger wickeln möchte – so hat das nämlich mein Vater gesehen. Von den ständigen Streitereien mal ganz abgesehen.«

»Spielen Sie damit auf die Auseinandersetzungen an, von denen Zeugen beim Prozess berichtet haben?« Die Staatsanwaltschaft hatte eine ganze Reihe von Hunters Bekannten aufgeboten, die von heftigen Meinungsverschiedenheiten zwischen Casey und Hunter erzählten, die sie in aller Öffentlichkeit ausgetragen hatten.

»Ach, die beiden mussten einfach alles ausdiskutieren. Klar, es ging um Politik. Casey war ausgesprochen liberal. Es hat sie geärgert, wenn Hunter sie einen Woodstock-Hippie nannte. Man hatte kaum am Aperitif genippt, schon kriegten sie sich wegen irgendwas in die Wolle. Sie mochte Michael-Moore-Filme. Er war der Meinung, Jackson Pollocks Arbeiten sehen wie die Schmierereien von Kindern aus. Die beiden fielen übereinander her, als ginge es um eine Anhörung im Kongress. Viele von Hunters Freunden fanden das unangenehm, wie sie beim Prozess auch deutlich machten. Aber was diese Freunde und mein Vater nicht kapierten: Die beiden haben diese Auseinandersetzungen genossen. Für sie war es wie Tennisspielen.«

»Meinungsverschiedenheiten über Filme und Kunst ergeben noch lange kein Mordmotiv.«

»Ich denke, Ihnen entgeht das große Ganze, Laurie. Casey passte einfach nicht. Meinem Vater war sie nicht dezent genug.«

»Verzeihen Sie, aber man kann doch heute nicht mehr erwarten, dass Frauen stillschweigend an der Seite ihres Mannes stehen.«

»Na ja, mein Vater ist nicht wie die meisten Leute. Die Frau eines Politikers – wie meine Mutter, wie meine Großmutter – sollte noch nicht mal im Traum daran denken, ihrem Ehemann zu widersprechen. Außerdem hatte Hunter davor eine sehr ernste Beziehung mit einer Frau aus der gehobenen Gesellschaft. Meinem Vater gefiel deren familiärer Hintergrund, und dagegen kam Casey eben nicht an.«

»Sie sagen also, dass Ihr Vater Casey nicht akzeptierte.«

»Nicht *akzeptieren* ist eine Untertreibung. Als Erstes bestand er auf einem knallharten Ehevertrag, in der Hoffnung, dass Casey das abschrecken würde. Es hat mich nicht im Geringsten überrascht, als Casey nur meinte, *zeigt mir, wo ich unterschreiben soll. Ich heirate Hunter doch nicht wegen seiner Familie und was da sonst noch mitkommt.* Aber das reichte meinem Vater nicht. Er hat aktiv darauf hingearbeitet, Hunter von der Hochzeit abzubringen.«

»Wollen Sie mir damit sagen, dass Hunter vorhatte, die Verlobung mit Casey zu lösen?« Diese Theorie hatte die Staatsanwaltschaft stets vertreten.

»Das kann ich nicht mit Gewissheit behaupten, aber sagen wir mal so: Ich war immer derjenige, der bereit war, meinen Vater zu enttäuschen. Hunter war da ganz anders gestrickt.«

Auch auf die Gefahr hin, den Ereignissen vorzugreifen, stellte sich Laurie Andrew mit seinem Südstaatenakzent schon mal auf einem Fernsehbildschirm vor, und es gefiel ihr sehr, was sie sah. Das konnte eine Sendung ganz nach ihrem Geschmack werden.

»Sie sagten, Casey habe Ihrem Bruder die Tür vor der Nase zugeknallt, weil er sie nicht angerufen hat. War das das einzige Mal, dass Sie sie so eifersüchtig oder besitzergreifend erlebt haben?«

»Nein. Sie wusste um Hunters Ruf, und ihr war klar, dass sie das genaue Gegenteil ihrer Vorgängerinnen war. Ich vermute, sie wartete eigentlich nur darauf, dass das Unvermeidliche eintrat. Daher konnte sie extrem eifersüchtig sein und musste gegenüber anderen immer klarstellen, dass seine Beziehung zu ihr nicht bloß eine harmlose Affäre war. Sie hatte keine Skrupel, ihm in aller Öffentlichkeit schneidende Kommentare an den Kopf zu werfen, etwa *Zu wem von uns beiden stehst du eigentlich?* Zu ihren Lieblingssprüchen gehörte *Willst du warten, bis wir verheiratet sind, damit du dich endlich nicht mehr wie ein ungebundener Junggeselle aufführst?*

Damit beschrieb Andrew eine Seite von Casey, die Laurie bislang nicht gesehen hatte.

»Vielleicht haben Sie recht, und Casey ist schuldig.« Laurie redete mehr mit sich selbst als mit Andrew. »Unserer Sendung war es immer wichtig, unvoreingenommen zu sein. Wir stellen allen Teilnehmern unangenehme Fragen. Mir ist es wichtig, dass aber auch Ihre Familie vertreten ist. Ich gebe Ihnen mein Wort, dass wir das Andenken an das Opfer mit Respekt behandeln. Das Publikum muss spüren, dass es eben nicht um Vorgänge in irgendwelchen verstaubten Aktenordnern geht. Es soll an den Wert des verlorengegangenen Lebens erinnert werden.«

Andrew wandte den Blick ab und räusperte sich. Als er wieder das Wort ergriff, war vom Südstaatenakzent so gut wie nichts mehr zu hören. »Mein Bruder war ein ganz außergewöhnlicher Mensch, Laurie, einer der großartigsten Männer, die ich die Ehre hatte zu kennen. Er war unglaublich intelligent. Ich habe es kaum auf die Uni in Texas geschafft, aber er war in Princeton und an der Wharton Business School. Verglichen mit den Gewinnen, die er mit seinen Immobiliengeschäften erwirtschaftet hat, war das bisherige Vermögen meiner Familie Kleingeld. Aber er trat in eine neue Lebensphase ein. Er wollte seine Fähigkeiten zum öffentlichen Wohl einsetzen und war mit dem Bürgermeister in Verhandlungen, um die Prinzipien des freien Marktes zum Neubau erschwinglicher Wohnungen einzusetzen. Dann starb unsere Mom an Brustkrebs, da war sie erst zweiundfünfzig. Ich bin in die Karibik geflogen und hab ein Jahr lang alles in Alkohol ertränkt, aber Hunter hat zu ihrem Andenken die Zielsetzung der Stiftung geändert.«

Erneut war Laurie versucht, ihn mit härteren Fragen zu konfrontieren. Andrew war zwar voll des Lobs für seinen Bruder, aber führte es nicht unweigerlich zu Verbitterung, wenn man, wie Casey behauptet hatte, im Schatten eines solchen, von allen Seiten bewunderten Geschwisters lebte? Und was wusste Andrew über die angeblichen finanziellen Unstimmigkeiten in der Stiftung? Sie wollte allerdings nicht das einzige Mitglied der Familie Raleigh abschrecken, das ihren Anruf erwidert hatte.

»Hat Hunter daran gedacht, selbst ein öffentliches Amt zu bekleiden?«

»Ja, klar, er hat darüber gesprochen – vielleicht Bürgermeister von New York zu werden, wenn der gegenwärtige Amtsinhaber nicht mehr kandidieren konnte, weil eine weitere Amtszeit nicht mehr vorgesehen war. Er hätte zu den seltenen Politikern gehört, die jeden Morgen aufwachen und sich fragen, wie sie das Leben der einfachen Leute verbessern könnten. Hunter wurde ganz einfach geliebt, und das zu Recht. Und wenn ich Ihrem Publikum das alles erzählen darf, dann nehme ich gern an Ihrer Sendung teil. Sagen Sie mir nur, wo und wann.«

»Wir hoffen, bald mit den Dreharbeiten beginnen zu können. Wir haben eine Szene ins Auge gefasst, in der die sechs Teilnehmer an dem Tisch sitzen, an dem sie auch an jenem Abend bei der Gala gesessen haben. Das Cipriani hat sich bereits einverstanden erklärt, den Ballsaal zur Verfügung zu stellen, sofern es der Terminplan zulässt. Soweit ich weiß, haben Sie das Landhaus Ihres Bruders geerbt. Wäre es wohl möglich, dass Sie es uns für die Sendung überlassen …«

»Kein Problem. Und was diesen Bankettsaal betrifft, unsere Stiftung nutzt das Cipriani immer noch für Veranstaltungen. Nächsten Sonntag findet dort ein Empfang für unsere wichtigsten Geldgeber statt. Das wird nicht so aufwendig wie die jährliche Gala, aber wenn Sie an dem Abend ein paar Aufnahmen machen wollen, könnten wir das sicherlich arrangieren.«

»Tatsächlich? Das wäre unglaublich entgegenkommend.« Erst am Morgen hatte das Cipriani Jerry mitgeteilt, dass sie vor zehn Uhr morgens drehen oder zwei Monate warten müssten, wenn sie den Ballsaal einen ganzen Tag lang haben wollten. Sie notierte sich das Datum, das Andrew ihr genannt hatte, und überlegte, ob sie tatsächlich so schnell mit den Dreharbeiten anfangen könnten. Klar, wenn es nach Brett ginge, würden sie sofort loslegen. »Vermutlich können Sie nicht vorhersagen, wie Ihr Vater sich entscheiden wird?«

Er sah zum Bibliothekseingang, bevor er flüsternd antwortete.

»Wenn ich raten müsste, würde ich sagen, Mary Jane hat ihm noch nicht mal mitgeteilt, dass Sie angerufen haben. Ich werde mal mit ihm reden. Solange Sie in Ihrer Sendung meinen Bruder nicht in ein falsches Licht rücken ...«

»Natürlich nicht.«

»Wahrscheinlich kann ich ihn sogar dazu überreden, vor die Kamera zu treten. Er arbeitet im Moment fieberhaft am Abschluss seiner Memoiren, aber ein paar Minuten sollte er schon Zeit finden.«

»Und was ist mit Mark Templeton? Meines Wissens war er ein ganz enger Freund Ihres Bruders und an jenem Abend ebenfalls auf der Gala anwesend.« Noch immer hatte sie Caseys Verdachtsmomente gegen den ehemaligen Finanzvorstand der Familienstiftung nicht angesprochen.

»Ich habe seit Jahren mit Mark keinen Kontakt mehr. Mal sehen, was ich tun kann.«

»Ich will mein Glück ja nicht über Gebühr strapazieren, aber vielleicht könnten Sie Ihren Charme auch bei Mary Jane spielen lassen? Sie saß auf der Gala doch ebenfalls mit am Familientisch. Wir hätten gern eine gewisse Bandbreite an potenziellen Zeugen, und vielleicht hat sie an dem Abend ja beobachtet, wie sich Casey verhalten hat.«

Er tat so, als laufe ihm ein eiskalter Schauer über den Rücken. »Wahrscheinlich wird sie auf den Aufnahmen unsichtbar sein, aber ich werde es versuchen.«

»Danke, Andrew. Ihre Hilfe ist unschätzbar.«

Kaum war das schwarze Sicherheitstor hinter Laurie ins Schloss gefallen, rief sie Brett an.

»Ich sehe, du meldest dich von deinem Handy«, begrüßte er sie, als Dana sie zu ihm durchgestellt hatte. »Wieder mal unterwegs?«, fragte er voller Sarkasmus.

»Aber diesmal weiß ich, dass du nichts dagegen hast. Ich

habe eben das Haus der Raleighs verlassen. Der Bruder ist definitiv mit dabei, und er glaubt, seinen Vater auch überreden zu können.«

»Ausgezeichnet. Das müsste reichen, solange wir einen von ihnen in der Sendung haben. Kümmere dich darum, dass sie die Teilnahmeerklärungen unterschreiben, und arbeite den Produktionsplan aus. Ich will, dass wir so schnell wie möglich durchstarten.«

Sie steckte ihr Handy in die Handtasche, aber kurz darauf vibrierte es. Laut Display war es Charlotte.

»Hallo«, meldete sie sich. »Was gibt es?«

»Ich treffe mich gleich mit Angela auf einen Cocktail. Vielleicht willst du ja dazukommen.«

»Ich habe Angela erst vor ein paar Stunden im Büro gesehen. Sie war mit ihrer Cousine bei mir. Kommt Casey ebenfalls mit?« Laurie hatte Andrew Raleigh versprochen, die Fakten zum Mord an seinem Bruder völlig unvoreingenommen zu behandeln. Es wäre mehr als unangemessen gewesen, sich öffentlich mit der Frau blicken zu lassen, die wegen dieses Mordes verurteilt worden war.

»Nein, nein«, erwiderte Charlotte. »Sie hat Angela noch zu Ladyform begleitet, ich habe mich mit ihr kurz unterhalten können. Angela hatte ein so schlechtes Gewissen, dass Casey ihretwegen zum Einkaufen in die Mall musste, dass wir sie unsere Musterkollektionen leer räumen ließen. Wahrscheinlich hat sie jetzt Sportklamotten für die nächsten fünfzehn Jahre. Außerdem hatte ich den Eindruck, dass sie erst mal genug hat von der Öffentlichkeit. Angela hat ihr einen Fahrdienst bestellt, damit sie nicht den Zug zurück nach Connecticut nehmen muss. Also, wie wär's in der Bar Boulud, gleich gegenüber dem Lincoln Center?«

Laurie hatte nichts dagegen, sich mit Angela ohne deren Cousine zu treffen. Wenn sie deren Vertrauen gewinnen konnte, half sie ihr vielleicht auch dabei, die Zustimmung ihrer Tante zu bekommen. »Klar, wann?«

»Jetzt sofort!«

Laurie sah auf ihre Uhr. Es war 16.15 Uhr. Wie Andrew Raleigh ja schon gesagt hatte: Irgendwie ging es auf fünf zu. Außerdem hatte sie es sich verdient. Endlich hatte sie ihre nächste Sendung.

22

Andrew Raleigh schenkte sich einen Scotch vom Barwagen in der Kennedy-Bibliothek ein, wie sein Vater und dessen Vater diesen Raum immer genannt hatten. Laurie Moran hatte einen Drink abgelehnt, aber allein der Geruch dieses Hauses ließ ihn zur Flasche greifen.

Er war fünfzig Jahre alt und wunderte sich immer noch über diese Großspurigkeit, die in seiner Familie immer schon gang und gäbe gewesen war. Die Kennedy-Bibliothek? *Es ist doch nicht irgendein Bauwerk an der National Mall,* hätte er am liebsten geschrien. *Sondern ein nutzloser Raum voller Bücher, die eher von dekorativem Wert sind, aber kaum gelesen werden.* Na, vielleicht ist der Raum ja nicht *ganz* nutzlos, dachte er, als er das tröstliche Brennen des Alkohols in der Kehle spürte.

Beim Anblick seines Vaters, der aus dem Vorraum zur Bibliothek kam, schenkte er sich sofort nach. »Wie war ich, Paps?«

Wie angewiesen, hatte Andrew das Treffen mit Laurie so gelegt, dass sein Vater die Unterhaltung im angrenzenden Raum verfolgen konnte. »Du bist schon wieder betrunken«, erwiderte der General in eisigstem Ton.

»Noch nicht, aber auf dem besten Weg dorthin.«

Andrew blieb im Ohrensessel sitzen, was er aber schnell bedauerte. Obwohl um fünf Zentimeter größer und fünfzehn Kilo schwerer, als sein vierundachtzigjähriger Vater es jemals gewesen war, kam er sich plötzlich sehr klein vor. General James Raleigh, der nun vor ihm auftragte, trug seine zwangloseste Kleidung, das hieß, marineblaues Sportjackett, graue Flanellhose und gestärktes weißes Hemd. Wenn der General ohne Krawatte das Haus verließ, kam er sich vor, als würde er sich in aller Öffentlichkeit im Pyjama sehen lassen. Sofort wurde sich Andrew seines eigenen Aufzugs bewusst, der eher zu einem Gast in den Casino-Ressorts passte, in denen er sich so gern aufhielt.

Hunter war immer dein Lieblingssohn gewesen, dachte sich Andrew jetzt, als er zu seinem Vater aufsah, und das hast du mich immer spüren lassen.

Er erinnerte sich, er war zehn Jahre alt gewesen, als seine Mutter ihn in seinem Zimmer vorfand, wo er ein Foto von Hunter und seinem Vater betrachtete. Als sie ihn fragte, warum er so darauf starre, fing er an zu weinen. Er schwindelte und sagte, er weine, weil ihm Daddy, der sich dienstlich in Europa aufhielt, fehle. In Wahrheit aber weinte er, weil er nachts davon geträumt hatte, gar nicht zur Familie zu gehören. Wie sein Vater war Hunter schlank und durchtrainiert, hatte ein markantes Kinn und volles Haar. Andrew war schon immer weicher und pummeliger gewesen.

Verglichen mit meinem Bruder, dem glorreichen Charmeur, hast du mich immer wie einen dummen kleinen Jungen behandelt.

Sein Vater machte jetzt ein missbilligendes Gesicht, wie er es so oft in Andrews Gegenwart tat. »Warum hast du es so hingestellt, als hätte ich Hunter dazu gedrängt, die Verlobung zu lösen? Warum hast du ihr nicht erzählt, du würdest mit Sicherheit wissen, dass Hunter sich von dieser Frau nach der Gala trennen wollte?«

»Weil ich es eben nicht gewusst habe, *Vater*.« Er hörte seinen eigenen höhnischen Ton. »Und du *hast* Hunter gedrängt, die Verbindung zu lösen, obwohl er Casey geliebt hat. Ich habe mich einverstanden erklärt, dein Spiel mitzuspielen, aber ich werde nicht riskieren, im Fernsehen bei einer Lüge ertappt zu werden.«

Entgegen Andrews Versicherungen Laurie gegenüber, hatte

er nicht das geringste Interesse, ihr bei der Sendung zu helfen. Wäre es nach ihm gegangen, hätte er seinen Charme spielen lassen, hätte sich angehört, was sie zu sagen hatte, um dann in aller Höflichkeit abzulehnen. Das hätte Andrews Meinung nach jede halbwegs normale Familie getan. Es war doch sinnlos, all die traurigen Erinnerungen wieder wachzurufen. Schutz der Privatsphäre, der ganze Schmonzes – schon war man sie los.

Aber die Raleighs waren nicht normal, und James Raleigh hatte sich noch nie für den leichten Weg entschieden. Erneut versuchte Andrew seinen Vater umzustimmen. »Ich bin wirklich der Meinung, dass wir uns nicht auf diese Sendung einlassen sollten, Dad.«

»Leiste du erst mal was, um dir deinen Familiennamen auch zu verdienen, dann kannst du deine Meinung äußern.«

Andrew rutschte noch tiefer in den Sessel. »Trotzdem verstehe ich nicht, warum du dich mit ihr nicht selbst triffst«, murmelte er und trank einen weiteren Schluck Scotch.

Zu seiner Verblüffung riss ihm sein Vater das Glas aus der Hand. »Weil jeder Programmverantwortliche erwartet, dass jemand meines Kalibers die Einladung zurückweist. Ich möchte nicht den Eindruck erwecken, dass ich unbedingt helfen möchte, sonst würde sie argwöhnisch werden. Du hingegen? Einer von deinem Schlag, dem immer alles egal ist, der immer alles hinnimmt, kommt in diesem Fall wie gerufen.«

Würde sein Vater jemals verstehen, dass ihm nicht alles egal war, dass er nicht alles einfach so schluckte? Er musste an den Besuch seines Vaters an der Phillips Exeter Academy denken, bevor man Andrew »nahegelegt« hatte, sich ein »weniger anspruchsvolles« Internat zu suchen. Den gesamten Abend hatte sein Vater von Hunters »Bühnenpräsenz« bei der Auktion geschwärmt, mit der Geld gesammelt worden war, um weniger gut situierte Schüler mit Stipendien auszustatten. Niemand fühlte sich hingegen bemüßigt, Andrews Rolle zu erwähnen, obwohl er eine ganze Menge Freiwillige engagiert hatte, die das Vorhaben unterstützten. Hunter mochte der Raleigh gewesen sein, den jeder am Internat bewunderte, aber Andrew war nun mal der, mit dem sie ihre Zeit verbringen wollten.

»Im Grunde sagst du also, dass ich dämlich genug erscheine, um den Produzenten zuzusagen. Während du derjenige bist, der eigentlich mitwirken möchte. Was sagt das also über dich aus?«

»Andrew, versuch dich nicht an solchen hochtrabenden Gedanken. Wir wissen beide, dass das nicht deine Stärke ist. Wann wirst du endlich lernen, dass man nur Macht ausüben kann, wenn man im Zentrum die Fäden in der Hand hält? Wenn wir keine Rolle in der Sendung spielen, haben wir keinerlei Kontrolle über sie. Denk nur an die Lügen, die Casey über deinen Bruder erzählen könnte. Oder über mich. Selbst über *dich,* Herrgott. Wenn wir keinerlei Interesse an einer Teilnahme zeigen, gehen diese unmoralischen Fernsehleute auf Sendung, ohne uns die Gelegenheit einzuräumen, unsere Sicht der Dinge darzulegen. Wir müssen auf jeden Fall beteiligt sein. Warum, glaubst du, hat sie nach Mark Templeton gefragt?«

»Weil er ebenfalls auf der Gala war. Es sollen alle befragt werden, denen irgendetwas aufgefallen ist. Aus irgendeinem Grund will sie sogar mit Mary Jane reden.«

»Wir haben nicht alle Zeit zum Fernsehen«, blaffte James. »Mary Jane wird sagen, was ich ihr sage. Sie war immer eine treue Soldatin. Aber du bist naiv, wenn du meinst, Laurie Moran habe rein zufällig nach Templeton gefragt. Wenn Mary Jane ihnen meine Bedingungen vorlegt, wird sie klarmachen, dass ich nur widerwillig deinen Vorschlägen folge. Meine Rolle wird sich darauf beschränken, positiv über deinen Bruder zu reden.«

»Und meine?«

»Für dich gilt mehr oder weniger dasselbe. Es würde sich nicht gehören, wenn ich mich im Fernsehen über dieses niederträchtige Miststück auslasse. Aber als du von Caseys Launenhaftigkeit erzählt hast, hat das sehr echt gewirkt. Wenn die Sendung ausgestrahlt wird, wird sich Casey Carter wünschen, sie wäre im Gefängnis geblieben. Gute Arbeit, mein Sohn. Gute Arbeit.«

Andrew konnte die wenigen Male, die sein Vater ihn gelobt hatte, an einer Hand abzählen.

23

Laurie konnte sich nicht erinnern, wann sie das letzte Mal eine Bar in der Stadt betreten hatte, ohne sich seitwärts durch die sich darin drängende Besuchermenge zwängen zu müssen. Die Bar Boulud, ein angesagtes Lokal, war jedoch an diesem Spätnachmittag herrlich leer. Laurie hörte das Klacken ihrer Absätze unter der gewölbten Decke, als sie nach hinten durchging, wo sie Charlotte und Angela am weitest entfernten Tisch entdeckte. Sie hatten bereits drei Gläser Wein bestellt und wunderbare Charcuterie mit Prosciutto, Salami, Pâté und einigen Dingen, die Laurie sich kaum zu essen traute.

Angela drückte Laurie kurz die Hand. »Es war sehr nett von Ihnen, Casey und mich ohne Termin zu empfangen. Casey hat mich vergangene Nacht angerufen, sie war völlig aufgelöst wegen dieser Online-Kommentare.«

»Wem würde es nicht so gehen?«, erwiderte Laurie. »Es ist tatsächlich äußerst seltsam, dass jemand fünfzehn Jahre später unter demselben Namen sofort wieder im Internet aktiv wird. Das deutet auf jemanden hin, der von Casey nicht nur besessen ist, sondern auch will, dass Casey das weiß. Warum sollte man denselben Namen benutzen, außer man will die Botschaft loswerden, dass jemand da draußen ist, der einen hasst?«

»Hallo?«, meldete sich Charlotte zu Wort. »Ich habe keine Ahnung, wovon ihr redet. Ich bin die, die euch zusammengebracht hat, schon vergessen? Also, klärt mich mal auf.«

»Entschuldige«, sagte Angela. »Ich wollte nicht darüber reden, solange Casey noch mit im Büro war. Sie nimmt es sich so zu Herzen.« Angela erzählte Charlotte von den mit RIP_Hunter unterzeichneten Kommentaren.

»Es könnte also eine einzelne Person sein, die von Casey ganz besessen ist«, bemerkte Charlotte. »Oder mehrere Personen, die alle den gleichen Namen benutzen.«

»Das verstehe ich nicht«, sagte Laurie. »Warum sollten sich verschiedene Leute zusammenschließen, um böse Kommentare über Casey zu posten?«

»Na ja, das muss nicht unbedingt mit einer Verschwörung zu tun haben. Damals im College haben wir in Internetforen auch immer diskutiert, wenn sich mal wieder Stars getrennt haben – werft mir das jetzt bitte nicht vor –, und die einzelnen Beiträge wurden dann mit Team Jennifer oder Team Angie unterzeichnet. Das ist eine Möglichkeit, um in Internetdiskussionen Stellung zu beziehen. Das Gleiche gilt für politische Kandidaten. Nur findet heutzutage so etwas auf Twitter statt. Millionen Leute, die irgendeinen Hashtag eingeben, signalisieren damit, welche Themen oder Personen sie unterstützen, aber natürlich stammen die Kommentare nicht nur von einer Person. RIP_Hunter könnte also einfach nur eine Chiffre sein, die unter denjenigen, die auf Hunters Seite standen und Casey für schuldig hielten, irgendwann einen gewissen Bekanntheitsgrad erreicht hat.«

»Wie können wir herausfinden, mit was wir es hier wirklich zu tun haben?«, fragte Laurie.

»Man müsste überprüfen, ob sie von einer Site stammen, auf der User einen bestätigten Account mit einem eindeutig zuzuordnenden Benutzernamen erstellen müssen, oder ob dort jeder einfach nur seinen Kommentar abgeben und mit RIP_Hunter unterzeichnen kann.«

Laurie nahm sich vor, sich mit den technologischen Aspekten eingehender zu beschäftigen. Sie hoffte inständig, dass die Anwältin der Verteidigung das damals schon gemacht hatte, damit sie sich nicht mit Computerdetails herumschlagen musste, bei denen ihr hin und wieder doch der Durchblick fehlte.

»Ich verstehe nichts davon«, sagte Angela, »aber ich habe mir das Hirn zermartert und überlegt, wer noch alles ein Interesse daran gehabt haben könnte, Hunter zu töten. Meiner Meinung nach hat Casey zwei mögliche Kandidaten außer Acht gelassen. Zum einen ihren Exfreund Jason Gardner. Der war schrecklich eifersüchtig. Er hat den Anschein erweckt, als wäre er immer noch in Casey verliebt und wollte sie zurückgewinnen, obwohl sie längst mit Hunter verlobt war. Aber nach ihrer Verurteilung hat er sie den Wölfen zum Fraß vorgeworfen. Er hat sogar ein ziemlich billiges Enthüllungsbuch verfasst. Außerdem sollten Sie sich Gabrielle Lawson ansehen. Das ist diese mittlerweile schrecklich alt gewordene Prominente, die damals entschlossen war, sich einen Mann wie Hunter zu angeln. Beide waren an dem Abend auf der Gala, beide kamen an unseren Tisch. Ich fürchte nur, wenn Casey die Sache wirklich durchzieht, bringt sie ihre Mutter auch noch ins Grab – so wie der Prozess damals ihren Vater umgebracht hat.«

Angela sprach mit so großer Leidenschaft, dass sie nicht zu bemerken schien, wie Charlotte und Laurie einen besorgten Blick wechselten. »Angela«, sagte Charlotte, »vielleicht sollten wir Laurie ihre Happy Hour genießen lassen. Wie würdest du dich fühlen, wenn sie uns jetzt über die Modenschau der Herbstkollektion löchern würde, die uns so mitnimmt?«

Laurie kannte Charlotte noch nicht so lange, aber es war nicht das erste Mal, dass Charlotte ihre Gedanken zu kennen schien. Laurie redete sonst gern über ihre Arbeit, egal zu welcher Tages- und Nachtzeit, aber es kam ihr unangemessen vor, in einem so zwanglosen Rahmen mit Caseys Cousine über die gegenwärtigen Recherchen zu reden. Charlotte, immer Profi, hatte sehr höfliche Worte gefunden, um das Thema zu wechseln.

»O mein Gott, natürlich«, kam es von Angela. »Wir sind ja offiziell in der Freizeit. Also nichts mehr von der Arbeit.«

»Kein Problem«, sagte Laurie dankbar. »Aber wenn es Sie beruhigt, wir haben Jason und Gabrielle bereits auf unserer Liste derjenigen Personen, die wir noch kontaktieren werden.«

»Also«, sagte Angela auf der Suche nach einem neuen Thema, »sind Sie verheiratet, Laurie, oder gehören Sie wie wir dem Single-Club an? Ich sehe keinen Ring.«

Charlotte legte ihrer Freundin herzlich den Arm um die Schultern. »Ich hätte dich warnen müssen, Angela kann manchmal sehr direkt sein.«

Laurie spürte, wie peinlich Charlotte das war. Aber zumindest tröstete sie sich damit, dass Charlotte Angela noch nichts von ihr erzählt hatte. Manchmal kam es Laurie so vor, als wäre Gregs Ermordung das Erste, was jeder über sie erfuhr. »Nein, ich bin nicht verheiratet«, sagte sie. Das schien Angela als Erklärung im Moment zu genügen.

»Charlotte sagt immer, ich soll mir nicht so viel daraus machen, dass ich keinen Mann habe. Ich wäre doch auch allein ganz glücklich et cetera et cetera. Aber ich muss zugeben, es ist auch ganz schön einsam, wenn man den richtigen Typen noch nicht gefunden hat.«

Charlotte stöhnte auf. »Du klingst, als wärst du neunzig, nicht vierzig. Außerdem siehst du fantastischer aus, als sich die meisten Frauen in jedem Alter überhaupt erhoffen können.«

»Ja, klar, ich gehe viel aus, aber das bringt nicht viel.« Sie lachte. »Zweimal war ich verlobt, aber je näher der Hochzeitstermin rückte, desto mehr habe ich mich gefragt, ob ich neben diesem Typen wirklich jeden Morgen aufwachen möchte.«

»Na, das baut einen doch auf«, sagte Charlotte. »Außerdem hat Laurie in dieser Hinsicht mehr am Laufen, als sie manchmal gebrauchen kann.«

Angela war sofort ganz Ohr. »Was? Klingt ja interessant.«

»Es ist jemand, mit dem ich zusammengearbeitet habe. Es ist kompliziert.«

»Du glaubst wirklich nicht, dass er seine Meinung noch ändert und zur Sendung zurückkommt?«, fragte Charlotte. »Ohne ihn und seiner perfekten Stimme wird es nicht dasselbe sein.« Sie versuchte, so gut sie konnte, Alex' tiefe Stimme nachzuahmen: »*Guten Abend, hier ist Alex Buckley.*«

»Nein«, entfuhr es Angela erstaunt. »Alex Buckley? Wirklich? Der Anwalt?«

Jetzt wäre es Laurie lieber gewesen, sie hätten über den Fall geredet. Sie nickte. »Der Moderator unserer Sendung. Zumindest war er das.«

»Okay, jetzt muss ich wohl zugeben, dass ich die Sendung nie gesehen habe.«

Charlotte verpasste ihr einen tadelnden Klaps. »Laurie übernimmt den Fall deiner Cousine, und du hast noch nicht mal ihre Sendung gesehen?«

»Ich wollte sie am Wochenende mal streamen. Natürlich war ich neugierig auf die letzte Folge über deine Schwester, aber du hast mir gesagt, du willst eigentlich nicht, dass jemand in der Firma das sieht, weil es um so persönliche Dinge geht.«

»Na ja, aber damit meinte ich doch nicht dich«, sagte Charlotte. »Du bist eine meiner besten Freundinnen.«

»Schon gut«, sagte Laurie, »es gibt keinen Grund, sich zu rechtfertigen.«

Als die drei in Schweigen verfielen, schüttelte Angela den Kopf. »O Mann, Alex Buckley. Wie ist die Welt doch klein.«

»Sie kennen ihn?«, fragte Laurie.

»Ich kannte ihn. Ich bin mit ihm vor einer Million Jahren mal aus gewesen.«

Charlotte schüttelte nur den Kopf. »Warum um alles in der Welt erzählst du ihr das?«

»Weil es ein komischer Zufall ist. Außerdem ist es mehr als

fünfzehn Jahre her. Das war vor Urzeiten.« Sie machte eine wegwerfende Handbewegung.

Charlotte sah ihre Freundin trotzdem skeptisch an.

»Was? Das stört Laurie doch nicht, oder? Ihr könnt mir glauben, das war nichts. Genau wie mit Hunter.«

»Einen Moment: Du hattest mit ihm auch ein Date?«, fragte Charlotte. »Wer ist mit dir denn *nicht* aus gewesen?«

»So war das nicht, Charlotte. Du kanntest mich damals nicht. Ich war jeden Tag in der Woche aus. Ich traf Baseballspieler, Schauspieler, einen Reporter der *New York Times*. Aber schmink dir das, was du dir gerade denkst, gleich wieder ab. Das war alles ganz unschuldig. Wir waren jung und plötzlich unter vielen Prominenten, und von jedem wurde wahnsinnig viel erwartet. Casey hat es ja schon gesagt: Auch sie hatte das Gefühl, jeden in New York City zu kennen. Bei mir war es damals, als ich zwanzig bis Mitte zwanzig war, genauso. Auf einmal gehörst du zu den Prominenten. Wenn wir in einer Gruppe unterwegs waren, kicherten wir und benahmen uns wie die kleinen Kinder. Es war, als gäbe es so eine Art inoffiziellen Club von hundert New Yorkern, die alle unglaublich hip waren und sich ständig getroffen haben. Aber mehr war da nicht.«

Sie musste lächeln, wenn sie daran zurückdachte. »Aber, mein Gott, wie klein die Welt tatsächlich ist. Apropos, ich habe einmal Alex getroffen, als ich Casey und die Raleighs zu einem Picknick begleitet habe, das jemand in Westchester gab. Damals war ich ohne feste Beziehung. Alex war intelligent und gut aussehend. Jemand erzählte mir, er sei Anwalt im Unternehmen unseres Gastgebers. Wir haben uns die ganze Zeit sehr gut unterhalten, also nutzte ich die Gelegenheit und rief ihn später in seiner Kanzlei an, um ihn zum Essen einzuladen. Als wir uns trafen, wurde mir klar, dass er noch nicht mal Anwalt war, sondern nur den Sommer über in der Kanzlei arbeitete und noch studierte. Außerdem war ich einige Jahre älter – was heute keine große Sache mehr wäre, aber damals bin ich mir wie Mrs. Robinson vorgekommen. Was für ein Fehler, muss ich im Nachhinein sagen. Seht nur, wie er sich gemausert hat.«

Bei Lauries Gesichtsausdruck stutzte Angela kurz. »Vielleicht sollte ich meine Erinnerungen lieber für mich behalten. Aber ich schwöre, es war nur ein Essen. Es tut mir sehr leid, wenn ich Sie aus der Fassung gebracht habe, Laurie.«

»Überhaupt nicht. Wie gesagt, die Welt ist klein. Nun, wenn Sie Alex auf diesem Picknick kennengelernt haben, heißt das dann, dass Alex auch die Raleighs getroffen hat?«

Sie zuckte mit den Schultern. »Das kann ich nicht sagen.«

Charlotte signalisierte dem Ober, eine weitere Runde zu bringen, aber Laurie lehnte ab. »Für mich nicht mehr. Dann bleibt mir zur Abwechslung mal Zeit, für meinen Sohn das Abendessen zuzubereiten.«

»Du willst wirklich los? Aber dann entgeht dir, wenn ich Angela über die lange Liste ihrer Freunde in den Neunzigern ausquetsche.«

Laurie war tatsächlich verblüfft über das, was Angela erzählt hatte, nur war sie lediglich an der Vergangenheit einer Person interessiert.

Sie schrieb Alex eine SMS: *Hast du kurz Zeit?*

24

General James Raleigh ließ seinen Füllfederhalter über dem Blatt schweben. An diesem Nachmittag hatte er noch kein einziges Wort zu Papier gebracht. Er arbeitete an seinen Memoiren, die bereits an ein großes Verlagshaus verkauft waren. Seine Handschrift war so ordentlich und sauber wie alles in seinem Leben, Mary Jane hatte also keinerlei Probleme, den Text für ihn abzutippen. Normalerweise flossen die Sätze nur so aus ihm heraus. Sein Leben war aufregend und voller Herausforderungen gewesen. Er hatte miterlebt, wie die Welt sich verändert hatte, und er hatte unendlich viele Geschichten auf Lager. Er wusste, dass andere ihn mittlerweile für einen alten Mann hielten, nur fühlte er sich nicht so.

Ihm war vollkommen klar, warum er an einer für ihn völlig untypischen Schreibblockade litt. Er steckte gerade mitten in dem Kapitel, das vom Verlust seines ältesten Sohnes Hunter handelte. Er hatte in seinem Leben einige Verluste hinnehmen müssen. Sein älterer Bruder, zugleich sein Vorbild, Held und bester Freund, war noch in jungen Jahren im Kampf gefallen. Er hatte miterlebt, wie die Liebe seines Lebens und Mutter seiner Kinder am Krebs zugrunde ging. Und dann, drei Jahre später, war ihm Hunter – der den Namen seines Bruders trug – genommen worden. Dessen Tod hatte ihn mehr getroffen als alles andere. Kriege und Krankheiten waren schrecklich, nichtsdestotrotz musste man mit ihnen rechnen. Aber ein Kind zu verlieren, weil es ermordet wurde – manchmal erstaunte es James, dass er an all dem Kummer und Leid nicht selbst zugrunde gegangen war.

Er legte den Stift weg. Es hatte keinen Sinn, in diesem Zustand weiterzuarbeiten.

Plötzlich musste er an Andrew in der Bibliothek denken. Er wusste, dass er sich seinem Sohn gegenüber sehr hartherzig verhielt, aber der Junge war auch eine einzige Enttäuschung. Fünfzig Jahre war er jetzt alt, trotzdem war er für ihn immer noch ein Junge. Allein das sprach Bände.

James konnte sich nur zu gut vorstellen, was der Senator – so hatten er und sein Bruder ihren Vater genannt – mit ihnen gemacht hätte, wenn sie sich jemals so aufgeführt hätten. Andrew hatte nicht den geringsten Sinn für gesellschaftliche Verantwortung. Geld sah er ausschließlich unter vulgären hedonistischen Gesichtspunkten; nur da, um nach Lust und Laune zu seinem eigenen Vergnügen ausgegeben zu werden. Die Partys. Die Wechsel von einem Internat zum nächsten. Das Glücksspiel. *Ich bin so streng mit dir, Andrew, weil du mir nicht gleichgültig bist. Ich werde nicht immer hier sein, um mich um dich zu kümmern. Bald wirst du der einzige, noch lebende Raleigh sein.*

Seine Versuche, Andrew zu einer gewissen Reife anzuleiten, waren bislang allesamt gescheitert, ebenso die diversen Posten, die er ihm vermittelt hatte. Andrew hatte für die Stiftung gearbeitet, sich dort aber so gut wie nie blicken lassen. Schließlich hatte James ihm gesagt, er solle es bleiben lassen. Dann hatte er Hunter empfohlen, sich allmählich aus der Stiftung zurückzuziehen, als dieser davon sprach, in die Politik zu gehen. Aber das hatte kein gutes Ende genommen, und jetzt wurde die Stiftung zum größten Teil von bezahlten Angestellten geleitet und nicht von der Familie selbst.

So sollte es nicht sein. Hunter hätte sich, wäre er am Leben geblieben, eine passende Frau gesucht und den Familiennamen weitergegeben. Er hatte sich vielleicht mit Casey verlobt, aber er wäre mit ihr nie vor den Traualtar getreten. Davon war James überzeugt.

So sorglos Andrew in der Wahl seiner Partnerinnen auch war, er hatte sie zumindest nie auf so eine Art und Weise präsentiert, dass sich die Familie hätte schämen müssen. Das konnte er von Hunter nicht behaupten. Casey war Hunters schwacher Punkt gewesen. James spürte, wie sein Blutdruck nach oben schoss, wenn er nur an den Abend dachte, an dem sie im Beisein eines stellvertretenden Generalbundesanwalts und einer neu gewählten Kongressabgeordneten am Esstisch ihre schrillen politischen Ansichten kundgetan hatte – als ob sie in ihrem jungen, sorgenfreien Leben irgendetwas geleistet hätte, um überhaupt eine fundierte Meinung haben zu können. Schließlich hatte er Hunter anweisen müssen, sie nach Hause zu begleiten. Die Frau wusste sich schlicht und einfach nicht zu benehmen.

Er bemerkte, dass er wieder den Füller in der Hand hielt. Er sah auf das Blatt. Er hatte geschrieben: *Es ist meine Schuld.*

Es war nicht das erste Mal, dass ihm diese Worte entschlüpften, wenn er es am wenigsten erwartete. Ich hatte ihm gesagt, er könne diese Frau nicht in die Familie bringen. Ich ging sogar so weit, ihm zu sagen, dass ich ihm verbieten würde, die Söhne, die er vielleicht mit ihr hatte, Hunter zu nennen.

Ich war vierundvierzig Jahre lang Soldat. Ich habe viel Schlimmes erlebt und zahlreichen Gefahren ins Auge gesehen. Aber nie habe ich die Gefahr an meinem eigenen Esstisch sitzen sehen. Ich habe nie gedacht, ich könnte meinen eigenen Sohn in Gefahr bringen, nur weil ich von ihm erwartete, die Beziehung zu einer Frau zu beenden, die ihn nicht verdient hatte.

Es ist meine Schuld.

Jetzt aber schickte sich diese Mörderin an, vor laufender Kamera tränenreich das Mitleid der Leute zu erregen. Das würde er nicht zulassen. Und wenn er bis zum letzten Atemzug kämpfen musste, aber die Welt musste sehen, wer sie wirklich war – eine kaltblütige Mörderin.

Er hatte Andrew gesagt, seine Rolle werde sich darauf beschränken, mit ernstem Gesicht in die Kamera zu sehen, aber beim Militär hatte er eines gelernt: *Der kluge Mann baut vor.* Andrew würde Casey als die launische Soziopathin darstellen, die sie war, er selbst hingegen würde hinter den Kulissen agieren.

Wenigstens würde Mark Templeton kein Wort über Hunter oder die Stiftung verlauten lassen. Dafür hatte er heute bereits gesorgt, nachdem er zum ersten Mal seit nahezu zehn Jahren wieder mit Templeton gesprochen hatte.

25

Laurie stieg vor Alex' Kanzlei aus dem Taxi. Ihr Handy klingelte, laut der Anzeige auf dem Display war es Jerry. Es überraschte sie nicht, dass er noch arbeitete. Sie meldete sich sofort.

»Schlechte Neuigkeiten«, kam es von ihm. »Mark Templeton, der frühere Finanzvorstand der Raleigh-Stiftung, hat endlich zurückgerufen. Er wollte wissen, worum es geht, also hat Grace ihn zu mir durchgestellt. Ich habe ihm von der Sendung erzählt. Du hast doch nichts dagegen?«

Die von Jerry angedeuteten schlechten Neuigkeiten konnten nur bedeuten, dass Templeton nicht teilnehmen würde. »Natürlich nicht. Ich vertraue auf dein Urteil, Jerry. Ich nehme an, er hat abgesagt?«

»Leider.«

»Irgendwas kommt mir an der Sache faul vor. Er war einer von Hunters engsten Freunden.« Vielleicht hatte Casey ja doch recht mit ihrer Vermutung, dass Hunters Tod mit der angekündigten Wirtschaftsprüfung der Stiftung zusammenhing.

»Ich wollte das Thema der Stiftungsfinanzen nicht ansprechen, solange uns darüber nichts Verlässliches vorliegt. Ich habe ihm also gesagt, wir würden mit ihm gern über die Gala sprechen. Der Grund für seine Absage klang aber nicht unbedingt plausibel. Er sei Hunter sehr verbunden gewesen und aufgrund der Beweise zu dem Schluss gelangt, dass Casey schuldig sei. Als Leiter eines renommierten gemeinnützigen Unternehmens fühle er sich allerdings verpflichtet, sich nicht in irgendwelche

Dinge verstricken zu lassen, schließlich wisse keiner, was Casey – ich zitiere – *sonst noch im Schilde führt*.«

»Okay, es war richtig, ihn nicht zu sehr zu drängen.« Sie hatte bei Hunters Bruder die gleiche Entscheidung getroffen und ihm gegenüber ebenfalls die Stiftungsfinanzen unerwähnt gelassen. Ryan konnte dann ja während der Dreharbeiten darauf eingehen. Bis dahin wussten sie hoffentlich auch mehr über die Gründe, warum Templeton damals von seinem Posten zurückgetreten war.

In der Zwischenzeit mussten sie über die anderen Verdächtigen Erkundigungen einholen. »Ich habe mich mit Caseys Cousine Angela unterhalten. Sie bestätigt Caseys Behauptung, dass ihr Exfreund Jason Gardner versucht hat, sie für sich zurückzugewinnen, selbst dann noch, als sie bereits mit Hunter verlobt war.«

»Wirklich? Wenn nur die Hälfte der hässlichen Dinge, die er in seinem Buch über sie geschrieben hat, stimmt, müsste man eigentlich annehmen, dass er so schnell wie möglich das Weite gesucht hätte.«

»Der Gedanke ging mir auch schon durch den Kopf.« Die Staatsanwaltschaft hatte Jason als Zeugen im Prozess gegen Casey aufbieten wollen, um zu zeigen, was für eine eifersüchtige und launenhafte Person sie sei. Der Richter hatte seine Aussage aber als unstatthaften »Leumundsbeweis« abgelehnt. Das hielt Jason allerdings nicht davon ab, ein Enthüllungsbuch zu veröffentlichen, in dem Casey als eine zweite Lizzie Borden dargestellt wurde. »Mal sehen, was wir sonst noch über ihn herausfinden können.«

»Gut«, sagte Jerry. »Du machst Schluss für heute?«

»Ja. Wir sehen uns morgen.«

Sie musste unbedingt mit Alex reden.

26

Alex begrüßte sie im Empfangsbereich mit einem innigen Kuss. Wie gut es sich anfühlte, ihn so nah bei sich zu haben. »Komisch, sonst komme ich immer zu dir ins Büro, nicht umgekehrt.«

»Tut mir leid, dass ich so kurzfristig reinschneie.« Alex ging im Gang voraus.

Obwohl Alex streng genommen seine eigene Kanzlei betrieb, teilte er sich die Räumlichkeiten mit fünf anderen Anwälten. Jeder hatte seine eigenen Assistenten, aber sie finanzierten gemeinsam insgesamt acht juristische Berater und sechs Ermittler. So fühlte man sich bei ihnen wie in einer Sozietät, obwohl die Einrichtung nicht dem entsprach, was man sich sonst unter einer Anwaltskanzlei vorstellte. Statt dunklem Holz, schweren Ledersesseln und verstaubten Bücherregalen hatte sich Alex für moderne, offene und helle Räumlichkeiten entschieden mit viel Glas und farbenfrohen Kunstwerken. Als sie sein Büro betraten, ging er ans deckenhohe Fenster mit Blick auf den Hudson. »Die perfekte Tageszeit, wenn die Sonne allmählich untergeht. Der Himmel ist wunderschön heute, voller Rosa und Gold.«

Laurie bewunderte Alex dafür, dass er immer wertzuschätzen wusste, was andere oft für selbstverständlich nahmen. Aber vielleicht war es ein Fehler gewesen hierherzukommen. Vielleicht reagierte sie übertrieben. Sie musste an Graces oberflächliche Einstellung zu Partnerschaften denken. Das war eine Welt, die sie nicht verstand. Greg hatte sie immer als einen

Seelenverwandten angesehen, wie sie ihn nur einmal im Leben kennenlernen würde, denn nichts zwischen ihnen war jemals kompliziert gewesen. Aber vielleicht machte sie ja jetzt alles nur komplizierter als nötig, dachte sie.

»Also, wem oder was verdanke ich das Vergnügen?«, fragte er.

Nachdem sie nun mal da war, konnte sie ihn schlecht anlügen. Also raus mit der Sprache. »Neulich hatte ich den Eindruck, als wolltest du nicht über Casey Carters Behauptung reden, dass sie zu Unrecht verurteilt wurde.«

»Ja?« Alex wirkte überrascht. »Wie gesagt, ich war mir nicht sicher, ob ich mich überhaupt einmischen soll, schließlich bin ich nicht mehr an der Sendung beteiligt. Aber als du mich nach meiner Meinung gefragt hast, habe ich dir gesagt, was ich davon halte – basierend auf dem, woran ich mich vom Prozess noch erinnere.«

Irgendwie klang das defensiv, fast anwaltsmäßig. »Und dann hast du mir noch gesagt, ich soll mich von Brett nicht zu einer übereilten Entscheidung drängen lassen. Und du hast darauf hingewiesen, dass Casey – anders als die Teilnehmer bei unseren bisherigen Folgen – nichts zu verlieren hat.«

»Worauf willst du hinaus, Laurie?«

»Mir kommt es so vor, als wolltest du mir Gründe nennen, warum ich die Finger von dem Fall lassen sollte. Warum?«

Wieder sah Alex aus dem Fenster. »Ich weiß nicht, woher du das alles hast, Laurie. Ich dachte, es wäre ein schöner Abend bei mir gewesen. Es hat gutgetan, mit dir und deiner Familie zusammen zu sein, ohne dass alles von der Arbeit überschattet wurde. Du hast glücklich ausgesehen, als du gegangen bist. Habe ich mich getäuscht?«

»Nein. Aber da wusste ich auch noch nicht, dass du mit Caseys Cousine mal was hattest.«

»Wie bitte?«

»Na ja, vielleicht ist das etwas übertrieben ausgedrückt. Aber du bist mit Caseys Cousine, mit Angela Hart, ausgegangen, als du noch studiert hast. Ist das der Grund, warum ich den Fall nicht übernehmen soll?«

Alex schien in seinem Gedächtnis zu kramen.

»Hattest du wirklich was mit so vielen Frauen, dass du dich an sie gar nicht mehr erinnern kannst? Sie war ein Model, Herrgott! Ich denke, die meisten Männer würden sich an sie erinnern.«

Das waren ziemlich starke Worte, das war ihr bewusst. Aber von Anfang an hatte Alex ihr versichert, dass er kein »Lebemann« sei, obwohl er Ende dreißig und niemals verheiratet gewesen war und in den Boulevardblättern immer eine schöne Frau an seiner Seite hatte.

»Ein Model? Du meinst Angie? Klar, ich erinnere mich dunkel. Du meinst, sie ist Casey Carters Cousine?«

»Ja. Sie ist die von mir erwähnte Freundin von Charlotte Pierce. Und sie hat mir erzählt, dass ihr euch bei einem Rechtsanwaltspicknick in den Hamptons kennengelernt habt. Sie war mit der Raleigh-Familie da.«

Allmählich schien es ihm zu dämmern. Er wirkte tatsächlich so, als wäre ihm das alles vorher nicht klar gewesen.

»Richtig. General Raleigh war anwesend. Alle Jurastudenten waren fasziniert von ihm. Es war schon eine große Sache, dass er jedem von uns die Hand geschüttelt hat.«

»Und seine Söhne Hunter und Andrew?«

»Wenn ich sie getroffen habe, dann – ehrlich – kann ich mich nicht mehr an sie erinnern. Laurie, ich verstehe nicht, worum es hier geht.«

»Wolltest du mir verheimlichen, dass du Angela Hart kennst?«

»Nein.« Er hielt die rechte Hand hoch, als wollte er einen Eid schwören.

»Wolltest du mir verheimlichen, dass du Hunter Raleigh kennst?«

Wieder ein Nein, wieder mit erhobener Hand. »Ich kann mich noch nicht mal erinnern, ihn getroffen zu haben.«

»Gibt es irgendeinen anderen Grund, warum du nicht willst, dass ich den Fall übernehme?«

»Laurie, langsam habe ich den Eindruck, dass deine Kreuzverhörmethoden besser sind als meine. Hör zu, ich weiß, wie wichtig dir *Unter Verdacht* ist. Es ist dein Baby, von Anfang an. Du und nur du solltest entscheiden, welcher Fall in deine Sendung aufgenommen wird. Okay? Ich bin überzeugt, dass du damit den nächsten großen Erfolg landen wirst, egal, wie du dich entscheidest, weil deine Intuition dich nie im Stich lässt.«

Er zog sie in die Arme und küsste sie auf die Stirn. »Noch irgendwelche Fragen?«

Sie schüttelte den Kopf.

»Du weißt, dass du schöner bist als jedes Model da draußen, ja?«

»Nur gut, dass du nicht unter Eid stehst, Herr Anwalt. Ich muss nach Hause, um das Abendessen für Timmy zu machen. Hast du Lust mitzukommen?«

»Das würde ich wahnsinnig gern, aber ich habe heute Abend an der Uni noch eine Rede zu halten. Ein Freund von mir tritt dort seine Professur am Lehrstuhl für Strafrecht an.«

Er gab ihr einen weiteren Kuss, bevor er sie zum Aufzug begleitete. Als sie unten ins Foyer trat, kehrte ihr ungutes Gefühl zurück. Sie sah Alex vor sich, wie er die Hand zum Schwur erhoben hatte. Nein, er hatte ihr seine Beziehung zu Angela nicht verheimlichen wollen. Und nein, er erinnerte sich nicht, Hunter begegnet zu sein. Aber gab es irgendwelche Gründe, warum er nicht wollte, dass sie sich den Fall vornahm? Auf diese Frage hatte er ihr keine Antwort gegeben, aber ihre Intuition – die sie doch noch nie im Stich gelassen hatte – schrie ihr die Antwort förmlich entgegen: Es gab etwas, was er ihr verschwieg.

27

Drei Tage später saßen Laurie, Grace und Jerry in ihrem Büro und sprachen darüber, von wem sie bis jetzt eine Teilnahmeerklärung erhalten hatten.

Grace blätterte durch einen Ordner mit den unterzeichneten Erklärungen. »Von den Gala-Gästen haben wir bislang Hunters Bruder und dessen Vater, die beide von Caseys Schuld überzeugt sind. Dann die Assistentin Mary Jane Finder. Natürlich nimmt Casey teil sowie ihre Cousine Angela. Wir haben die Haushälterin, die Caseys Behauptung bestätigt, dass auf dem Nachttisch Hunters Foto mit dem Präsidenten gestanden hat. Außerdem haben wir Caseys Mutter.«

Jerry stöhnte auf. »Ich weiß wirklich nicht, ob wir sie aufsuchen sollen. Paula scheint ja eine ganz nette Frau zu sein, aber sie ruft mindestens dreimal am Tag an und will dieses und jenes wissen. *Kann Casey auch ganz bestimmt nicht mehr ins Gefängnis kommen? Braucht Casey einen Anwalt? Können wir die Gesichter verschwommen machen?* Zur Faktenlage hat sie nicht viel beizutragen, und ich fürchte, wenn wir sie vor die Kamera stellen, benimmt sie sich wie ein Reh im Scheinwerferlicht.«

»Ich denke darüber nach«, sagte Laurie. »Vielleicht hast du recht.«

Die Zuschauer würden einschalten, weil sie Casey hören wollten, die vor Gericht nicht ausgesagt hatte. Aber sie brauchten neben dem fehlenden Foto irgendetwas Neues.

»Ich bin hin und her gerissen, ob wir nicht mehr Druck ausüben sollten, um Mark Templeton zur Teilnahme zu bewegen«, sagte Laurie.

Grace blätterte durch ihre Aufzeichnungen. »Das ist doch der, der fürs Geld zuständig war, oder?«

Laurie nickte. »Finanzvorstand der Raleigh-Stiftung, um genau zu sein. Er möchte mit Casey nichts zu tun haben, weil er mittlerweile Leiter eines gemeinnützigen Unternehmens ist, aber vielleicht hat er ja ganz andere Beweggründe für seine Absage. Dass die Raleigh-Stiftung bei seinem Ausscheiden finanzielle Probleme hatte, wirft natürlich Fragen auf – vor allem, wenn man weiß, dass Hunter deswegen beunruhigt war und Templeton danach fast ein Jahr lang keine neue Stelle fand.«

Jerry klopfte mit seinem Stift auf den Notizblock. »Haben wir dafür irgendwelche Beweise außer Caseys Behauptung, Hunter sei wegen der Stiftung besorgt gewesen?«

Laurie schüttelte den Kopf. »Wenn wir etwas hätten, könnten wir Templeton unter Druck setzen. Ansonsten sieht es so aus, als würden wir uns an einen Strohhalm klammern.« Schon jetzt fehlten ihr die Gespräche, die sie sonst immer mit Alex geführt hatte – das gemeinsame Brüten über die ihnen vorliegenden Indizien, der Gedankenaustausch.

»Wenn, dann klammert sich doch eher Casey an einen Strohhalm«, sagte Grace. »Wenn Hunter tatsächlich wegen der Stiftungsfinanzen Ermittlungen in die Wege geleitet hat und kurz darauf ermordet wurde, hätte sich dann nicht später jemand bei der Polizei melden müssen? Einer dieser Wirtschaftsprüfer zum Beispiel?«

»Es sei denn, Hunter ist gar nicht mehr dazu gekommen, sie mit der Prüfung zu beauftragen«, sagte Laurie. »Laut Casey sind ihm Unregelmäßigkeiten aufgefallen, weshalb er jemanden damit betrauen wollte, sich die Bücher vorzunehmen. Aber noch einmal: Das alles behauptet Casey. Ich bin versucht, Mark Templeton deswegen auf den Zahn zu fühlen, fürchte aber, dass er in diesem Fall die Raleighs anruft und sie abschreckt. Solange wir keine konkreten Beweise haben, ist das meiner Meinung nach eine Sackgasse.«

»Zu den guten Neuigkeiten«, fuhr Jerry fröhlich fort. »Unsere beiden Hauptdrehorte sind gesichert. Das Haus in Connecticut hat Hunters Bruder Andrew geerbt. Ich hatte den Eindruck, er hat fast vergessen, dass es ihm gehört. Als ich ihn anrief, um die Bestätigung einzuholen, hieß es nur: *Mi casa es su casa*. Seine Worte. Und obwohl der Ballsaal des Cipriani auf Monate hinaus ausgebucht ist, lässt uns die Raleigh-Stiftung bei ihrer anstehenden Veranstaltung mit hinein. Nur findet die bereits übernächsten Sonntag statt. Das ist in zehn Tagen, aber ich glaube, das kriegen wir hin. Wir filmen vor der Veranstaltung – natürlich werden wir uns durch eine hübsche Spende erkenntlich zeigen. Ich habe mir das alles schon mal angesehen, es ergibt ein hervorragendes Setting.«

»Ich habe noch einen Vorschlag für eine Location«, warf Grace ein. »Das Tiro A Segno im Greenwich Village. Ein Privatclub und Restaurant. Wo sonst gibt es Schnitzel parmigiana und gleichzeitig einen Schießstand? Dorthin ist Hunter am liebsten zum Schießen gegangen. Vielleicht findet man da noch Leute, die sich an ihn und Casey erinnern.«

»Wunderbar, Grace, eine hervorragende Idee«, sagte Laurie. »Wenn die Drehortsuche nur immer so einfach wäre.« Das Gerichtsverfahren hatte vieles vereinfacht. In den bisherigen Folgen hatten sie Fälle behandelt, bei denen nie jemand verhaftet oder gar vor Gericht gestellt worden war. Sie hatten sich daher ihre Indizien aus öffentlich zugänglichen Dokumenten, aus den Medien und den mitunter verzerrten Erinnerungen unzähliger Zeugen selbst zusammensuchen müssen. Das war hier nicht der Fall. In den vergangenen Tagen hatte Laurie die Verhandlungsprotokolle studiert und sich eine detaillierte Übersicht über alle Aspekte verschafft. »Ist es möglich, dass wir tatsächlich Bretts absurde Zeitvorgaben erfüllen können?«

Es klopfte an der Tür. »Herein!«, rief sie.

Es war Ryan Nichols. »Tut mit leid wegen der Verspätung.« Er klang nicht so, als würde er es wirklich bedauern.

28

Die ungezwungene Unterhaltung geriet durch Ryans Anwesenheit sofort ins Stocken. »Mir war nicht klar, dass Sie sich zu uns gesellen wollen«, sagte Laurie.

»Sie haben mir eine Mail geschickt. Warum meinten Sie, ich würde nicht kommen?«

Laurie hatte ihre Nachricht nicht unbedingt als Einladung und schon gar nicht als Aufforderung aufgefasst. Da sie nett sein wollte, hatte sie ihn über das nachmittägliche Treffen mit Jerry und Grace in Kenntnis gesetzt, bei dem ein möglicher Produktionszeitplan abgesprochen werden sollte. »Alex wurde meistens erst mit hinzugezogen, wenn wir die vollständige Teilnehmerliste hatten und zum Drehen bereit waren«, erklärte sie ihm. »Dann arbeiten wir natürlich zusammen, um das Vorgehen bei den einzelnen Interviews abzusprechen.«

»Laurie«, entgegnete Ryan, »mir ist es wahrscheinlich lieber, gleich von Anfang an mit eingebunden zu werden. Darüber habe ich auch schon mit Brett gesprochen.«

Jerry und Grace sahen sich erwartungsvoll an, wie Geschwister, die Zeuge einer Auseinandersetzung ihrer Eltern wurden. Sie wussten, Ryan hatte zum einen Brett für sich eingenommen, zum anderen war Laurie nicht in der Position, sich über Ryans Engagement zu beschweren. Zudem war sie es natürlich gewohnt, Alex wie einen vertrauten Gesprächspartner zu behandeln.

Da Laurie keinen anderen Ausweg sah, deutete sie Ryan an, Platz zu nehmen. »Wir gehen gerade die Teilnahmeerklärungen derjenigen durch, die Sie interviewen sollen.« Sie erläuterte ihm die bislang erstellte Liste.

»Das ist nicht viel, womit man arbeiten kann«, kommentierte er. »Es wäre schön, noch ein paar von ihren Freunden zu haben, dann könnten wir zeigen, wie Casey und Hunter zusammen als Paar waren.«

»Daran haben wir auch schon gedacht«, erwiderte Laurie. »Aber Caseys Freunde haben sich nach ihrer Verhaftung allesamt zurückgezogen, und Hunters Freunde stehen ihr sehr voreingenommen gegenüber.«

»Wer sagt, dass sie voreingenommen sind?«, fragte er. »Was ist mit Angelas damaligem Freund?«

»Sean Murray«, antwortete Laurie. »Der hat gestern angerufen, er will nichts damit zu tun haben. Er ist mittlerweile verheiratet und hat drei Kinder. Er meint, keine Frau will daran erinnert werden, dass ihr Mann mal mit einer anderen zusammen war, schon gar nicht mit einer, die wie Angela aussieht. Er hat mich gefragt, ob sie immer noch so schön ist.«

»Ja, unerträglich schön«, schaltete sich Grace ein. »Es fällt einem schwer, sie nicht zu hassen.«

»Außerdem habe er nichts zu sagen. Er war am Abend der Gala nicht in der Stadt und hatte Hunter und Casey davor mindestens zwei Wochen lang nicht gesehen. Er kann nur sagen, dass die beiden sehr ineinander verliebt waren. Und ihre Auseinandersetzungen waren für ihn nur Diskussionen, die sie beide sehr genossen. Aber nach ihrer Verhaftung, nach den Zeitungsberichten, die über sie erschienen sind, hat er sich schon gefragt, ob es in ihrer Beziehung nicht eine dunklere Seite gab, die er nicht gesehen hat.«

Ryan zog eine Augenbraue hoch. »Klingt nachvollziehbar. Wie sieht es mit den neuen Verdächtigen aus?«

Darauf hatte Jerry eine Antwort.

»Ich habe mich mit den Leuten befasst, die du mir genannt

hast, *Laurie*.« Er wandte sich ganz bewusst an sie, um klarzumachen, wer hier das Gespräch leitete. »Ich habe diese Promi, diese Gabrielle Lawson, ans Telefon bekommen und für dich ein Treffen für heute Nachmittag um fünfzehn Uhr arrangiert.«

Grace unterbrach ihn. »Sorry, aber was zum Teufel soll das heißen – eine Promi? Ich meine, ich bin Sekretärin, Laurie ist Produzentin, Jerry ist Produktionsassistent und Ryan ist ein cooler Anwalt. Aber wie wird man Promi?«

Laurie lächelte. »Im Fall von Gabrielle Lawson würde ich sagen, sie ist eine Frau aus einer bekannten höhergestellten Familie, die liebend gern über rote Teppiche schwebt und ihren Namen in den Klatschspalten findet.«

Nachdem Grace damit zufriedengestellt war, fuhr Jerry fort. »Am Tag vor Hunters Ermordung hat eine Kolumne mit dem Namen *The Chatter* ein Bild veröffentlicht, auf dem Gabrielle mit Hunter bei einer Wohltätigkeitsveranstaltung zugunsten des Boys and Girls Club zu sehen war.« Er reichte Laurie einen Ausdruck des fraglichen Bildes. »Die Reporterin war eine Mindy Sampson, was wahrscheinlich kein Zufall war – das ist die Bloggerin, die seit Caseys Entlassung aus dem Gefängnis ständig über sie postet. Als Mindy noch Zeitungskolumnistin war, hat sie Hunter auf Schritt und Tritt verfolgt und behauptet, er sei wieder ganz der alte Playboy und stehe kurz davor, die Verlobung mit Casey zu lösen, weil er sich erneut auf Gabrielle eingelassen habe. Die hat aus ihrem Interesse an Hunter nie ein Geheimnis gemacht.«

Nun, fünfzehn Jahre später, war Mindy Sampsons Blog über Casey der Grund, warum Brett sie drängte, so schnell wie möglich mit der Produktion zu beginnen.

»Ich hab auch den *Whispers*-Beitrag aus der Woche davor gefunden«, sagte Jerry.

»Ich hab diese Kolumne früher verschlungen«, rief Grace. »Sie brachte immer sogenannte Blindbeiträge: unbestätigte

Meldungen, heiße Gerüchte, ohne jemals konkrete Namen zu nennen.«

Laurie las ihnen die Passage vor, die Jerry hervorgehoben hatte: »›Wer von den begehrtesten Männern der Stadt eilt möglicherweise zurück ins Junggesellendasein statt an den Traualtar?‹ Wir gehen davon aus, dass damit Hunter gemeint war?«

»Das hat jedenfalls die Presse geglaubt, nachdem Casey verhaftet wurde«, sagte Jerry. »Das und das Bild von Hunter mit Gabrielle sollen suggeriert haben, dass nicht alles so toll war im Paradies.«

Bei Gabrielle Lawson hatte Laurie das Gefühl, schon jetzt zu wissen, was sie sagen würde, wenn sie für die Sendung interviewt wurde. »Gabrielle hat bei Caseys Prozess ausgesagt. Ihr zufolge soll Hunter auf der Gala mit ihr geflirtet haben. Ihr genauer Wortlaut war: Er habe sich ›nicht wie jemand verhalten, der fest vergeben war‹. Bei der Gala ist sie an seinen Tisch gekommen, hat ihn umarmt und geküsst. Für die Staatsanwaltschaft war das ein weiterer Beweis, dass Hunter kurz davor stand, die Beziehung mit Casey zu beenden.«

Der Eifer, mit dem Jerry das alles vortrug, ließ allerdings vermuten, dass noch mehr dahinter steckte.

»Heute liegen uns mehr Fakten vor als damals Caseys Anwältin. Gabrielle Lawson war seitdem insgesamt dreimal verheiratet und wurde insgesamt dreimal geschieden, dazwischen hatte sie Liebesbeziehungen zu anderen Prominenten, die sie in der Presse, berechtigt oder nicht, immer hochgespielt hat. Viele ihrer Avancen gegenüber wohlhabenden und einflussreichen Männern wurden schroff zurückgewiesen. Der Regisseur Hans Lindholm, auf den sie ebenfalls ein Auge geworfen hatte, erwirkte sogar ein Kontaktverbot.«

Laurie, Grace und Ryan hatten vage Erinnerungen an den nicht lange zurückliegenden Skandal, Jerry allerdings hatte sich bereits mit den Einzelheiten vertraut gemacht. »Lindholm sagte aus, er sei Gabrielle flüchtig auf dem Tribeca Filmfestival begegnet, von da an sei sie unerwartet auf öffentlichen Veranstaltungen aufgetaucht, an denen auch er teilgenommen hatte. Er behauptete, sie habe sogar eine Klatschkolumnistin angerufen und geschworen, sie beide würden sich gemeinsam auf Wohnungssuche begeben.«

»Wer war diese Klatschkolumnistin?«, fragte Laurie.

»Na, wer wohl? Mindy Sampson. Natürlich lässt sich nicht nachweisen, dass Mindy ihre Informationen von Gabrielle hatte, aber zumindest erließ das Gericht ein Kontaktverbot.«

Grace runzelte die Stirn. »Hört sich an wie in *Eine verhängnisvolle Affäre*. Vielleicht hatte sie beschlossen, wenn sie Hunter schon nicht haben konnte, dann soll ihn keine andere haben. Also brachte sie Hunter kurzerhand um und ließ es so aussehen, als wäre Casey die Täterin gewesen.«

»Schaut, schaut, sogar Grace sieht die Geschichte allmählich unter anderen Gesichtspunkten«, warf Laurie ein. »Aber ich werde Gabrielle heute Nachmittag ja noch treffen. Ich habe auch ein wenig über Jason Gardner recherchiert.« Sie hielt inne.

»Das ist Caseys Exfreund«, erläuterte sie Ryan. »Er war Junior-Banker und kam auf der Gala zufällig am Tisch seines Arbeitgebers zu sitzen.«

»Für mich kommt er als möglicher Stalker infrage«, sagte Grace.

»Ryan«, warf Jerry ein, »Grace ist bei uns im Haus zuständig für die vorschnellen Schlüsse.«

»Anders gesagt«, entgegnete Grace, »ich bin diejenige mit einem guten Gespür für die Menschen. Und ich war anfangs absolut davon überzeugt, dass Casey schuldig ist.«

»Willkommen im Team«, kam es von Ryan.

»Aber jetzt sind mir die Augen geöffnet worden«, fuhr Grace fort. »Momentan ist Jason für mich der Verdächtige Nummer eins. Denkt doch mal nach! Deine Ex ist frisch verlobt mit dem

Supertypen schlechthin. Dein Riesenunternehmen erwirbt den obligatorischen Tisch bei der Gala, wo Hunter Raleigh im Zentrum der Aufmerksamkeit steht. Jeder, der nur irgendwie normal tickt, möchte zu diesem Zeitpunkt überall in New York City sein, nur nicht in diesem Raum. Aber Jason taucht auf. Ich sage euch: Der Typ war eifersüchtig.«

»Da könnte was dran sein«, stimmte Laurie zu. »Sowohl Casey als auch Angela sagen, dass Jason versucht hat, Casey zurückzugewinnen, auch nach ihrer Verlobung. Und wie Gabrielle hat auch Jason seit Caseys Prozess einige Leichen im Keller angesammelt. Er hat für Aufmerksamkeit gesorgt, als er unmittelbar nach ihrer Verurteilung ein Enthüllungsbuch veröffentlichte. Seitdem hat er zwei Scheidungen hinter sich. Beide Frauen haben sich bei der Polizei beschwert, dass er nach seinem Auszug bei ihnen am Haus vorbeigefahren ist. Einmal ging er in einem Restaurant sogar auf den neuen Freund seiner zweiten Frau los. Sie behauptete, er habe ein Suchtproblem.«

Ryan hob die Hand und unterbrach sie. »Ich sehe nicht, wie Sie die beiden dazu bringen wollen, mit mir vor die Kamera zu treten.«

Laurie glaubte zu sehen, wie Jerry und Grace beim Wörtchen *mir* zusammenzuckten. Sie war dann aber erleichtert, als Jerry antwortete. »Laurie kann sehr überzeugend sein. Die, die unschuldig sind, helfen uns, weil sie uns vertrauen. Und die, die nicht so unschuldig sind, tun so, als würden sie uns vertrauen, weil sie Angst haben, man würde sie sonst für schuldig halten.«

Laurie hätte es selbst nicht besser formulieren können. »Wenn wir Gabrielle und Jason dazu überreden können, bei der Sendung mitzumachen, dann können wir mit der Produktion beginnen. Sollten dann außerdem weitere Spuren auftauchen, lässt sich immer noch eine zweite Interviewrunde einschieben.«

»Klingt nach einem Plan«, sagte Ryan.

Ja, unserem Plan, dachte sie. Nicht deinem.

Jerry steckte seinen Stift in die Spiralbindung des Notizblocks. »Zu schade, dass wir nicht mehr über die finanziellen Probleme der Stiftung wissen.«

»Warum?«, fragte Ryan.

»Weil Casey Mark Templeton zu den Verdächtigen zählt. Er hat die Stiftung damals sang- und klanglos verlassen. Laut Casey hatte Hunter vorgehabt, die Finanzen der Stiftung prüfen zu lassen.«

»Nach den Medienberichten aus der Zeit«, erklärte Laurie, »ist das Stiftungsvermögen erheblich zurückgegangen.«

»Das ist ja höchst interessant.« Ryan klang, als würde er darüber nachdenken, gab aber keine weiteren Erklärungen von sich. »Sehr interessant«, wiederholte er, teilte ihnen aber erneut nicht mit, welche Schlussfolgerungen er möglicherweise daraus zog. Der Typ war völlig nutzlos.

»Ich muss los«, verkündete Laurie. »Ich soll in einer halben Stunde bei Gabrielle sein, und sie wohnt am Gramercy Park.«

Wenige Minuten später war sie überrascht, als Ryan vor den Aufzügen auf sie wartete. »Ich habe Brett gesagt, dass ich Sie zu den Vorgesprächen für die Sendung begleite. Haben Sie schon einen Wagen bestellt, oder soll ich meinen Fahrer rufen?«

29

Für jemanden, der bereits unzählige schwierige Gerichtsverfahren hinter sich hatte, wirkte Ryan ziemlich nervös. Sein Blick ging unentwegt zwischen Portier, Eingang und Aufzug hin und her, während der Portier oben anrief und ihre Ankunft mitteilte.

»Das kann doch nicht das erste Mal sein, dass Sie mit einem potenziellen Zeugen sprechen«, flüsterte Laurie ihm zu.

»Natürlich nicht. Aber die fraglichen Personen sind sonst gewöhnlich in Haft oder in Begleitung eines Anwalts.«

Der Portier teilte ihnen mit, dass Ms. Lawson sie empfangen würde. »Penthouse-Geschoss«, sagte er ihnen.

Gabrielle Lawson gehörte zu den Frauen, die man auf jedes beliebige Alter zwischen vierzig und sechzig schätzen konnte. Zufällig wusste Laurie, dass sie zweiundfünfzig war und damit genauso alt wie Hunter Raleigh, wäre er noch am Leben gewesen. Sie trug ein elegantes weißes Kostüm mit geschmackvollem Goldschmuck, ihre roten Haare waren zu einem hohen Knoten gebunden. Sie sah nicht viel anders aus als vor fünfzehn Jahren, als *The Chatter* das Foto von ihr veröffentlicht hatte, auf dem sie demonstrativ Hunter Raleigh anschmachtete.

Eine Viertelstunde später war es Laurie dann lediglich zweimal gelungen, Blickkontakt mit Gabrielle herzustellen. Denn ihre Gastgeberin war von dem zwanzig Jahre jüngeren Ryan hin und weg. Soweit Laurie wusste, war die Frau einzig und allein darauf aus, die Aufmerksamkeit von erfolgreichen und wenn möglich attraktiven Männern auf sich zu ziehen. Ryan glänzte in beiden Kategorien.

Gabrielle ignorierte Lauries Frage nach ihrer Begegnung mit Hunter während der Gala und bestürmte stattdessen Ryan mit eigenen Fragen: »Wie haben Sie es bloß geschafft, vom Fernsehkommentator zum Produzenten aufzusteigen?«

»Eigentlich bin ich kein ...«

»... reiner Produzent«, schaltete sich Laurie ein. »Er ist der neue Star unserer Sendung. Er allein wird über die gesamte Zeit mit allen Teilnehmern arbeiten. Er ist das eigentliche Herz von *Unter Verdacht*.«

Das eigentliche Herz einer Fernsehsendung konnte wahrscheinlich nicht mit einem preisgekrönten Filmregisseur mithalten wie jenem, dem Gabrielle nachgestellt hatte, aber es sollte doch ausreichen, dass sie Ryan weiterhin zu bezirzen versuchte.

Laurie hoffte nur, dass Ryan reagierte und das Interesse an ihm zu seinen Gunsten nutzte. Aber stattdessen wollte er sich von Gabrielle bestätigen lassen, dass sie dreimal verheiratet gewesen war und ebenso oft wieder geschieden wurde.

»Ich sehe keine Notwendigkeit, näher darauf einzugehen«, antwortete sie eher kurz angebunden.

»Ich glaube, was Ryan eigentlich wissen wollte, war, ob Sie damals auf der Gala Hunter begrüßt haben.« Genau die Frage hatte sie ihr zuvor schon gestellt. Jetzt aber, da sie angeblich von Ryan kam, schien Gabrielle sie zum ersten Mal zu hören.

»Mal sehen ... habe ich mich an dem Abend mit Hunter unterhalten? Ja, natürlich. Ziemlich lange sogar.«

Laurie wies darauf hin, dass jeder von der Staatsanwaltschaft aufgerufene Zeuge von Caseys Anwältin danach befragt worden war, ob er während der Gala Hunter und Gabrielle zusammen gesehen hatte. Keiner hatte sie gesehen, mit Ausnahme des kurzen Moments, als Gabrielle zu Hunter an den Tisch gekommen war und leidenschaftlich die Arme um ihn geschlungen hatte. Ein heikler Punkt, der der Behauptung der

Staatsanwaltschaft widersprechen sollte, wonach Casey Hunter umgebracht habe, weil er angeblich wegen Gabrielle ihre Verlobung lösen wollte. Caseys Anwältin hatte allerdings nie ins Feld geführt, dass Gabrielle diesen Augenblick dazu hätte nutzen können, um Casey etwas ins Glas zu schütten.

»Wir haben uns ja immer sehr diskret verhalten«, antwortete Gabrielle zurückhaltend. »Hunter hatte Casey darüber noch nicht in Kenntnis gesetzt. Er war ein Gentleman. Nie hätte er uns beide in eine kompromittierende Situation gebracht. Er wollte erst in aller Ruhe alles auflösen, und erst nach einer gewissen Zeitspanne wären wir dann an die Öffentlichkeit getreten.«

»Klingt plausibel«, erwiderte Laurie, obwohl sie der Frau nicht ein Wort glaubte. »Aber wenn Sie sich immer so diskret verhalten haben, wie ist dann Mindy Sampson an das Foto von Ihnen beiden gekommen, das auf der Veranstaltung zugunsten des Boys and Girls Club aufgenommen wurde?«

Gabrielle lächelte geziert, als wären sie beste Freundinnen, die vertraulich die Köpfe zusammensteckten. »Na, Sie wissen doch, wie das ist. Manchmal müssen gewisse Dinge eben etwas angeschoben werden. Es wäre mir doch nie in den Sinn gekommen, dass Hunter wegen dieses Fotos umgebracht werden könnte. Dann hätte ich es doch nie getan.«

»Dann geben Sie also zu, dass Sie Mindy dieses Bild haben zukommen lassen«, sagte Ryan, als wollte er die Zeugin im Kreuzverhör auf eine bestimmte Aussage festnageln.

Laurie wand sich innerlich. Seine Frage war viel zu offensichtlich und plump. Alex wäre dieser Fehler nie unterlaufen. Natürlich leugnete Gabrielle sofort alles.

»Um Gottes willen, nein! Ich habe nur gesehen, wie ein Fotograf auf uns zukam, und habe mich ins Bild gelehnt. Das war alles.«

Laurie versuchte zu retten, was noch zu retten war. »Was war mit Casey? Ich habe gehört, sie war auf der Gala ziemlich durch den Wind.«

»›Abgefüllt‹ beschreibt es nicht annähernd. Sie war hackedicht, hat die Worte verschliffen und ist herumgetorkelt. Es war absolut peinlich. Hunter war sehr aufgebracht, das konnte man sehen.«

»So aufgebracht wie Hans Lindholm, als er ein Kontaktverbot gegen Sie erwirkte?«, fragte Ryan spöttisch.

Gabrielle starrte Ryan nur finster an. »Sie sind so ein hübscher Bengel, Mr. Nichols, aber Ihre Mutter hätte Ihnen ruhig auch ein paar Manieren beibringen können.«

Laurie entschuldigte sich wortreich und zeigte dabei ihr herzlichstes Lächeln. »Ryan ist Anwalt«, erklärte sie, »und beim Jurastudium wird kein großer Wert auf Etikette gelegt.«

Gabrielle lachte. »Das sehe ich.«

»Unsere Sendung hat ein Millionenpublikum. Wären Sie bereit, Ihre Beobachtungen unseren Zuschauern mitzuteilen?«, fragte Laurie.

Gabrielle zögerte und beäugte Ryan skeptisch.

»Das wäre nämlich unerlässlich, um Caseys Unschuldsbeteuerung zu widerlegen. In der Sendung legen wir großen Wert darauf, von *beiden* Frauen in Hunters Leben zu hören.«

Gabrielles Miene hellte sich sichtlich auf. »Auf jeden Fall«, antwortete sie. »Das bin ich ihm doch schuldig. Deshalb haben meine anderen Ehen auch nie gehalten. Es hat einfach keinen gegeben, der Hunter hätte das Wasser reichen können.«

Noch immer lächelnd unterschrieb Gabrielle schließlich auf der gestrichelten Linie.

Auf dem Weg zum Aufzug wünschte sich Laurie, Alex wäre da. Früher hatte sie sich immer darüber gefreut, wenn er an den Vorgesprächen mitgewirkt hatte, Ryans Anwesenheit hingegen war ihr eher zuwider. Hätte Alex sie begleitet, hätten sie sich sofort darüber ausgetauscht. Aber Ryans Gedanken interessierten sie nicht, also versuchte sie für sich, zu einer Einschätzung zu gelangen.

Sie glaubte Gabrielle, wenn sie Casey und ihren beeinträchtigten Zustand beschrieb, der allerdings nachvollziehbar war, sollte ihr heimlich jemand Drogen verabreicht haben. Was sie Gabrielle nicht abnahm, war ihre angeblich enge Beziehung zu Hunter. Und sie war davon überzeugt, dass Gabrielle mit Mindy Sampson gemeinsame Sache machte, damit das Foto von Hunter und ihr veröffentlicht wurde. Aber war sie so besessen, dass sie Hunter umbringen würde? Laurie hatte keine Ahnung.

Die Aufzugstüren hatten sich kaum geschlossen, als Ryan auch schon auf sie losging. »Kommen Sie nie mehr auf die Idee, sich meinetwegen zu entschuldigen, und machen Sie sich nicht auf meine Kosten lustig. Ich bin sehr gut in dem, was ich tue.«

»Sie hätten sich entschuldigen müssen, vor allem bei mir. Sie mögen vielleicht ein guter Anwalt sein, aber Sie haben sich hier auf etwas eingelassen, bei dem Sie wenig Interesse zeigen, dazuzulernen. Sie haben das Gespräch fast vermasselt.«

»War sollte denn das für ein Gespräch sein? Wir haben die Dame viel zu sanft angefasst.«

»Gabrielle hat sich bereit erklärt, an der Sendung teilzunehmen, was Sie vor einer Stunde noch für unmöglich gehalten haben. Wir sind nicht die Staatsanwaltschaft. Wir haben keinerlei rechtliche Handhabe. Wir gewinnen unsere Zeugen, indem wir ihnen schmeicheln, nicht, indem wir sie mit sarkastischen Kommentaren gegen uns aufbringen. Die harten Fragen kommen später, dann, wenn wir drehen.«

»Ich bitte Sie, diese Frau weiß doch nichts, was irgendwie von Bedeutung wäre. Hunter Raleigh wurde von Casey Carter ermordet, Punkt.«

Laurie war ihm drei Schritte voraus, eilte durch die Lobby und hinaus zum wartenden Wagen, wo sie auf dem Rücksitz

Platz nahm. »Sie müssen noch viel lernen, und Sie wissen es noch nicht einmal. Wenn Sie uns diesen Fall kaputtmachen, dann ist es mir egal, wie viele Mitglieder Ihrer Familie Brett noch kennt – dann werde ich mit Ihnen nicht mehr zusammenarbeiten. Und jetzt fahre ich mit *Ihrem* Wagen zu *meinem* nächsten Gespräch.«

Damit schlug sie die Autotür zu und ließ Ryan auf dem Bürgersteig stehen. Aufgebracht nannte sie dem Chauffeur die einzige Adresse, die sie von Jason Gardner hatte.

30

Fünfzehn Jahre zuvor hatte Jason Gardner als junger, aufstrebender Analyst, der für eines der größten Investmenthäuser der Welt arbeitete, zu den Gästen der von der Raleigh-Stiftung veranstalteten Gala im Cipriani gehört. Aufgrund dessen hatte Laurie erwartet, dass Caseys Exfreund mittlerweile ein milliardenschwerer Hedgefonds-Manager war. Als sie jedoch die Adresse erreichte, die sein LinkedIn-Profil auswies, stand sie vor einem winzigen Büro in einem heruntergekommenen Gebäude über dem Eingang zum Holland Tunnel. Der Name seines Unternehmens lautete GARDNER VERMÖGENSVERWALTUNG, angesichts der billigen Möbel schien Gardner selbst allerdings nicht über sehr viel Vermögen zu verfügen, das es zu verwalten gab.

Die Rezeptionistin am Empfang war kaugummikauend in ein Klatschblatt vertieft. Als Laurie ihr sagte, sie wolle Mr. Gardner sprechen, drehte die Frau bloß den Kopf in Richtung der einzigen anderen Person im Büro. »Jason, Ms. Moran ist da.«

Jasons Lebenslauf war nicht das Einzige, was in den vergangenen fünfzehn Jahren schwer in Mitleidenschaft gezogen worden war. Der Mann, der sich vom Schreibtisch in der hinteren Ecke hochmühte, war erst zweiundvierzig, hatte aber gerötete Augen und tiefe Falten im Gesicht. Er glich so gar nicht mehr dem jungen, attraktiven Mann, dessen Bild auf der Rückseite seines Enthüllungsbuches *Meine Zeit mit Crazy Casey* prangte. Laurie vermutete, dass Drogen und Alkohol, von denen seine Exfrauen der Polizei berichtet hatten, ihre Spuren hinterlassen hatten.

»Wie kann ich Ihnen helfen?«, fragte er.

»Ich habe ein paar Fragen zu Casey Carter.«

Seine Gesicht alterte mit einem Schlag um ein weiteres Jahrzehnt.

»Ich habe in den Nachrichten gehört, dass sie entlassen wurde. Kaum zu glauben, wie schnell fünfzehn Jahre vergehen.« Sein Blick ging in unbestimmte Ferne, als würde er zusehen, wie die Jahre vorüberflogen.

»Ich glaube nicht, dass sie für Casey schnell vergangen sind«, sagte Laurie.

»Nein, wahrscheinlich nicht.«

Laurie hatte es nicht geschafft, sein Buch ganz zu lesen, aber sie hatte genug davon überflogen, um zu erfahren, dass er seine Exfreundin in die sprichwörtliche Pfanne gehauen hatte. Im Buch wurde sie als ehrgeizige, machthungrige junge Frau beschrieben, die ihren Freund, mit dem es eine geraume Weile auf und ab gegangen war, sofort in die Wüste geschickt hatte, als sie schließlich Hunter Raleigh begegnet war.

Laurie holte ihr Exemplar des Buches aus der Handtasche. »Manche dürften überrascht gewesen sein, dass Sie das Buch geschrieben haben. Nach allem, was ich gehört habe, waren Sie sehr in Casey verliebt.«

»Ich habe sie wirklich geliebt«, sagte er traurig. »Das stimmt. Sie war offen, witzig, voller Energie. Keine Ahnung, wie sie jetzt ist, aber damals? In Caseys Gegenwart habe ich mich sofort lebendiger gefühlt. Aber das alles hat manchmal auch seinen Preis. Manchmal liegt zwischen Spontaneität und Chaos nur ein schmaler Grat. In mancher Hinsicht war Casey eine Ein-Frau-Abrissbirne.«

»Wie meinen Sie das?«

Er zuckte mit den Schultern. »Das ist schwer zu beschreiben. Es war, als hätte sie alles übertrieben wahrgenommen. Ihr Interesse für die Kunst? Sie konnte ein Gemälde nicht einfach nur wertschätzen; es rührte sie zu Tränen. Bekam sie in der Arbeit einen negativen Kommentar zu hören, machte sie sich den ganzen Abend Sorgen und fragte sich, was sie falsch gemacht hatte. Genauso war es auch mit mir. Als wir uns im College kennenlernten, waren wir so was wie Seelengefährten. Als sie dann nach New York zog, hoffte ich, es wäre meinetwegen, aber ihre Arbeit bei Sotheby's war ihr ganz klar wichtiger. Dann machte sie ihren Master und sprach davon, eine eigene Galerie zu eröffnen. Und mir saß sie ständig im Nacken: Warum ich mich nicht mehr anstrenge. Warum ein anderer vor mir befördert wurde. Als wäre ich nicht gut genug für sie. Als sie mit mir Schluss machte, sagte sie, sie brauche eine ›Auszeit‹. Ich ging davon aus, dass es mal wieder eine unserer vorübergehenden Trennungen wäre. Aber zwei Wochen später sehe ich auf den Gesellschaftsseiten ein Foto von ihr mit Hunter Raleigh. Sie hat mir das Herz gebrochen. Die Trennung warf mich völlig aus der Bahn. Die Probleme in der Arbeit wuchsen mir über den Kopf. Sie sehen ja selbst, das hier ist nicht gerade der Taj Mahal.«

Er klang so, als würde er Casey die Schuld an seinem Misserfolg geben. Und wahrscheinlich war es nicht weit hergeholt, wenn man vermutete, dass er Hunter ebenfalls die Schuld gab.

»Trotzdem, ich habe gehört, Sie hätten versucht, sie zurückzugewinnen, sogar dann noch, als die Verlobung bereits bekannt gegeben war.«

»Sie sind gut unterrichtet. Das ist bloß einmal vorgekommen, und da war eine Menge Whiskey mit im Spiel. Ich habe ihr gesagt, ein Snob wie Hunter würde ihr noch das letzte bisschen Lebendigkeit rauben. Woher sollte ich wissen, dass es dann genau anders herum war?«

»Sie denken, sie hat ihn umgebracht?« Nach allem, was Laurie wusste, hatte er sich in seinem Buch über Caseys Schuld nie ausdrücklich geäußert.

»Ich gebe ja zu, es war ein wenig unfair, sie im Buchtitel

Crazy Casey zu nennen. Der Arden-Verlag hat, um ehrlich zu sein, darauf bestanden. Aber Casey war so starrköpfig wie ein Maulesel, und sie war launisch und aufbrausend. Wenn wir aus waren und ich sprach mit einer anderen Frau, ging sie jedes Mal hoch. Ich kann nur mutmaßen, was sie getan hätte, wenn Hunter sie einfach so abgesägt hätte, wie sie es mit mir gemacht hat.«

Nachdem Laurie gegangen war, wartete er, bis er hörte, wie sich der Aufzug draußen im Flur in Bewegung setzte, dann sagte er Jennifer – der letzten in einer langen Reihe unfähiger Sekretärinnen, die bereit waren, für das Geld zu arbeiten, das er ihnen zahlen konnte –, sie solle sich doch eine Pause gönnen. Als sie fort war, suchte er eine Nummer heraus, die er seit Jahren nicht mehr gewählt hatte. Sein Agent schob ihn gleich in die Warteschleife. Der Mann, der sich schließlich meldete, schien nicht gerade glücklich zu sein, wieder von ihm zu hören.

»Eine Fernsehproduzentin war gerade da und hat sich nach Casey erkundigt«, erklärte Jason. »Es geht um eine Sendung, der Titel lautet *Unter Verdacht*. Sie wollen mich interviewen. Was meinen Sie?«

»Unterschreiben Sie. Machen Sie mit. Dann verkauft sich vielleicht Ihr Buch wieder besser.«

»Die Leute von der Sendung werden mich nicht gut aussehen lassen.«

»Das ist nichts Neues. Unterschreiben Sie.«

Jason war elend zumute, als er auflegte. Er hatte Laurie Moran die Wahrheit gesagt. Er hatte Casey wirklich geliebt. Aber dann war die Frau, die er liebte, wegen Mordes verhaftet worden, und er hatte nichts tun können, um ihr zu helfen. Er konnte nur sich selbst helfen, und das hatte er dann getan. Jetzt aber verabscheute er sich dafür. Er zog die oberste Schublade auf, warf sich eine der Schmerztabletten ein, die er hier verstaute, und versuchte, nicht an Casey zu denken.

31

Das Tiro A Segno sah überhaupt nicht aus wie die Schießstände, die Laurie bislang kennengelernt hatte. Versteckt zwischen drei unscheinbaren Brownstone-Häusern in der MacDougal Street im Greenwich Village, glich der Club eher einer Privatwohnung, die nur wegen der italienischen Nationalfahne auffiel, die stolz über der Eingangstür wehte. Als Laurie eintrat, sah sie Ledermöbel, Mahagoni und einen Billardtisch – aber keine einzige Waffe. Und es roch nach Knoblauch und Oregano, nicht nach Schießpulver.

»Nicht das, was Sie sich vorgestellt haben, was?«, begrüßte der Wirt sie. »Ich freue mich immer wieder über den verblüfften Blick der Leute, die zum ersten Mal zu uns kommen.«

»Danke, dass Sie mich so kurzfristig empfangen, Mr. Caruso.« Sie hatte im Club angerufen, nachdem sie Jason Gardners nur wenige Straßen entferntes Büro verlassen hatte. »Wie schon gesagt, mein Produktionsteam hat erfahren, dass Ihr Club zu den Lieblingsschießständen von Hunter Raleigh gehörte.«

»Bitte nennen Sie mich Antonio. Und ich helfe Ihnen gern. Wenn ich ›Fernsehsendung‹ höre, ist mein erster Gedanke unweigerlich, dass wir Kameras hier nicht besonders mögen. Aber dann sagten Sie, Sie wollen was über Hunter Raleigh hören. Er war ein so wunderbarer Mensch, ein richtiger Gentleman. Außerdem sind Sie die Tochter von Leo Farley. Natürlich sind Sie bei uns willkommen. Ihr Vater ist bei uns Ehrenmitglied auf Lebenszeit.«

Vielleicht mit Ausnahme der Straftäter, die er während seiner Berufsjahre festgenommen hatte, betrachtete ihn jeder, der ihren Vater kannte, als seinen Freund.

Sie war in erster Linie hier, weil sie Fragen zu Hunter und Casey hatte, aber jetzt wurde ihr klar, warum Grace den Club als idealen Drehort vorgeschlagen hatte. »Ich kann verstehen, warum Ihr Club so beliebt ist, Antonio.«

»Er hat sich im Lauf der Jahre verändert, klar. Früher waren wir nicht so elegant. Einige unserer alten Gäste beschweren sich immer noch, dass es keinen Boccia-Platz mehr gibt. Heutzutage geht es uns mehr ums Essen und den Wein und das Knüpfen von Kontakten, aber natürlich haben wir immer noch den Schießstand unten. Wir schießen ausschließlich auf Scheiben, wie Sie vielleicht wissen. Und es gibt keine Handfeuerwaffen, nur Gewehre.«

»Hat Hunter jemals seine Verlobte Casey Carter mitgebracht?«, fragte Laurie.

Kurz verdunkelte sich Antonios Miene. »Ja, natürlich. Schrecklich, was für ein Ende das genommen hat. Natürlich hat er viele Frauen mitgebracht – vor seiner Verlobung.«

»Aber die Beziehung zu Casey hat ihn verändert?«

»Scheint so. Als ich die beiden zum zweiten Mal gesehen habe, sagte ich zu Hunter, *du solltest hier deine Hochzeit feiern*. Er hat bloß gelächelt. Kennen Sie den Spruch, *chi ama me, ama il mio cane?* Das heißt: ›Wer mich liebt, liebt auch meinen Hund.‹ Eigentlich ist damit gemeint: ›Wer mich liebt, liebt mich so, wie ich bin, mit allen Ecken und Kanten.‹ Genauso ist es Hunter mit Casey gegangen.«

»Ich will ja nicht zu viel hineininterpretieren, Antonio, aber es klingt schon so, als hätte Casey tatsächlich so ihre Ecken und Kanten gehabt.«

Er zuckte mit den Schultern. »Wie gesagt, die Geschichte ist nicht gut ausgegangen.«

Laurie musste bereits jetzt einsehen, dass es so gut wie unmöglich war, eine unvoreingenommene Meinung über Casey als junge Frau zu erhalten. Die Erinnerungen aller, die sie gekannt hatten, waren unwiderruflich von der Tatsache beeinflusst, dass sie wegen Mordes verurteilt worden war.

»Ich habe gehört, Casey soll eine ziemlich gute Schützin gewesen sein«, sagte Laurie.

»Da haben Sie ganz richtig gehört. Hunter meinte halb im Scherz, sie hätte es nur probiert, weil sie unglaublich ehrgeizig war. Wenn ich mich recht erinnere, war sie früher Sportlerin gewesen.«

»Tennisspielerin«, erklärte Laurie. »An der Uni.«

»Genau. Hunter sagte, im Doppel hätten sie immer alles abgeräumt. Auch in seinem eigenen Sport konnte sie durchaus mit ihm mithalten. Sie war eine sehr gute Schützin.«

»Die Polizei fand Einschusslöcher in den Wänden von Hunters Wohnzimmer und Schlafzimmer, wo er getötet wurde. Würde es Ihnen seltsam vorkommen, dass Casey zweimal danebengeschossen hat?«

»Das ist schwer zu sagen. Wir haben hier nur Zielscheiben. Ich habe sie nie auf Tontauben oder bewegliche Ziele schießen sehen. So was ist sehr viel schwieriger, als die Leute meinen. In Selbstverteidigungskursen erzählt man den Teilnehmern, dass es besser ist, vor Bewaffneten wegzulaufen, besonders dann, wenn man Haken schlägt. Dazu kommt der Adrenalinausstoß, und, soweit ich weiß, war sie auf Drogen, auch das beeinträchtigt die Zielgenauigkeit. Die Tatsache, dass sie ihr Ziel verfehlt hat, sagt erst mal gar nichts aus, so oder so.« Er lächelte.

Erneut dankte Laurie ihm und versprach, Leo seine Grüße auszurichten. Einige Szenen von diesem Schmuckstück im Greenwich Village würden ihrer Sendung einiges an Lokalkolorit verleihen, bei der Frage aber, wer Hunter Raleigh umgebracht hatte, war sie keinen Schritt weitergekommen.

32

Mindy Sampson saß an einem Tisch in der hinteren Ecke der Rose Bar im Gramercy Park Hotel und wartete auf Gabrielle. Es war nur ein paar Jahre her, dass jeder hier, von der Wirtin vorn bis zur berühmten Schauspielerin im Sitzabteil gleich neben ihrem, ihr Gesicht erkannt hätte. Mehr als zwei Jahrzehnte hatte ihr Konterfei die Kolumne *The Chatter* geschmückt, die meistgelesenen Klatschspalte von New York City. Jedes Jahr hatte sie ein neues Bild anfertigen lassen, aber immer war sie blass geschminkt gewesen, hatte dunkelroten Lippenstift aufgetragen und ihre pechschwarzen Haare ansonsten so gelassen, wie sie von Natur aus waren. Ein Look, der geradezu Kultstatus erlangte. Schon vor all den Kardashians und Kanyes und Gwyneths hatte sie verstanden, was es wert ist, sich selbst zur Marke zu machen.

Und die Marke Mindy wurde mit Geschmack und neuen Trends assoziiert. Wer trug das bessere Outfit? Welchem Promi-Pärchen durfte man Beifall spenden, über welches durfte man sich lustig machen? War der Playboy und Milliardär schuldig oder nur Opfer haltloser Anschuldigungen? Mindy hatte immer die Antwort parat.

Das war zu den Zeiten, als man von den Zeitungen noch schwarze Finger bekam.

Dann kam der Tag, an dem der Chefredakteur ihr sagte, »lass mal«, als sie wie jedes Jahr für ihre Kolumne ein neues Foto machen lassen wollte. Es stünden vielleicht »Veränderungen« an, warnte er sie.

Mindy war berühmt für den Klatsch, den sie aufschnappte, hatte aber nach wie vor den Instinkt und das Gespür einer Vollblutjournalistin. Sie sah selbst, was in der Redaktion ablief. Die Anzeigeneinnahmen brachen weg. Die Zeitung wurde von Monat zu Monat dünner. Auch die Belegschaft litt unter massivem Schwund. Die langjährigen Mitarbeiter, in früheren Zeiten das Rückgrat des Blatts, waren mittlerweile zu teuer, um weiterhin angestellt zu bleiben. Praktikanten arbeiteten gern umsonst, und frischgebackene Uni-Absolventen kosteten kaum mehr.

Einen Monat später wurden ihr die »Neuigkeiten« mitgeteilt. Ihre Kolumne, die sie zu einer eigenständigen Marke aufgebaut hatte, wurde von der »Redaktion« übernommen. Keine Verfasserangabe mehr. Kein Foto mit Kultstatus mehr. »Redaktion« hieß in diesem Fall, dass man sich dieses und jenes vom Nachrichtenticker zusammensuchte.

Sie ließ sich nicht einfach so abservieren. Sie drohte damit, die Zeitung zu verklagen. Wegen Geschlechterdiskriminierung. Wegen Diskriminierung aufgrund ihres Alters. Sie führte sogar eine mögliche Klage auf Erwerbsunfähigkeit wegen eines chronischen Schmerzsyndroms ins Feld. Die Zeitung fürchtete jahrelange Prozesse und einen öffentlichen Skandal. Aber dann sagte sie ihrem Anwalt, dass sie nur zwei Dinge möchte: eine Abfindung über ein halbes Jahresgehalt und den Namen. Die Zeitung konnte ihre verwässerte Kolumne nennen, wie sie wollte, aber sie würde The Chatter mitnehmen.

Vielleicht wurde sie als abgehalfterte Journalistin, die ihre beste Zeit längst hinter sich hatte, abgeschrieben, aber es war nicht das erste Mal, dass man Mindy unterschätzte. Denn noch vor den Verantwortlichen in der Geschäftsführung des Blatts wusste sie, dass die neuen Medien im Internet entwickelt wurden. Mit ihrer Abfindung lancierte sie eine Website, und jetzt war sie es, die unbezahlte Praktikanten einstellte. Statt eines Gehalts verdiente sie durch Werbeanzeigen, durch Leser, die diese Anzeigen anklickten, und durch Produktplatzierung. Und statt sich ihre Artikel von zig Redakteuren absegnen lassen zu müssen, konnte sie jetzt mit einem Klick weltweit ihre Meinung unters Volk bringen.

Sie drückte auf den Senden-Button auf dem Handy. Eine neue Story war abgespeichert, einfach so, und das alles, während sie auf Gabrielle Lawson wartete. Von allen, die Mindy im Lauf der Jahre kennengelernt hatte, gehörte Gabrielle sicherlich zu den theatralischsten Persönlichkeiten. Sie gab sich wie eine der alten Hollywood-Diven. Sie lebte auch so, dank des Treuhandvermögens eines reichen Onkels, der keine eigenen Kinder hatte, ganz zu schweigen von dem, was ihr ihre drei Scheidungen eingebracht hatten. Sie war nicht dumm und kam mit allem ganz gut zurecht, schien aber in einer Parallelwelt zu leben, in der ihr übergroßes Ego die Hauptrolle spielte.

Wenn sie zum Beispiel Mindy etwas mitzuteilen hatte, ging das nicht einfach per Telefon oder Mail. Sie wollte sich dann im hinteren Bereich einer Bar mit ihr treffen. In ihrem Universum war Mindy also Bob Woodward und sie selbst Deep Throat. Welche Neuigkeiten hatte sie heute für sie?

Nachdem Gabrielle eingetroffen war, nippten die beiden Frauen erst mal am Champagner und plauderten über Belangloses. Wie immer versicherte Mindy Gabrielle, dass sie ein schmeichelhaftes Foto von ihr online stellen würde. Das Versprechen fiel ihr nicht schwer. Gabrielle war in den letzten Jahren eine ertragreiche Informantin gewesen, die sie zufriedenstellen wollte.

In diesem Fall aber war das heimliche Treffen die reine Zeitverschwendung. Gabrielle erzählte ihr nichts, was sie nicht sowieso schon wusste. Wenn es um Casey Carter ging, war es für Mindy schon immer ein Leichtes gewesen, an Informationen zu kommen.

33

Der Geruch von Thymian, Butter und einem perfekt gebratenen Hühnchen zog an diesem Abend durch Lauries Wohnung. »Das war köstlich, Dad.«

Leo war eigentlich mit einigen Exkollegen von der Polizei in Gallagher's Steakhouse verabredet gewesen. Zu Lauries Überraschung aber hatte er, als sie nach Hause kam, ein Abendessen im Ofen. Der Männerabend war abgesagt worden, da zwei von Leos Freunden, die noch im aktiven Polizeidienst waren, zum Times Square abberufen wurden, nachdem dort in einem anscheinend herrenlosen Lieferwagen ein verdächtiges Paket gefunden worden war. Zwei Stunden später bestätigte das NYPD, dass es sich um einen falschen Alarm gehandelt hatte. Der Fahrer hatte aus Unachtsamkeit den Motor laufen lassen, war zur Wohnung seiner Schwester hochgelaufen, um seiner Nichte ein Geschenk zu bringen, und war dort kurzerhand geblieben. Die Sicherheit der Stadt war also weiterhin gewährleistet, und Laurie hatte eine köstliche Mahlzeit genießen dürfen.

Atemlos erzählte Timmy von den Berichten, die am Abend auf Leos Handy eingegangen waren. »Mom, die haben drei Blocks evakuiert – mitten auf dem Times Square! Die hatten Sprengstoffspürhunde und SWAT Teams da. Und Grandpa hat das alles schon gewusst, bevor es in den Nachrichten kam.«

Leo patschte Timmy beruhigend auf die Schulter, machte dazu aber ein wehmütiges Gesicht.

Nachdem Timmy fragte, ob er aufstehen dürfe, wandte sich

Laurie an ihren Vater: »Fehlt dir das alles? Die Arbeit? Mittendrin zu sein?«

Die Frage hatte sie ihm in den letzten sechs Jahren wahrscheinlich an die hundertmal gestellt. Darauf hatte er immer geantwortet, seinen Enkelsohn großzuziehen sei der beste Job, den er jemals hatte. Heute aber gab er offen zu: »Manchmal, ja. Ich erinnere mich noch an den schrecklichen Tag 2001. Wir haben alle gewusst, dass sich die Welt damit auf unvorstellbare Weise verändert, aber ich hatte auch das Gefühl, dass ich helfen kann. Heute Abend habe ich ein Hühnchen in den Ofen geschoben. Es ist ein ruhigeres Leben.«

Sie wusste nicht, was sie darauf antworten sollte, also gab sie ihm lediglich einen Kuss auf die Wange, bevor sie das Geschirr abräumte.

Es überraschte sie nicht, als Leo ihr in die Küche folgte und sie fragte, wie sie vorankomme. Es fiel ihr schwer, ihm von ihren gemischten Gefühlen zu erzählen, obwohl sie von Glück reden konnten, dass sie so schnell an so viele Informationen gekommen waren.

Theoretisch waren Gabrielle Lawson und Jason Gardner plausible Tatverdächtige. Von den Polizeiprotokollen wusste sie, dass beide nach der Gala angeblich nach Hause gegangen waren, das hieß, beide hätten problemlos nach Connecticut fahren und Hunter erschießen können. Aber es fehlte nach wie vor ein wesentliches Indiz, das auf einen anderen Täter hindeutete als auf Casey.

»Ich weiß nicht, Dad, vielleicht hast du recht. Vielleicht kann ich den ursprünglichen Ermittlungen wirklich nichts Neues mehr hinzufügen.«

Er lehnte sich gegen die Küchentheke und verschränkte die Arme. Plötzlich sah sie ihn in der Dienststelle vor sich, damals am Aktionstag, als die Töchter mit zur Arbeit gebracht werden durften, bevor er zu einem Einsatz aufbrach. Kaum zu fassen, dass seitdem fünfundzwanzig Jahre vergangen waren.

»Hör zu«, sagte er. »Ich denke mir, dass unser Rechtssystem zu neunundneunzigkommaneun Prozent zuverlässig funktioniert, die Wahrscheinlichkeit also, dass diese Frau unschuldig ist, nun ja, die ist sehr gering. Aber ich bin auch dein Vater, und damit bin ich letztlich auf deiner Seite. Bei jeder Produktion wirst du mit zahlreichen Geschichten konfrontiert, die dir einfach so zufliegen. Du schaffst es, daraus eine fesselnde Sendung zu machen, und zugleich hast du bislang in allen Fällen für Gerechtigkeit gesorgt. Du solltest dabei aber nicht aus den Augen verlieren, dass dein Hauptziel ein gutes Fernsehprogramm ist. Lass die Zuschauer entscheiden, was sie von Casey halten.«

Es war ein guter Rat, aber ihr Wunsch, die Wahrheit zu erfahren, ließ sie nicht los. »Vielleicht hätte ich Polizistin werden sollen.«

»Dafür bist du zu aufmüpfig«, sagte er mit einem Zwinkern. »Außerdem wird Timmy der nächste aus der Familie, der das Polizeiabzeichen trägt. Wirst schon sehen. Hast du mit Alex die einzelnen Personen durchgesprochen? Das hat sich doch immer als sehr fruchtbar erwiesen.«

»Ja, das *war* es mal. Er arbeitet nicht mehr fürs Studio, ich weiß also nicht, wie sehr ich ihn mit so was belasten kann.«

Leo schüttelte den Kopf. »Wann willst du endlich akzeptieren, dass nichts, worum du ihn bittest, für ihn eine Belastung ist? Alex hat dich sehr gern. Wenn du es zulässt, leiht er dir bestimmt gern ein Ohr, davon bin ich überzeugt.«

Alex hat mich sehr gern, dachte sie. *Wenn ich es zulasse ...* Die Worte hallten in ihrem Kopf nach, und plötzlich, wie aus dem Nichts, musste sie weinen.

Ihr Vater fasste sie an den Schultern. »Laurie, meine Liebe, was ist denn?«

»Ich versuche es doch, Dad. Du weißt ja gar nicht, wie sehr

ich es versuche.« Ihr Vater wiegte sie in den Armen und versuchte sie zu beruhigen, aber die Gefühle überwältigten sie. Der Abend, an dem Alex ihr gesagt hatte, dass er aus der Sendung aussteigen würde. Der Augenblick, als Brett ihr mitteilte, er habe den Neffen seines besten Freundes angestellt. Die Erschöpfung der letzten Tage, an denen sie von morgens bis abends gearbeitet hatte. Und schließlich das Gefühl, dass Alex sie belogen hatte.

»Als ich mit Alex über den Fall reden wollte, war er irgendwie unangenehm berührt. Ich dachte, er hätte ein schlechtes Gewissen, weil ich mich über Ryan beschwert habe. Aber dann stellte sich heraus, dass er Caseys Cousine Angela kennt.« Die Worte sprudelten nur so aus ihr heraus. »Und er hat Hunter und seine Familie auf einem Kanzlei-Picknick kennengelernt. Und als ich ihn am Montag darauf angesprochen habe ... wich er mir aus. Es war klar, dass er etwas zu verbergen hat.«

»Soll ich ihn anrufen? Mit ihm reden? Von Mann zu Mann?«

Sie lachte und wischte sich die Tränen aus den Augen. »Wie oft soll ich dir noch sagen, dass sich erwachsene Frauen ihre Probleme nicht von ihren Vätern lösen lassen können.«

»Aber das hier sollte doch kein Problem sein, Laurie. Wir kennen Alex. Er ist ein ehrlicher Mensch.«

»Ich weiß. Aber du hast mir doch beigebracht, dass ich auf meine Intuition hören soll. Und ich sage dir, es gibt einen Grund, warum Alex nicht will, dass ich mit ihm über diesen Fall rede. Er hat etwas zu verbergen.«

Ihr Vater wollte schon zu einer weiteren Verteidigung für Alex ansetzen, als Timmy ins Zimmer gerannt kam. Sein iPad hielt er in den ausgestreckten Händen, die immer noch so klein waren, dass er zwei brauchte, um das Tablet zu halten. »Hey, Mom, ich hab was für dich.«

Als er ihr das letzte Mal sein iPad gegeben hatte, konnte sie sich anschließend nicht mehr von einem Spiel losreißen, in dem Pflanzen gegen Zombies kämpften. Im Moment konnte sie sich diese Form von Ablenkung nicht leisten.

»Ich glaube nicht, dass ich Zeit für ein neues Spiel habe, Timmy.«

»Es ist kein Spiel«, entgegnete er. »Ich hab einen Google Alert auf deinen Namen eingerichtet, und es gibt einen neuen Treffer. Eine Bloggerin, Mindy Sampson, hat über deine nächste Sendung geschrieben.«

34

Spielt Crazy Casey mit dem Feuer?

Hallo, Freunde von The Chatter. *Habt ihr mitbekommen, was Katherine »Casey« Carter alles abgezogen hat, seitdem sie aus dem Knast geschlüpft ist? Na, ich jedenfalls hab ein Auge auf sie, und unsere Casey ist unglaublich umtriebig. Immerhin eilt nicht jeder Exknacki vom Gefängnisausgang direkt zur nächsten Mall, um dort den lieben langen Tag Geld für Klamotten auf den Kopf zu hauen. Aber wo will sie ihre neue hübsche Garderobe bloß tragen? Diese Frage haben wir uns alle gestellt.*

Statt ihr Comeback in der Gesellschaft zu geben, scheint sie sich auf eine weitere Tour gemacht zu haben. Nur will sie diesmal nichts kaufen, sondern hat es darauf abgesehen, dass ihr andere etwas abkaufen – nämlich ihre fadenscheinigen Unschuldsbeteuerungen, die sie zum Besten gibt, seitdem man sie mit Hunter Raleighs Blut an den Händen gefunden hat.

Nun, es scheint, als wäre ihr Laurie Moran auf den Leim gegangen, die Produzentin von Unter Verdacht. *Der Sendung, die sich sogenannter Altfälle annimmt, die lange als unlösbar abgeschrieben wurden.* The Chatter *kann berichten, dass sich Casey seit ihrer Entlassung dreimal persönlich mit Moran getroffen hat, einmal bei sich zu Hause und zweimal in Morans Büro im Rockefeller Center. Sollte Casey bei dieser renommierten Sendung landen, wäre das in der Tat ein Coup.*

Aber halt, nicht so schnell! Moran gibt sich zwar so, als stünde sie auf Caseys Seite, aber sie scheint doch noch einiges in der Hinterhand zu haben.

Laurie spürte, wie ihr Vater über ihre Schulter mitlas. »Ihre Sprache allein ist schon kriminell«, murmelte sie.
»Schhh«, sagte Leo. »Lies weiter.«

Möglicherweise glaubt Casey, dass die TV-Produzentin ihre, Caseys, Sicht auf die Geschichte präsentieren wird, aber da sollte sie vielleicht noch mal umdenken. Es stellte sich nämlich heraus, dass sich ihre neue Freundin mit Leuten wie Gabrielle Lawson und Jason Gardner getroffen hat, und die sind nicht unbedingt als Casey-Freunde bekannt. Ganz im Gegenteil. Aufmerksame Chatter-Leser werden sich erinnern, dass die beiden während Caseys Prozess vernichtende Aussagen abgegeben haben.

Lawson, nur mal kurz zur Erinnerung, war die High-Society-Lady, die bereit gewesen wäre, Caseys Platz an Hunters Seite vor dem Traualtar einzunehmen. Und der schnöde Jason war Caseys Exfreund, der ausplauderte, dass das scheinbar so stille Dornröschen ihre liebe Not damit hatte, ihr Temperament unter Kontrolle zu behalten.

Wer Freunde wie diese hat, braucht keine Feinde mehr, oder? Zwölf Geschworene kamen einstimmig zu dem Urteil, dass Casey im Affekt Hunter umgebracht hat, weil er ihre Verlobung lösen wollte. Wenn Casey keine Strafverteidigerin an ihrer Seite hat, dürfte eine erfolgreiche Journalistin wie Laurie Moran das ganze Land leicht davon überzeugen, dass Casey als kaltblütige Mörderin doch viel zu milde davongekommen ist.

Casey, vielleicht meinst du, eine Fernsehsendung könnte dir helfen, ein neues Kapitel in deinem Leben aufzuschlagen, aber wenn du das liest, dann geh noch mal sehr gründlich in dich.

Meinst du wirklich, Gabrielle Lawson und Jason Gardner werden ihre Aussagen ändern? Gut möglich, dass du dir gewaltig die Finger verbrennst.

The Chatter *rät dir: Bleib lieber zu Hause und halte dich schön bedeckt.*

Laurie drückte auf den Knopf unten am Tablet, um das Display auszuschalten, und gab ihrem Sohn das Gerät zurück.

»Mom, woher weiß diese Website so viel über deine Sendung? Und stimmt das alles, was da steht?«

Jedes einzelne Wort, dachte Laurie. Sie wusste bereits – und vermutete es zumindest stark –, dass Gabrielle gern Informationen an Mindy Sampson weitergab, aber dieser Beitrag enthielt mehr Informationen, als Gabrielle allein hätte zusammentragen können. Gabrielle wusste lediglich, dass Laurie Caseys Fall in der nächsten Sendung behandeln wollte. Da würde es naheliegen, dass die verantwortliche Produzentin dafür natürlich auch mit Caseys Exfreund sprach, der sich über sie ausführlich in Buchform ausgelassen hatte. Aber woher wollte sie wissen, wie oft sich Laurie mit Casey getroffen hatte, und wann? Jeder, der das erriet, konnte genauso gut Pferdewetten abschließen.

Sie ließ sich den Text noch einmal durch den Kopf gehen, und wieder musste sie sich eingestehen, dass sie nicht die geringste Ahnung hatte, wer Mindy Sampson die Informationen hatte liefern können. Und plötzlich musste sie an etwas denken, was erst wenige Stunden zurücklag. *Sie mögen vielleicht ein guter Anwalt sein, aber Sie haben sich hier auf etwas eingelassen, bei dem Sie wenig Interesse zeigen, dazuzulernen.*

Ryan Nichols. Hatte er vor, ihr eins auszuwischen? Sofort wollte sie den Gedanken als paranoid verwerfen, aber Grace, Jerry und Ryan waren nun mal die Einzigen, die diese Informationen anderen hätten zuspielen können. Grace und Jerry vertraute sie bedingungslos, über ihren neuen Moderator wusste sie hingegen so gut wie nichts, außer dass er so versessen darauf war, vor die Kamera zu kommen, dass er dafür eine vielversprechende juristische Karriere aufgegeben hatte. War er die undichte Stelle, aus der Informationen nach draußen sickerten und Gerüchte erzeugten, die das Interesse an der Sendung anfachten? War das sein erster Schritt, um ihre, Lauries, Position zu schwächen und sie aus ihrem Job zu drängen? Der beste Kumpel seines Onkels, Brett, belohnte jeden, dessen Ideen die Einschaltquoten nach oben trieben.

Wie sagt man so schön? Nur weil man paranoid ist, heißt das noch lange nicht, dass es da draußen keinen gibt, der es auf einen abgesehen hätte.

Sie überlegte immer noch, ob sie Ryan trauen konnte, als ihr Handy auf der Küchentheke klingelte. Es war Alex. Zum ersten Mal, seitdem sie sich kannten, zögerte sie, seinen Anruf entgegenzunehmen.

Schließlich, nach dreieinhalb Klingeln, meldete sie sich.
»Hallo.«
»Ebenfalls Hallo.«
»Wie war deine Rede an der NYU?« Sie hatten sich nicht mehr gesprochen, seitdem sie in seiner Kanzlei gewesen war und ihn zu seiner Beziehung zur Raleigh-Familie befragt hatte.

»Gut. Mein Freund hat seine Vorstellung als Lehrstuhlinhaber sehr genossen. Für mich ist es ja bloß ein Titel, trotzdem war es schön, ihn auf diese Weise ausgezeichnet zu sehen. Aber das Essen, denke ich, hätte dich mehr beeindruckt. Es gab diese winzigen Cupcakes von Baked by Melissa, die du so gerne magst.«

»Die sind köstlich, einfach köstlich.« Sie hörte ihn lächeln. Und bevor sie sich versah, waren zwanzig Minuten rum, und sie hatten ganz entspannt über die aktuelle Lokalstory der *Post* geplaudert, über einen neuen Mandanten, den Alex am Tag zuvor an Land gezogen hatte, und über dies und das.

Und gerade, als sie ihre Paranoia – wegen Ryan, wegen Alex –, als völlig albern abtun wollte, erkundigte er sich unvermittelt nach Casey. »Du hast dich also entschieden, ihren Fall in die Sendung zu nehmen.«

Es klang wie eine Feststellung, nicht wie eine Frage. Soweit sie wusste, hatte *The Chatter* diese Neuigkeit gebracht. Aber sie konnte sich nicht vorstellen, dass Alex regelmäßig Mindy Sampsons Blog verfolgte. Timmy hatte einen Google Alert auf ihren Namen eingerichtet, hatte Alex das möglicherweise auch getan? Oder war er einfach nur bemüht, über Casey auf dem Laufenden zu bleiben? Oder bildete sie sich das alles bloß ein?

Es gab nur eine Möglichkeit, um das herauszufinden. »Ich gehe davon aus, du hast den Artikel gesehen?«

Er stutzte. Zumindest glaubte sie das. »Welchen Artikel?«

»Auf einer Website, die sich *The Chatter* nennt.« Erst als sie es aussprach, wurde ihr bewusst, dass seine Reaktion keine direkte Antwort auf ihre Frage gewesen war – so wie er ihr schon neulich nicht auf ihre Frage geantwortet hatte, warum er nicht wollte, dass sie an diesem Fall arbeitete. »Ich weiß nicht, wie Mindy das mit der Sendung herausgefunden hat«, erklärte Laurie. »Außerdem kennt sie zwei meiner Zeugen.«

Am anderen Ende der Leitung wurde es still.

»Bist du noch da, Alex?«

»Entschuldige, ich denke nur nach.«

»Bei einem so hochkarätigen Fall spricht es sich vermutlich unweigerlich herum, wenn ich Erkundigungen einziehe«, dachte sie laut nach. »Außerdem hätte auf die beiden namentlich erwähnten Zeugen jeder kommen können.«

»Oder jemand Internes gibt Informationen weiter«, sagte er in sehr ernstem Ton.

»Mir ist der Gedanke gekommen, dass Ryan Nichols ganz eigene Interessen verfolgen könnte.«

»Oder jemand will dafür sorgen, dass es dir sehr schwerfällt, die öffentliche Meinung zugunsten von Casey zu beeinflussen. Ist deine Entscheidung endgültig, Laurie? Vielleicht kann ich dir helfen, einen anderen Fall zu finden, der Brett zufriedenstellt.«

Sie konnte sich des Gefühls nicht erwehren, dass er etwas zurückhielt, etwas ungemein Wichtiges. »Alex, bitte, wenn du etwas weißt ...«

»Ich weiß nichts.«

»Willst du mir nichts sagen, oder kannst du mir nichts sagen?«

Wieder schwieg er.

»Alex, was verschweigst du?«

»Du bist eine kluge Frau, Laurie. Du weißt, dass du es hier mit sehr mächtigen Menschen zu tun hast.«

»Alex ...«

»Versprich mir, vorsichtig zu sein.«

Er legte auf, bevor sie ihn fragen konnte, warum.

Sechs Stunden später wachte Laurie mitten in der Nacht auf, ihre Gedanken rasten. Sie griff zum Handy auf dem Nachttisch und öffnete ihre Mails. Eine neue Nachricht von Jason Gardner war eingetroffen, womit er bestätigte, an *Unter Verdacht* teilzunehmen. »Je mehr die Wahrheit ans Licht kommt, desto besser ist es«, schrieb er. Aber Laurie hatte das Gefühl, dass sein erster Anruf seinem Verleger gegolten hatte. Sie sah schon eine Neuauflage seines Buchs in naher Zukunft vor sich.

Caseys Exfreund war jedoch nicht der Grund gewesen, warum sie sich eingeloggt hatte. Sie setzte eine Mail an die IT-Abteilung der Fisher Blake Studios auf. *Erinnert ihr euch noch an die alten Online-Kommentare aus dem Hunter-Raleigh-Fall, nach denen ich mich erkundigt habe? Die von RIP_Hunter gepostet wurden? Schickt mir bitte so schnell wie möglich alles, was ihr davon habt.*

Die RIP_Hunter-Posts. Mindy Sampsons Insider-Wissen. Alex' Zurückhaltung. Irgendwie hatte sie das Gefühl, dass das alles zusammengehörte. Morgen, dachte sie, morgen werde ich mehr herausfinden.

35

Caseys Mutter lief im Wohnzimmer unaufhörlich im Kreis. Manchmal fragte sich Casey, ob ihre Mutter die Möbel absichtlich so gestellt hatte, damit sie besser ihre Runden drehen konnte.

»Ich wusste es«, stöhnte Paula. »Casey, du hast in ein Wespennest gestochen, als du mit dieser Frau vom Fernsehen geredet hast. Du bist noch keine zwei Wochen aus dem Gefängnis, und schon sind die Nachrichten voll mit dir.«

Casey hatte sich im Schneidersitz in einem Sessel niedergelassen, ihr gegenüber saßen ihre Cousine Angela und deren Freundin Charlotte. Angela war mit Charlotte noch in der Stadt gewesen, als Casey sie völlig aufgelöst wegen des letzten Postings von Mindy Sampson angerufen hatte. Charlotte hatte schließlich darauf bestanden, Angela nach Connecticut zu fahren. Jetzt aber hätte sie sich am liebsten unsichtbar gemacht, damit sie Paulas missbilligenden Blick nicht mehr ertragen musste.

Nur gut, dass meine Mutter nicht Poker spielt, dachte Casey. Sonst hätte sie kein Dach mehr über dem Kopf, so deutlich, wie ihrer Miene immer abzulesen ist, was in ihr vorgeht. Ihre Mutter hatte kein Vertrauen zu Laurie Moran, und deshalb stand sie nun auch ihrer Freundin Charlotte skeptisch gegenüber.

»Woher willst du wissen, dass du dieser Produzentin vertrauen kannst, Casey?«, fuhr ihre Mutter fort. »Du bist ihr doch völlig egal. Ihr geht es nur um die Einschaltquoten. Das nennt man einen Interessenkonflikt. Wahrscheinlich füttert sie die

Boulevardzeitungen häppchenweise mit Informationen, um das öffentliche Interesse zu steigern.«

»Das wissen wir nicht, Mom.«

Abrupt blieb Paula stehen. »*Halt den Mund*, Casey!« Casey konnte sich nicht erinnern, von ihrer Mutter jemals so angegangen worden zu sein. »Was ist bloß mit dir los? Du benimmst dich, als wärst du süchtig nach Katastrophen. Du sorgst dafür, dass dein Leben im Chaos versinkt, und lässt dir von niemandem etwas sagen. Deswegen bist du überhaupt erst in das Ganze geraten.«

Im Zimmer war es still, finster starrte Casey ihre Mutter an. »Los, Mom, sag es schon! Du denkst es dir doch! Du hast es dir doch immer gedacht.«

Ihr Mutter schüttelte zwar den Kopf, wies den Vorwurf aber nicht ausdrücklich zurück.

Angela griff nach der Hand ihrer Tante. »Das ist jetzt alles zu viel«, sagte sie leise. »Es ist schon spät, und ihr beide seid aufgebracht. Wollt ihr nicht erst eine Nacht darüber schlafen und morgen weiterreden?«

»Warum?« Paula hob hilflos die Hände. »Sie macht doch sowieso, was sie will.«

Casey hielt ihre Mutter nicht auf, als sie das Zimmer verließ. Nachdem die Tür hinter Paula geschlossen und sie außer Hörweite war, atmete Casey erleichtert auf. »Ich weiß nicht, wie lange ich es noch ertrage. Eine von uns beiden wird das nicht überleben.«

»Mach darüber keine Witze«, sagte Charlotte.

Fast hätte Casey sie angefahren, dass sie sich um ihren eigenen Kram kümmern solle, schwieg dann aber. Neben Laurie Moran war Charlotte die einzige neue Bekannte, die seit ihrer Entlassung freundlich zu ihr gewesen war. Und jetzt geht sie mir so unglaublich auf die Nerven, dachte sie. War ich immer schon so gemein? Oder hat das Gefängnis mich dazu gemacht?

»Ihr wisst nicht, wie es ist«, sagte sie. »Meine Eltern haben zu mir gehalten, aber sie haben mir nie abgenommen, dass ich in die Sache reingeritten wurde. Wisst ihr, dass sie sogar in der Kirche für mich betet? Ständig erzählt sie mir, ich hätte meine Schuld gegenüber der Gesellschaft verbüßt ... als wäre ich je schuldig gewesen. Ich schwöre, manchmal wünsche ich mir sogar, ich wäre wieder in der Zelle.«

Vorsichtig ergriff Angela erneut das Wort. »Casey, nimm es mir nicht übel, aber deine Mutter hat nicht ganz unrecht. Du hast wirklich in ein Wespennest gestochen. RIP_Hunter postet schlimme Kommentare über dich. Und irgendwie ist es dieser *Chatter*-Website gelungen, an interne Informationen über die Sendung zu kommen ...«

»Es war nicht Laurie«, fiel ihr Charlotte sofort ins Wort.

»Es spielt keine Rolle, ob es Laurie war oder nicht«, entgegnete Angela. »Mir geht es nur darum: Du wolltest diese Sendung, um deine Unschuld zu beweisen, doch der Schuss geht jetzt möglicherweise nach hinten los. Ich dachte, Jason Gardner oder Gabrielle Lawson gehören unter Umständen zu den Verdächtigen, aber ohne neue Beweise werden sie bloß die fürchterlichen Dinge wiederholen, die sie schon beim Prozess über dich gesagt haben. Willst du wirklich, dass erneut alles Negative aus deiner Vergangenheit in die Öffentlichkeit gezerrt wird?«

»Was willst du damit sagen?«, fragte Casey.

»Dass du dir die Sache noch mal gut überlegen solltest, Casey. Deine Mutter hat vielleicht recht ...«

»Dass ich *schuldig* bin?« Casey hörte selbst, wie wütend sie klang. Sie spürte Charlottes stechenden Blick auf sich.

»Nein«, sagte Angela. »Sondern dass du dich eine Weile bedeckt halten solltest. Gib dir Zeit, um in deinem neuen Leben Fuß zu fassen.«

»Auf keinen Fall«, herrschte Casey sie an. »Ich weiß, ihr wollt auf mich aufpassen, aber ihr versteht das nicht. Ich mache es nicht nur, um meine Unschuld zu beweisen. Ich mache es auch für Hunter. Das bin ich ihm schuldig.«

»Du kannst doch nicht dir die Schuld dafür geben ...«

»Aber ich tue es! Kapiert ihr es nicht? Jemand hat mir etwas ins Getränk gekippt und ihn umgebracht. Hätte ich an dem Abend keinen Alkohol getrunken, hätten wir schon früher gewusst, dass etwas nicht stimmen kann. Wir hätten die Gala verlassen und wären zur Notaufnahme gefahren. Ich wäre nicht ohnmächtig geworden. Und er wäre nicht zu Hause gewesen. Aber ich dachte, ich hätte vielleicht zu viel getrunken. Wäre ich nicht gewesen, wäre er noch am Leben.«

Casey begann zu schluchzen. Angela umarmte sie, aber als sich Casey wieder gefangen hatte, sah sie direkt zu Charlotte Pierce. »Sagen Sie es mir, Charlotte: Kann ich Laurie Moran vertrauen?«

»Voll und ganz«, antwortete Charlotte, ohne zu zögern.

»Also Schluss damit! Ich will kein Wort mehr darüber hören, dass ich die Sendung absagen soll. Es reicht, ich habe lange genug geschwiegen.«

Als Casey nachts im Bett lag, lauschte sie, ob ihre Mutter wieder durchs Haus geisterte, hörte aber nichts. Sie überlegte, ob sie zu ihr sollte, um sich bei ihr zu entschuldigen, wollte sie aber nicht erneut provozieren. Es konnte bis zum Morgen warten.

Sie griff zu ihrem iPad und las erneut Mindy Sampsons Blog. *Meinst du wirklich, Gabrielle Lawson und Jason Gardner werden ihre Aussagen ändern? Gut möglich, dass du dir gewaltig die Finger verbrennst.*

Als sie das mit Photoshop aufbereitete, weichgezeichnete Bild von Gabrielle sah, spürte sie Zorn in sich aufsteigen. Sie wäre bereit gewesen, noch einmal für fünfzehn Jahre ins Gefängnis zu gehen, nur um miterleben zu dürfen, wie dieser schrecklichen Frau ihr verdientes Schicksal zuteil wurde.

Mindy Sampsons Ausführungen stimmten nicht in allen Punkten, aber sie hatte sicherlich recht, was Caseys Gefühle gegenüber Gabrielle Lawson anbelangte. Wut war gar kein Ausdruck für das, was sie empfunden hatte, als sie damals die *Chatter*-Kolumne über Hunter und diese fürchterliche Frau gesehen hatte. War ihm nicht klar gewesen, was für einen Eindruck das machen würde? Die Kolleginnen in der Arbeit hatten danach über mich geredet, als wäre ich eine Idiotin!

Was andere als ihr aufbrausendes Temperament beschrieben, war einfach nur ihre Lust, Ideen und kontroverse Gedanken zu formulieren und auszudiskutieren. Aber an dem Tag? An dem Tag war sie richtig wütend gewesen.

Kurz bevor sie einschlief, sprach sie die Worte laut vor sich hin, in der Hoffnung, derjenige, an den sie gerichtet waren, könnte sie irgendwie hören: »Es tut mir leid, Hunter. Es tut mir so unendlich leid.«

36

Eine Woche später war jede freie Fläche in Lauries sonst so aufgeräumtem Büro mit Papieren bedeckt. Drei mehrfarbig beschriebene Whiteboards standen um ihren Konferenztisch.

Jerry fuhr sich mit den Fingern so heftig durch die Haare, dass Laurie schon fürchtete, er könnte vorzeitig kahl werden. Als sie mit den Vorbereitungen zur Sendung begonnen hatten, schien sich alles wie von allein zu fügen. Hunters Familie erklärte sich zur Teilnahme bereit. Die Suche nach den passenden Locations war ein Kinderspiel: Die wichtigsten Drehorte waren das Cipriani und das Landhaus, das mittlerweile Hunters Bruder gehörte. Durch die Prozessakten lagen die Fakten bereits aufbereitet vor. Aber jetzt versanken sie im Papierwust – es waren noch drei Tage bis zum Produktionsbeginn –, und Laurie bedauerte, sich Bretts übereiltem Fahrplan nicht stärker widersetzt zu haben.

Der Großteil der Unordnung in ihrem Büro rührte daher, dass Laurie unbedingt den Internet-User identifizieren wollte, der sich selbst als RIP_Hunter bezeichnete.

»Privatsphäre – von wegen!«, rief Jerry frustriert. »Es muss doch möglich sein, herauszufinden, wer das alles gepostet hat.«

Monica von der IT versuchte zum x-ten Mal, die Erwartungen zu dämpfen. Sie war neunundzwanzig, schlank und knapp einen Meter fünfundfünfzig groß. Andere aus der IT-Abteilung konnten mehr Erfahrung vorweisen, aber Laurie vertraute bei allen Computerproblemen auf Monica. Sie war gründlich und in der Lage, technische Probleme mit ganz einfachen Worten zu erklären.

»Ihr vergesst«, erläuterte Monica, »dass vor fünfzehn Jahren das Internet von den meisten Leuten als eine Art digitale Anschlagtafel verwendet wurde. Wer es nutzte, galt als wahnsinnig modern, aber meistens flossen die Informationen nur in eine Richtung. Man rief Seiten auf und las sie. Der Gedanke, dass man darauf reagieren, dass man sich sogar mit anderen austauschen konnte, war revolutionär. Nachrichtenmedien stellten Inhalte online, aber es gab kaum Möglichkeiten, auf sie zu antworten.«

»Ach, wie vermisse ich diese Zeiten«, seufzte Laurie. Ihrer Meinung nach wurden im Web häufig nur die extremsten Standpunkte geäußert. Die Seiten ihrer eigenen Sendung in den sozialen Medien waren meist voller Lob von ihren Kunden und ihren Website-Besuchern, deshalb trafen Laurie die gehässigen Kommentare umso mehr.

Monica tippte weiter auf der Tastatur herum. »Der Wunsch, sich selbst einzubringen, der war schon da«, fuhr sie fort. »Aber die Seiten der Mainstream-Medien stellten damals noch keine eigenen Foren bereit. Die frühen User fanden Gleichgesinnte über Internetforen. Zum Glück habe ich einige Seiten gefunden, auf denen Inhalte archiviert werden. Es hat Tage gedauert, alle Forenbeiträge über Hunters Ermordung und Caseys Prozess auszudrucken. Wenn die Seiten noch online wären, könnte man versuchen, an die jeweiligen IP-Adressen ranzukommen. Aber diese Seiten sind nicht mehr aktiv.«

»Und das heißt?«, fragte Grace.

»Was wir hier vor uns haben, sind nur die Texte, als wären sie auf einer Schreibmaschine abgetippt. Aber auf die dahinterliegenden zugehörigen Daten haben wir keinen Zugriff mehr. Kurz gesagt, man müsste schon ein Hellseher sein, wenn man herausfinden wollte, wer das ganze Zeug geschrieben hat.«

Hunters Ermordung hatte landesweit für Schlagzeilen gesorgt. Für die Öffentlichkeit wurde aus Casey, der trauernden

Freundin, schnell die »mutmaßliche« Täterin. Mit Monicas Hilfe hatten sie auch Tausende Online-Kommentare gesichtet, die in diversen Foren über den Prozess erschienen waren.

In einem ersten Schritt hatten sie sämtliche Kommentare identifiziert, die von dem User »RIP_Hunter« stammten. Als sie dessen Posts der Reihe nach lasen, konnten sie zwei Trends feststellen. Wenn der Autor Fakten präsentierte, dann immer sehr bestimmt, als wäre er im Besitz von Insider-Informationen über Casey und Hunter. So hieß es zum Beispiel: *Alle Freunde von Casey wissen,* oder: *Casey neigte schon immer zu Wutanfällen,* oder *Casey macht anderen immer etwas vor, und außerdem geht sie gern den Weg des geringsten Widerstands.* Während des gesamten Prozesses hatte es den Anschein, als würde jemand mit Insider-Informationen Casey »trollen« und Mindy Sampson mit Klatsch versorgen.

Jerry schließlich fiel ein weiteres, weit weniger offensichtliches Charakteristikum auf. Der Autor neigte dazu, zusätzliche Argumente mit »und außerdem« anzuschließen. *Jeder, der Casey kennt, wird bestätigen, dass sie das letzte Wort haben musste, und außerdem wollte sie immer im Mittelpunkt stehen.*

In der Annahme, dass der Autor hinter RIP_Hunter auch andere Kommentare gepostet hatte, fand Monica weitere siebenundfünfzig Postings über den Prozess, die auf Wissen aus erster Hand zu basieren schienen, und weitere zwanzig mit der Phrase »und außerdem«, wobei sich einige Einträge zwischen den beiden Gruppen überschnitten.

»Ein Hoch auf unsere organisatorischen Fertigkeiten«, sagte Laurie, »aber was in aller Welt fangen wir jetzt damit an?« Sie ließ sich auf das Sofa in ihrem Büro fallen. In ihrem Kopf begann nach der eingehenden Lektüre der unzähligen Ausdrucke schon alles zu verschwimmen.

Sie griff sich einen Notizblock und erstellte eine Liste mit ihren unbeantworteten Fragen: Wer war RIP_Hunter? Wer informierte Mindy Sampson über ihre Sendung? Warum warnte Alex sie, vorsichtig zu sein, und hatte das mit der Tatsache zu tun, dass Alex als Jurastudent General James Raleigh kennengelernt hatte? Ließ Hunter die Finanzen der Stiftung gegenprüfen, und hatte das mit Mark Templetons vier Jahre später erfolgtem Ausscheiden aus der Stiftung zu tun?

Laurie musste an Ockhams Rasiermesser denken: das Prinzip, dem zufolge die einfachste Erklärung immer vorzuziehen sei. Gab es irgendetwas, was diese losen Fäden miteinander verbinden konnte?

Sie bemerkte kaum, dass ihr Telefon klingelte, bis Grace, die abgehoben hatte, ihr sagte, General Raleighs Assistentin Mary Jane Finder sei in der Leitung. »Sie will wissen, wie viel Zeit sie für das Interview mit dem General und ihr veranschlagen soll. Ich habe ihr gesagt, dass wir durchaus flexibel sind, wenn sie anderweitig beschäftigt seien, aber sie meint, der Terminplan sei rund ums Jahr eng. Außerdem sagt sie, Arden dränge auf Seiten – was immer das heißen mag.«

»Er arbeitet an seinen Memoiren«, sagte Laurie. Irgendwas an Graces Frage ließ sie stutzen, aber sie konnte es nicht benennen. Wahrscheinlich die Tatsache, dass sie nicht die geringste Ahnung hatte, wie lange Ryan für seine Interviews brauchte. Würde sie sich jemals daran gewöhnen, mit Ryan statt mit Alex zusammenzuarbeiten? »Es wäre schön, wenn er für uns eine Stunde erübrigen könnte. Ich nehme an, sie selbst ist flexibler.«

Von allen von Casey genannten potenziellen Verdächtigen schien Mary Jane die am wenigsten wahrscheinliche zu sein. Hunter hatte ihr argwöhnisch gegenübergestanden, aber fünfzehn Jahre später arbeitete sie immer noch als anscheinend pflichtgetreue Sekretärin für seinen Vater. Und General Raleigh machte nicht den Eindruck, als ließe er sich leicht ausnutzen.

Während Grace am Telefon sprach, kehrte Laurie zu ihrer

Fragenliste zurück, nur wollte ihr jetzt ein Wort nicht aus dem Kopf. *Arden.* Das hatte sie doch erst vor Kurzem gehört. Wer hatte noch von einem Verlag gesprochen? Und dann fiel ihr das Gespräch mit Caseys Exfreund Jason wieder ein. *Ich gebe ja zu, es war ein wenig unfair, sie im Buchtitel Crazy Casey zu nennen. Der Arden-Verlag hat, um ehrlich zu sein, darauf bestanden.* Konnte es sein, dass General Raleigh und Jason beim selben Verlag veröffentlichen?

»Jerry, als du dich mit Mark Templeton unterhalten hast, hast du ihn da auf die zeitliche Lücke zwischen seiner Kündigung bei der Raleigh-Stiftung und dem Antritt seiner neuen Stelle bei Holly's Kids angesprochen?«

»Nein. Wie gesagt, ich wollte den Anschein erwecken, als würden wir mit ihm nur über seine Begegnung mit Casey und Hunter während der Gala reden wollen. Ich dachte mir, wenn, dann solltest du ihm wegen der Gerüchte zur Finanzsituation der Stiftung auf den Zahn fühlen.«

Laurie ging zu ihrem Computer, gab *Holly's Kids* in die Suchmaske ein und gelangte von dort auf die Website des gemeinnützigen Unternehmens, in dem Mark Templeton als Vorstand angestellt war. Sie klickte auf die Liste des Verwaltungsrats, und sofort fiel ihr Blick auf einen ganz bestimmten Namen: Holly Bloom – nach der Holly's Kids benannt zu sein schien – war als Verwaltungsrätin und Gründerin aufgeführt. Laurie klickte sich zu ihrem biografischen Abriss durch und drehte den Bildschirm anschließend zu Jerry. »Die Holly von Holly's Kids sitzt auch in der Geschäftsführung von Arden, dem Verlag, in dem Jason Gardners Buch erschienen ist und in dem General Raleighs Memoiren bald erscheinen werden.«

Jerry starrte auf den Bildschirm. »Aber hallo! Das wirft ja ein ganz neues Licht auf die Sache.«

Laurie wusste immer noch nicht, wer Hunter Raleigh umgebracht hatte oder ob Casey Carter überhaupt unschuldig war.

Aber langsam fügten sich gewisse Teile des Puzzles zusammen. Sollte sie richtig liegen, dann hatte Casey niemals ein faires Verfahren gehabt.

Sie griff zum Telefon und rief ihren Vater an. »Dad, ich muss dich um einen Gefallen bitten. Kennst du zufällig jemanden bei der Staatspolizei von Connecticut?«

»Klar. Ich bin vielleicht nicht mehr im Dienst, aber mein alter Rolodex leistet mir immer noch treue Dienste.«

»Kannst du dich mal umhören, ob jemand, der damals mit dem Mordfall Hunter Raleigh befasst war, sich bereit erklären würde, mit mir zu reden – ganz inoffiziell?« Da fiel ihr ein, dass er sich vergangene Woche voller Wehmut danach gesehnt hatte, wieder an Ermittlungen beteiligt zu sein. »Und vielleicht kannst du mich ja begleiten.«

37

Am nächsten Morgen wartete Leo in zweiter Reihe vor Lauries Apartmentgebäude hinter dem Steuer eines Mietwagens. Er hatte die Warnblinkanlage eingeschaltet.

»Danke, Dad«, sagte Laurie, als sie sich auf dem Beifahrersitz niederließ.

»Dafür ebenfalls«, sagte er und reichte ihr einen der beiden Starbucks-Becher aus der Mittelkonsole.

»Du bist doch der beste Dad *und* Chauffeur.«

Am Tag zuvor hatte Leo seinen Freund, den ehemaligen Polizeichef der Staatspolizei von Connecticut, angerufen und um ein Treffen mit Detective Joseph McIntosh gebeten, der die Ermittlungen im Mordfall Hunter Raleigh geleitet hatte.

»Also, wer übernimmt heute meinen Job?«, fragte er.

»Kara.«

»Gut. Timmy mag sie.«

Sosehr Timmy seiner Mutter gegenüber auch immer darauf pochte, dass er keinen Babysitter mehr brauchte, der, wenn sein Großvater mal keine Zeit hatte, ihn zur Schule brachte und wieder abholte, so schnell verstummten seine Proteste, wenn Kara sich angemeldet hatte. Sie interessierte sich für Sport, backte Pfannkuchen mit Schokostreusel und teilte Timmys wachsende Liebe für Jazz.

»Aber dich schlägt keiner, wenn es nach Timmy geht, Dad. Du kennst den Weg?«

»Ist schon ins Navi eingegeben. Dann also los zu Detective McIntosh!«

Detective Joseph McIntosh arbeitete noch immer für die Staatspolizei von Connecticut, mittlerweile allerdings im Dienstrang eines Lieutenant. Er wirkte nicht besonders glücklich, Laurie zu treffen, ihren Vater aber begrüßte er umso herzlicher. »Polizeichef Miller hat nur Gutes über Sie zu sagen, Mr. Farley.«

Schnell stellte sich heraus, dass McIntosh keine Zweifel an Caseys Schuld hatte. »Sie müssen sich mal vorstellen, die Anwältin der Verteidigung hat mir unterstellen wollen, ich wäre für das Rohypnol in Caseys Handtasche verantwortlich gewesen. Dabei waren wir doch auf ihrer Seite, bis wir die Tabletten fanden. Sie machte einen sehr verwirrten Eindruck, als wir am Tatort eintrafen. Auf Schmauchspuren untersuchten wir sie doch nur, weil die Dienstvorschriften es vorsehen. Für uns war sie erst mal nur ein Opfer, das gewaltsam ihren Verlobten verloren hatte. Und ihr Unwohlsein, so sah es aus, hatte ihr das Leben gerettet. Dann traf ihre Cousine ein, und die schlug vor, dass wir bei Casey Carter Blut abnehmen, um zu prüfen, ob sie unter Drogen gesetzt wurde. Ms. Carter willigte ein, also baten wir einen Sanitäter vor Ort, die Blutentnahme durchzuführen. Später stellte sich heraus, dass sie Rohypnol im Blut hatte. Aber zu diesem Zeitpunkt gingen wir immer noch davon aus, dass der Mörder sie unter Drogen gesetzt hat.«

»Welchen Eindruck vermittelte Hunters Vater James Raleigh, als Sie ihm mitteilten, dass sein Sohn tot war?«, fragte Laurie. »Hat er Casey verdächtigt?«

McIntosh lächelte verhalten. »Verstehe, worauf Sie hinauswollen. Eine mächtige Familie, die natürlich Antworten haben wollte. Sie fragen sich, wer da vielleicht die Finger mit im Spiel hatte.«

Laurie versuchte nur das, was sie wusste, in einen sinnvollen Zusammenhang zu bringen, aber ja, genau diese Frage stellte sie sich. Es war kein Geheimnis, dass James seinen Sohn unter Druck gesetzt hatte und von ihm forderte, die Hochzeit mit einer als problematisch erachteten Frau abzusagen. Dann veröffentlichte Mindy Sampson ein Foto von Hunter mit Gabrielle Lawson, kurz darauf wurde er ermordet, und natürlich musste sein Vater danach fast unweigerlich Casey – deren Eifersucht in der Familie bekannt war – als Mörderin verdächtigen.

War es also möglich, dass General Raleigh einiges darangesetzt hatte, damit sich die Waagschalen der Gerechtigkeit zu ihren Ungunsten neigten? Wer immer hinter den RIP_Hunter-Kommentaren steckte, derjenige machte jedenfalls aus seiner großen Zuneigung für Hunter keinen Hehl. Hatte der General sie verfasst? Zum Zeitpunkt des Mordes war er Mitte sechzig, etwas alt für einen frühen Internet-User. Aber vielleicht hatte Mary Jane ihm geholfen. War er noch weiter gegangen und hatte die Polizei bestochen, damit sie Casey belastete? Wenn das der Fall war und Mark Templeton davon gewusst hatte, würde das erklären, warum der General öffentlich den ausgeschiedenen Finanzvorstand würdigte, obwohl die Raleigh-Stiftung finanziell anscheinend schwer angeschlagen war. Es konnte kein Zufall sein, dass die Frau, die die Memoiren des Generals veröffentlichte, auch Templeton in ihrem gemeinnützigen Unternehmen angestellt und dazu noch Jason Gardners äußerst negatives Buch über Casey herausgebracht hatte. Schließlich fragte sich Laurie abermals, warum Alex sie davor gewarnt hatte, den Fall zu übernehmen.

Sie war nicht bereit, Lieutenant McIntosh alle ihre Verdachtsmomente mitzuteilen. »Hat General Raleigh sofort Casey in Verdacht gehabt?«, fragte sie. »Oder kam er erst im Lauf der Zeit zu dieser Schlussfolgerung?«

»Nun, seine erste Reaktion war Trauer und Entsetzen. Dann fragte er, ob Casey was zugestoßen sei. Als ich verneinte, sagte er, und ich zitiere: *Ich sage es Ihnen ohne Umschweife: Sie hat ihn umgebracht.* Also ja, ich denke, man kann durchaus sagen, dass er sie in Verdacht hatte. Aber ich lasse mir von niemandem etwas vorschreiben, auch nicht von General James Raleigh. Wir haben umfangreiche Ermittlungen durchgeführt, und alle Indizien – da gibt es keinen Zweifel –, haben auf Casey als Täterin hingedeutet.«

»Haben Sie herausgefunden, woher sie das Rohypnol hatte?«

Er schüttelte den Kopf. »Das wäre nicht schlecht gewesen, aber das Medikament hat man schon damals ganz leicht auf der Straße bekommen. Ich habe gehört, Ihre Sendung will sich mit dem Fall beschäftigen. Ich kann mir beim besten Willen nicht vorstellen, was Sie damit noch beweisen wollen. Wir hatten alles, was nötig war – Tathergang, Motiv und Gelegenheit.«

Laurie hörte geduldig zu, als McIntosh ihr noch mal den Fall im Detail darlegte. Tathergang: Als Hunters zukünftige Frau hatte sich Casey sein Hobby, das Schießen, zu eigen gemacht und auch gewusst, wo er seine Waffen aufbewahrte. Die ersten Schüsse gab sie im Wohnzimmer auf Hunter ab. Als sie ihn verfehlte, rannte Hunter ins Schlafzimmer, vielleicht, um sich dort einzuschließen und zur Selbstverteidigung zu einer anderen Waffe zu greifen. Nachdem er dort in der Falle saß, gab Casey die beiden tödlichen Schüsse auf ihn ab.

Motiv: Die Verlobung mit einem Mitglied der Raleigh-Familie verbesserte Caseys sozialen Status enorm. Daneben war sie extrem eifersüchtig. Hunters Vater drängte ihn, die Beziehung mit Casey zu beenden, und nur wenige Tage vor seiner Ermordung wurde Hunter zusammen mit Gabrielle Lawson gesehen. Nachdem dies bekannt wurde, mussten sogar Caseys ehemalige Freunde eingestehen, dass sie möglicherweise »ausgetickt« war, als Hunter ihre Verlobung auflöste.

Gelegenheit: Casey täuschte ihre Übelkeit nur vor, um sich damit ein teilweises Alibi zu verschaffen, und nach dem Mord behauptete sie, tief und fest geschlafen zu haben. Nachdem sie Hunter erschossen hatte, nahm sie Rohypnol, damit es so aussah, als hätte jemand sie unter Drogen gesetzt.

»Sie hätten ihr Gesicht sehen sollen, als sogar ihre eigene Anwältin beim Schlussplädoyer von ihrem ursprünglichen Kurs abwich«, sagte McIntosh. »Erst sagte die Anwältin, *sie war es nicht,* dann, *vielleicht war sie es doch, aber wenn, dann war sie nicht zurechnungsfähig.* Casey sah aus, als hätte sie ihre Anwältin am liebsten ebenfalls ins Grab befördert. So stark waren unsere Argumente: Sogar die Anwältin der Verteidigung konnte ihnen nichts entgegensetzen. Wenn Sie mich fragen, die Geschworenen hatten einfach nicht den Nerv, eine attraktive junge Frau lebenslänglich hinter Gitter zu bringen. Totschlag? Wie soll man glauben, dass sie im Affekt gehandelt hat, wenn es keine Erklärung dafür gibt, warum sie die Medikamente in ihrer Handtasche hatte? Sie hatte die Tabletten doch nicht einfach so zum Spaß dabei.«

Hier unterbrach Leo den Lieutenant. »Deshalb hat die Verteidigerin Sie beschuldigt, ihr die Tabletten untergeschoben oder Indizien manipuliert zu haben.«

»Sie hat diese Möglichkeit angesprochen, ja. Sie meinte, vielleicht hat der wahre Täter sie ihr in die Tasche gelegt, sie ging sogar so weit zu behaupten, dass die Tabletten, die ich Casey abgenommen habe, nicht diejenigen waren, die untersucht wurden. Sie seien irgendwie vertauscht worden. Aber ich sage es noch einmal, Casey gehörte zu diesem Zeitpunkt gar nicht zu unseren Verdächtigen. Wir haben sie in Begleitung ihrer Cousine in ihre Wohnung in der Stadt zurückkehren lassen, während wir den Tatort sicherten. Bei Mordermittlungen sind wir sehr gründlich. Glauben Sie mir, das Letzte, was ich in oder in der Nähe ihrer Handtasche vermutet habe, waren sogenannte K.o.-Tropfen.«

»Brauchten Sie nicht einen richterlichen Beschluss, um ihre Handtasche zu durchsuchen?«

»Nein, sie lag am Tatort, auf der Couch, hinter einem Kissen. Sie war umgedreht, und die Tabletten waren deutlich zu sehen.«

»Sie wussten von Anfang an, worum es sich handelt?«, fragte Laurie.

Er nickte. »Der Name des Pharmakonzerns befand sich auf dem Etikett. Wir erkannten es sofort, da wir immer häufiger mit diesem Medikament zu tun hatten.«

Laurie nahm erleichtert zur Kenntnis, wie gründlich die Beamten den Tatort durchsucht hatten. »Ist Ihnen zufällig ein gerahmtes Foto von Hunter mit dem Präsidenten aufgefallen? Ein Foto in einem Kristallrahmen?«

Er schüttelte den Kopf. »Daran kann ich mich nicht erinnern. Keine Ahnung, aber normalerweise habe ich für solche Dinge ein ganz gutes Gedächtnis. Warum?«

Sie erzählte ihm von dem Foto, das sich vor der Tat auf Hunters Nachttisch befunden hatte.

»Vielleicht irrt sich die Haushälterin, was den Zeitpunkt betrifft«, sagte er. »Hunter hatte noch eine Wohnung und ein Büro in der Stadt. Er hätte es dorthin mitnehmen können. Oder der Rahmen ist zerbrochen. Es gibt unzählige Erklärungen. Wie auch immer, aber einzig und allein wegen eines fehlenden Fotos das gesamte Gerichtsverfahren anzuzweifeln, ist meiner Ansicht nach etwas übertrieben.«

Leo schien ihm zuzustimmen, wie Laurie bemerkte, als er den Blickkontakt mit ihr mied.

»Was wissen Sie noch über Mark Templeton?«, fragte sie und wechselte das Thema.

»Der Name kommt mir bekannt vor ...«

»Er war Finanzvorstand der Raleigh-Stiftung und zudem einer von Hunters engsten Freunden.«

»Ach ja, stimmt. Guter Mann. Er war völlig fertig.«

»Haben Sie überprüft, ob er für den Tatzeitpunkt ein Alibi hatte?«

McIntosh lachte. »Sie werfen Ihr Netz wirklich weit aus, was? Gut, ich würde es nicht so nennen, aber wir hatten für jede

Person, mit der wir über diesen Abend gesprochen haben, eine Art Zeitablauf erstellt. Hunters Vater hatte einige VIP-Geldgeber in seinen Privatclub zu einem Absacker eingeladen. Sein Chauffeur brachte ihn von dort nach Hause, außerdem wohnte seine Assistentin mit im Haus. Falls Sie also General Raleigh verdächtigen« – der Spott war nicht zu überhören – »sein Alibi ist bombensicher. Alle anderen an Hunters Tisch fuhren von der Gala gleich nach Hause.«

Laurie kannte die Sitzordnung am Tisch auswendig: Hunter, Casey, Hunters Vater, Hunters Bruder, Mary Jane Finder, Caseys Cousine Angela und Mark Templeton. Weder Mark noch Angela waren noch mit jemandem verabredet gewesen. Angelas damaliger Freund Sean Murray hatte sich nicht in der Stadt aufgehalten, und Marks Frau war mit den Kindern zu Hause geblieben. Nachdem sich Laurie vom Lieutenant jeden Namen bestätigen ließ, sprach sie ihn auf Hunters Telefonat an, das er auf dem Weg zur Gala im Wagen geführt und bei dem er einen Freund gefragt hatte, ob er ihm einen Privatermittler empfehlen könne.

»Wir wussten davon, weil sich der Freund bei uns nach dem Mord gemeldet hat. Hunter wollte Informationen über eine bestimmte Person – wer das war, kam nie zur Sprache. Ich persönlich vermute, dass es sich um Casey handelte. Vielleicht teilte er allmählich die Besorgnis seines Vaters und wollte mehr über die Frau in Erfahrung bringen, die er zu heiraten beabsichtigte.«

»Genau so hat auch die Staatsanwaltschaft argumentiert«, sagte Laurie. »Aber das sind bloße Spekulationen. Genauso gut wäre es möglich, dass er wegen der Assistentin seines Vaters besorgt war, Mary Jane Finder. Anscheinend war er entschlossen, sie zu feuern. Mary Jane war an dem Abend auf der Gala, aber hat sie den General begleitet, als er mit einigen seiner Geldgeber danach in seinen Club gegangen ist?«

Der Lieutenant dachte einen Moment nach. »Nein, sie hat ihn nicht begleitet. Aber sie hat uns am nächsten Tag erzählt, dass sie ihn heimkommen hörte, und sie war auch am Telefon, als wir anriefen, um den General über den Mord in Kenntnis zu setzen.«

»Sie wissen also nicht, wann sie von der Gala nach Hause kam. Sie hätte also leicht nach Connecticut und zurück fahren können, bevor Sie bei ihr anriefen. Nach allem, was Sie mit Bestimmtheit sagen können, hätte sie jedoch erst nach dem General heimkommen und Ihnen auf Ihre Frage nach seiner Rückkehr Lügen auftischen können.«

»Das ist alles möglich.« Mit einem leisen Lächeln fügte er noch an: »Aber nicht sehr wahrscheinlich.«

Laurie schob ihre Notizen in die Handtasche. »Noch mal vielen Dank, dass Sie sich Zeit für uns genommen haben, Lieutenant. Ich muss zugeben, ich habe nicht erwartet, dass Sie so entgegenkommend sind.«

Er hob beide Hände. »Meiner Meinung nach habe ich mir nichts vorzuwerfen. Ich erledige meine Arbeit, und ich erledige sie richtig. Sie können alles ganz akribisch durchgehen, ich muss mir keine Sorgen machen. Sie können doch nicht im Ernst annehmen, dass Hunter von seinem besten Freund oder von der Assistentin seines Vaters ermordet wurde?« Die Vorstellung schien ihn fast zu amüsieren.

»Wussten Sie, dass sich Hunter nicht nur nach einem Privatdetektiv erkundigt hat, sondern auch finanziellen Unregelmäßigkeiten bei der Stiftung auf die Spur kommen wollte?«

McIntoshs Lächeln schwand schlagartig. »*Daran* würde ich mich erinnern. Das wurde nie erwähnt.«

»Es ist zum jetzigen Zeitpunkt bloß eine Vermutung.« Sie sah keine Veranlassung, ihm zu sagen, dass diese Vermutung einzig und allein auf Casey beruhte. »Aber vier Jahre später ist Mark Templeton überraschend zurückgetreten, nachdem sich das Stiftungsvermögen gravierend reduziert hatte, und er hat dann fast ein Jahr lang keine neue Stelle gefunden.«

Der Lieutenant runzelte die Stirn, als dächte er nach.

»Fällt Ihnen dazu etwas ein?«, fragte sie.

»Vielleicht. Wie ich Ihnen schon sagte, wir haben das Haus gründlich durchsucht. Auf Hunters Schreibtisch lag ein Zettel, auf dem mehrere Telefonnummern notiert waren. Laut den Telefonaufzeichnungen hat er diese Nummern aber nie angerufen. Und nun Folgendes: Das waren alles Nummern von großen Unternehmen, die sich auf Wirtschaftsprüfung spezialisiert haben, und am Rand, neben den Nummern, hat Hunter gekritzelt: *Mark fragen.*«

»Ich nehme an, das war Mark Templeton. Haben Sie ihn dazu befragt?«

»Klar. Er sagte, er habe nicht die geringste Ahnung, was das zu bedeuten habe. Vielleicht brauchten die Raleighs einen neuen Wirtschaftsprüfer, und er wollte Marks Meinung dazu einholen. Aber wie gesagt, gehen Sie alles ruhig so akribisch wie möglich durch, probieren Sie es ruhig, aber ich bin felsenfest überzeugt, es wurde die Richtige verurteilt.«

38

»Glaubst du wirklich, dass Hunter wegen dieser Finanzprobleme bei der Stiftung umgebracht wurde?«, fragte Lauries Vater, als er sich kurz darauf im Wagen anschnallte.

»Keine Ahnung, aber ich habe definitiv das Gefühl, dass Hunters Vater in irgendeiner Weise Einfluss auf die Ermittlungen genommen hat.« Sie erzählte von Holly Bloom, der Verlegerin des Generals, die sowohl Mark Templeton als auch Jason Gardner unter die Arme gegriffen hatte.

»Aber du kannst doch nicht davon ausgehen, dass der General etwas mit dem Mord zu tun hatte.«

»Natürlich nicht.« Allein der Gedanke war unvorstellbar. James Raleigh war ein Held und liebte seinen älteren Sohn über alle Maßen, nach allem, was man hören konnte. Und selbst wenn sie Zweifel an ihm hatte, besaß er ein lückenloses Alibi bis zu dem Zeitpunkt, an dem er über Hunters Tod informiert worden war.

»Warum sollte er den Mörder seines Sohnes decken wollen?«

»Das tut er vielleicht, wenn er glaubt, dass sein anderer Sohn dahintersteckt. Laut Casey war Andrew Raleigh nicht besonders gut auf seinen älteren Bruder zu sprechen, vor allem dann, wenn er zu viel getrunken hatte. Sogar er selbst hat mir bei unserem Treffen unzweideutig zu verstehen gegeben, dass Hunter immer der Lieblingssohn seines Vaters gewesen ist. Vielleicht war General Raleigh auch wirklich von Caseys Schuld überzeugt. Nur was, wenn er sich irrte?«

»Was, wenn er sich nicht irrte, Laurie? Selbst wenn er Jason

Gardner den Buchvertrag verschafft und er etwas mit den RIP_ Hunter-Postings zu tun hatte, selbst wenn er Casey schaden wollte – auch dann könnte sie trotzdem schuldig sein.«

Vielleicht, dachte Laurie.

In nur zwei Tagen wollten sie mit den Dreharbeiten beginnen, und noch immer hatte sie mehr Fragen als Antworten. Sie wusste jetzt, dass die Polizei auf Hunters Schreibtisch die Telefonnummern von Wirtschaftsprüfern gefunden hatte, dazu die Notiz *Mark fragen*. Das stützte Caseys Behauptung, dass sich Hunter um die finanziellen Ungereimtheiten in der Stiftung kümmern wollte. Sie würde sich noch einmal Templeton vorknöpfen müssen.

Davor aber stand ein weiterer Zwischenstopp an, bevor sie in die Stadt zurückkehrten. Das Navi im Mietwagen wies ihren Vater an, zu ihrem Zielort links abzubiegen.

»Kommst du mit rein?«, fragte sie.

»Nein, danke. Ich habe keinen Strafverteidiger kennengelernt, den ich mochte, bis Alex aufgetaucht ist. Man soll zum richtigen Zeitpunkt aufhören.«

Die Strafverteidigerin, die Laurie aufsuchen wollte, war Caseys Anwältin Janice Marwood.

39

Laurie klingelte bei Janice Marwood. Als niemand reagierte, öffnete sie die Tür und trat ein. Was für eine *Kanzlei,* dachte sie sich. Mit einem Blick war zu erkennen, dass die Räumlichkeiten in der ersten Hälfte des zwanzigsten Jahrhunderts als Wohnung genutzt worden waren. Links, im anscheinend ehemaligen Wohnzimmer, war jetzt ein Rezeptionsbereich mit mehreren Stühlen und einem Tisch mit Zeitschriften eingerichtet.

Was fehlte, war jegliches Anzeichen von Leben – keine Menschenseele war zu sehen.

»Hallo?«, rief Laurie, während sie in die Rezeption trat. Sie hörte Schritte im Flur.

Von hinten kam ihr eine Frau entgegen, in einer Hand hielt sie ein Glas Erdnussbutter, in der anderen einen Löffel. »Ich bin hier ... oh!«

Oh, genau, dachte Laurie. Sie stellte sich vor, obwohl sie aufgrund der Reaktion der Frau stark vermutete, dass diese bereits wusste, wer sie war. »Ich habe mehrere Male wegen Casey Carter angerufen.«

Marwood schluckte die Erdnussbutter hinunter und steckte den Löffel in den Mund, um ihr kurz die Hand schütteln zu können. »Tut mir leid, ich bin im Moment mit mehreren Fällen beschäftigt, die mich sehr beanspruchen. Aber ich schwöre, ich hätte Sie heute noch zurückgerufen.«

Laurie glaubte ihr kein Wort. »Haben Sie die Erklärung zur Aufhebung der anwaltlichen Verschwiegenheitspflicht erhalten, die wir Ihnen zugeschickt haben? Ich würde gern mit Ihnen reden. Wir fangen in zwei Tagen mit der Produktion an.« *Zugeschickt* hieß im Klartext, sie hatten ihr das entsprechende Formular gefaxt, gemailt und per Einschreiben zugesendet. *Mehrere Male angerufen* hieß, sie hatte täglich eine Nachricht hinterlassen. Und trotzdem hatte Laurie bislang kein Wort von Caseys Verteidigerin gehört. »Das Gericht erlaubt keine Kameras im Saal, aber wir haben die Genehmigung, davor zu filmen. Wir machen es auch gern hier, wenn Ihnen das lieber ist. Jedenfalls würde ich gern Ihre Meinung zur Sache hören. Es ist jetzt fünfzehn Jahre her, und Casey hat ihre Unschuldsbeteuerung nie widerrufen.«

Janice bewegte die Kiefer, als würde sie noch immer heftig auf ihrer Erdnussbutter herumkauen. »Ja, das. Natürlich hat Casey das Recht, mich von der anwaltlichen Verschwiegenheitspflicht zu befreien, nur heißt das noch lange nicht, dass Sie mich gegen meinen Willen dazu verpflichten können, in einer Fernsehsendung aufzutreten. Meine Antwort darauf lautet Nein.«

Laurie hatte sich auf einige Szenarien vorbereitet, aber nicht auf diese. »Sie sind Ihrer Mandantin ein gewisses Maß an Loyalität schuldig. Sie hat einen großen Teil ihres Lebens im Gefängnis verbracht und wünscht sich jetzt nichts sehnlicher, als zu beweisen, dass sie zu Unrecht verurteilt wurde. Sie sind Ihre Anwältin, Sie sollten für sie eintreten. Tut mir leid, aber ich verstehe Ihren Konflikt nicht.«

»Meine Aufgabe ist – *war* – es, den Prozess für sie zu führen. Oder die Berufung. Aber dieser Rechtsstreit ist vorbei. Ich bin kein Reality-TV-Star. Es ist nicht meine Aufgabe, vor der Kamera aufzutreten.«

»Casey hat ihr Einverständnis gegeben.«

»Schön und gut, aber sie kann mich nicht zwingen, mit Ihnen zu reden, so wenig, wie sie mir vorschreiben kann, wo ich heute Abend essen gehe. Ich habe ihre Akten aus dem Archiv geholt. Casey hat alles Recht auf dieses Material. Sie kann mich auch jederzeit anrufen, wenn sie irgendeine Rechtsauskunft einholen will. Aber ich werde nicht in Ihrer Sendung auftreten.«

Erneut wünschte sich Laurie, Alex wäre an ihrer Seite. Sie hatte angenommen, Caseys Anwältin würde zumindest ein gewisses Interesse vortäuschen und so tun, also wollte sie sich weiterhin für ihre ehemalige Mandantin einsetzen. Nach der klaren Absage der Anwältin war Laurie aber nicht in der Position, ihr zu widersprechen. Im nächsten Moment wurde sie auch schon von der Anwältin durch den Flur in ein Zimmer mit einem Konferenztisch geführt, auf dem zwei Aktenkartons mit der Aufschrift »C. Carter« abgestellt waren.

»Was wäre mit denen passiert, wenn ich heute nicht zu Ihnen herausgefahren wäre?«, fragte Laurie.

»Wie gesagt, ich wollte Sie anrufen. FedEx hätte sie morgen früh abgeholt.«

Wieder glaubte Laurie ihr nicht. »Während des Prozesses hat jemand im Internet negative Kommentare über Casey veröffentlicht. Haben Sie sich jemals damit beschäftigt?«

»Alles, was ich habe, finden Sie in diesen Akten.«

»Eine der Geschworenen hat von seiner Tochter zu hören bekommen, dass Casey laut einem dieser Online-Kommentare gestanden haben soll. Er hat das dem Richter gemeldet. Warum haben Sie nicht Verfahrensfehler geltend gemacht?«

Sie schob einen der Kartons in Lauries Richtung. »Bei allem Respekt, ich bin Ihnen keinerlei Erklärungen zu meiner Prozessstrategie schuldig. Also, brauchen Sie Hilfe bei diesen Kartons? Mehr kann ich Ihnen nämlich nicht anbieten.«

Alex hatte Janice als Anwältin eine Vier minus zugestanden, Laurie würde ihr jetzt eine glatte Sechs geben.

Als sie mit den beiden Kartons auf den Armen nach draußen ging, sah sie ihren Vater im Mietwagen mit den Fingerspitzen rhythmisch aufs Lenkrad tippen. Wahrscheinlich hörte er wieder seinen geliebten Sixties-Sender.

Er ließ den Kofferraum aufklappen, als er sie sah, und stieg aus, um ihr zu helfen. »Na, sieht aus, als wäre ja alles wunderbar gelaufen«, sagte er und packte sich einen der Kartons.

»Das kann ich nicht gerade behaupten«, antwortete sie. Natürlich fehlten ihr die Beweise, aber sie hatte das ganz starke Gefühl, dass Hunters Vater bei Caseys Anwältin vorstellig geworden war.

40

Es war halb sechs, als Leo und Laurie wieder in der Stadt waren. Leo versuchte Laurie dazu zu bringen, sofort nach Hause zu fahren, aber sie wollte erst noch ihre Notizen über den Ausflug nach Connecticut abtippen, und das ging im Büro einfach besser.

Sie hatte erwartet, Jerry noch am Schreibtisch anzutreffen, dass jedoch auch Grace noch so spät da war, überraschte sie nun doch. Und noch mehr überraschte sie Ryan, der ihr im Flur von der Ferne aus zuwinkte, als er mit einem Kaffee der Bouchon Bakery vorübereilte.

»Warum ist Ryan noch hier?«, fragte sie Grace.

»Er wartet, dass sein Büro fertig wird. Es hätte schon vor Stunden erledigt sein sollen, aber du weißt ja, wie viel Zeit sich die Handwerker manchmal lassen. Die haben erst heute Morgen mit dem Streichen angefangen. Jedenfalls hat er die Zeit genutzt, um Jerry und mich ein bisschen besser kennenzulernen. Ich glaube, er ist es leid, als der Neue immer außen vor zu sein.«

Laurie fiel eine zu Ryans Kaffeebecher passende Bouchontüte mit Gebäck auf Graces Schreibtisch auf. Damit glaubte sie zu wissen, warum Grace länger geblieben war.

Laurie klopfte an die offen stehende Tür zu Jerrys Büro.

»Sag mir bitte nicht, dass sich Ryan an meine Assistentin rangeworfen hat, während ich mal für einen Tag aus der Stadt war.«

Jerry lachte. »Du kennst doch Grace. Sie flirtet einfach gern, aber mehr ist nicht drin. Außerdem ist ihr Ryan Nichols viel zu anstrengend. Sein Büro ist bloß deswegen noch nicht fertig, weil er den Leuten haarklein erzählen muss, wo alles hinkommt und wo jedes Bild zu hängen hat.« Das Augenrollen, das folgte, erfüllte Laurie mit einer gewissen Genugtuung.

Unglaublich, dass Brett Ryan ein eigenes Büro zugestanden hatte. Bei Alex war das nie ein Thema gewesen.

»Eigentlich wollte ich dich gerade anrufen«, sagte Jerry, und sein Ton hatte sich verändert. »Ich glaube, ich habe etwas Wichtiges herausgefunden.«

Nachdem sie in ihrem Büro Platz genommen hatten, erklärte er, warum er so aufgeregt war. »Ich habe über diesen *Whispers*-Beitrag nachgedacht, der angeblich von Hunter handelt.«

Kurz bevor Mindy Sampson das Foto von Hunter mit Gabrielle Lawson veröffentlicht hatte, hatte ihre Zeitung unter der *Whispers*-Kolumne einen »Blindbeitrag« gebracht, in dem gemunkelt wurde, dass einer der meistbegehrten Männer seine Verlobung lösen wollte. Laurie erinnerte sich.

»Da kam mir der Gedanke, dass uns bei den Recherchen zu Mark Templeton etwas entgangen sein könnte. Die Berichte über sein Ausscheiden aus der Raleigh-Stiftung deuteten, wenn überhaupt, gewisse finanzielle Unregelmäßigkeiten an.« Es wurde lediglich festgestellt, dass der Vermögensstand der Stiftung stark reduziert sei und er noch keine neue Stelle bekannt gegeben habe. Vielleicht war es in der Stiftung zu strafwürdigen Vorgängen gekommen, vielleicht war Templeton an ihnen beteiligt gewesen, aber es gab anscheinend nicht genügend Indizien, um das alles öffentlich direkt ansprechen zu können.

Jetzt verstand Laurie, worauf Jerry hinauswollte. »In so einem Fall greifen Klatschkolumnen auf Blindbeiträge zurück«, sagte sie. »Die Zeitung ist dann nicht zu belangen, weil keine Namen genannt werden.« Bei ihren Recherchen zu Templeton hatte sie lediglich nach seinem Namen oder den der Raleigh-Stiftung gesucht. Aber Blindbeiträge, die diese Namen absichtlich eben nicht erwähnten, tauchten in ihrer Suche gar nicht auf. »Du hast was gefunden?«, fragte sie.

»Ich glaube schon.« Er reichte ihr den Ausdruck einer archivierten *Whispers*-Kolumne, datiert auf mehrere Monate nach Templetons Rücktritt als Finanzvorstand der Stiftung: *Welcher ungenannte ehemalige Treuhänder einer ungenannten und gemeinnützigen Organisation von politisch höchst edlem Geblüt wurde dabei beobachtet, wie er vor zwei Tagen in Begleitung eines Strafverteidigers das Bundesgericht betrat? Ist da etwa eine Anklage zu erwarten? Bleiben Sie dran!*

»Gute Arbeit, Jerry. Natürlich konnte jemand ganz anderes gemeint sein, aber ›gemeinnützige Organisation von politisch höchst edlem Geblüt‹? Das klingt stark nach Templeton und der Raleigh-Stiftung. Können wir den Reporter aufspüren, der das verfasst hat? Vielleicht bestätigt er es inoffiziell.«

»Das habe ich schon versucht. *Whispers* hat nie eine Verfasserangabe veröffentlicht. Ich habe es mal aufs Geratewohl probiert und den Typen kontaktiert, der damals Wirtschaftsredakteur der Zeitung war. Leider sagte ihm das alles überhaupt nichts. Seiner Meinung nach wäre es auch möglich, dass der Gerichtsreporter des Blatts das alles ausgegraben hat, aber der ist vor ein paar Jahren gestorben.«

Wenn der Inhalt der Story nicht durch den damals zuständigen Reporter bestätigt werden konnte, mussten sie eine andere Möglichkeit finden. Templeton hatte klargestellt, dass er auf keinen Fall über seine Arbeit für die Raleigh-Stiftung reden wollte. So blieb ihnen nur eine weitere Option.

Sie fragte Grace, welches Büro Ryan vom Studio zugewiesen bekommen hatte, und dort fand sie ihren neuen Moderator vor, wie er gerade Kissen auf seinem neuen Sofa arrangierte. »Haben Sie immer noch Kontakte im Büro des U.S. Attorney?«

Ryan hatte nach seinem Praktikum beim Obersten Gerichtshof nur drei Jahre im Büro des Bundesstaatsanwalts gearbeitet, was ihm aber eine beeindruckende Liste von Gerichtsverfahren auf dem Gebiet der Wirtschaftskriminalität eingetragen hatte.

»Klar«, sagte er. »Kann ja nicht jeder reich und berühmt sein.«

Als er ihr daraufhin zuzwinkerte, hätte sie ihm am liebsten an den Kopf geworfen, dass er ebenfalls weder das eine noch das andere war. Der Freund seines Onkels mochte ihm eine Stelle und ein Büro verschafft haben, aber Laurie wusste, was ihm dafür gezahlt wurde. Bretts Knickrigkeit machte vor keinem Halt.

Laurie reichte ihm die Kopie des von Jerry ausgegrabenen Blindbeitrags. »Egal, was zwischen Mark Templeton und der Raleigh-Stiftung vorgefallen ist, er scheint deswegen einen Strafverteidiger angeheuert zu haben. Was heißt es nun, dass er mit seinem Anwalt das Gerichtsgebäude aufgesucht hat, es aber keinerlei Hinweise für eine tatsächliche Anklage gibt?«

Ryan warf einen kurzen Blick auf den Ausdruck, dann legte er ihn weg und nahm einen Baseball, der auf seinem Schreibtisch lag. »Könnte sein, dass er eine Aussage abgegeben hat, möglicherweise vor einer Anklagejury«, sagte er, während er den Baseball von einer Hand in die andere hin und her warf. »Wahrscheinlich hat er sich aber mit der Staatsanwaltschaft getroffen, möglicherweise als Informant.«

»Wäre es möglich, dass Sie dem nachgehen?«

»Klar. Aber selbst wenn in der Stiftung irgendetwas faul war, hatte das wahrscheinlich nichts mit Hunters Ermordung zu tun.«

»Wenn Templeton wusste, dass Hunter kurz davor war, ihm auf die Schliche zu kommen, wäre das ein gewichtiges Motiv gewesen, um ihn zum Schweigen zu bringen.«

»Das leuchtet mir nur schwer ein.« Immer noch warf er den Ball hin und her. »Leute, die in Wirtschaftskriminalität verstrickt sind, machen sich nur selten die Hände schmutzig.«

Sie widerstand der Versuchung, ihm die vielen von ihr bearbeiteten Fälle aufzuzählen, die seine These widerlegten. »Können Sie sich mal umhören?«

»Wie gesagt, kein Problem.«

Sie dankte ihm und war schon fast aus seinem Büro, als sie ihn hinter sich noch einmal hörte. »Laurie, Achtung!«

Er wirkte überrascht, als sie sich umdrehte und mühelos den Ball auffing, den er ihr zuwarf. »Danke«, sagte sie und ließ ihn in ihre Jackentasche gleiten. Lächelnd kehrte sie in ihr Büro zurück. Vielleicht würde sie ihm den Ball irgendwann sogar zurückgeben.

Sie wollte schon los, als sie eine SMS von Charlotte erhielt. *Ein Überfall: Lust auf einen Drink?*

Laurie konnte sich kaum noch an die Zeit erinnern, in der sie nach der Arbeit einfach tun und lassen konnte, was sie wollte. *Mein Sohn erkennt mich wahrscheinlich nicht mehr, wenn ich nicht bald zu Hause aufkreuze. Magst du vielleicht bei mir vorbeikommen?*

Noch in der Sekunde, in der sie es wegschickte, kam sie sich dumm vor. Sie konnte sich nicht vorstellen, dass Charlotte einen Freitagabend bei ihr mit ihrem Sohn und ihrem Vater verbringen wollte.

Aber nur, wenn dein netter Dad auch da ist. Ich bringe Wein mit.

Laurie lächelte. Was für eine tolle Freundin.

41

Soll ich noch eine aufmachen?« Leo hielt die Flasche von Lauries Lieblings-Cabernet hoch.

Charlotte hob ihr leeres Glas. »Na, mal sehen. Wir drei haben gerade eine ganze Flasche geleert.«

»Das heißt also nein?«, fragte Leo.

»Natürlich nicht. Füllen Sie die Gläser, Lieutenant Farley.«

»Eigentlich«, korrigierte Laurie, »ist Dad als Erster Stellvertretender Polizeichef in den Ruhestand gegangen.«

»Dann entschuldige ich mich für die Degradierung.« Als Timmy die leeren Teller abräumte, war Charlotte sichtlich beeindruckt. »Was für ein wohlerzogener junger Mann aber auch.«

Laurie konnte sich ein stolzes Grinsen nicht verkneifen.

»Wenn ihr noch Wein trinkt, heißt das dann, dass ich Eis haben kann?«, rief Timmy von der Küche aus.

»Das ist dann wohl nur fair«, antwortete Laurie.

Bis Leo eine neue Runde Wein eingeschenkt hatte, kam Timmy mit jeweils einer Kugel Schoko- und Vanilleeis zurück.

»Also, Charlotte, erzähl uns von der Modenschau, die du planst«, sagte Laurie.

»Wirklich? Ich kann mir nicht vorstellen, dass Männer so was hören wollen.«

»Klar wollen wir«, entgegnete Leo, auch wenn Laurie wusste, dass sich ihr Vater definitiv nicht für Damen-Modenschauen interessierte.

»Es ist keine typische Show auf einem Laufsteg. Wir stellen Sportmode für ganz normale Frauen her, daher treten bei uns auch keine typischen Models auf, sondern berühmte Sportlerinnen und Schauspielerinnen führen unsere Kollektion vor. Zum Teil haben wir auch Ladyform-Angestellte und ihre Freundinnen auf der Bühne.«

Timmy lächelte mit schokoverschmiertem Mund. »Sie sollten meine Mom nehmen. Die ist auch ganz normal, je nach dem, was Sie für normal halten.«

»Wie nett«, sagte Laurie.

»War doch nur Spaß«, sagte Timmy mit einem breiten Grinsen. »Wo findet sie statt, Miss Pierce?«

Wieder lächelte Charlotte angesichts Timmys guten Manieren. »In Brooklyn. Kennt jemand das DUMBO?«

Leo kam zu Hilfe. »Das ist der Down Under the Manhattan Bridge Overpass.« Dann erklärte er Timmy den Namen.

Es handelte sich um die Gegend zwischen der Brooklyn und Manhattan Bridge, die früher zum größten Teil brachgelegen hatte und höchstens für die Fähranlegestellen bekannt war, die es dort gab. Aber dann kam ein cleverer Immobilieninvestor, wandelte alles in einen Hotspot für Galerien und Start-ups um und verpasste dem Gelände einen trendigen Namen. Jetzt war DUMBO das neue Hipster-Paradies.

»Wir haben den perfekten Ort gefunden«, sagte Charlotte. »Eines der letzten richtigen Lagerhäuser. Es wird entkernt und zu einem Apartmentgebäude umgebaut, aber die Finanzierung steht noch nicht. Wir haben dort also noch drei Geschosse, die aus nichts anderem als Betonböden und Backsteinmauern und freiliegenden Stahlträgern bestehen. Wahnsinnig industriell das alles. Auf jedem Stockwerk präsentieren wir ein anderes Thema, die Zuschauer gehen also durchs ganze Gebäude und sehen nicht nur Models auf einem Laufsteg. Mir kommt es so vor, als würden wir eine Broadway-Produktion auf die Beine stellen.«

Als Timmy mit seinem Eis fertig war, verkündete Laurie:

»Gut, Zeit, um in die Federn zu kommen. Auch wenn es Freitag ist, aber du hast morgen früh Fußballtraining.«

»Und ich werde von der Seitenlinie aus anfeuern«, sagte Leo, »ich mach mich also auch auf den Heimweg. Schön, Sie mal wiedergesehen zu haben, Charlotte.«

Charlotte bestand darauf, Laurie noch mit den Weingläsern zu helfen, bevor sie ebenfalls aufbrach. »Danke für den schönen Abend, Laurie. Aber wahrscheinlich hast du gerade mein Leben ruiniert. Ich glaube, ich brauche unbedingt auch ein Kind.«

»Wirklich?«

»Nein, natürlich nicht«, antwortete sie mit einem Lachen. »Aber im Ernst, dein Sohn ist einfach umwerfend. Ich sollte jetzt auch los. Vor allem, weil der morgige Tag nicht sehr angenehm wird. Ich muss einen Typen aus der Buchhaltung anrufen und ihm mitteilen, dass er am Montag als Erstes an einem Sensitivitätstraining teilzunehmen hat. Das wird wahnsinnig gut ankommen.«

»Was hat er denn angestellt?«

»Sich auf seinem Firmencomputer äußerst unangemessene Webseiten angesehen. Unsere IT-Abteilung erstellt monatlich eine Liste über die Internetnutzung der Angestellten.«

»Wow. Ist das üblich?«

»Heutzutage ist das praktisch notwendig. Euer Studio macht das wahrscheinlich auch so. Ich bin mir sicher, es steht irgendwo im Kleingedruckten der Verhaltensrichtlinien für die Mitarbeiter. Jedenfalls gehört so etwas sofort im Keim erstickt, und ich bestehe darauf, es selbst zu machen. Wir sind immer noch ein Familienunternehmen, und ich bin dafür verantwortlich, die Unternehmenskultur aufrechtzuhalten. Hey, bevor ich gehe, wie steht es denn mit Alex?« Laurie hatte Charlotte gegenüber erwähnt, dass es zwischen ihr und Alex in letzter Zeit zu einigen unschönen Begegnungen gekommen war, hatte aber keine Einzelheiten verraten. »Gibt es irgendwas Neues?«

Laurie schüttelte den Kopf. »Da müsste ich jetzt etwas weiter ausholen, und dafür ist jetzt nicht der richtige Zeitpunkt. Aber ich bin mir sicher, es wird sich alles wieder einrenken.«

Nachdem sie die Wohnungstür hinter Charlotte geschlossen hatte, warf sie einen Blick auf ihr Handy. Keine neuen Nachrichten.

Sie war sich alles andere als sicher, dass sich mit Alex wieder alles einrenken würde.

42

Zwei Tage später stand Laurie im Ballsaal des Cipriani. Sie erinnerte sich, mit Greg hier gewesen zu sein, als sie ein Lokal für ihre Hochzeit gesucht hatten. Trotz der astronomischen Preise hatten ihre Eltern darauf bestanden, den Saal zu nehmen. »Sind die verrückt geworden, Greg?«, hatte sie gefragt, während sie noch über die Größe und Herrlichkeit des Raums gestaunt hatte. »Wir könnten jeden einladen, den wir kennen, und trotzdem wäre der Saal nur halb voll. Das hier ist was für Könige, und entsprechend ist auch der Preis.«

Trotz Leos Proteste – *du bist meine einzige Tochter,* und *das ist die einzige Hochzeit, für die ich aufkommen werde* – hatten sie auf ein Lokal mit vernünftigeren Preisen bestanden. Am Ende war alles perfekt gelaufen.

Jetzt sah sie Greg vor sich, der Leo anlächelte, als er sie vor den Traualtar geführt hatte.

Eine Stimme riss sie in die Gegenwart zurück. »Sehr festlich das alles, was?«

»Wunderschön«, antwortete sie. Das einzige Nicht-Festliche im Saal war die Person neben ihr, General Raleighs Assistentin Mary Jane Finder. Die Frau sah aus, als würde ihr Gesicht Risse bekommen, wenn sie sich ein Lächeln abrang.

»Auf Anweisung des Generals habe ich die Tische schon mal dekorieren lassen, damit Sie vor unserer Abendveranstaltung drehen können. Wie von Ihnen erbeten, haben wir eine ähnliche Ausstattung gewählt wie bei der Gala am Abend von Hunters Ermordung.« Ihre noch tiefer werdende Stirnfalte zeugte davon, dass sie das alles aufs Strengste missbilligte.

Laurie sparte es sich, sie daran zu erinnern, dass das Studio der Stiftung eine großzügige Spende hatte zukommen lassen, die die Aufwendungen mehr als abdeckte. »Die Familie saß am Kopftisch«, sagte Mary Jane und deutete zum Tisch gleich vor dem Podium.

»Und mit Familie meinen Sie …?« Laurie wusste, wer dort gesessen hatte, wollte jedoch hören, was Mary Jane zu sagen hatte.

Sie schien von der Frage etwas aus dem Konzept gebracht, zählte dann aber die Familienmitglieder auf: »Andrew und Hunter, Casey und ihre Cousine, der General und ich.«

Laurie entging nicht, dass sie sich selbst in einem Atemzug mit dem General genannt hatte, als wären die beiden ein Paar. »Nur sechs?«, fragte Laurie. »Das sind aber acht Gedecke.«

»Natürlich war noch der Finanzvorstand der Stiftung anwesend. Seine Frau kam nicht, weil ihr Babysitter in letzter Minute abgesprungen war.«

»Ach ja, genau«, pflichtete Laurie bei, als würde es ihr gerade wieder einfallen. »Wie hieß er gleich wieder?«

Mary Janes Miene blieb völlig regungslos, als sie die Frage unbeantwortet ließ. »Sie werden bald anfangen wollen. In drei Stunden müssen die Kameras auf jeden Fall verschwunden sein. Kurz darauf werden nämlich die ersten Gäste eintreffen.«

»Apropos, Mary Jane, das Interview mit General Raleigh haben Sie auf den morgigen Tag in Connecticut festgelegt.« Sie hatten vor, James und Andrew Raleigh im Landhaus zu interviewen, in dem Hunter erschossen wurde. »Aber mein Assistent hat hoffentlich klargestellt, dass wir Ihren Beitrag schon heute aufnehmen wollen.«

»Mal sehen, wie sich der Tag entwickelt. Im Moment gehört mein Augenmerk einzig und allein unserer Veranstaltung.«

»Aber Sie haben sich zur Teilnahme bereit erklärt. Wir müssen uns an unseren Zeitplan halten.«

»Das sollen Sie auch. Also, Ihre drei Stunden ticken. Wenn wirklich alles schieflaufen sollte, stehe ich Ihnen morgen zur Verfügung. Ich werde den General nach New Canaan begleiten.«

Natürlich, dachte Laurie. Der Mann hatte überall auf der Welt seinem Land gedient, aber wenn man Mary Jane Glauben schenken wollte, war er ohne sie völlig aufgeschmissen.

Andere hätten die hohen Decken, die Marmorsäulen, die perfekt platzierten Tafelaufsätze des Drehorts bewundert, aber Lauries Begeisterung für den Raum beruhte auf anderen Gründen, die nichts mit der in wenigen Stunden beginnenden Veranstaltung zu tun hatten. Sie genoss es immer, auf dem Set zu sein. Sie mochte das Gefühl, wenn sie wusste, sie würde gleich eine Geschichte erzählen – nicht nur mit Worten, sondern mit Bildern, mit dramatischen Pausen und Klangeffekten. Egal, was geschehen würde, sie wusste, sie würde eine erstklassige Sendung liefern – und mit ein wenig Glück auch für Gerechtigkeit sorgen.

Sie fand Ryan im Gang, wo er in sich versunken auf und ab schritt. »Bereit für Ihr *Unter-Verdacht*-Debüt?«

Er hob einen Finger und las weiter lautlos von einer Karteikarte ab. »Alles in Ordnung«, versicherte er ihr.

Er sah keineswegs so aus. Er wirkte nervös und trug immer noch das Tuch, das die Visagistin ihm vorn in den Kragen gesteckt hatte. Genau das hatte Laurie befürchtet. Alex gehörte zu den seltenen Anwälten, die sich vor der Kamera wohlfühlten. Manche der begabtesten Anwälte versteinerten regelrecht, wenn sie vor einer Kamera agieren sollten, während andere auf dem Bildschirm zwar hervorragend rüberkamen, aber einen Teleprompter brauchten, wenn sie etwas Vernünftiges von sich geben sollten. Sie hatte keine Ahnung, ob Ryan zu einer der beiden Kategorien gehörte.

»Wollen Sie damit einen neuen Modetrend kreieren?« Sie deutete auf sein Tuch.

Verwirrt sah er an sich hinab. »Klar doch«, antwortete er und riss sich das Tuch weg.

»Haben Sie etwas über Mark Templeton herausfinden können und warum er einen Strafverteidiger engagiert hat?«

»Ich arbeite daran.« Noch immer richtete er seine Aufmerksamkeit mehr auf seine Notizen als auf sie.

»Was hat man Ihnen bei Ihrem Anruf im Büro des U. S. Attorney mitgeteilt?«

»Wie gesagt, Laurie, ich arbeite daran. Geben Sie mir noch etwas Zeit.«

Ihrer Erfahrung nach bedeutete *ich arbeite daran* nichts anderes als *ich habe es glatt vergessen*. Aber jetzt war nicht unbedingt der richtige Zeitpunkt, um ihm einen Vortrag über Kommunikation am Arbeitsplatz zu halten. Die Dreharbeiten würden gleich beginnen, und sie mussten sich konzentrieren.

Ihr erster Zeuge, Jason Gardner, war eingetroffen.

43

Während Ryan seinen Gast Jason Gardner interviewte, ging Lauries Blick unablässig zwischen den beiden Gesprächspartnern und dem Bildschirm neben dem Kameramann hin und her. Natürlich hoffte sie, dass die aufgezeichnete Fassung besser war als die Wirklichkeit. Der besorgte Blick des Kameramanns aber verriet ihr, dass ihr dieses Glück nicht beschieden sein sollte.

»Man könnte meinen, die beiden liefern sich einen Wettbewerb im Schnellsprechen«, flüsterte Jerry ihr ins Ohr. »Ich weiß nicht, wer nervöser ist. Außerdem, was hat er bloß mit diesen Karteikarten? Auch wenn wir ihn in Großaufnahme bringen und seine Hände wegschneiden, schaut er die ganze Zeit nach unten.«

»Cut!«, rief Laurie. »Tut mir leid, meine Herrn. Das ist alles ganz toll, aber wir haben ein Problem mit dem Licht. Die Kronleuchter strahlen zu viel ab. Wir brauchen ein paar Minuten, bis wir alles neu eingerichtet haben, okay?« Sie bedeutete Ryan, ihr nach draußen in den Gang zu folgen. Nachdem sie allein waren, streckte sie ihm die Hand entgegen. »Geben Sie sie mir. Ihre Karteikarten, alle.«

»Laurie ...«

»Ich meine es ernst. Sie brauchen sie nicht. Wir sind alles zur Genüge durchgegangen.« Es war nicht so, dass sie Ryan besonders mochte, aber sein Lebenslauf sprach für ihn. Er würde nie an Alex heranreichen, aber er war auf jeden Fall zu mehr in der Lage als das, was er soeben vor der Kamera abgeliefert hatte. »Wir sind hier nicht vor dem Obersten Gerichtshof. Es ist kein

Richter hier. Ihr Richter ist das Publikum. Es muss Ihnen vertrauen, aber das tut es nicht, wenn Sie Unruhe erzeugen.«

»Aber meine Fragen sind alle hier drauf ...«

»Nein«, sagte sie und schnappte sich die Karteikarten. »Sie haben die Fragen in Ihrem in Harvard ausgebildeten Kopf. Nennen Sie mir fünf Punkte, die wir über Jason Gardner in Erfahrung bringen wollen.«

Er sah sie sichtlich frustriert an. »Stellen Sie sich vor, ich wäre der Star-Professor und hätte Sie gerade in einem vollen Vorlesungssaal aufgerufen. Schnell: fünf Punkte.«

Er ratterte die fünf Punkte herunter, als würde er das Alphabet aufsagen. Sie war beeindruckt.

»Na, geht doch.«

Fünf Minuten nach Beginn der nächsten Sitzung führte Ryan seinen Gast durch den zeitlichen Ablauf des Galaabends. Ryan strahlte nun größere Gelassenheit aus, sein Selbstvertrauen schien von Sekunde zu Sekunde zu wachsen. Laurie entspannte sich allmählich.

Laut eigener Aussage hatte Jason nach seinem Eintreffen gegen zwanzig Uhr dreißig nur kurz mit Casey gesprochen. Zu diesem Zeitpunkt machte sie den Eindruck, als hätte sie vielleicht ein, zwei Gläser Wein getrunken, die sie aber in keiner Weise beeinträchtigten, auch beklagte sie sich nicht wegen Übelkeit. Jason bekam dann mit, wie Casey mit Hunter die Gala verließ, er selbst blieb mit einigen seiner Kollegen jedoch bis zum Ende der Veranstaltung und ging schließlich allein nach Hause. Damit hatte Ryan bereits eines seiner fünf Ziele, die sie sich für Jasons Sitzung gesetzt hatten, erreicht: Anhand dieses zeitlichen Ablaufs hatte Jason kein Alibi für den Zeitpunkt von Hunters Ermordung.

»Gut, Sie sagten, Ihr Arbeitgeber habe einen Tisch auf der Gala erworben, richtig?«

»Richtig. Sich einen Tisch reservieren zu lassen ist eine Möglichkeit, einen wohltätigen Zweck zu unterstützen.«

»Und Ihr Unternehmen hatte nur einen Tisch?«

»Ja, soweit ich mich erinnere.«

»Das sind acht Plätze. Ihr Unternehmen beschäftigte aber mehr als hundert Analysten, von den Sekretärinnen und anderen Mitarbeitern ganz zu schweigen. Auf welcher Grundlage entscheidet Ihr Arbeitgeber, wer an so einer Veranstaltung teilnehmen darf? Verpflichtet man sie zur Teilnahme?«

»O nein. Solche Veranstaltungen sind freiwillig.«

»Sie wussten also im Voraus, dass Sie an der Gala zugunsten der Raleigh-Stiftung teilnehmen werden?«

»Natürlich.«

»Dann mussten Sie damit gerechnet haben, auf Ihre Exfreundin und deren Verlobten Hunter Raleigh zu treffen?«

Erst jetzt schien Jason zu dämmern, worauf die vielen Fragen abzielten, aber es war zu spät, der offensichtlichen Schlussfolgerung noch zu entkommen. »Ja, da haben Sie wohl recht.«

»Also, Jason, folgender Sachverhalt verwirrt mich nun aber. Ihr Buch, *Meine Zeit mit Crazy Casey,* beschreibt eine Frau und eine Beziehung, die ... nun ja, ich denke, der Titel sagt schon alles. Wenn Sie der Meinung waren, dass Casey launisch bis zur Unzurechnungsfähigkeit war, warum erschienen Sie dann auf einer Gala, die von der Familie ihres Verlobten veranstaltet wurde?«

»Na ja, ich dachte, das wäre eine nette Geste.«

»Dann haben Sie sich zu diesem Zeitpunkt mit ihr also noch verstanden?«

Er zuckte kommentarlos mit den Schultern.

»Obwohl Sie sich, wie Sie in Ihrem Buch schildern, einmal selbst in Ihrem Badezimmer eingesperrt haben, weil Sie Angst hatten, sie würde Sie tätlich angreifen?«

»Ich weiß nicht, ob *Angst* das richtige Wort ist.«

»Sollen wir mal nachsehen? Ich denke, der exakte Wortlaut

ist, Sie hätten Angst um Ihr Leben und wünschten sich, die Küchenmesser versteckt zu haben.«

»Das war vielleicht etwas übertrieben ausgedrückt. Das Buch sollte sich doch auch verkaufen.«

Ryan fand in seinen Rhythmus. Soeben hatte er einen zweiten Treffer gelandet: Jasons Buch war nicht das Gleiche wie eine Aussage unter Eid.

»Wenn wir schon bei Ihrem Buch sind, es erschien im Arden-Verlag. Ihre Verlegerin war Holly Bloom. Darf ich Sie fragen, wie es dazu kam, dass Sie bei Arden verlegt wurden?«

»Was meinen Sie damit? Ich hatte einen Agenten, der hat mir geholfen.«

»Richtig. Aber hat der Agent das Manuskript an alle New Yorker Verlage geschickt oder direkt an Ms. Bloom?«

»Das weiß ich nicht. Da müssen Sie ihn schon selbst fragen. Er heißt Nathan Kramer.«

Das war derselbe Agent, wie Laurie wusste, der auch den Vertrag für James Raleighs Memoiren ausgehandelt hatte, die ebenfalls unter Holly Bloom bei Arden erscheinen sollten. Ryan sprach Jason auf diesen Zufall an. »Jason, ist es nicht so, dass General Raleigh Ihnen geholfen hat, einen Verlag für Ihr extrem negatives Buch über Casey zu finden?«

Jasons Blick huschte durch den Ballsaal und schien etwas zu suchen, worauf er sich richten konnte. Ryan beugte sich vor, und Laurie fürchtete bereits einen sarkastischen Kommentar aus seinem Mund, der Jason noch mehr auf Distanz gehen lassen würde.

Stattdessen legte Ryan ihm tröstend die Hand auf die Schulter. »Na, das kann man ja auch gut verstehen. Der Sohn des Generals wurde ermordet. Sie waren Caseys Ex. Und nachdem dem General klar wurde, dass Sie eine Geschichte zu erzählen haben, warum sollte er Ihnen dann nicht helfen? Davon würden ja beide Seiten profitieren.«

»Das stimmt«, antwortete Jason nervös. »Wir wollten beide, dass die Wahrheit ans Licht kommt.«

Der dritte Punkt war eingefahren: Jasons Buch wäre ohne General Raleigh nicht veröffentlicht worden.

»Aber im Eifer des Gefechts wurden manche Dinge übertrieben«, sagte Ryan.

»Richtig.«

»Jason, ich möchte Ihnen für Ihre Offenheit danken. Nur eine Frage noch, die etwas erhellen könnte, was Casey und ihre Familie uns erzählt haben. Wir wollen keine Er-sagt-sie-sagt-Story. Wir wissen alle, dass die Liebe manchmal sehr kompliziert sein kann. Bei Beziehungen geht es auf und ab. Den einen Tag sind wir bis über beide Ohren verliebt, den nächsten voller Groll. Meinen Sie nicht auch?«

Ryan hatte nun tatsächlich den Arm um Jasons Schulter gelegt, als wären die beiden alte Kumpel, die sich gegenseitig ihre Lebensgeschichte anvertrauen.

»Das müssen Sie mir nicht erzählen.« Mittlerweile stimmte Jason allem zu, was Ryan sagte.

»Okay, jetzt geht es mir noch um eine Sache, bei der ich Sie um eine ehrliche Antwort bitte. Sie haben Casey immer noch geliebt, oder? Und aus diesem Grund sind Sie an dem Tag auch zur Gala gegangen. Nachdem sie verlobt war, wollte sie keinen Kontakt mehr zu Ihnen. Also sind Sie zur Gala, um sie ein letztes Mal zu fragen, ob sie nicht doch noch zu Ihnen zurückkehren würde.«

Jason erwiderte nichts. Ryan drängte weiter. »Casey hat es uns schon erzählt. Ihre Cousine Angela ebenfalls.«

»Na gut. Es ist, wie Sie sagen. Es war kompliziert. Wir waren füreinander Gift, aber zwischendrin war es einfach wunderbar. Unsere Beziehung war völlig verrückt. *Wir* waren verrückt.« Damit hatte Ryan seinen vierten Punkt, und die Wortwahl hätte nicht besser sein können. »Ich dachte, ich probier es ein letztes

Mal – eine theatralische Geste, um ihr meine Liebe zu gestehen, und wenn sie sich trotzdem für Hunter entschied, wollte ich sie in Ruhe lassen.«

»Also haben Sie sie überrascht, sind auf der Gala aufgetaucht und haben ihr das Herz ausgeschüttet. Aber sie wollte Sie nicht mehr, nicht wahr?«

Er schüttelte den Kopf. »Sie sagte, sie hätte endlich verstanden, wie sich Liebe anfühlen sollte. Dass sie nicht so kompliziert sein muss. Ich werde nie vergessen, wie sie sagte: ›Bei Hunter fühle ich mich wie zu Hause‹.«

»Und wie ging es Ihnen damit? Dass Sie sie verrückt gemacht haben, sie sich aber bei Hunter zu Hause fühlte?«

Mit einem Mal riss sich Jason von seinem neuen Kumpel los. »Einen Moment. Sie denken doch nicht ...«

»Ich stelle nur Fragen, Jason.«

»Hören Sie, ich habe Ihnen alles gesagt. Mit meiner Karriere ging es nicht wie geplant voran, und ich war knapp bei Kasse. Ich ging auf das Angebot der Raleighs ein, mir beim Buchvertrag zu helfen. Wir waren es leid, dass sie immer das Unschuldslamm spielte. Aber wenn Sie glauben, ich hätte Hunter umgebracht und es so hingedreht, als wäre sie die Mörderin, dann sind *Sie* verrückt. Ich rufe meinen Anwalt an. Sie können das nicht senden«, stammelte er und riss sich das Mikrofon vom Revers.

Noch in der gleichen Sekunde, in der Jason den Ballsaal verließ, spendete Laurie Ryan bewundernden Applaus. »Nicht schlecht fürs erste Mal.«

Er verbeugte sich spielerisch.

Vier Fakten waren damit belegt: Jason hatte Casey noch geliebt, Jasons Buch war eine Ansammlung von Übertreibungen und von Hunters Vater arrangiert, und Jason hatte kein Alibi. Aber hatte Jason Hunter Raleigh getötet? Auf Ryans fünfte Frage hatten sie keine Antwort, dennoch kamen sie voran.

Nein, Ryan war nicht wie Alex, aber er hatte sich gesteigert, als es darauf ankam.

»Laurie«, sagte er, während die Crew eine Pause machte, »danke für Ihre Worte. Sie hatten recht. Ich muss nur ich selbst sein – und auf meine Intuition hören. Aber wie sagt man so schön? Hinter jedem großen Mann steht eine Frau.«

Sie spürte, wie ihr gerade aufkeimendes Wohlwollen wieder in sich zusammenfiel. Es musste doch wohl eher heißen: *Hinter jedem großspurigen Mann steht eine mit den Augen rollende Frau*, dachte sie.

Grace und Jerry kamen ganz aufgeregt zu ihnen. »Gabrielle Lawson ist da«, verkündete Grace.

»Und du wirst nicht glauben, was sie trägt«, sagte Jerry. »Ein Traum wird wahr.«

Laurie hatte den Teilnehmern mitgeteilt, dass Business-Garderobe für die Filmaufnahmen angemessen sei, aber Gabrielle Lawson hatte in diesem Punkt anscheinend ganz eigene Vorstellungen. Es war erst halb vier am Nachmittag, aber sie hatte sich in ein elfenbeinfarbenes Pailettenkleid geworfen, und ihre Haare und das Make-up waren perfekt für den nicht vorhandenen roten Teppich. Außerdem kam Laurie das Kleid bekannt vor.

Sie dankte Gabrielle für ihr Erscheinen, und dann fiel ihr ein, wo sie das Kleid schon mal gesehen hatte. »Gabrielle, ist das nicht das Kleid, das Sie auch vor fünfzehn Jahren getragen haben?«

»Natürlich«, sagte sie schwärmerisch. »Ich wusste es, eines Tages wird es von zeitgeschichtlichem Wert sein. Ich habe es getragen, als ich Hunter zum letzten Mal gesehen habe. Es passt mir immer noch wie angegossen.«

Während Jerry Gabrielle verkabelte, flüsterte Grace Laurie ins Ohr: »Ich weiß, ich sagte, dass Casey einen irren Blick hat, aber die hier stellt alles in den Schatten. Sag mir Bescheid, wenn ich die Leute mit der Zwangsjacke und dem Schmetterlingsnetz rufen soll.«

44

Laurie sah zum Bildschirm und vergewisserte sich, dass das, was sie vor sich sah, auch gefilmt wurde. Gabrielle Lawson beugte sich auf ihrem Sessel nach vorn – fast im Fünfundvierziggradwinkel – und starrte Ryan eindringlich in die Augen. Was Ryan mit seinen harschen Kommentaren in ihrer Wohnung an Schaden angerichtet hatte, war offensichtlich vergessen.

Jerry steckte Laurie einen Zettel zu, auf den er gekritzelt hatte: *Besorg denen ein Zimmer!*

Ryan ging mit der Situation wie ein Profi um – sachlich zur Kamera hin, aber herzlich genug, um Gabrielle zum Reden zu animieren. Er rekapitulierte zunächst kurz ihre Aussagen vor Gericht. Ihr zufolge habe Hunter eingesehen, dass Casey einfach zu »schlicht« und zu »vulgär« gewesen sei, um sie zu heiraten. Und er sei an einer Beziehung mit Gabrielle interessiert gewesen, »nachdem eine angemessene Zeitspanne verstrichen« sei.

Daraufhin nahm Ryan sie ins Kreuzverhör, stellte ihr ganz ähnliche Fragen, wie es auch Janice Marwood während des Prozesses getan hatte, und konfrontierte sie mit der Aussage, dass niemand ihre Behauptungen hinsichtlich einer Beziehung mit Hunter bestätigen konnte. Gabrielle hatte jedoch für alles eine Erklärung parat. Hunter habe sich immer sehr »diskret« verhalten. Sie seien nicht so »geschmacklos« gewesen, um sich zusammen in der Öffentlichkeit zu zeigen. Und es habe zwischen ihnen eine »ganz besondere Verbindung« und ein »unausgesprochenes Einverständnis« bezüglich ihrer gemeinsamen Zukunft bestanden.

Ryan nickte höflich, aber Laurie sah ihm an, dass er gleich auf unerforschtes Terrain vordringen würde. »Gabrielle, das alles ist jetzt fünfzehn Jahre her, trotzdem lässt sich nach wie vor nicht mit Sicherheit sagen, dass Hunter wirklich Ihretwegen Casey verlassen wollte – was ja als Grundlage für Caseys mutmaßliches Mordmotiv angesehen wurde. Was würden Sie den Zuschauern erzählen, die glauben, Sie würden über Ihre Beziehung zu Hunter entweder die Unwahrheit sagen oder Sie hätten sich diese Beziehung in Ihrem Wunschdenken bloß eingebildet?«

Sie gab ein mädchenhaftes Kichern von sich. »Na, das ist doch einfach nur lächerlich.«

»Aber es wäre ja nicht das erste Mal, dass man Sie genau dieses Sachverhalts verdächtigt. Vielleicht können wir uns etwas über Hans Lindholm unterhalten.«

Noch nicht einmal eine zentimeterdicke Make-up-Schicht hätte verbergen können, dass sie kreidebleich wurde. »Das war ein Missverständnis.«

»Unsere Zuschauer kennen wahrscheinlich den mit zahlreichen Preisen ausgezeichneten Regisseur. Sie erinnern sich vielleicht auch, dass er gegen eine Frau, die er auf einem Filmfestival kennengelernt hatte, ein Kontaktverbot erwirkte. Er mutmaßte, dass die fragliche Dame Gerüchte in der Klatschpresse streute, denen zufolge die beiden zusammenziehen wollten. Was unsere Zuschauer möglicherweise nicht wissen, ist, dass Sie diese Frau sind, gegen die ein gerichtliches Kontaktverbot ausgesprochen wurde.«

»Das ist lange her.« Zum ersten Mal seit Beginn der Aufzeichnung wandte Gabrielle den Blick von Ryan ab.

»Und die Klatschkolumnistin, die – fälschlicherweise – berichtete, sie beide würden zusammenziehen, war Mindy Sampson. Dieselbe Kolumnistin, die auch das Foto von Ihnen mit Hunter gebracht und darüber spekuliert hatte, dass er Casey nun vielleicht doch nicht heiraten würde.«

»Was soll das alles?«, fragte Gabrielle.

»Es scheint, als würde Mindy Sampson immer schon auf irgendeine Weise von Ihren angeblichen Liebesbeziehungen wissen – oder zumindest darüber *berichten* –, gleichgültig, ob sie überhaupt existierten oder nicht. Waren *Sie* also die Quelle beider Berichte?«

»Sie verdrehen doch sämtliche Tatsachen.«

»Das ist nicht meine Absicht, Gabrielle«, erwiderte er freundlich und klang, als wäre er ihr Verbündeter. »Wir haben uns vor zwei Wochen schon mal vorab unterhalten. Erinnern Sie sich?«

»Sie waren sehr ungehobelt«, entgegnete sie und schien ihre jetzige Meinung über Ryan zu überdenken.

»Ich bedaure, dass es so ungünstig gelaufen ist. Ich wollte mich nur vergewissern, dass ich Ihre Version der Geschichte auch verstehe. Sie gaben zu, dass Sie sich – ich zitiere – *ins Bild hineingelehnt* haben, als Sie den Fotografen sahen. Dass – ich zitiere nochmals – diese Dinge manchmal *einen kleinen Anstoß* brauchen. Könnte es sein, dass Sie Mindy gegenüber von Beziehungen berichtet haben, die sich ... sagen wir mal, noch in einem ganz frühen Stadium befunden haben, als wollten Sie einen Samen säen, in der Hoffnung, dass er später einmal aufgehen und erblühen würde. Ist es so bei Hans Lindholm gelaufen?«

Sie nickte vorsichtig. »Wie gesagt, es war ein Missverständnis. Ich war entsetzt, als er mich wegen Stalking anzeigte. Das war demütigend.«

»Haben Sie auch bei Hunter einen solchen *Samen gesät?* Haben Sie Mindy Sampson angerufen, damit sie einen Fotografen zur Spendenaktion des Boys and Girls Club schickte und Sie sich zu Hunter hinlehnen konnten, als der Fotograf auftauchte?«

Jetzt schüttelte sie den Kopf. »Nein. Ich gebe zu, ich habe sie wegen Hans kontaktiert. Ich dachte, wenn er mitbekommen würde, wie viel Publicity ihm das einbringt, würde das sein

Interesse wecken. Aber im Fall von Hunter rief sie doch nur an, weil *sie* mich davor kontaktiert hat.«

»Was soll das heißen, sie habe Sie kontaktiert?«

»Sie sagte, sie habe Gerüchte aufgeschnappt, wonach Hunter an mir interessiert sei. Und einige Abende vor der Gala seiner Stiftung würde er am Spendenabend des Boys and Girls Club teilnehmen. Mindy erzählte, Casey habe an dem Abend eine Auktion bei Sotheby's, weshalb sie nicht anwesend sein könne. Also schlug Mindy vor, dass ich dort auftauche. Sie sagte, sie würde einen Fotografen vorbeischicken. Hunter freute sich sehr, als er mich sah. Er war sehr freundlich und aufgeschlossen mir gegenüber und wollte wissen, was ich seit unserer letzten Begegnung gemacht habe. Ich sage Ihnen, es war was zwischen uns. Ein stilles Einverständnis. Er wollte sie für mich verlassen.«

Jerry schob Laurie einen weiteren von ihm geschriebenen Zettel hin: *Er wusste es nur noch nicht!*

Ryan gelang es, eine ganz neutrale Miene aufzusetzen, obwohl Gabrielle klang, als wäre sie vollkommen in ihrer eigenen Traumwelt versunken.

»Sie sagen also, Mindy hat Sie kontaktiert, weil es angeblich Gerüchte über Sie und Hunter gab. Waren diese Gerüchte neu für Sie?«

Gabrielle dachte eingehend nach. Als sie schließlich zu einer Antwort ansetzte, hatte sich ihr Ton verändert. Sie wirkte klar und nachdenklich.

»Es war bekannt, dass Hunters Vater mit Casey nicht einverstanden sein konnte. Zudem gab es Gerüchte, dass Hunter dem Druck vonseiten der Familie nachgeben würde. Und, ja, ich wollte mir einreden, dass er gern an unsere Verabredungen zurückdachte und mich für die angemessenere Wahl hielt.«

»Woher wusste Mindy Sampson, dass Hunter an dieser Veranstaltung ohne Casey teilnehmen würde?«

»Ehrlich gesagt, ich habe immer Hunters Vater dahinter vermutet. Wie gesagt, manche Dinge brauchen einen kleinen Anstoß. Vielleicht war er der Meinung, dass sein Sohn zu einer anderen Frau hingeschubst werden musste.«

»Können Sie mit Gewissheit sagen, dass General Raleigh seinen Sohn unter Druck gesetzt hat, damit dieser seine Verlobung löst?«

»Na ja, ich bin mir nicht sicher, Sie sollten da eher Hunters Bruder Andrew fragen. Am Galaabend war er noch betrunkener als Casey. Ich habe gesehen, wie er sich an der Bar den ich weiß nicht wievielten Scotch holte. Ich sagte ihm noch, ›sollten Sie sich nicht eher unter die Leute mischen?‹ Er meinte, es kümmert doch keinen, ob er hier sei oder nicht, und eigentlich müsste er sofort raus, weil Hunter und sein Vater den ganzen Sauerstoff aus dem Raum saugen. Er beschwerte sich, dass sich sein Bruder so arriviert, so wohlhabend gab, obwohl die Familienstiftung doch ihm übertragen wurde. Ich machte noch einen Scherz darüber, das ganze Gespräch kam mir ja so ungebührlich vor. Und dann sagte er noch: ›Wäre ich mit einer Frau wie Casey Carter verlobt, dann würde mein Vater sie für zu gut für mich halten. Aber möge Gott verhüten, dass sein auserwählter Sohn einen ganz normalen Menschen heiratet. Na, auf gutes Gelingen, General Raleigh.‹ Damit hob er sein Glas, als würde er einen Toast aussprechen, und er sagte: ›Nur weiter so, dann werde ich Loser der einzige Sohn sein, der dir noch bleibt.‹ Um Ihnen die Wahrheit zu sagen, als ich von Hunters Ermordung erfuhr, musste ich als Erstes an Andrew und seine unheilvollen Worte an diesem Abend denken. Aber dann wurde Casey verhaftet – und na ja, es liegt ja wohl klar auf der Hand, dass sie Hunter umgebracht hat.«

45

Sobald Gabrielle Lawson fort war, sah Laurie auf ihre Uhr. Es blieb ihnen noch eine halbe Stunde, bevor sie ihre Ausrüstung zusammenpacken mussten. Sie sah sich nach der Assistentin des Generals, Mary Jane Finder, um, konnte sie aber nirgends entdecken.

Laurie sprach eine junge Frau, die Blumenarrangements am Podium aufstellte, auf Mary Jane an. Wenn sie sich beeilten, könnte Ryan sie noch interviewen, dann hätten sie die morgige Sitzung im Landhaus ganz für Andrew und James Raleigh.

Die Frau mit den Blumen meinte, sie habe Mary Jane vor nicht ganz zehn Minuten auf der 42nd Street in einen Wagen steigen sehen.

Laurie griff zu ihrem Handy und wählte Mary Janes Nummer. Die strenge Stimme am anderen Ende der Leitung war unverkennbar. »Ja«, meldete sich die Assistentin kühl.

»Hier ist Laurie Moran. Wir haben noch etwas Zeit, es wäre schön, wenn Sie noch ein paar Minuten für uns erübrigen könnten.«

»Unterhalten wir uns doch morgen, wenn nicht so viel los ist.«

»Es wird auch nicht lange dauern«, versprach Laurie. »Da Sie damals bei der Planung der Gala so unersetzlich waren, wäre es nur angemessen, Sie im Cipriani zu interviewen und nicht im Landhaus.«

»Na, das geht leider nicht. Ich bin gerade unterwegs, um die Platzkarten für heute Abend zu holen. Ich habe sie dummerweise zu Hause liegen lassen. Bei dem Verkehr hier werde ich nicht vor einer dreiviertel Stunde zurück sein.«

Eher würde die Frau ihren eigenen Geburtstag vergessen als die Platzkarten für eine Veranstaltung der Raleigh-Stiftung, dachte Laurie. Sie war es leid, von Mary Jane immer nur hingehalten zu werden.

»Gibt es einen Grund, warum Sie nicht interviewt werden wollen?«

»Natürlich nicht. Aber ich bin nicht die Einzige, die ihre Arbeit zu tun hat.«

»Apropos Arbeit, wussten Sie, dass Hunter Sie nicht mochte und auf Ihre Entlassung hingewirkt hatte?«

Es folgte eine lange Pause, bevor sie antwortete. »Ich fürchte, da hat man Ihnen etwas Falsches erzählt, Ms. Moran. Und jetzt halten Sie sich bitte an Ihre Zusage und verlassen mit Ihrem Kamerateam den Saal, bis ich zurück bin.«

Die Leitung war tot. Laurie war überzeugt, dass Mary Jane irgendetwas zu verbergen hatte.

46

Nachdem sie im Cipriani fertig waren, versammelten sich Jerry, Grace und Ryan in Lauries Büro und besprachen die Ereignisse des ersten Produktionstages. Wie immer waren Jerry und Grace geteilter Meinung, als das Gespräch auf Andrew Raleigh kam.

»Er war ziemlich abgefüllt, und was er gesagt hat, war auch ziemlich daneben«, beharrte Jerry. »Aber würde ich jedes Mal des Mordes verdächtigt werden, wenn ich mich negativ über meinen Bruder auslasse, würde ich schon längst in der Todeszelle sitzen.«

»Nein«, warf Grace ein und hob den Zeigefinger, bei ihr immer ein Zeichen dafür, dass sie von ihrer Meinung sehr überzeugt war. »Du kannst deinen Bruder ein Ekel nennen oder ihn als Angeber beschimpfen, aber ihn als *auserwählten Sohn* bezeichnen? Da steckt eine Menge Groll dahinter – Groll gegen den Bruder *als auch* gegen den Vater. Da müsste man normalerweise einen Therapeuten darauf ansetzen.«

»Wenn wir nicht bald was Besseres auf Lager haben«, sagte Laurie, »brauche *ich* einen Therapeuten.«

Nach dem erfolgreichen Tag vor der Kamera hatte Laurie eigentlich damit gerechnet, dass Ryan das Meeting an sich reißen würde, bislang aber hatte er geschwiegen, auf seinem Handy herumgespielt und die eingegangenen Nachrichten abgearbeitet.

Laurie war ein Einzelkind, genau wie ihr Sohn, daher fehlte ihr jegliche Erfahrung mit der Rivalität unter Geschwistern.

Einerseits hatte sie Andrew selbst erlebt und feststellen müssen, dass er ein schwerer Trinker war. Leicht vorstellbar, dass er sich bei einem entsprechenden Alkoholpegel nicht besonders freundlich über seinen Bruder ausließ, was allerdings gar nichts heißen musste. Andererseits war nicht zu übersehen, dass er der in Ungnade gefallene Sohn einer extrem erfolgreichen Familie war. Sein Kommentar, er würde der *einzige Sohn* sein, der seinem Vater noch blieb, war allerdings verstörend, noch dazu, da er nur wenige Stunden vor der Ermordung seines Bruders fiel.

»Wir wissen, dass General Raleigh nach der Gala mit einigen wichtigen Geldgebern einen Club aufgesucht hat«, sagte Laurie. »Andrew hingegen ist danach anscheinend sofort nach Hause gefahren.«

»Seht ihr?«, rief Grace. »Das erklärt, warum er es getan haben könnte. Hunter verlässt vorzeitig die Gala, weil es Casey schlecht geht. Wahrscheinlich denkt sich Andrew, das ist meine Chance, allen zu zeigen, was ich drauf habe. Aber dann lädt Dad ihn noch nicht mal zum Nachklapp ein. Und da dreht er durch.«

»Das ergibt doch überhaupt keinen Sinn«, entgegnete Jerry. »Warum sollte er dann Casey die Tat anhängen? Und woher hatte er das Rohypnol? Außerdem hast du doch von Anfang an behauptet, dass Casey die Täterin ist.«

Laurie stutzte – irgendetwas war da, aber sie bekam es nicht richtig zu fassen. Sie sah zu Ryan, aber er hatte nach wie vor nichts beizutragen und tippte immer noch auf seinem Handy herum. Sie zwang sich zur Konzentration, rief sich Jerrys Kommentar zu den Rohypnol-Tabletten ins Gedächtnis und musste wieder an Gabrielles Interview denken.

»Der Vater«, murmelte sie.

»Klingt, als wäre er der reine Albtraum«, sagte Jerry. »Er ist es gewohnt, Befehle zu erteilen, im Dienst wie zu Hause. Wisst ihr, was ich mir denke? Ich glaube, Hunter hat Casey wirklich geliebt, und er wollte sich nicht dem Druck seines Vaters beugen. *Deshalb* sagte Andrew, er würde bald der einzige Sohn sein, der seinem Vater noch bleibt. Vielleicht hatte Hunter sich für Casey und gegen die Familie entschieden. Aber der General hatte andere Pläne. Also spannte er – oder seine Assistentin, weil er sich die Hände nicht schmutzig machen wollte – Mindy Sampson für seine Zwecke ein, damit das Foto von Hunter und Gabrielle zustande kam. Er säte Zwietracht. Und nachdem Hunter tot war, intrigierte er weiter, nahm Einfluss auf die Medienberichterstattung und ließ Online-Kommentare veröffentlichen, mit denen er dafür sorgte, dass Casey verurteilt wurde.«

»Das ist es«, sagte Laurie. »Das Rohypnol. Das Medikament passt doch nirgends so richtig rein, in kein Szenario. Aber was, wenn es Hunters Vater war?«

In diesem Punkt waren sich Jerry und Grace einig: Beide schüttelten den Kopf. Der General liebte seinen Sohn, außerdem hatte er ein Alibi.

»Nein«, erläuterte Laurie ihren Gedanken. »Er hat Hunter nicht umgebracht. Aber vielleicht hat er ihr das Medikament ins Glas gegeben, damit sie sich in aller Öffentlichkeit unmöglich macht – und Hunter endlich einsieht, dass sie als seine Frau nicht geeignet ist? Er könnte ihr sogar noch ein paar Tabletten in die Handtasche gelegt haben, damit es noch schlimmer aussieht, wenn sie behauptet, sie sei unwissentlich unter Drogen gesetzt worden. Dann, nach Hunters Ermordung, war er möglicherweise so von ihrer Schuld überzeugt, dass er beschloss, die Sache durch die schädlichen Online-Kommentare und Jasons Buchvertrag voranzutreiben. Und da Mary Jane dem General nie von der Seite weicht, ist davon auszugehen, dass sie davon wusste oder sogar die schmutzige Arbeit selbst erledigt hat, was erklären würde, warum sie sich nicht interviewen lassen möchte.«

Es war still im Raum. Ihre Theorie klang plausibel. Wenn sie eine Erklärung für das Rohypnol hatten, das mit dem Mord nicht direkt in Verbindung stand, würde das eine ganze Reihe von Möglichkeiten eröffnen. Dann konnte selbst Hunters Bruder der Täter sein.

Ryan tippte wieder auf seinem Handy herum.

»Ryan, haben Sie auch etwas beizutragen?«, fragte sie.

»Tut mir leid, ich muss noch jemanden anrufen.«

»Ach ja? Wir werden morgen Andrew und James Raleigh interviewen. Wir sollten uns auf eine Strategie einigen. Sie sollten sich mehr auf die Sache konzentrieren.«

»Wie gesagt, ein Anruf noch.«

Die drei sahen ihm nach, als er ohne weitere Erklärung Lauries Büro verließ.

»Nur um eines klarzustellen«, sagte Grace, nachdem er fort war. »Ich weiß, dass Brett ihn nie hätte nehmen dürfen.«

»Klar weißt du das«, kam es von Jerry. »Klar.«

»Es ist schon spät«, sagte Laurie. »Ihr beide solltet Schluss machen.«

Zwanzig Minuten später, als Ryan zurückkam, saß Laurie allein in ihrem Büro. Ryan klopfte an, bevor er eintrat.

»Ich dachte, Sie wären schon gegangen«, sagte sie.

»Nein. Jerry und Grace sind nicht mehr da?«

»Nein.«

»Kann ich reinkommen?«

»Ist es nötig?«

»Deshalb frage ich.«

»Wollen wir endlich darüber reden, wie wir morgen gegenüber den Raleighs auftreten?« Seit fünfzehn Jahren arbeitete Laurie als Journalistin, die letzten zehn davon als Fernsehproduzentin, aber nie hatte sie so stark das Gefühl gehabt, im Dunkeln zu tappen, wie hier. Sie wusste, wie es war, wenn man durch ein Gewaltverbrechen einen nahen Angehörigen verlor – wie es war, wenn andere sich zuflüsterten, dass *die Ehefrau doch immer die Täterin ist,* weil der Mord an Greg fünf Jahre lang nicht aufgeklärt wurde. Es war denkbar, dass Hunters Vater Casey die Medikamente verabreicht hatte. Und es war denkbar, dass auch Andrew irgendwie damit zu tun hatte. Aber falls dem nicht so war, dann gehörten die beiden zu den Opfern. Sie trauerten. Sie schliefen nachts in dem Gefühl ein, dass ihnen Hunter fehlte. Es würde ihr keine Freude machen, ihnen die Fragen zu stellen, die ihr durch den Kopf gingen.

»Ja, wir werden uns über die Raleighs unterhalten«, sagte Ryan. »Aber erst möchte ich Ihnen etwas anderes erzählen. Ich weiß, ich war wahrscheinlich nicht Ihre erste Wahl ...«

Sie hob die Hand. »Sparen Sie sich das, Ryan. Mir geht es nur darum, eine gute Sendung zu machen. Außerdem waren Sie heute großartig. Aber unsere Arbeit besteht nicht nur aus den Auftritten vor der Kamera. Sie müssen die Interviews wie ein Kreuzverhör angehen, so wie Sie es heute bei Jason und Gabrielle getan haben. Wir haben keinen fixen Plan, er ändert sich ständig. Was wir heute erfahren, beeinflusst, was morgen sein wird. Gabrielle hat uns heute, was Hunters Familie betrifft, alle ziemlich überrascht. Wir müssen uns neu aufstellen, bevor wir sie« – sie sah auf ihre Uhr – »in etwa fünfzehn Stunden interviewen. Aber als ich Sie einbeziehen wollte, waren Sie weiß Gott wo.«

»War ich nicht. Ich sagte doch, ich musste jemanden anrufen, nur haben Sie mir nicht geglaubt. Genau wie heute, als ich Ihnen sagte, ich arbeite daran, Informationen über Mark Templeton zu bekommen. Ich konnte es Ihnen ansehen, dass Sie mir nicht glaubten. Sie behandeln mich, als würde ich bloß von Bretts Freundschaft zu meinem Onkel profitieren ...«

»Das haben jetzt Sie gesagt, nicht ich.«

»Wow. Okay, ich sage es nur ungern, aber es bleibt mir nichts anderes übrig. Sie waren skeptisch, ob ich wirklich wegen Templeton meine Kontakte im Büro des U.S. Attorney nutzen würde. Also, ich habe sofort nach unserem Gespräch mehrere

Telefonate geführt. Der Grund aber, warum ich bislang Stillschweigen gewahrt habe, ist, dass es mir tatsächlich ernst ist mit diesem Ausflug in den Journalismus, also wollte ich meine Quellen erst verifizieren, bevor ich irgendwelche Unterstellungen verbreite. Brett erzählte mir, wie wichtig Ihnen journalistische Integrität ist. Das war auch der Grund, warum ich mich für diese Sendung entschieden habe, Laurie. Ich war nie Ihr Gegner. Ich hatte andere Angebote, aber ich wollte diese Sendung und keine andere. Meine Quellen bleiben geheim, aber ich vertraue meinen Informanten. Übrigens habe ich zwei davon, wie es sich der Seriosität wegen gehört.«

»Nun rücken Sie endlich damit heraus, was Sie mir sagen wollen, Ryan.«

»Sie hatten recht, an Templetons Ausscheiden aus der Stiftung war etwas faul. Er hat eine Weile lang keine neue Stelle gefunden, weil ihm James Raleigh, egal, was er öffentlich sagte, kein Zeugnis ausstellen wollte.«

»Was sich fatal auf eine mögliche Neuanstellung auswirkte. Was ist also geschehen?«

»Es wurde eine außergerichtliche Vereinbarung ausgehandelt. Es wurde keine Anzeige erstattet, aber das Büro des U.S. Attorney wurde eingeschaltet. Etwa zu der Zeit, als Templeton seine neue Stelle antrat, unterzeichnete er eine Art Geheimhaltungsvereinbarung mit den Raleighs. Voilà. Problem gelöst.«

»Gut. Danke für die Mühen. Es tut mir leid, dass ich an Ihnen gezweifelt habe, Ryan. Warum haben Sie sich dann so lange geziert, mir das mitzuteilen?«

»Es geht um den Strafverteidiger, mit dem Mark Templeton im Bundesgerichtshof erschien. Das war nämlich Ihr allseits geschätzter früherer Moderator Alex Buckley.«

47

Als Ramon die Tür zu Alex' Wohnung öffnete, schien er ganz genau zu wissen, dass etwas nicht stimmte. Sonst begrüßte er Laurie immer mit einem Witzchen oder bot ihr einen Cocktail an, heute Abend aber sagte er ihr nur, dass Alex gleich kommen würde, und ließ sie im Wohnzimmer allein.

Alex richtete den Kragen seines Hemds, und seine Haare waren noch feucht, als er aus dem zu seinem Schlafzimmer führenden Flur erschien. »Laurie, tut mir leid, dass du warten musstest. Als du angerufen hast, war ich noch im Fitnessstudio. Ich bin sofort nach Hause geeilt, aber du warst schneller. Kann ich dir irgendetwas anbieten?«

Sie hatte große Lust auf ein Glas Cabernet, aber nicht jetzt. »Ich bin wegen der Sendung hier. Nach Ramons Verhalten an der Tür zu schließen war dir schon klar, dass ich nicht aus privaten Gründen hier bin.«

»Ich war mir nicht sicher.«

Er war sich nicht sicher, aber er musste ihren Besuch früher oder später erwartet haben. Immerhin sagte er ihr ständig, dass sie besser sei als jeder Ermittler, mit dem er je gearbeitet hatte.

»Bei unserer letzten Begegnung hast du mich gewarnt, ich solle vorsichtig sein in diesem Fall – ich hätte es mit sehr mächtigen Leuten zu tun. Damit meintest du James Raleigh, oder?«

»Ich muss dir nicht sagen, dass ein Dreisternegeneral, dessen Familie mit dem Weißen Haus in Verbindung gebracht wurde, ein sehr mächtiger Mann ist.«

»Nein, aber du hättest mir sagen können, dass du schon mal mit ihm zu tun hattest.«

Er streckte die Hand nach ihr aus, aber sie trat zurück. »Laurie, *du* hättest dich daran erinnern können, dass ich einen Beruf habe, den ich schon vor dir oder vor deiner Sendung ausgeübt habe. Bitte erwarte nicht, dass ich dir mehr als das mitteile.«

»Ich bin solche Floskeln leid, Alex. Seitdem ich Casey Carters Namen erwähnt habe, redest du mit mir nur noch wie ein Anwalt.«

»Weil ich Anwalt bin.«

»Deswegen unterliegst du der anwaltlichen Schweigepflicht. Aber dein Mandant ist nicht James Raleigh. Dein Mandant ist – oder war – Mark Templeton. James Raleigh hast du allerdings vor ihm gekannt. Du hast ihn noch während deines Studiums bei einem Picknick kennengelernt. Dann wurdest du einer der besten Strafverteidiger der Stadt, und durch die Verbindung zu General Raleigh kamst du irgendwie dazu, Mark Templeton zu vertreten, als Fragen zu den Stiftungsfinanzen laut wurden.«

»Das ist nicht fair, Laurie. Ich kann weder bestätigen noch leugnen, Mark Templeton zu kennen …«

»Willst du mich jetzt veralbern?«

»Mir bleibt in diesem Fall keine andere Wahl, Laurie. Aber dir. Du kannst dich dafür entscheiden, mir zu glauben. Du kennst mich, und du weißt, dass du mir wichtig bist, auch was deine Arbeit betrifft. Ich schwöre dir: Du kannst – und solltest – Mark Templeton aus der Geschichte heraushalten. Du bist hier auf dem Holzweg.«

»Das ist alles? Ich soll dich beim Wort nehmen und einfach weitermachen wie bisher?«

»Ja.« Es klang ganz einfach bei ihm.

Laurie fühlte sich vollkommen hilflos. Seitdem sie an dem Fall dran war, spürte sie, wie sehr ihr Alex fehlte – und nicht nur, weil Ryan Nichols eine so unerträgliche Nervensäge war.

Irgendwie hatte Alex etwas Beruhigendes an sich. Wenn sie sich unterhielten, kamen die Ideen ganz von allein. Es war dann ganz einfach, ihrer Intuition zu folgen, jedenfalls was die Arbeit betraf. Jetzt aber erzählte Alex ihr, dass sie allein auf sein Wort hin gewisse Fakten ignorieren sollte, während ihre Intuition ihr das genaue Gegenteil sagte.

Wieder streckte er die Hand nach ihr aus, und diesmal ließ sie sich in eine sanfte Umarmung ziehen. Er strich ihr durch die Haare. »Es tut mir leid, dass ich nicht mehr sagen kann, aber bitte vertrau mir. Warum vertraust du mir nicht?«

Sie trat zurück, damit sie ihm in die Augen sehen konnte. »Weil ich glaube, dass du mich anlügst.«

»Laurie, ich habe dich noch nie angelogen und werde es auch nie tun. Wenn du mich fragst, ob Mark Templeton irgendetwas mit Hunter Raleighs Ermordung zu tun hatte, dann bürge ich persönlich für seine Unschuld.«

»Du bist immer noch deinem Mandanten verpflichtet, nicht wahr? Alex, ich rede über *uns*. Ich war hier bei dir, mit meinem Sohn und meinem Vater, unmittelbar nach meiner ersten Begegnung mit Casey Carter. Selbst da hatte ich schon den Eindruck, als wolltest du mich von dem Fall abbringen. Warum hast du mir nicht gesagt, dass du eine der Hauptfiguren persönlich kennst? Du hast mich gezwungen, dir jede kleine Information aus der Nase zu ziehen, wie bei einem Kreuzverhör.«

»Ich habe dich nicht angelogen. Ich hab dir nur nicht alles gesagt.«

Fassungslos schüttelte sie den Kopf. Ausgerechnet der Mann, von dem sie wusste, dass sie ihn liebte, stand hier vor ihr und ritt auf dem feinen Unterschied zwischen einer Lüge und dem Nicht-ganz-die-Wahrheit-Sagen herum.

»Bitte, Laurie, ruf dir unser Gespräch nach deinem Treffen mit Casey in Erinnerung. Du hast Mark Templeton nicht einmal erwähnt, du hast weder von Hunters Vater noch von der

Stiftung gesprochen. Es ging um einen fünfzehn Jahre alten Mordfall und nicht darum, was sich vielleicht Jahre später in der Stiftung abgespielt hat. Bei dem Mord wiederum ging es anscheinend immer nur um Casey und um Hunters Beziehung zu ihr, worüber ich absolut nichts weiß. Also, selbst *falls* ich irgendetwas über die Stiftung gewusst hätte, warum hätte ich das erwähnen sollen, noch dazu, wenn es mir verboten ist, darüber zu reden?«

»Du klingst jetzt wie der schlimmste Anwalt ...«

»Und du behandelst mich wie einen Verdächtigen in deiner Sendung.«

»Gut. Schon verstanden, du wirst mir nie die Wahrheit erzählen. Aber verrate mir eines: Schuldest du deinen Mandanten auch dann deine Loyalität, wenn sie schuldig sind?«

Er setzte sich aufs Sofa. Resigniert nahm er zur Kenntnis, dass damit eine neue Phase ihrer Auseinandersetzung eingeleitet wurde. »Natürlich.«

»Das gilt dann also für immer. Du hast mir, glaube ich, einmal gesagt, dass sie über das Grab hinaus Gültigkeit hat.« Er musste darauf nicht antworten. Sie wussten beide, worauf sie abzielte. »Daraus folgt also: Einer deiner Mandanten – jemand wie Mark Templeton, nur mal ganz hypothetisch gesprochen – hat große Angst davor, es könnte in einer Sendung wie meiner aufgedeckt werden, dass er etwas ganz Fürchterliches getan hat – dass er zum Beispiel einen Freund umgebracht hat, um seine Veruntreuung zu vertuschen –, und dann wäre es unter anderem deine Aufgabe, die Sendung zu hintertreiben.«

»Ja. Ja, Ms. Moran, du hast es verstanden. Du bist besser im Kreuzverhör als ich. Du hast gewonnen. Zufrieden jetzt?«

Nein, sie war nicht zufrieden. »Du hast gesagt, du hättest keine Wahl. Gut, ich auch nicht. Kurz vor seiner Ermordung hat Hunter darüber nachgedacht, einen Wirtschaftsprüfer einzuschalten, der sich die Finanzen der Stiftung vornehmen sollte.

Das gibt Templeton ein Motiv. Seine Frau und Kinder haben geschlafen, als er von der Gala nach Hause kam, er hat also kein Alibi. Ruf deinen Mandanten an: Er kann entweder mit uns vor der Kamera reden, oder er muss mit den Folgen dessen zurechtkommen, was wir in seiner Abwesenheit über ihn berichten werden. Wir haben vor, die Dreharbeiten in zwei Tagen abzuschließen.«

48

Laurie wäre fast über einen Fußball gestolpert, als sie die Wohnungstür öffnete. Sie wollte ihn schon aufheben, dann sah sie auf dem Flur verstreut die anderen Dinge, die unverkennbar von Timmys Anwesenheit zeugten: sein Trompetenkasten, die Videospielhüllen und Sportsachen, die ausreichen würden, um eine ganze Klasse einzukleiden. Solange Hochhäuser in Manhattan keine eigene Garage hatten, gehörte das alles notwendigerweise zu ihrer Wohnungseinrichtung.

»Wie geht es meinen Jungs?«

Leo und Timmy saßen zusammen auf dem Sofa und sahen sich *Bosch* an, die Lieblingskrimiserie der ganzen Familie. Ein leerer Pizzakarton lag zwischen zwei mit Krümel bedeckten Tellern. Das alles entsprach exakt Timmys Vorstellung vom Paradies.

»Ihr habt ohne mich angefangen?« Eigentlich wäre Komaglotzen nur zu dritt angesagt gewesen.

Timmy drückte auf den Pausenknopf. »Wir wollten warten, aber die Pizza hat so gut gerochen.«

»Wir haben ja gerade erst angefangen«, sagte Leo. »Zieh dich um. Ich wärme noch etwas von der Pizza auf, und Timmy spult zurück.«

Sie machte sich gerade über den zweiten Pizzastreifen her und war ganz in die Sendung vertieft, als ihr Handy auf dem Beistelltisch klingelte. Verstohlen warf sie einen Blick aufs Display in der Hoffnung, es wäre Alex. Es war Casey. Sie beschloss, die Mailbox rangehen zu lassen. Sie konnte dann morgen aus dem Landhaus der Raleighs zurückrufen, wenn sie James und

Andrew interviewten. Casey und ihre Familie waren als Letzte dran.

Doch statt auf dem Display angezeigt zu bekommen, dass ein Anruf eingegangen war, klingelte es erneut, dann ein drittes Mal. Casey musste auf die Wahlwiederholung drücken.

»Schalt es aus«, sagte ihr Vater. »Du hast jetzt Feierabend.«

»Ich kann mich noch gut an Mom erinnern, die dir das auch immer gesagt hat«, erwiderte Laurie und verzog sich mit dem Handy in die Küche.

Casey klang aufgeregt und sparte sich jede Form von Begrüßung. »Ich habe mich gerade mit Angela und meiner Mom über die Sendung unterhalten. Wir sind der Meinung, es wäre klüger, von dem fehlenden Foto nichts zu erzählen.«

Laurie seufzte verhalten. Das hatte ihr gerade noch gefehlt – redaktionelle Hinweise von den Teilnehmern. »Ich bin ein wenig verwirrt, Casey. Ich dachte, das fehlende Foto von Hunter mit dem Präsidenten sei Ihrer Meinung nach ein wichtiges Indiz dafür, dass an diesem Abend noch jemand im Haus gewesen ist.«

»Das ist es auch. Aber genau deshalb sollten Sie das Foto nicht eingehender beschreiben. Vielleicht könnten Sie nur sagen, dass etwas fehlt – vielleicht sogar, dass ein Foto fehlt –, aber nicht, dass es sich um eine Aufnahme von Hunter mit dem Präsidenten handelt.«

»Okay. Aber warum sollte ich das tun?« Sie bedauerte sofort, gefragt zu haben, aber ihre Neugier hatte nun mal gesiegt.

»Das ist so wie bei der Polizei, die gewisse Dinge zurückhält, um die Leute zu testen, die sich mit Informationen melden. Ich gehe davon aus, dass auf die Sendung alle möglichen Leute anrufen, um irgendwelche Tipps loszuwerden. Wenn wir die, die wirklich was zu sagen haben, von den Spinnern trennen wollen, könnten wir nachfragen, ob sie irgendetwas über dieses Bild wissen. Sie verstehen, was ich meine?«

Laurie verstand nur, dass Casey und ihre Familie zu viele Krimis gesehen hatten. »Ich muss es mir durch den Kopf gehen lassen. Vielleicht werden wir Sie bei den Dreharbeiten darauf ansprechen, aber keine Sorge, wir schneiden die Interviews immer. Aber wenn ich Sie schon in der Leitung habe, erzählen Sie mir doch von Mark Templeton. Wie lange kannten sich er und Hunter schon?«

»Seit ihrem ersten Studiensemester in Yale. Sie waren im selben Wohnheim. Hunter war wegen seiner berühmten Familie eine große Nummer auf dem Campus. Mark war nur wegen eines Stipendiums dort, für ihn war das alles eine eher fremde Welt. Aber Hunter nahm Mark unter seine Fittiche. So war er eben.«

»Und das hat ihre Freundschaft bestimmt?«

»So könnte man das sagen. Hunter war eine Persönlichkeit. Mark stand bis zu einem gewissen Grad immer in seinem Schatten. Deshalb habe ich sogar in Betracht gezogen, dass Mark die Stiftung um Geld betrogen haben könnte. Im Lauf der Zeit sammeln sich möglicherweise Ressentiments an, bis er meint, er hätte eigentlich mehr verdient.«

Ähnliches war auch Laurie bereits in den Sinn gekommen. »Als die Raleigh-Stiftung vom Präsidenten ausgezeichnet wurde, war da Mark ebenfalls ins Weiße Haus eingeladen?«

»Nein. Hunter durfte nur eine weitere Person mitbringen.«

Laurie fragte, wer dieser Gast war, obwohl sie die Antwort bereits zu kennen glaubte.

»Er hat mich mitgenommen.« Casey stockte, als ihr klar wurde, warum Laurie die Frage gestellt hatte. »O mein Gott, war Mark es? Haben Sie noch mehr Beweise?«

Laurie war sich überhaupt nicht sicher, was sie zu diesem Zeitpunkt glauben sollte, nur eines wusste sie mit Bestimmtheit: Sie hätte diese Dinge sehr gern mit Alex besprochen.

49

Überrascht sah Laurie, dass Andrew Raleigh eine Bierdose in der Hand hielt, während die Visagistin ihm das Gesicht puderte. Der Mann trank gern, aber es war doch erst halb elf Uhr morgens, und er sollte gleich über den Mord an seinem älteren Bruder interviewt werden.

Vielleicht bemerkte er Lauries skeptischen Blick, denn er hielt die Dose hoch. »Nur diese eine, versprochen. Tut mir leid, aber in dem Haus wird mir immer ganz anders. Ich meine, es ist nicht mehr dasselbe Sofa, trotzdem ist hier mein Bruder umgebracht worden. Ich liege auf der Couch und schau mir im Fernseher ein Spiel an, und plötzlich sehe ich ihn durch den Flur ins Schlafzimmer rennen, wo alles passiert ist. Fast kann ich dann sogar die Schüsse hören.«

»Das tut mir leid.« Mehr fiel ihr dazu nicht ein.

»Wow, ich bin eine richtige Stimmungskanone, was?« Im Spiegel nahm er Blickkontakt mit der Visagistin auf. »Wie sehe ich aus? Fantastisch, oder?«

Sie warf einen letzten Blick auf ihr Werk und zog das Tuch aus seinem Kragen. »Adonis ist nichts gegen Sie«, antwortete sie.

Andrew zwinkerte ihr zu. »So was nennt man, glaube ich, Sarkasmus.«

»Ist General Raleigh hier?«, fragte Laurie. Sie waren mittlerweile seit gut einer Stunde im Haus, und Laurie hatte ihn bislang nicht gesehen. Andererseits umfasste das Haus auch mindestens siebenhundert Quadratmeter.

»Nein. Ein Fahrer bringt ihn und Mary Jane aus der Stadt. Voraussichtliche Ankunftszeit zwölf Uhr dreißig. Auf die Minute genau.«

»Auf die Minute genau?«

»Mein Vater überlässt nichts dem Zufall.« Andrew schüttelte die leere Dose. »Ich habe das Gefühl, eine zweite schreit nach mir, es sei denn, wir legen bald los. Ist Ihr Typ fertig?«

Sie drehte sich um. Ryan steckte sich vor der Küche das Mikro an. »Alles bestens.«

Ryan plauderte mit Andrew über dessen Erinnerungen an seinen Bruder Hunter. Laurie musste anerkennen, was für bemerkenswerte Fortschritte ihr neuer Moderator in nur zwei Tagen vor der Kamera gemacht hatte. Er gab sich völlig entspannt, als hätte er einen Freund bei sich im Wohnzimmer sitzen, mit dem er sich gern unterhielt. Sie wandte sich an Jerry, der neben ihr stand. »Was meinst du?«

»Er wird immer besser«, flüsterte Jerry. »Heißt das, dass wir ihn jetzt nicht mehr so grässlich finden müssen?«

Sie lächelte. »Einen Schritt nach dem anderen.«

Jerry legte den Zeigefinger auf den Mund. Ryan näherte sich dem interessanten Teil. Er erinnerte das Publikum an die von der Staatsanwaltschaft vertretene Theorie, dass General Raleigh seinen Sohn unter Druck gesetzt hatte, die Verlobung mit Casey zu lösen. »Wie sehr hat Ihr Vater Casey wirklich abgelehnt?«

»Sehr. Aber er hat Hunter nicht gezwungen, etwas gegen seinen Willen zu tun. Mein Vater pflegt ein gewisses Auftreten, das von seiner militärischen Vergangenheit herrührt, insgeheim aber ist er ein Mann, der seine Söhne liebt. Er hat sich bloß Sorgen gemacht, dass Hunter einen großen Fehler begeht. Wenn er mit Hunter darüber gesprochen hat, dann in der Hoffnung, dass sein Sohn zur Einsicht gelangt.«

»In Hinblick auf Casey?«

»Ja. Er hatte gute Gründe für seine Bedenken. Casey war sehr temperamentvoll. Impulsiv, wenn Sie so wollen. Hitzig.«

Hitzig klang nicht unbedingt nach einem Wort, das Andrew benutzen würde. Überhaupt schien alles einstudiert zu sein und hörte sich ganz anders an als das, was er Laurie im Stadthaus erzählt hatte. Von den Vorbehalten gegenüber seinem Vater, der das Leben seiner Söhne dominierte, war nicht mehr die Rede. Verschwunden war auch seine verhaltene Belustigung, weil Casey in der Familie für ordentlich Wirbel gesorgt hatte.

»Sie konnte sehr unangenehm werden, weil sie zu allem eine sehr dezidierte eigene Meinung hatte. Sobald Hunter dann auch nur angedeutet hat, dass ihr Verhalten unangemessen sei, sagte sie Sachen wie *Manchmal bist du so steif wie dein Vater*.«

Laurie verkniff sich ein Lächeln. Sie konnte sich gut vorstellen, in einer entsprechenden Situation Ähnliches von sich zu geben.

»Darüber hinaus konnte sie schrecklich eifersüchtig sein. Sie war sich sehr bewusst, dass sich andere Frauen zu Hunter hingezogen fühlten, ganz zu schweigen von der Tatsache, dass er kurz zuvor im Beisein einer nicht ganz unbekannten Dame aus der High Society gesehen wurde, die doch ganz anders war als sie selbst.«

Es folgte ein Monolog, in dem Andrew sämtliche Fehler Caseys aufzählte. Er war bei seiner vierten Anekdote angelangt, in der sie »in gehobener Gesellschaft« ungefragt und außer der Reihe drauflosredete – diesmal während der Gala am Abend von Hunters Ermordung. »Wir haben alle befürchtet, dass sie zu viel getrunken hat.«

Ryan unterbrach ihn. »Wir wollen doch fair sein, Andrew. Das ist bei solchen Veranstaltungen nichts Ungewöhnliches, oder? Sie selbst haben sich an diesem Abend an der Bar ebenfalls kaum zurückgehalten, oder?«

Andrew lachte, als hätte er einen guten Witz zu hören bekommen. »Das stimmt wohl leider.«

»Erinnern Sie sich, Gabrielle Lawson begegnet zu sein? Sie behauptet nämlich, Sie seien an dem Abend in eher schlechter Stimmung gewesen und hätten davon gesprochen, dass sich Ihr Vater in Hunters Beziehung einmische. Laut ihrer Aussage sollen Sie gesagt haben, Ihr Vater habe keinerlei Probleme mit Casey, falls Sie sie heiraten würden, nur sei sie eben nicht gut genug für Hunter. Und dann sagten Sie, wenn Ihr Vater nicht aufpasse, würden Sie – ich zitiere – *der einzige Sohn sein,* der ihm noch bleibt.«

Andrew sackte in sich zusammen. »Ich war verkatert, als ich erfahren habe, dass mein Bruder tot ist, aber das war das Erste, was mir wieder eingefallen ist. Jedes Mal, wenn ich an diesen Abend zurückdenke, überkommt mich die Scham. Die Wortwahl war schrecklich. Ich hatte doch keine Ahnung, dass Hunter nur Stunden später tot sein würde.«

»Was genau haben Sie denn damit gemeint?«

»Ich habe gar nichts gemeint. Wie Gabrielle Ihnen offenbar schon gesagt hat, war ich betrunken.«

»Wirklich? Der Kontext würde doch nahelegen, dass Ihr Vater seinen Sohn verliert. Er hat Hunter unter Druck gesetzt und ihn gezwungen, sich zwischen ihm und Casey zu entscheiden, und Sie haben offenbar geglaubt, Ihr Bruder würde Casey wählen.«

»Kann sein. Ich weiß es nicht mehr. Es ist lange her.«

Ryan sah zu Laurie. Sie nickte. Die Zuschauer würden sich ihren eigenen Reim darauf machen. Andrew hatte also geglaubt, Hunter würde sich seinem Vater widersetzen, was die Theorie der Staatsanwaltschaft über Caseys Motiv untergrub. Es war an der Zeit, auf den nächsten Punkt zu sprechen zu kommen.

»Kehren wir zur Arbeit Ihres Bruders für die Stiftung zurück. Nach allem, was zu hören war, hatte er sich sehr für die Stiftung eingesetzt. Wie erging es der Stiftung ohne Hunter?«

»Ziemlich gut, denke ich. Wir hatten erst letzten Abend eine

Wohltätigkeitsveranstaltung im Cipriani. Jedes Mal, wenn wir dort sind, legen wir eine Schweigeminute für meine Mutter und meinen Bruder ein.«

»Sie sind bei der Stiftung in die Fußstapfen Ihres Bruders getreten?«

Andrew lachte freudlos. »Keiner konnte in die Fußstapfen meines Bruders treten, in keinerlei Hinsicht. Ich bereite mit Mitarbeitern die stille Auktion bei der jährlichen Gala vor, treffe mich bei der Gelegenheit mit der Presse, bin aber bei Weitem nicht in dem Maße eingebunden, wie Hunter es war. Aber dank seiner Vorarbeit läuft die Stiftung im Großen und Ganzen allein durch die festangestellten Mitarbeiter.«

»Zu ihnen gehört aber nicht mehr Mark Templeton, Ihr früherer Finanzvorstand, richtig?«

Andrews Miene gab nichts preis, seine Körpersprache aber war unmissverständlich. Er rutschte auf dem Sofa hin und her und verschränkte die Arme.

»Mark war ein enger Freund Ihres Bruders, nicht wahr? Es wäre doch naheliegend, dass er die Nachfolge Ihres Bruders im Stiftungsvorstand angetreten hätte. Stattdessen schied er einige Jahre nach dem Tod Hunters aus. Gab es Probleme?«

»Nein.«

Ryan wartete auf weitere Erklärungen, Andrew aber schwieg.

»Haben Sie noch Kontakt mit ihm?«, fragte Ryan.

Andrew lächelte höflich, aber sein bisheriges Charisma war verflogen. »Er war eher Hunters Freund, nicht meiner.«

»Wie steht es mit Ihrem Vater? Hat er ein enges Verhältnis zu Mark Templeton?«

»Warum stellen Sie so viele Fragen über Mark?« Als er sich an das am Hemdkragen befestigte Mikro fasste, leitete Ryan elegant auf Andrews liebste Erinnerungen an seinen Bruder über.

Gut gemacht, dachte Laurie. Zu diesem Thema hätten wir sowieso nichts mehr aus ihm herausbekommen, damit aber haben wir ihn weiter vor der Kamera. Ryan fand sich immer besser zurecht.

Nachdem das Interview beendet war, fragte Ryan Andrew, ob er Jerry und ein Kamerateam auf dem Anwesen herumführen könnte. »Wir wollen den Zuschauern nämlich zeigen, warum Hunter dieses Haus und Grundstück als sein Zuhause angesehen hat.«

Es war 12.17 Uhr, als Andrew und Jerry durch die Hintertür das Haus verließen. General Raleigh sollte »auf die Minute genau« in dreizehn Minuten eintreffen. Andrews Tour über das Anwesen würde dafür sorgen – so hatten sie es geplant –, dass er seinen Vater nicht über die Fragen zu Mark Templeton informieren konnte.

Aber dann wurde aus 12.30 Uhr 12.45, schließlich 12.50 Uhr. Kurz vor ein Uhr klingelte Lauries Handy.

Sie ging ran.

»Ms. Moran, hier ist Mary Jane Finder im Auftrag von General Raleigh. Der General wird es heute leider nicht mehr nach Connecticut schaffen.«

»Wir dachten, Sie wären schon unterwegs. Wir sind mitten in den Dreharbeiten.«

»Das ist mir klar. Leider fand sich keine Zeit mehr. Aber Andrew ist doch bei Ihnen. Er kann Ihnen in jeder erdenklichen Hinsicht Zutritt zum Haus gewähren.«

»Wir brauchen mehr als Zutritt zum Anwesen. Sowohl Sie als auch der General haben sich bereit erklärt, uns zu erzählen, was Sie über den Abend von Hunters Ermordung wissen.«

»Offen gesagt, Ms. Moran, die Indizien sprechen für sich, nicht wahr? Sie haben mich zwar nicht um meine Meinung gebeten, aber ich würde sagen, Ms. Carter hat der Familie Raleigh bereits genug Kummer bereitet, da muss nicht auch noch Zeit für eine sinnlose Reality-Show verschwendet werden.« Sie betonte das Wort *Reality-Show,* als würde Schmutz daran kleben.

»Ich hatte den Eindruck, dass General Raleigh nach wie vor von Casey Carters Schuld überzeugt ist. Wir dachten, er wollte die Gelegenheit ergreifen, um seinen Überzeugungen Ausdruck zu verleihen. Gestern haben Sie einen Grund gefunden, sich uns zu entziehen. Haben Sie Ihren Arbeitgeber dazu überredet, uns heute zu versetzen?«

»Sie unterschätzen General Raleigh, wenn Sie meinen, er würde sich von anderen vorschreiben lassen, was er zu tun hat. Er ist beim Verfassen seiner Memoiren einem engen Terminplan unterworfen, und dieses Buch wird, bei allem Respekt, das wesentlich bessere Medium sein, um seine Gedanken darzulegen. Es steht Ihnen frei, bei Ihrer Produktion zu tun und zu lassen, was Sie wollen, nur wird General Raleigh in den kommenden Tagen nicht daran teilnehmen können.«

»Und Sie? Sie waren auch Zeugin der Ereignisse an jenem Abend.«

»Ich bin damit beschäftigt, General Raleigh bei der Arbeit an seinem Buch zu helfen.«

»Apropos, das Buch des Generals wird von Holly Bloom bei Arden verlegt, nicht wahr? Wir werden von Blooms Rolle bei der Veröffentlichung von Jason Gardners Enthüllungsbuch über Casey sicherlich berichten und dabei auch auf ihre aktive Mithilfe zu sprechen kommen, um für den ehemaligen Finanzvorstand der Raleigh-Stiftung Mark Templeton wieder eine Stelle zu finden. Weiß der General auch, dass wir diese Verbindungen in der Sendung erwähnen werden, Ms. Finder?«

»Einen schönen Nachmittag noch.«

Mary Jane musste auf Lauries Frage gar nicht eingehen. Die Antwort lag bereits auf der Hand. Natürlich wusste General Raleigh davon. Genau aus diesem Grund starrte Laurie in diesem Augenblick auf einen leeren Sessel im Wohnzimmer.

50

Fünfundsiebzig Kilometer von New Canaan entfernt, in seinem Stadthaus in Manhattan, sah General James Raleigh zu seiner Assistentin, die den Telefonhörer auf den Schreibtisch zurücklegte. Er hatte nur mitbekommen, was Mary Jane gesagt hatte.

»Sie glaubt, Sie würden für mich die Entscheidungen treffen?«, sagte er mit einem trockenen Lachen.

»Derjenige, der so etwas versuchen würde, kann einem nur leidtun.«

»Wie hat sie es aufgenommen, dass ich nicht nach Connecticut komme?«

»Nicht gut. Wie von Ihnen vorhergesagt, hat sie versucht zu drohen. Ich muss mich leider entschuldigen. Als ich ihre Assistentin, Grace, angerufen habe, erwähnte ich den Namen Ihres Verlags. Sie hat die Verbindung zu Jason Gardners Buch hergestellt.«

Der General machte eine wegwerfende Geste. »Im Grunde überrascht es mich, warum bislang keiner drauf gekommen ist, dass Jasons Agent und die Verlegerin mit mir befreundet sind. Ich sehe nichts Falsches darin, jemanden, der die dunklen Seiten dieser Frau kennt, zu ermutigen, die Wahrheit über sie publik zu machen.«

»Sie hat auch von Mark Templeton gesprochen.«

Der General legte die Fingerspitzen beider Hände zusammen. »Ich wusste, es würde noch mehr kommen, nachdem sie Andrew gegenüber in der Bibliothek diesen Namen erwähnt hat.«

Der General und Mary Jane waren bereits auf dem Weg nach Connecticut gewesen, als Andrew der Assistentin eine SMS geschickt und sie vor Ryan Nichols' umfangreichen Fragen über die Stiftung und Mark Templeton gewarnt hatte. Der General hatte den Chauffeur auf der Stelle angewiesen umzudrehen.

»Meinen Sie, sie kennt die Wahrheit über die Stiftung?«, fragte Mary Jane.

Er schüttelte den Kopf. Er hatte mit Mark Templeton persönlich gesprochen. Er konnte sich nicht vorstellen, dass Templeton so dumm war, ihn zu hintergehen.

»Sie will mich trotzdem interviewen«, sagte Mary Jane. »Casey hat ihr anscheinend erzählt, dass Hunter mich nicht ausstehen konnte und entschlossen war, mich zu feuern. Stimmt das? Konnte Hunter mich nicht ausstehen?«

Der General lächelte. Einer der Gründe, warum er Mary Jane vertraute, war der Umstand, dass sie sich genau wie er niemals von ihren Gefühlen leiten ließ. Anderen gegenüber wirkte sie eiskalt. Aber genau wie er hatte natürlich auch sie Gefühle. Er hatte ihr nie gesagt, wie sehr Hunter ihr misstraute, weil er wusste, wie sehr sie das verletzen würde.

»Natürlich nicht«, kam es barsch von ihm. »Hunter mochte Sie.«

Er sah, dass die Antwort sie vollkommen zufriedenstellte. »Wusste er von meiner letzten Anstellung?«, fragte sie.

»Nein«, versicherte er. »Dessen ungeachtet würde ich Sie niemals entlassen, Mary Jane. Was würde ich denn ohne Sie anfangen?«

51

Um achtzehn Uhr war Lauries Büro so mit Kartons, Notizblöcken und Papierstapeln zugestellt, dass sie sich ungeachtet Timmys Chaos nach ihrer relativ ordentlichen Wohnung sehnte. Sie hatte gerade ein Blatt Schmierpapier zusammengeknüllt und einen weiteren Zweipunktewurf im Papierkorb versenkt, als es an der Tür klopfte.

»Herein!«

Sie war überrascht, Jerry und Ryan zu sehen. Sie waren mit der Kameracrew in Connecticut geblieben, um noch die Außenaufnahmen der Polizeidienststelle und des Gerichts abzuschließen. Von dort sollten sie eigentlich gleich nach Hause fahren.

»Was macht ihr denn noch hier?«

»Das Gleiche könnten wir Sie fragen«, entgegnete Ryan. »Wir dachten, das ganze Team sollte sich mal zusammensetzen.«

»Grace wollte auch kommen«, sagte Jerry. »Aber heute steht das monatliche Essen mit ihrer Patentante an. Ich sagte ihr, du würdest nicht wollen, dass sie absagt.«

»Du sprichst mir aus der Seele, Jerry.«

Ryan begann, die zusammengeknüllten und um den Papierkorb liegenden Papierbälle aufzuheben. »Na, für die Knicks wird das noch nicht reichen, wenn man das hier so sieht.« Nachdem alles aufgeräumt war, ließ er sich auf einen der Stühle vor ihrem Schreibtisch nieder. Jerry folgte. »Tut mir leid, dass es heute nicht besser lief.«

»Das war nicht Ihre Schuld«, sagte sie.

»Ihre auch nicht«, erwiderte Ryan.

»Nur damit ihr es wisst«, sagte Jerry, »ich habe Andrew nach dem Interview nicht aus den Augen gelassen, aber er ist einmal auf die Toilette. Dort könnte er seinen Vater kontaktiert haben.«

Laurie hob die Hand. »Glaub mir, Jerry, selbst wenn du ihm aufs Klo gefolgt wärst, du hättest ihn nicht davon abhalten können, den General anzurufen. Andrew war nicht unser Problem. Wenn ich raten müsste, würde ich sagen: Jason Gardner hat noch aus dem Cipriani als Erstes den General angerufen, und Gabrielle Lawson ist sofort zu Mindy Sampson gelaufen, die ihm ebenfalls Bescheid gegeben hat. Und ich habe es verbockt, weil ich gestern mit Mary Jane die Geduld verloren habe.« Sie fragte sich auch, welche Rolle Alex bei der Entscheidung des Generals, sie zu versetzen, gespielt haben mochte.

»Also, ich weiß ja nicht, wie das sonst so gehandhabt wird«, sagte Ryan, »aber sollten wir nicht darüber reden, wie wir jetzt weiter vorgehen?«

Sie zog die oberste Schublade ihres Schreibtisches auf und griff sich Ryans Baseball. »Achtung!«, rief sie. Er fing den Ball mit einer Hand. Er hatte in den vergangenen zwei Tagen gute Arbeit abgeliefert. Er würde Alex nicht ersetzen können, aber wenigstens hatte er sich länger als vierundzwanzig Stunden nicht wie ein Blödmann aufgeführt. Wie sie schon zu Jerry gesagt hatte: einen Schritt nach dem anderen.

Laurie ließ den Blick über die vielen Dokumente schweifen, die sie seit Stunden durchgesehen hatte, und kam sich jetzt weniger allein vor. »Erstellen wir zwei Listen: Was wissen wir? Und was vermuten wir?«

Die »Vermuten«-Liste fiel sehr viel länger aus als die »Wissen«-Liste. Laurie akzeptierte die Tatsache, dass ihre Sendung nicht immer zu einem definitiven Schluss kommen musste, aber sie hatte gehofft, wenigstens zeigen zu können, dass Casey ein faires Gerichtsverfahren vorenthalten worden war. Alles hatte sich gegen Casey verschworen – eine unfähige Strafverteidigerin, anonyme Online-Trolle, Mindy Sampsons Kolumne und General Raleigh, der Jason Gardners Buch unterstützt hatte.

Jetzt waren sie mit den Dreharbeiten fast fertig, und Laurie hatte das Gefühl, nichts erreicht zu haben.

»Gehen wir die Sache mal anders an«, schlug Ryan vor. »Wenn Sie Ihre gesamten Ersparnisse setzen müssten, auf wen würden Sie dann tippen?«

Jerry machte den Anfang. »Meine gesamten Ersparnisse betragen etwa zweihundertsiebzehn Dollar, aber ich würde sie auf Mark Templeton setzen. Ich denke, der General – oder Mary Jane auf seine Veranlassung hin – haben Casey unter Drogen gesetzt, damit sie sich an dem Abend unmöglich macht. Dann sah Mark, der wusste, dass Hunter ihn wegen Veruntreuung belangen würde, seine Gelegenheit gekommen. Er verließ die Gala, fuhr nach Connecticut, tötete Hunter und drehte es so hin, als hätte Casey die Tat begangen.«

»Warum will General Raleigh uns dann bei der Sendung nicht weiterhelfen?«, fragte Ryan.

»Ich habe meine Ersparnisse schon verwettet. Und Sie kommen uns jetzt mit der sokratischen Methode? Okay, ich würde sagen, General Raleigh ist immer noch von Caseys Schuld überzeugt. Das ist der einzige Grund, warum er den gesamten Prozess manipuliert hat. Für ihn ist alles, was mit der Stiftung und Templeton zu tun hat, eine ganz andere und davon völlig unabhängige Sache, und auf gewisse Weise schützt er Hunters Vermächtnis, indem er Stillschweigen bewahrt.«

Keine schlechte Theorie, dachte Laurie, und etwas, was ihr selbst schon durch den Kopf gegangen war. »Wie steht es mit Ihnen, Ryan? Was denken Sie?«

»Wollen Sie das wirklich hören? Nachdem wir endlich einigermaßen miteinander auszukommen scheinen? Ich möchte bei Ihnen nicht gleich wieder in Ungnade fallen.«

»Hören Sie auf damit! Betrachten Sie sich als im Team aufgenommen. Wie lautet Ihre Theorie?«

»Ehrlich? Ich glaube, Casey ist schuldig. Ich dachte es von Anfang an, und ich glaube es immer noch. Und bevor Sie sagen, ich wäre halsstarrig, möchte ich betonen, dass ich für alles offen bin. Aber die einfachste Erklärung ist nach wie vor: Casey war es.«

»Ockhams Rasiermesser«, sagte sie.

»Genau. Die einfachste Erklärung lautet, dass Casey schuldig ist. Gut, Laurie, jetzt sind Sie dran.«

»Ehrlich gesagt, ich weiß es nicht.«

Jerry und Ryan stöhnten auf. »Das ist nicht fair«, sagte Ryan. »Wir beide haben unsere Karten auf den Tisch gelegt. Jetzt sagen Sie uns, was Sie denken.«

Jerry kam ihr zu Hilfe. »Laurie funktioniert so nicht. Sie schwingt sich von Theorie zu Theorie, rauft sich die Haare, schwört hoch und heilig, neutral zu bleiben. Und dann – rums! – kommt wie bei einem Orakel die Wahrheit heraus!«

»Rums? Wie ein Orakel? So siehst du mich?«

Sie lachten, und Ryan öffnete eine Flasche Scotch. Es klopfte an der Tür.

»Wer arbeitet denn noch so spät«, sagte sie. »Herein!«

Es war Alex. Und der Mann neben ihm war, wie sie sofort erkannte, Mark Templeton. »Können wir uns unterhalten?«

»Ich habe bei dir zu Hause angerufen, Laurie«, erklärte Alex den erstaunten Anwesenden, »und Leo sagte, du seist noch im Büro. Also dachte ich, probieren wir es einfach.«

Jerry zog eilig zwei Stühle heran.

»Die zusätzlichen Stühle sind nicht notwendig, Jerry«, sagte Alex. »Was wir zu sagen haben, ist nur für Lauries Ohren bestimmt.«

Ryan und Jerry sahen zu Laurie, die mit einem Nicken zur Tür wies. »Wir sind dann in meinem Büro«, sagte Ryan.

Sie verließen den Raum, und Laurie musterte Mark Templeton. Sie war ihm nie persönlich begegnet, erkannte ihn aber sofort, auch wenn er älter aussah als auf den zahlreichen Fotos, auf denen er fast immer im Beisein seines Freundes Hunter Raleigh zu sehen war. Genau wie Alex trug er einen dunkelgrauen Anzug, dazu ein weißes Hemd und eine konservative Krawatte. Exakt die Garderobe, die, wie sie wusste, Alex sowohl Anwälten als auch ihren Mandanten empfahl, wenn sie vor Gericht zu erscheinen hatten. Eine Uniform. Wie Coco Chanel, die glaubte, im Mittelpunkt stehe die Frau, nicht ihre Kleidung, so glaubte Alex, dass im Mittelpunkt immer die Beweise stünden, nicht die jeweilige Person.

»Mr. Templeton, Sie haben mehrere Male sehr deutlich klargestellt, dass Sie kein Interesse haben, mit mir zu reden«, sagte Laurie.

»Nein, ich habe klargestellt, dass ich nicht an Ihrer Sendung teilnehmen werde. In dieser Hinsicht werde ich meine Meinung auch nicht ändern. Aber Alex hat mir mitgeteilt, dass Sie mich im Mordfall Hunter Raleigh als einen Verdächtigen präsentieren wollen, und das kann ich so nicht stehen lassen.«

»Dann kann ich es einrichten, dass Sie morgen Vormittag vor der Kamera interviewt werden«, sagte Laurie.

Mark schüttelte den Kopf. »Nein, auf keinen Fall. Ich möchte nur, dass Sie mich anhören.«

Zum ersten Mal, seitdem sie Platz genommen hatten, ergriff Alex das Wort. »Bitte, Laurie. Ich verstehe, dass du nicht gewillt bist, mir Sonderwünsche zuzugestehen, aber ich weiß, wie du arbeitest. Die Wahrheit ist dir wichtig. Du solltest dir wenigstens anhören, was Mark zu sagen hat.«

»Ich werde nichts versprechen. Bitte, fahren Sie fort.«

Fragend sah Mark zu Alex. Dieser nickte.

»Gut drei Jahre nach Hunters Ermordung«, begann Mark, »fiel dem Stiftungsvorstand plötzlich auf, dass die Finanzen weit von dem Ziel entfernt waren, das Hunter in seinem Fünfjahresplan ausgegeben hatte. Da Hunter nicht mehr da war, um für die Stiftung zu werben, hätte das keinen überraschen sollen. Aber der Fehlbetrag war so enorm, dass der Vorstand beschloss, eine umfangreiche Wirtschaftsprüfung durchzuführen, bei der alles unter die Lupe genommen wurde – die strategischen Ziele, Publikationen, die Investitionen, alles.«

Das alles klang bislang nachvollziehbar. Sie nickte ihm zu.

»Als die Prüfer sich die Bücher vornahmen, sahen sie, dass nicht nur die Spendeneinnahmen zurückgegangen waren, sondern dass ich auch eine Reihe von wenig ertragreichen Investments getätigt und fragwürdige Ausgaben genehmigt hatte, unter anderem größere Barabhebungen. Ich marschierte in eine, wie ich dachte, normale Vorstandssitzung, aber James Raleigh ging auf mich los und verlangte Erklärungen für jede einzelne Ausgabe.«

»Sollte ein Finanzvorstand dazu nicht auch in der Lage sein?«, fragte sie.

»Im Normalfall ja. Aber bei den Raleighs ist nichts normal. Ich verweigerte die Auskunft.«

Laurie riss unwillkürlich die Augen auf. »Es überrascht mich, dass Sie nicht auf der Stelle gefeuert wurden.«

»Wurde ich auch, gewissermaßen. Mein – ich zitiere – *Rücktritt* wurde nach der Sitzung verkündet.«

»Und dann dauerte es fast ein Jahr, bis Sie eine andere Stelle fanden, und in der Zwischenzeit hielten Sie es für notwendig, Alex zu beauftragen.«

»Ich habe ihn nicht ›beauftragt‹«, sagte Mark.

Alex legte Mark die Hand auf den Unterarm. »Mark, ich muss Sie erneut daran erinnern ...«

»Sie müssen mich an nichts erinnern. Ich muss es erzählen, zum Teufel mit den Folgen. James Raleigh hat Alex mit hinzugezogen. Nachdem der Vorstand mich vor die Tür gesetzt hat, rief General Raleigh seine mächtigen Freunde an, damit das

Büro des U.S. Attorney gegen mich wegen Veruntreuung von Stiftungsgeldern ermittelte. Er war überzeugt, ich hätte die Stiftung um fast zwei Millionen Dollar geprellt. Als sich das FBI bei mir meldete, machte ich von meinem Auskunftsverweigerungsrecht Gebrauch. Dann wandten sich die Beamten an meine Frau und wollten wissen, wie wir die Reise auf Grand Cayman und ihren neuen Audi-Kombi bezahlt hatten. An diesem Punkt war ich es leid, ihn weiter zu decken. Ich war entschlossen, die Wahrheit zu sagen. Aber ich beschloss, General Raleighs Spiel mitzumachen und ihm eine Wahl zu lassen.«

»Jetzt komme ich nicht mehr mit, Mr. Templeton.«

»Der Grund, warum ich bei der Vorstandssitzung die Fragen zu den Transaktionen nicht beantwortet habe, war: Sie wurden alle von Andrew Raleigh getätigt. Als Hunter mehr und mehr eine politische Laufbahn in Erwägung zog, wollte sein Vater, dass sich Andrew verstärkt in der Stiftung engagierte. Andrew kam aber sehr schnell an das Limit seiner stiftungseigenen Kreditkarte. Als ich ihn auf die Ausgaben ansprach, sagte er, er reise nun mal viel, weil er sich mit seinen Studienfreunden kurzschließen und Spenden für die Stiftung eintreiben wollte. Andrew gehörte nicht den gesellschaftlichen Kreisen New Yorks an wie sein Bruder. Er stand hier außen vor, deshalb dachte er, er könnte in anderen Landesteilen erfolgreicher Geld einsammeln. Ich glaubte ihm damals. Alex erzählte mir, Sie denken, Hunter hätte schon zu Lebzeiten Zweifel geäußert. Das Problem wurde jedoch im Lauf der Zeit immer schlimmer.«

»Wollen Sie sagen, Andrew habe Stiftungsvermögen veruntreut?«, fragte Laurie.

Mark zuckte mit den Schultern. »Das wäre zu viel gesagt. Ich denke, Andrew hat das Herz am rechten Fleck, aber er ist auch eine Spielernatur. Er hat viel zu viel Geld zur Unterhaltung von potenziellen Spendern in Casinos und ähnlichen Etablissements ausgegeben. Er ist riskante Investitionen eingegangen. Und je mehr er verloren hat, desto verzweifelter war er versucht, die Verluste wiedergutzumachen, was zu noch schlechteren Entscheidungen führte.«

»Sie haben sich feuern lassen, um Andrew zu schützen?«

»Ich *trat zurück*«, betonte er mit einem traurigen Lächeln. »Sie hätten trotzdem meinen Kopf gefordert, auch wenn ich die Wahrheit gesagt hätte. Ich ließ mir strafrechtlich nichts zuschulden kommen, aber ich hätte mehr ein Auge auf Andrew haben sollen. Außerdem hatte ich das Gefühl, ich müsste ihn schützen. Hunter war mein bester Freund, also war Andrew in mancher Hinsicht wie ein kleiner Bruder für mich. Unter Druck gesetzt, verließ ich die Vorstandssitzung, ohne etwas gesagt zu haben, und wusste nicht, was ich tun sollte. Dann rief General Raleighs Assistentin an und sagte mir, dass mein Rücktritt bekannt gegeben worden sei. Ich dachte, gut, mach was anderes, aber ohne Zeugnis und die Empfehlung des Generals bekam ich keine neue Stelle.«

»Ich verstehe das nicht. Warum engagierte General Raleigh Alex, um Sie vor dem U.S. Attorney zu vertreten?«, fragte Laurie.

»Mich rauszuwerfen reichte ihm nicht. Er holte das FBI, um offiziell gegen mich zu ermitteln. Als man mir Fragen stellte, musste ich eine Entscheidung treffen. Wenn ich dem FBI die Wahrheit sagte, würden Andrews Vergehen auffliegen, und die Stiftung hätte keine Zukunft mehr gehabt. Aber das wollte ich nicht, ich wollte Hunters Vermächtnis nicht gefährden. Also erzählte ich dem FBI, dass jemand anderes dafür verantwortlich sei, jemand, der der Stiftung nahestand. Natürlich war mir bewusst, dass alles, was ich sagte, irgendwann dem General zu Ohren kommen würde, und er erkannte sofort, dass Andrew der Schuldige war. Bei James Raleigh ist alles eine Schachpartie. Er denkt immer acht Züge voraus. Aber an diesem Punkt hatte ich ihn ›im Schach‹.«

»Wenn er Ihnen nicht helfen wollte, würden Sie Andrew bloßstellen«, sagte sie.

»Genau. Als Nächstes bekam ich dann einen Anruf von Alex, der mir anbot, mich zu vertreten. Wir erarbeiteten eine Abmachung, in der sich die Stiftung bereit erklärte, keine Anzeige zu erstatten. Streng genommen hatte ich mich schuldig gemacht, Andrews Handlungen ungenügend beaufsichtigt zu haben. Wäre das öffentlich geworden, hätte es nicht gut ausgesehen und meine Zukunftsaussichten wesentlich beeinträchtigt. Ich zahlte der Stiftung einen symbolischen Betrag als Ausgleich für die Verluste, für die ich angeblich verantwortlich war, dafür bekam ich von General Raleigh ein erstklassiges Zeugnis ausgestellt.«

»Das nennt man Interessenkonflikt.« Laurie sah jetzt zu Alex, nicht zu Mark. »Sie haben ein Vergehen gestanden, das jemand anderes begangen hat, damit die Behörden nicht tiefer graben.«

Mit unbewegter Miene erklärte Alex die Vereinbarung. »Es ist nicht Aufgabe des Verteidigers, die Fehler der Behörden zu korrigieren. Mark war zufrieden mit dem Ergebnis. Des Weiteren unterzeichnete er eine Verschwiegenheitsvereinbarung, gegen die er gerade verstoßen hat, nachdem er dich darüber in Kenntnis gesetzt hat. Wir hoffen bloß, dass du Abstand davon nimmst, Marks Namen in der Sendung zu erwähnen – nachdem du jetzt die Wahrheit kennst.«

»Wie kannst du das erwarten? Mark ist damit aus dem Schneider, aber damit wird Andrew zum Verdächtigen.«

Mark sah entsetzt zu Alex. »Andrew? Nein. Das können Sie unmöglich annehmen ...«

»Sie haben mir gerade gesagt, er habe die Stiftung seiner eigenen Familie bestohlen. Sein Bruder wusste, dass Geld fehlt, und man kann sich vorstellen, welche Scham Andrew empfunden hätte, falls sein Vater die Wahrheit herausfinden würde.« Außerdem hatte er kein Alibi für die Tatzeit, wie sie sich in Erinnerung rief.

»Aber das ist Wahnsinn. Andrew hat seinen Bruder geliebt. Und als sein Vater von Andrews Vergehen erfuhr, empfand dieser alles andere als *Scham*. Stattdessen drohte er mir mit allem Möglichen, damit ich ihn decke. Hören Sie, ich habe keinen Grund mehr, Andrew Raleigh zu schützen. Der Typ ist ein verwöhnter Schnösel. Er hat mein Leben ruiniert, jedenfalls so lange, bis ich wieder auf die Beine gekommen bin. Aber er hätte Hunter niemals etwas angetan. Wahrscheinlich hätte er erst seinen Vater umgebracht, bevor er seinem älteren Bruder auch nur ein Haar gekrümmt hätte.«

Laurie musste an Andrew im Landhaus denken, wo er sich wortreich an seinen großen, in allem so vollkommenen Bruder erinnert hatte. Vielleicht gab es Momente, in denen er Hunter grollte, vor allem, wenn er zu viel Scotch getrunken hatte, aber sie war überzeugt, dass er seinen Bruder geliebt hatte.

»Gut. Danke, dass Sie gekommen sind, Mark. Rufen Sie mich bitte an, falls Sie sich wegen der Dreharbeiten doch noch anders entscheiden sollten.«

»Das wird nicht passieren. Können Sie mich bitte aus der Sendung heraushalten? Ich bin nur ein ganz normaler Mensch, der sein Leben leben möchte.«

»Ich kann nichts versprechen.«

Alex bat Mark, in der Lobby auf ihn zu warten. Er wollte mit Laurie noch ein paar Worte wechseln. »Es hätte nicht so weit kommen sollen«, sagte er leise.

»Du meinst, es hätte nicht so weit kommen sollen, dass du hinter den Kulissen für General Raleigh die Drecksarbeit erledigst?«

»Ich habe einem anständigen Menschen geholfen, Laurie. Jetzt aber wird er mit der Angst leben müssen, dass seine Welt ein weiteres Mal zusammenbricht, nur weil du mir nicht geglaubt hast. Wenn einer von uns beiden für sein Handeln verurteilt werden sollte, dann bestimmt nicht ich.«

52

Nachdem Alex und Mark Templeton gegangen waren, rief Laurie in Ryans Büro an und bat ihn und Jerry, zurückzukommen. »Es war ein langer Tag. Machen wir Schluss für heute«, sagte sie zu ihnen.

»Ich will ja nicht unhöflich sein«, entgegnete Ryan. »Aber sollten wir nicht darüber reden, warum Mark Templeton hier war?«

Natürlich sollten sie das. Alex hatte einen guten Grund für sein Handeln gehabt. Sie mussten Mark Templeton jetzt nicht mehr verdächtigen, seinen Freund Hunter ermordet zu haben. Nur weil sie gedroht hatte, ihn der Öffentlichkeit als Verdächtigen zu präsentieren, hatte er sich dazu entschlossen, seine Verschwiegenheitsvereinbarung mit der Familie Raleigh zu brechen.

Laurie hatte gesehen, welchen Einfluss General Raleigh bereit war auszuüben, wenn es darum ging, den Namen seiner Familie zu schützen. Je weniger von Templetons Geheimnis wussten, desto besser.

»Ich kann jetzt nicht darüber reden.«

»Was soll das heißen, Sie können jetzt nicht darüber reden?«, hakte Ryan nach. »Morgen steht unser letzter Drehtag an. Wenn wir mit Casey und ihrer Familie durch sind, sind wir hier fertig.«

Jerry hob beschwichtigend die Hand. »Wenn Laurie sagt, sie kann nicht darüber reden, dann kann sie nicht darüber reden. So arbeiten wir hier. Wir vertrauen einander.«

Seine Worte versetzten ihr einen Stich. Jerry brachte ihr das Vertrauen entgegen, das sie Alex gegenüber nicht hatte aufbringen können, als er sie darum gebeten hatte. »Geht nach Hause. Morgen früh sehen wir weiter.«

53

Laurie hatte Ryan und Jerry aufgefordert, Feierabend zu machen, sie selbst konnte sich allerdings nicht dazu durchringen. Eine Stunde später saß sie immer noch in ihrem Büro und sichtete die Dokumente in den Kartons, die sie von Caseys Anwältin Janice Marwood mitgebracht hatte. Mittlerweile las sie alles nur noch, damit sie beschäftigt war. Denn wenn sie erst einmal zu Hause und allein in ihrem Zimmer war, würde ihr die Tragweite des Gesprächs mit Alex so richtig bewusst werden.

In den vergangenen Monaten war sie bemüht gewesen, ihm Platz in ihrem Herzen einzuräumen. Natürlich hatte sie immer gehofft, dass er auf sie warten würde. Aber jetzt hatte sie ihn möglicherweise für immer verloren, vielleicht hatte sie jede Aussicht auf eine gemeinsame Zukunft verspielt – und das alles nur wegen dieses Falls.

Das alles kann doch nicht umsonst gewesen sein, dachte sie und blätterte schneller durch die Akten der Anwältin. Irgendetwas musste es doch geben, was sie zur Wahrheit führen könnte.

Erst als sie immer mehr Dokumente aus den Kartons zog, wurde ihr allmählich bewusst, dass Janices Marwoods Akten wesentlich mehr enthielten als das, was Casey ihnen gegeben hatte.

Casey war sich nicht sicher gewesen, ob Marwood die negativen Online-Kommentare überhaupt zu Gesicht bekommen hatte, die Akten bestätigten jetzt aber, dass sie sie sehr wohl zur Kenntnis genommen hatte. Ein Ordner war sogar eigens mit

»RIP_Hunter« beschriftet. Laurie fand in ihm die Ausdrucke zahlreicher Kommentare, auf die sie bei ihren Recherchen selbst schon gestoßen waren. Dazu Kopien der Briefe, die Marwood an diverse Website-Betreiber geschickt hatte, um die Identität des Verfassers herauszufinden.

Ein weiterer Ordner war mit »Verfahrensanträge« betitelt. Aus dem Inhalt ging eindeutig hervor, dass Marwood gegen zahlreiche Indizien vorgegangen war, die die Staatsanwaltschaft zu Caseys Ungunsten vorgelegt hatte. Nicht nur hatte sie darauf hingewirkt, dass Jason Gardners »Leumundsbeweis« vor Gericht nicht zugelassen wurde, sie hatte auch verhindert, dass eine angebliche College-Freundin Caseys vor Gericht aussagte – ihr zufolge soll Casey nämlich einmal gesagt haben, die Heirat sei der einfachste Weg für eine Frau, sich eine Machtposition zu verschaffen. Außerdem verhinderte sie die Aussage einer Arbeitskollegin von Sotheby's, die behauptete, Casey habe Hunter von dem Moment an, in dem sie ihn bei einer Kunstauktion kennengelernt hatte, nicht mehr vom Haken gelassen.

Das alles zeugte nicht von einer Anwältin, die ihren Prozess absichtlich verlieren wollte. Verwirrend fand sie allerdings, warum Casey ihnen nicht vollständigere Unterlagen zum Prozess ausgehändigt hatte.

Sie musste eine zweite Meinung einholen. Zu ihrer Überraschung griff sie zum Telefon und wählte ganz automatisch Ryans Büronummer. Noch überraschter war sie, als er dranging.

»Sie sind noch hier?«, fragte sie.

»Da, wo ich herkomme, geht keiner vor dem Boss.«

Als Ryan gleich darauf in ihrem Büro stand, war Laurie erstaunt, mit welchem Tempo er die Prozessmitschriften überflog und ihren Inhalt aufnahm.

Nachdem er den Ordner mit den Verfahrensanträgen durchgesehen hatte, blickte er auf. »Das sieht mir nicht nach einer Anwältin aus, die ihren Prozess in den Sand setzen wollte.«

»Mir wurde gesagt, sie sei eine eher lausige Anwältin gewesen«, sagte Laurie.

»Dem hätte ich vor drei Wochen ebenfalls zugestimmt. Sie hat Casey nicht in den Zeugenstand gerufen, obwohl ihre Mandantin nicht vorbestraft war und sich den Geschworenen hätte gut verkaufen können. Und dann, kurz vor dem Schlussplädoyer, wechselte sie mit einem Mal die Strategie – erst hieß es stets, ›sie war es nicht‹, dann kam sie plötzlich mit der Theorie, Casey habe im Affekt gehandelt, und auf Totschlag plädiert. Aber nach der vielen Arbeit, die sie hinter den Kulissen geleistet hat, würde ich sagen, sie hat ihren Job sehr gut gemacht.«

»Warum hat sie nicht Verfahrensfehler geltend gemacht, als einer der Geschworenen zugab, den Inhalt der RIP_Hunter-Kommentare zu kennen? Ist es möglich, dass sie anfangs Casey wirklich helfen wollte, sich dann aber irgendwie General Raleigh eingeschaltet hat?«

»Keine Ahnung«, antwortete Ryan und griff sich den nächsten Stapel. »Es ist eine Sache, seine Beziehungen spielen zu lassen, um Caseys Exfreund einen Buchvertrag zu verschaffen. Aber eine Strafverteidigerin zu bestechen? Die Vorstellung, dass eine anständige Anwältin deshalb ihre Karriere aufs Spiel setzt, fällt mir, ehrlich gesagt, schwer. Es wäre möglich, aber ...«

Er verstummte und blätterte zur Seite zurück, die er eben gelesen hatte. »Einen Moment, da haben wir ein Problem ... glaube ich. Einer der Anträge hat einen Anhang beigefügt. Schauen Sie sich das mal an.«

Die Seite, die er ihr reichte, stammte von der Beweisaufnahme durch die Polizei nach der Durchsuchung von Hunters Landhaus. Laurie genügte ein flüchtiger Blick, um die Bedeutung dessen zu erfassen, was sie hier vor sich hatten.

»Dieses Verzeichnis war nicht in den Unterlagen, die Casey mir gegeben hat«, sagte sie. »Lassen Sie mich zwei Leute anrufen, die können unsere Vermutungen eventuell bestätigen.«

Eine Viertelstunde später wussten sie, warum Janice Marwood sich geweigert hatte, über Casey zu reden. Wie Alex war auch sie, noch fünfzehn Jahre nach Caseys Verurteilung, ihrer Mandantin verpflichtet. Sie wollte keine Fragen zu Casey beantworten, weil sie wusste, dass ihre Mandantin schuldig war.

»Deshalb hat sie auch nicht auf Verfahrensfehler plädiert«, sagte Laurie. »Ihr war klar geworden, dass Casey die Täterin war. Falls es zu einer Neuaufnahme des Verfahrens mit einer neuen Jury gekommen wäre, hätte die Gefahr bestanden, dass noch mehr Indizien und Beweise gegen ihre Mandantin vorgelegt würden. Sie konnte den Leumundsbeweis unterdrücken, sodass sie zu dem Schluss kam, dass es besser wäre, auf Totschlag und schuldig zu plädieren.«

Zum ersten Mal zeigte sich Ryan begeistert von dem Fall. »Das Gute daran ist, jetzt haben wir einen Plan. Ich mache mir für morgen eine Kopie davon. Casey wird sich noch wundern, was da auf sie zukommt.«

54

Am folgenden Morgen starrte Casey auf die Kopie des fraglichen Dokuments. Ihre Knöchel wurden weiß, so fest hielt sie das Blatt umklammert.

Sie filmten auf einem Studio-Set. Die Familie Raleigh hatte sich wenig überraschend geweigert, Casey Zutritt zum Landhaus zu gewähren. Selbst das Cipriani hatte ihr nur widerwillig die Tür geöffnet. Sotheby's hatte abgesagt, genau wie Caseys Universität. Niemand wollte mit ihr etwas zu tun haben.

Das alles kam Laurie heute zugute. Sie fand es besser, dass Casey sich nicht auf vertrautem Terrain bewegte. Aus diesem Grund hatte sie auch die für den Vormittag angesetzten Interviews mit Angela und Paula abgesagt und Casey gebeten, allein ins Studio zu kommen, da ihre Mutter und ihre Cousine »nicht vorbehaltlos« hinter ihrer Entscheidung zur Teilnahme an der Sendung stünden.

Nun, im Lauf des Interviews, versuchte Casey zwar noch, ihre kühle Fassade aufrechtzuhalten, aber das Blatt in ihrer Hand begann zu zittern. Dann ließ sie es auf den Tisch fallen, als hätte sie sich die Finger daran verbrannt.

»Das sieht mir wie ein Polizeibericht aus«, sagte sie schließlich als Antwort auf Ryans Frage.

»Haben Sie das schon mal gesehen? Die Seite befand sich nicht unter den zahlreichen Dokumenten, die Sie dem Studio zur Verfügung gestellt haben, als wir uns bereit erklärten, Ihren Fall zu übernehmen.«

»Ich weiß nicht recht. Ich bin keine Anwältin, Mr. Nichols.«

»Nein, aber Sie hatten fünfzehn Jahre Zeit, um an Ihrer Verteidigung zu feilen. Sie sind hier, um zu beweisen, dass Sie zu Unrecht verurteilt wurden, und während Ihrer Haftzeit haben Sie sich im Grunde mit nichts anderem beschäftigt.«

»Ich habe Ihnen alles gegeben, was ich hatte. Vielleicht hat mir meine Anwältin nicht alle Akten ausgehändigt. Vielleicht habe ich im Lauf der Jahre auch eine engere Auswahl zusammengestellt, damit ich mich auf das Wesentliche konzentrieren konnte.«

Laurie kaufte ihr nichts davon ab. Letzten Abend hatten sie und Ryan die Aufzeichnungen der Verteidigerin mit den Dokumenten verglichen, die Casey ihnen gegeben hatte. Es war klar, dass Casey die Akten so ausgewählt hatte, dass der Eindruck entstand, Janice Marwood hätte sich nicht genügend für sie eingesetzt. Zudem hatte sie diesen Auszug aus der polizeilichen Asservatenliste entfernt.

Ryan nahm das Blatt und reichte es wieder Casey. »Können Sie bitte den zweiten Eintrag auf dieser Liste vorlesen.«

»Er lautet: ›Mülltonne hinter dem Haus‹.«

»Und unter diesem Eintrag sind verschiedene Punkte aufgeführt, richtig? Bitte lesen Sie uns den sechsten Punkt vor.«

Casey öffnete den Mund, wollte bereits antworten, ließ es dann aber bleiben. Sie tat so, als zählte sie die einzelnen Punkte ab, so, als hätte sie keine Ahnung, worum es sich bei den einzelnen Einträgen handelte. »Sie meinen den hier? ›Plastikmüllbeutel, Inhalt: Kristallglasscherben‹.«

Das, was von einem Bilderrahmen übrig blieb, wenn man ihn zerbrach.

Als Erstes hatte Laurie am Abend zuvor Hunters Haushälterin Elaine Jenson angerufen. Sie fragte Elaine, ob sie sich daran erinnern könne, an jenem Tag, an dem sie im Landhaus geputzt hatte, zerbrochenes Glas weggeräumt zu haben. Nein, sie hatte keine Scherben weggeräumt. Falls es vorkommen sollte, dass sie selbst bei der Arbeit etwas zerbrach, bewahrte sie die Scherben immer auf, für den Fall, dass der Hausbesitzer den zerbrochenen Gegenstand noch reparieren oder ersetzen wollte. Daneben achtete man sehr auf das Recycling von Glas. Laut Elaine hätten es nur Hunter oder Casey sein können, die Mülltüten mit Glas oder Kristall hinausgebracht hatten.

Ihr zweiter Anruf galt Lieutenant McIntosh von der Bundespolizei in Connecticut. Er lachte leise, als sie ihn auf den Müllbeutel ansprach. »Ist Ihnen das also doch noch aufgefallen?«

»Sie wussten davon?«, fragte sie.

»Ich war mir nicht mehr ganz sicher, erst, als Sie mich auf das fehlende Foto angesprochen haben. Als wir den Beutel in der Mülltonne fanden, fragten wir uns natürlich, ob bei einem Streit oder einer tätlichen Auseinandersetzung etwas zu Bruch gegangen war. Die Staatsanwaltschaft hielt das aber alles für viel zu spekulativ, um beim Prozess verwendet werden zu können. Aber dann tauchten Sie bei mir auf und erzählten mir von Hunters Lieblingsfoto im Kristallrahmen, das im Haus fehlte. Ich möchte wetten, die Scherben, die wir im Müll gefunden haben, gehören genau dazu. Wahrscheinlich hat sie in einem Wutanfall dieses für ihn so wertvolle Erinnerungsstück zerstört.«

»Warum haben Sie nichts davon erwähnt, als ich Sie gefragt habe?«

»Weil ich diesen Umstand nach der Ausstrahlung Ihrer Sendung dazu benutzen wollte, Casey den Wind aus den Segeln zu nehmen. Ich kann Ihnen doch nicht zu sehr unter die Arme greifen. Wie gesagt, wir haben die Richtige erwischt. Außerdem habe ich darauf angespielt, ich sagte doch, der Rahmen könnte zerbrochen sein. Betrachten Sie das als eine Gefälligkeit Ihrem Dad gegenüber. Aber jetzt sind Sie ja von allein draufgekommen.«

»Haben Sie den Inhalt des Müllbeutels noch? Können wir

beweisen, dass es sich tatsächlich um einen Bilderrahmen aus Kristallglas handelt?«

»Nein. Wichtige Dinge wie DNS-Proben heben wir heutzutage auf. Aber einen Müllbeutel, der nie als Beweismittel verwendet wurde? Die sind längst entsorgt. Damals dachten wir, es handelt sich um eine Vase oder so, wir haben nie versucht, die einzelnen Scherben zusammenzusetzen. Es ist uns damals nicht wichtig erschienen.«

Aber jetzt war es wichtig. Laurie musste an Graces Reaktion denken, als sie vom fehlenden Bild erfahren hatte: *Wahrscheinlich schleudert sie ihm den Rahmen entgegen, als sie sich streiten, sie fegt die Scherben auf, verbuddelt das Foto im Wald und ruft die Polizei.* Und Ryan war zur gleichen Schlussfolgerung gekommen: *Der Kristallrahmen mit dem Foto könnte doch genauso gut bei dem Streit zwischen den beiden zerbrochen sein, und Casey räumte alles weg, bevor sie die Polizei rief.*

Und aus diesem Grund hatte Casey sie zwei Abende zuvor angerufen und zu überreden versucht, den fehlenden Bilderrahmen erst mal nicht zu erwähnen. Casey fürchtete, dass die Polizei eins und eins zusammenzählen könnte.

Laurie hatte Casey in die Augen geschaut und sie für unschuldig gehalten. Wie hatte sie sich so täuschen können?

Ryan hatte vorhergesagt, dass Casey aus dem Studio stürmen würde, sobald sie mit der Asservatenliste konfrontiert wurde. Aber sie rührte sich nicht, sondern verharrte auf ihrem Platz, selbst als Ryan sie weiter bedrängte. »Geben Sie es doch zu, in dem Müllbeutel waren die Überreste des Fotorahmens, der bei einem Streit zwischen Hunter und Ihnen zu Bruch ging. Der Kristallrahmen mit dem Foto, das ihm so viel bedeutete. Oder ist er zerbrochen, als Sie auf ihn geschossen haben und er vor Ihnen ins Schlafzimmer geflüchtet ist?«

»Nein. Die Scherben stammen nicht vom Bilderrahmen.«

»Und haben Sie nicht vor zwei Tagen unsere Produzentin angerufen und sie gebeten, den Bilderrahmen nicht zu erwähnen?«

»Das ist aus völlig anderen Gründen geschehen. Aus strategischen Gründen. Sie bringen alles durcheinander.«

Casey brüllte jetzt fast und schlug, um ihren Worten noch mehr Nachdruck zu verleihen, mit der Faust auf den Tisch.

Laurie zuckte zusammen, nur Ryan war die Ruhe selbst. »Dann erklären Sie sich, Casey. Es war Ihr letzter Tag mit Hunter. Sie müssen doch seitdem alles, was sich an diesem Tag ereignet hat, unzählige Male vor Ihrem geistigen Auge gesehen haben. Erzählen Sie uns, was an diesem Tag zu Bruch gegangen ist. Zu welchem Gegenstand gehören die Scherben, die die Polizei in der Mülltonne hinter dem Haus gefunden hat?«

»Zu einer Vase.«

»Und wie ist sie zerbrochen?«

»Dinge zerbrechen nun mal. So was passiert.«

»Ich will ehrlich sein, Casey. Wären Sie meine Mandantin und würden mir eine solche Antwort geben, würde ich Sie nicht in den Zeugenstand rufen, weil jeder Geschworene sofort sieht, dass Sie nicht ehrlich sind. Sie wissen mehr, als Sie uns weismachen wollen.«

»Gut. Ich habe sie zerbrochen. Ich habe die *Chatter*-Kolumne gelesen und das Foto von ihm mit Gabrielle Lawson gesehen. Darüber bin ich so wütend geworden, dass ich die Zeitung auf die Theke geknallt und dabei die Vase umgeworfen habe. Ich habe mich fürchterlich geschämt. Ich habe alles aufgeräumt und die Scherben nach draußen gebracht und gehofft, Hunter würde es nicht bemerken.«

»Weshalb haben Sie sich so geschämt?«

»Weil ich meine Eifersucht nicht in den Griff bekam, sosehr ich mich auch bemüht habe. Ich kann gar nicht glauben, dass ich seine Zuneigung jemals angezweifelt habe, und sei es auch nur für eine Sekunde.«

»Es war nicht das einzige Mal, dass Sie eifersüchtig wurden, nicht wahr? Wir haben von anderen gehört, dass Sie in aller Öffentlichkeit häufig laut wurden, wenn Sie glaubten, Hunter würde sich mit anderen Frauen zu vertraulich geben.«

»Es war nicht immer einfach mit einem Mann, der bei allen so beliebt war. Er war ein Held. Seine Familie gehört zum Ostküsten-Adel. Und ich war die schäbige kleine Dahergelaufene, die sich irgendwie eingeschlichen hat. Es war auch nicht unbedingt von Vorteil, dass seine einzige ernsthafte Beziehung vor mir eine sehr sittsame Dame aus der Oberschicht war – das genaue Gegenteil von mir. Wenn ich sah, dass er sich mit solchen Frauen zeigte, dann empfand ich nicht nur Eifersucht. Es verletzte meine Gefühle, wirklich. Aber für Hunter war das alles bloß ein gesellschaftliches Spiel, das von ihm erwartet wurde.«

»Und was war es für Sie?«

»Eine Frage des Respekts.«

Laurie spürte, dass Jerry und Grace ihr Blicke zuwarfen. Sie wollten dringend mit ihr über das reden, was hier vor ihnen ablief. Bis zum jetzigen Zeitpunkt hatte Casey ihre Beziehung zu Hunter als ein zauberhaftes Märchen verkauft. Jetzt rückte sie doch etwas mehr mit den Schattenseiten heraus.

Laurie schüttelte den Kopf und gab ihnen zu verstehen, dass sie sich nichts anmerken lassen sollten.

»Hunter hatte Ihnen gegenüber keinen Respekt?«, fragte Ryan überaus mitfühlend. Er hatte seine sonst so großspurige Art bestens im Griff, sein Ton war perfekt.

»Er war mir gegenüber durchaus respektvoll, aber er hat mich nicht verstanden. Von Geburt an hat er immer im Mittelpunkt gestanden. Nie wurde er infrage gestellt. Er wusste doch gar nicht, wie sich das alles für mich angefühlt hat. Ständig von anderen Frauen beargwöhnt zu werden, von Frauen, die sich immerzu fragen, warum ausgerechnet ich die glückliche Auserwählte sein soll.«

»Das klingt, als wäre dieses Thema öfter zur Sprache gekommen. Kann man sagen, dass Sie sich auch darüber gestritten haben?«

»Natürlich. Aber nicht so, wie es im Prozess dargestellt wurde. Wir haben uns gestritten, so wie sich jedes normale Paar streitet. Er hat gelernt, nicht mehr so viel mit anderen Frauen zu flirten. Ich wiederum fühlte mich weniger eifersüchtig, je mehr mein Vertrauen in unsere Beziehung wuchs. Deshalb war ich ja auch so enttäuscht von mir selbst, als ich so wütend auf das Foto von ihm mit Gabrielle reagiert habe.«

»Warum haben Sie uns das alles nicht erzählt?«, fragte Ryan. »Warum haben Sie den Auszug aus der Asservatenliste der Polizei zurückgehalten? Und warum haben Sie den Eindruck erweckt, als hätte Ihre Verteidigerin sich nicht für Sie eingesetzt?«

»Ich wollte nicht, dass Sie mich für schuldig halten.«

Das Schweigen, das daraufhin einsetzte, sprach Bände. Verzweifelt sah Casey zu Ryan, versuchte ihm irgendeine Reaktion zu entlocken, dann ging ihr Blick weiter zu Laurie. »Aber *Sie* glauben mir doch noch, oder?«

Lauries Miene schien Antwort genug zu sein, denn gleich darauf brach Casey in Tränen aus. »Es tut mir leid«, schluchzte sie. »Es tut mir so leid.«

Als sich die Aufzugstüren schlossen, stießen sie alle einen kollektiven Seufzer der Erleichterung aus. Mehr hatten sie sich kaum erwarten können.

»Ich wusste gleich, dass sie es war«, sagte Grace und reckte triumphierend die Faust.

»Das wird die beste Szene, die wir jemals ausgestrahlt haben«, erklärte Jerry. »Nur zu schade, dass sie ihre Strafe schon verbüßt hat. Ich hatte das Gefühl, als müsste jeden Moment die Polizei hereinstürmen und sie vom Fleck weg verhaften.«

Ryan wartete, bis Jerry und Grace zu ihren jeweiligen Büros

unterwegs waren, bevor er sein Urteil abgab. Er beugte sich zu Laurie hin und sagte ganz nüchtern: »Ein Geringerer als ich wäre vielleicht versucht zu behaupten, ›ich hab's ja gleich gesagt‹.«

»Gut, dass Sie so bescheiden sind«, entgegnete Laurie. »Und gut, dass ich eine so souveräne Frau bin, die Fehler eingestehen kann. Sie hatten recht: Casey ist schuldig.«

Nachdem Laurie allein war, rief sie Alex an. Als sie seine Stimme auf der Mailbox hörte, wurde ihr wieder einmal bewusst, wie sehr er ihr fehlte.

»Alex, hier ist Laurie. Können wir reden? Außerdem kannst du Mark Templeton sagen, dass wir ihn nicht mehr behelligen werden. Ich bedauere sehr, wie es gestern gelaufen ist.« Sie versuchte die richtigen Worte zu finden. »Lass uns miteinander reden. Bitte ruf mich an, wenn es möglich ist.«

Den restlichen Nachmittag sah sie immer wieder auf ihr Display und wartete, dass das Handy klingelte.

55

Paula Carter lag auf ihrem Hotelbett und klickte sich durch die diversen Sender. Auf dem Tisch daneben tippte ihre Nichte Angela wie wild auf ihren Laptop ein.

»Es wäre nicht nötig gewesen, uns ein Hotelzimmer zu besorgen. Aber es war sehr aufmerksam von dir, Angela.«

»Keine Ursache. Ich konnte mir nicht vorstellen, dass Casey nach den Dreharbeiten gleich wieder zurück will. Außerdem bekommt Ladyform hier einen Preisnachlass.«

»Ich war ja so erleichtert, als Laurie gestern Abend angerufen und gesagt hat, dass sie mich nun doch nicht brauchen. Ich verstehe auch, warum Casey allein hinwill, aber warum hat sie noch nicht angerufen? Es müsste doch längst vorbei sein. Wie kannst du dich überhaupt konzentrieren?«

»Mir bleibt nichts anderes übrig«, erwiderte Angela und tippte schon wieder weiter. »Am Wochenende findet unsere Herbstshow statt. Ich mache ja so viel wie möglich von unterwegs, aber Charlotte und ich müssen noch ins Lagerhaus und die Bühnenaufbauten überprüfen.«

Paula schaltete den Fernseher aus. »Angela, ich habe dir nie gesagt, wie stolz ich auf dich bin. Und wie stolz Robin auf dich gewesen wäre, weil du beruflich so viel erreicht hast. Du hast dir eine erfolgreiche Karriere aufgebaut, obwohl du bloß Model warst.«

»Bloß Model?«, sagte Angela und sah vom Bildschirm auf. »Als Model habe ich härter gearbeitet, als ich es jemals für Ladyform getan habe.«

»So habe ich das nicht gemeint, Angela. Du warst immer so schön – und bist es immer noch –, aber das war es nie allein. Das Aussehen vergeht, Talent nicht. Ich will ehrlich sein. Als ihr beide klein wart, habe ich euch beide immer verglichen, ich konnte nicht anders. Robin hat immer davon gesprochen, wie hübsch du bist. Aber ich – es tut mir leid, wenn ich das sage –, aber ich habe mir immer gedacht, *meine Casey wird sie auf lange Sicht übertrumpfen*. Ich weiß, wie schrecklich das klingt, aber Schwestern konkurrieren nun mal in allem, sogar, wenn es um die nächste Generation geht. Ich hätte mir nie träumen lassen, dass du einmal in leitender Position in einem Unternehmen arbeitest, während Casey ...«

Sie brachte es nicht übers Herz, den Satz zu vollenden.

Angela klappte ihren Laptop zu, setzte sich neben Paula aufs Bett und umarmte sie. »Danke, Tante Paula. Es bedeutet mir sehr viel, wenn du stolz auf mich bist. Aber ich bin überzeugt, dass sich auch Casey eine Zukunft aufbauen wird.« Angela traten Tränen in die Augen. Sie wischte sie fort und lachte, um die Stimmung aufzuheitern. »Okay, jetzt bin ich diejenige, die sich Sorgen macht. Wir hätten längst von Casey hören müssen.«

Paula griff zu ihrem Handy, in diesem Moment hörten sie das Piepen der Schlüsselkarte in der Tür. Casey trat ein. Ihre Augen waren rot, das Make-up war verschmiert.

»O nein, was ist passiert?«, fragte Angela.

»Alles ist schiefgelaufen«, schluchzte Casey. »*Alles!* Sie sind über mich hergefallen. Charlottes Freundin, Laurie, hat nur so getan, als würde sie mir glauben, und dann hat sie ihren Kampfhund von Anwalt auf mich gehetzt. Er hat sämtliche Tatsachen verdreht. Wenn sie mir wenigstens vorher Bescheid gesagt hätten, dann wäre ich besser vorbereitet gewesen. Ich hätte alles erklären können.«

Paula bedauerte sofort, sich Caseys Wunsch, an der Sendung teilzunehmen, nicht vehementer widersetzt zu haben. »Vielleicht war es ja gar nicht so schlimm«, versuchte sie sie zu beruhigen.

»Mom, es war schrecklich. Ich werde ganz fürchterlich rüberkommen. Ich wollte doch bloß meinen Namen reinwaschen, aber jetzt stehe ich noch schlechter da als vorher – jeder wird meinen, dass ich schuldig bin. Sie glauben mir nicht, es war ihnen anzusehen. Ja, Hunter und ich haben uns gestritten, aber das ist doch normal. Wir haben uns doch immer wieder versöhnt. Ich hätte nichts zurückhalten sollen, aber ich wollte doch sicher sein, dass sie meinen Fall auch nehmen.«

Fragend sah Paula zu Angela, aber diese schien ebenso verwirrt wie Paula. »Liebes, ich weiß nicht, ob wir dir folgen können.«

»Als ich Laurie die Unterlagen gegeben habe, habe ich einige Dokumente zurückbehalten. Ich habe sogar ziemlich viele zurückbehalten. Wie dumm von mir. Ich hätte wissen müssen, dass sie mir dahinterkommen.«

»Was genau hast du denn weggelassen?«, fragte Angela nervös.

»Ich habe meine Anwältin in ein schlechteres Licht gerückt. Das eigentliche Problem aber ist eine Seite aus der Asservatenliste der Polizei – auf ihr sind Glasscherben aufgeführt, die man im Müll gefunden hat.«

»Wie können die so wichtig sein?«, fragte Paula.

»Sie glauben, es handelt sich um den fehlenden Kristallrahmen vom Nachttisch. Ich soll ihn beim Streit mit Hunter zerbrochen haben, und deshalb hätte ich die Seite unterschlagen.«

»Und, ist dem so?« Die Worte kamen Paula wie von allein über die Lippen.

Ihre Tochter sah sie nur schmerzerfüllt an. »Natürlich nicht. Es war bloß eine zerbrochene Vase. Ich habe die Seite herausgenommen, damit Laurie nicht auf die Idee kommt, dass es sich um die Scherben des Bilderrahmens handelt.«

»Dann sind das alles nur Spekulationen«, sagte Angela. »Ehrlich gesagt, ich sehe nicht, wo das Problem liegt.«

Paula fiel auf, dass Angela ungeduldiger klang als sonst. Sie schrieb es der Tatsache zu, dass Angela bald zur Arbeit aufbrechen musste.

»Das Problem ist doch, dass ich die Vase zerbrochen habe. Ein paar Tage vor der Gala habe ich das Foto von Hunter und Gabrielle zu sehen bekommen, und darüber bin ich so wütend geworden, dass ich die Zeitung weggeschleudert habe. Dabei ist die Vase vom Tisch gefallen und in tausend Scherben zersplittert.«

Paula spannte sich an. »Und das hast du ihnen heute vor laufender Kamera gesagt? Deine Eifersucht hat auch die Staatsanwaltschaft immer wieder als dein Motiv angeführt.« Sie schlug die Hände vors Gesicht. »O Casey ...«

»Ich weiß, Mom. Fang bitte nicht damit an. Der fehlende Bilderrahmen ist das Einzige, was ich habe, um zu beweisen, dass an dem Abend noch jemand im Haus gewesen sein muss. Jetzt allerdings fällt alles auf mich zurück. Ganz davon zu schweigen, dass es so aussehen muss, als wollte ich sie mit meinem Vorschlag, Einzelheiten zu diesem Bilderrahmen vorerst unter Verschluss zu halten, in die Irre führen. Dieser Gedanke kam mir doch gar nicht. Aber jetzt stehe ich in einem ganz schrecklichen Licht da.«

Unweigerlich fragte sich Paula, ob ihre Tochter ihr – oder auch nur sich selbst – jemals ehrlich eingestehen würde, was sie an jenem fürchterlichen Abend getan hatte. Wie auch immer, Paula würde das tun, was sie immer getan hatte – sie würde ihre Tochter lieben und alles unternehmen, um sie zu schützen. Casey hatte immer gesagt, dass Hunter sie vorbehaltlos liebe, nur schien sie niemals wahrgenommen zu haben, dass ihre Eltern sie ebenso liebten.

Und weil Paula immer alles in ihrer Macht Stehende unternahm, um ihre Tochter zu schützen, sagte sie Casey, dass sie ins

Badezimmer gehen und sich das verschmierte Make-up aus dem Gesicht waschen sollte. Nachdem Casey fort war, zog sie ihre Jacke an.

»Wo willst du hin?«, fragte Angela.

»Mit Laurie Moran reden, von Mutter zu Mutter. Es muss eine Möglichkeit geben, die Sendung zu stoppen, damit Casey in Ruhe ihr Leben führen kann.«

56

Laurie musste sehr zufrieden gewirkt haben, als sie aus Brett Youngs Büro kam, denn Dana, seine Sekretärin, fragte: »Der Boss ist glücklich?«

»Ist er das jemals? Aber ja, für seine Verhältnisse kriegt er sich gar nicht mehr ein vor Freude.«

Was konnten sie bei einer Sendung mehr erwarten als bislang unbekannte Fakten zusammenzutragen, die ein neues Licht auf einen Fall warfen? Dass jemand vor laufender Kamera ein Geständnis ablegte, überstieg ihre kühnsten Träume. Casey hatte den Mord an Hunter nicht direkt gestanden, aber sie hatte zugegeben, auf Gabrielle Lawson eifersüchtig gewesen zu sein und die Fernsehproduzentin angelogen zu haben, damit diese ihren Unschuldsbeteuerungen glaubte. Und ihr abschließendes »es tut mir leid« war von Reue erfüllt. Ein kurzer Ausschnitt dieses einzigartigen Augenblicks würde die Zuschauer davon überzeugen, dass sie schuldig war. Kein Wunder, dass ihre Verteidigerin davon abgesehen hatte, sie in den Zeugenstand zu rufen.

Wie vorhergesehen, drängte Brett Laurie jetzt umso mehr, einen Sendetermin festzulegen. Sie sagte ihm, sie wolle noch ein, zwei Leute aufsuchen, die Casey von früher kannten, glaubte aber, dass die Produktion bald abgeschlossen werden könne.

Sie überlegte noch, wer für weitere Interviews infrage käme, als sie aus der Richtung ihres Büros eine laute Stimme hörte. Nachdem sie um die Ecke bog, sah sie Grace, die auf zehn Zentimeter hohen Absätzen eine augenscheinlich äußerst aufgebrachte Paula Carter zu beruhigen versuchte. Sie hörte Paula sagen: »Ich werde ein Anwaltsteam anheuern, das dieses Studio mit jahrelangen Prozessen überzieht, und wenn ich dazu jeden Cent opfern muss, den ich noch habe. Sie zerstören unser Leben.«

»Mrs. Carter, reden wir doch in meinem Büro darüber«, sprach Laurie sie an.

Laurie ließ Mrs. Carter zunächst mehrere Minuten lang ungestört reden. Als sie schließlich nach Luft rang, reichte Laurie ihr die Kopie der von ihrer Tochter unterzeichneten Einverständniserklärung. »Das ist eine Kopie, falls Sie sich mit der Absicht tragen, sie zu zerreißen. Es ist alles ganz klar geregelt. Casey hat einem schonungslos geführten Interview zugestimmt und uns das Recht eingeräumt, alles zu senden. Sie hat keinerlei Schnittrechte und sich auch sonst keinerlei Rechte ausbedungen, uns irgendwelche Einschränkungen vorzugeben. Außerdem sollten Sie nicht vergessen, Ihre Tochter ist auf mich zugekommen und hat mich gebeten, ihr zu helfen. Ich habe mich Ihnen nicht aufgedrängt.«

Paula starrte auf den Vertrag, und Laurie spürte, wie jeglicher Kampfgeist sie verließ.

»Haben Sie Kinder?«, fragte Paula leise.

»Ja, das habe ich«, antwortete Laurie. »Einen neunjährigen Sohn.«

»Beten Sie zu Gott, dass er Ihnen nie das Herz bricht. Es gibt für mich nichts Schrecklicheres, als sie ganz zu verlieren.«

Nun also auch die Bestätigung, dass selbst Caseys Mutter ihre Tochter für schuldig hielt. Denn das hatte sie doch mit ihrer Bemerkung gemeint. Casey hatte ihr das Herz gebrochen, indem sie ein unaussprechliches Verbrechen begangen hatte.

»Wie lange wissen Sie es schon?«, fragte Laurie.

Paula schüttelte den Kopf.

»Sie sitzen nicht vor der Kamera, Paula. Ich werde nichts von dem, was Sie mir sagen, weitergeben.«

»Wir haben versucht, ihr zu glauben. Frank und ich, wir haben sogar darum gebetet, dass wir nicht den Glauben an unsere Tochter verlieren. Aber die Beweise waren nicht zu ignorieren. Schmauchspuren an den Händen. Medikamente in ihrer Handtasche. Als Hunter ihr das Schießen beibrachte, sagte Frank einige Male im Spaß, dass Casey nicht unbedingt zu denjenigen gehöre, denen man eine Waffe anvertrauen sollte. Nichts war ihr wichtiger, als Mrs. Hunter Raleigh III. zu werden. Wenn sie also fürchtete, alles verlieren zu können ...« Sie vollendete den Satz nicht. »Deswegen war Frank der Ansicht, dass sie auf schuldig plädieren sollte. Er dachte, das Gefängnis würde ihr vielleicht sogar helfen. Aber fünfzehn Jahre? Er würde sie nie mehr außerhalb der Gefängnismauern zu sehen bekommen. Laurie, meine Tochter hat ernsthafte Probleme. Kann ich Sie – von Mutter zu Mutter – irgendwie überzeugen, ihren Fall nicht in die Sendung zu nehmen?«

Laurie schüttelte den Kopf. Zumindest konnte sie ehrlich zu der Frau sein.

»Ich wusste, dass es ein Fehler sein würde, in der Sendung aufzutreten«, fuhr Paula leise fort. »Als Sie uns das erste Mal besucht haben, fragte sogar Angela mich, ob man Casey das Vorhaben ausreden könnte. Sie hatte so eine Ahnung, dass Casey irgendetwas herausrutscht, was alles noch schlimmer machen würde.«

»Wollen Sie mir damit sagen, dass Angela Casey ebenfalls für schuldig hält? Sie vermittelte mir gegenüber stets den gegenteiligen Eindruck.«

»Das tut sie immer. Ich bemühe mich, es ihr nachzusehen. Aber in Wahrheit hat auch Angela ihre Zweifel. Sie beharrt zwar immer darauf, ›wenn Casey sagt, sie war es nicht, dann war sie es auch nicht‹, aber das heißt noch lange nicht, dass sie auch daran glaubt. Ich habe schon vor langer Zeit meinen Frieden damit gemacht. Ich habe befürchtet, Casey würde die Zeit im Gefängnis nicht überstehen, wenn nicht wenigstens ein Mensch bedingungslos zu ihr steht. Ich bin froh, dass Angela diesen Part weiterhin übernimmt.«

»Paula, es geht mich nichts an, aber was wollen Sie tun, wenn unsere Sendung ausgestrahlt wird? Wollen Sie weiterhin schweigen, wenn Casey allen möglichen Leuten die Schuld an Hunters Tod gibt, nur nicht sich selbst? Sie hat ihre Strafe verbüßt. Aber vielleicht findet sie Frieden, wenn sie endlich die Wahrheit eingesteht – zumindest gegenüber ihrer eigenen Familie.«

»Ich sagte vorhin, ich hoffe, dass Ihr Sohn Ihnen niemals das Herz bricht. Mir wurde das Herz gebrochen, als mir bewusst wurde, dass mir meine Tochter nie mehr vertrauen würde. Aber wenn Sie jemals das, was ich Ihnen jetzt erzählt habe, veröffentlichen sollten, werde ich es genauso machen wie meine Tochter – ich werde alles abstreiten.«

57

Laurie brachte Paula zum Fahrstuhl und verabschiedete sich von ihr, in diesem Moment ging die Tür des Fahrstuhls daneben auf, und Charlotte trat heraus. Sie trug Jeans und einen schwarzen Hoodie mit Ladyform-Logo. Laurie war es gewohnt, sie in eleganten Hosenanzügen zu sehen.

»Was für eine Überraschung«, sagte Laurie. »Planen wir einen Einbruch?«

»Das wäre mal ein Spaß. Nein, ich bin auf dem Weg nach Brooklyn.« Es klang bei ihr, als würde sie in ein fernes Land aufbrechen. »Wir müssen die Lagerhalle für die Modenschau vorbereiten. Seit gestern wird das Set aufgebaut, es steht aber noch eine Menge Arbeit an. Angela und ich müssen alles noch mal durchgehen.«

Laurie war so sehr mit ihrer Sendung beschäftigt, dass sie glatt vergessen hatte, unter welchem Druck ihre Freundin im Moment stand.

»Kann ich irgendwie helfen? Auch wenn ich von Modenschauen nicht sonderlich viel Ahnung habe.«

»Ich bin hier, um dich leider um einen anderen Gefallen zu bitten. Es geht um Angelas Cousine. Können wir miteinander reden?«

Kurz danach war Charlotte aufrichtig überrascht, als sie von Laurie zu hören bekam, dass Caseys Mutter ihr zuvorgekommen war. »Sie ist gerade gegangen. Ich habe ihr klargemacht, dass die von Casey unterzeichnete Einverständniserklärung wasserdicht ist. Sie kann ihre Zustimmung nicht mehr widerrufen.«

»Ich habe Angela schon gesagt, dass ich ihr wahrscheinlich nicht werde helfen können. Aber sie war so verzweifelt, als sie mich anrief, und sie ist doch meine Freundin, also ...«

»Schon verstanden. Aber wenn meine Sendung erfolgreich sein soll, wird immer eine Familie von der Wahrheit unweigerlich erschüttert. Jeder hat nun mal eine Familie. Das klingt kaltherzig, aber mit solchen Bedenken kann ich mich nicht aufhalten.«

»Was, wenn du etwas Schreckliches über meine Schwester herausgefunden hättest? Hättest du dann die Geschichte auch gesendet, obwohl meine Mutter dir so viel Vertrauen entgegengebracht hat?«

Es war das erste Mal, dass Laurie über diese Frage nachdachte, trotzdem antwortete sie ohne zu zögern. »Ehrlich gesagt, ja. Aber, Charlotte, deine Schwester war das Opfer. Casey ist es nicht. Ich weiß, sie ist die Cousine deiner Freundin, aber sie ist eine Mörderin. Denk nur daran, was sie ihrer Familie alles zugemutet hat. Wenn ich jemandem Mitgefühl entgegenbringe, dann den Raleighs.« James Raleigh hatte seinen Sohn verloren, Andrew seinen Bruder. Aber wenn sich die Sendung mit allen Aspekten des Falls beschäftigen sollte, würden sie auch deren Verfehlungen aufdecken müssen.

»General Raleigh ist alles andere als vollkommen«, fuhr sie fort. »Ich kann seine Strategie nicht gutheißen. Er ließ Jason Gardner ein Buch verfassen, das alle davon überzeugt hat, dass Casey verrückt wäre. Zudem war er vermutlich gemeinsam mit seiner Assistentin Mary Jane auch für die RIP_Hunter-Postings verantwortlich.«

Sie hielt inne. Der General hatte Mark Templeton zum Schweigen gebracht und sogar Drohungen ausgesprochen, damit die Tatsache unter Verschluss blieb, dass Andrew die Familienstiftung als seinen ganz persönlichen Geldautomaten missbraucht hatte. Der General hatte sich immer um seine Söhne gekümmert. Er wollte dafür sorgen, dass Hunters Mörder bestraft würde, und danach hatte er alles getan, um seinen noch verbliebenen Sohn zu schützen.

»Ich werde mit Angela reden, wenn du willst. Du sollst da nicht mit hineingezogen werden.«

»Ich wurde nicht mit hineingezogen. Sie ist meine Freundin, also habe ich ihr versprochen, dass ich mit dir reden werde. Aber du bist auch meine Freundin, ich verstehe, dass du deine Arbeit zu machen hast. Letztlich wird auch Angela das verstehen. Im Moment ist sie noch ganz geschockt von Casey. Sie war immer von ihrer Unschuld überzeugt, jetzt aber hat sie so ihre Zweifel.«

Der letzte Satz verwunderte Laurie so sehr, dass Charlotte fragte, ob etwas nicht stimme. Laurie wiederholte nicht im Einzelnen, was Caseys Mutter ihr erzählt hatte, aber Charlotte sollte doch erfahren, dass Angela von den neuesten Entwicklungen möglicherweise nicht so geschockt war, wie sie vorgab.

»Ich denke, Angela hatte möglicherweise schon vorher Zweifel an der Unschuld ihrer Cousine. Wenn sie dich gebeten hat, dich für Casey einzusetzen, dann vielleicht wegen ihres schlechten Gewissens, weil sie Casey den wahren Grund verschwiegen hat, warum sie an der Sendung nicht teilnehmen sollte.«

Charlotte sah sie skeptisch an. »Ich würde da nicht so viel hineininterpretieren«, sagte sie schließlich. »Angela ist einfach nur eine treue Freundin und macht sich Sorgen um Casey.«

»Bestimmt. Trotzdem, nach allem, was ich weiß, schien sie befürchtet zu haben, dass es genau dazu kommen würde. Keiner von uns würde jetzt in dieser Situation sein, wenn sie uns von Anfang an ihre Zweifel an Caseys Unschuld mitgeteilt hätte.«

Charlotte wandte den Blick ab, und Laurie merkte, wie taktlos sie gewesen war. Sie verstand nicht recht, warum Angela ihre Freundin Charlotte vorschickte, um sich für ihre Cousine einzusetzen, während sie selbst ihrer Tante anscheinend erzählte, dass sie Casey für schuldig hielt. Aber Charlotte kannte Angela sehr viel länger als sie. Es stand ihr nicht zu, deren Freundschaft infrage zu stellen. »Wie auch immer«, sagte Laurie. »Ich bin jedenfalls froh, dass du meine Entscheidung verstehst.«

»Wenigstens kann ich Angela sagen, dass ich es versucht habe«, sagte Charlotte. »Apropos Angela, ich muss los. Sie ist schon im Lagerhaus. Und apropos Lagerhaus, du brauchst vielleicht auch eins, um dein Büro zu vergrößern. Hier drinnen sieht es ja aus wie in der Höhle eines Serienkillers.« Sie erhob sich vom Sofa und ließ den Blick über die diversen Weißwandtafeln schweifen, auf denen Laurie ihre Gedanken geordnet hatte. »Was ist das denn alles?«

»Das sieht schlimmer aus, als es ist. Wir haben vergeblich versucht herauszufinden, wer die negativen Online-Kommentare über Casey geschrieben hat. Ich hatte die Theorie, dass es der wahre Mörder gewesen sein könnte.«

»Oder irgend so ein Spinner, der im Keller seiner Mutter hockt«, sagte Charlotte. »Du solltest mal die Hasskommentare sehen, die auf dem Instagram-Konto von Ladyform gepostet werden. Jedes Model ist entweder zu dick oder zu dünn oder zu alt. Unter dem Deckmantel der Anonymität kann man leicht grausam sein. Was hat dieses ›und außerdem‹ zu bedeuten?« Charlotte deutete auf die roten Großbuchstaben, die Laurie eingekringelt hatte.

»Unser Lieblings-Troll hat diesen Ausdruck gern benutzt. Aber das ist nicht mehr wichtig. Viel Glück bei deiner Show. Ich bin mir sicher, sie wird ganz großartig.«

»Willst du auch kommen?«, fragte Charlotte.

»O ja, sehr gern!«

»Gut. Dann setz ich dich für Samstag auf die Gästeliste. Dir viel Glück bei deiner Sendung. Es tut mir furchtbar leid für Angela, aber ich weiß, für dich wird sie ein großer Erfolg.«

Ein großer Erfolg, dachte Laurie, als sie wieder allein war. Die Worte erinnerten sie an etwas, was Alex bei ihrem ersten Gespräch über Mark Templeton gesagt hatte. »Du hast gewonnen«, hatte er gesagt. Sie griff zu ihrem Handy auf dem Schreibtisch, hoffte, dass er angerufen hatte, aber es waren keine neuen Nachrichten eingetroffen.

Sie war es leid, weiter zu warten. Sie tippte die nächste SMS. *Hast du Zeit, damit wir uns unterhalten können?* Ihr Finger schwebte über dem Display, dann berührte sie den Senden-Knopf.

Sie wartete gespannt, gleich darauf kam seine Antwort. *Ich habe deine Nachricht bekommen. Ich brauche noch Zeit zum Nachdenken. Ich rufe dich an, wenn sich alles etwas abgekühlt hat.*

Wenn es sich abgekühlt hat, dachte sie. Oder ganz erkaltet ist.

Es klopfte an der Tür. Es war Jerry. »Hier geht es ja zu wie im Taubenschlag«, sagte er. »Hast du schon eine Liste mit den Dingen, die noch zu erledigen sind, bevor wir mit dem Schneiden beginnen?«

Sie hatte bereits mit der Liste angefangen. Ein mit ihnen kooperierendes Studio in Washington, D.C., würde Außenaufnahmen von dem Haus, in dem Casey ihre Kindheit verbracht hatte, sowie von ihrer Highschool beisteuern. Jerry versuchte Fotos in Jahrbüchern aufzutreiben und Videoaufnahmen von der Tufts-Universität, wo Casey studiert hatte.

Nachdem sie am Konferenztisch Platz genommen hatten, meinte Laurie, dass sie nach wie vor jemanden bräuchten, der Casey und Hunter als Paar gekannt hatte. »Wir haben Andrews Erinnerungen, aber natürlich wird er vor allem das Negative betonen. Mark Templeton kommt nicht infrage. Caseys Cousine und ihre Mutter werden mit uns so schnell nicht reden. Hatte Casey denn gar keine Freundinnen?«

»Doch, sie *hatte*. Aber die haben sie nach ihrer Verhaftung allesamt fallenlassen.«

»Was ist mit den Freunden ihrer Freundinnen? Vielleicht gab es ja ein Pärchen, mit dem sie und Hunter sich hin und wieder getroffen haben.« Sie dachte jetzt laut nach. »Sean Murray wäre eigentlich perfekt dafür.«

Jerry brauchte einen Moment, bis er den Namen mit Angelas Freund vor fünfzehn Jahren zusammenbrachte. »Ich dachte, der hätte schon abgesagt.«

»Hat er, aber es klang nicht definitiv. Ich habe ihn nicht gedrängt, weil es mir zu dem Zeitpunkt nicht so wichtig schien.« Laurie fiel ein weiterer Grund ein, warum Sean doch noch wichtig werden könnte. Es wäre interessant zu erfahren, ob Angela ihm jemals erzählt hat, dass Caseys eigene Familie sie für schuldig hält. »Und ich glaube, es war ihm etwas unwohl bei dem Gedanken, wie seine Frau reagieren würde, wenn er wieder auf Angela trifft.«

»Aber nachdem sie jetzt nicht vor die Kamera tritt ...«

»Finden wir seine Adresse heraus. Wenn ich persönlich bei ihm vorbeischaue, kann ich vielleicht überzeugender auftreten.«

58

Aufgrund des Verkehrs auf der Brooklyn Bridge brauchte Charlottes Taxi fast eine Stunde für die zehn Kilometer von Lauries Büro im Rockefeller Center zum Lagerhaus in Brooklyn, wo in vier Tagen Ladyforms Herbstmodenschau stattfinden sollte. Der Taxifahrer schien ihre Gedanken zu lesen, als sie ihre Kreditkarte durchzog, um die enorme Summe zu bezahlen. »Zu dieser Tageszeit nehmen Sie für den Rückweg lieber die U-Bahn über die Brücke.« Sie verstand den Hinweis und gab ihm ein zusätzliches Trinkgeld für die Fahrt zurück nach Manhattan, wo die Geschäfte besser liefen.

Das Rolltor, durch das man das Lagerhaus betrat, endete etwa dreißig Zentimeter über den Boden. Sie zog am Handgriff, bis das Tor so weit nach oben glitt, dass sie darunter hindurchschlüpfen konnte, und schob es in die Ausgangsstellung zurück. Sie war bereits dreimal hier gewesen, sodass sie mit dem Grundriss einigermaßen vertraut war. Das ehemalige Auslieferungszentrum eines Wäscheunternehmens hatte man zu einem dreistöckigen Gebäude mit riesigen Bogenfenstern und hohen Decken umgebaut. Irgendwann würden die einzelnen Stockwerke in Eigentumswohnungen umgewandelt werden, in der Zwischenzeit vermietete der Bauträger die zum größten Teil noch unfertigen Räume für Fotoshootings und andere Veranstaltungen. Angela war auf das Angebot gestoßen, und Charlotte hatte sofort zugestimmt, da es sich hervorragend für ihre Herbst-Show eignete. Sie konnten hier »ihre Vision« verwirklichen und »alles ganz nach ihren Vorstellungen gestalten«, wie der Makler ihnen die Räume angepriesen hatte. Außerdem war es spottbillig.

Das Erdgeschoss würde wie ein CrossFit-Studio eingerichtet, dort wollten sie Trainingsbekleidung und Funktionswäsche präsentieren, für die Ladyform bereits bekannt war. Das erste Geschoss war als ein typisches Großraumbüro mit einzelnen Arbeitskabinen eingerichtet, um die neue Business-Casual-Line für Frauen vorzustellen, die Ladyform nun erstmals auflegte. Das zweite Geschoss zeichnete sich durch ein wohnlicheres Ambiente aus, in dem Pyjamas und Loungewear präsentiert würden.

»Angela?«, rief sie. Ihre Stimme hallte durch das Lager. »Angela – wo steckst du?«

Das einzige Licht stammte von den über ihr summenden Neonröhren, während sie sich ihren Weg durch das Erdgeschoss bahnte. Tragbare Scheinwerfer der Arbeiter warfen ihre Schatten. Die Bühnenlichter würden erst morgen eintreffen, aber das Set sah bereits großartig aus. Eine Reihe von Laufbändern stand Pilates-Geräten gegenüber. Die Besucher würden dazwischen wie in einem Fitnessstudio hindurchflanieren, während Models zu beiden Seiten »trainierten«.

Sie entdeckte drei große Kisten mit Sportgeräten und eine Box mit ihren langärmeligen Workout-Tops, die sie hier zum ersten Mal vorstellen wollten und die am Morgen noch im Flur vor Angelas Büro gestanden hatten. Mit der Taschenlampe ihres Handys las sie den Zettel, der an einer der Kisten angebracht war. *Fürs Fitnessstudio, Erdgeschoss.*

Nachdem sie eine Runde durchs Erdgeschoss gedreht hatte, ging sie zum Aufzug vorn im Lagerhaus. Die Türen öffneten sich, aber als sie eintrat und den Knopf für den ersten Stock drückte, passierte nichts. Sie probierte es mit dem zweiten Stock, aber auch der funktionierte nicht. Also zur Treppe in der Ecke. Mit einiger Enttäuschung sah sie, dass im ersten Stock noch fast gar nichts geschehen war. Lediglich Angelas Notizzettel waren überall im großen Raum auf den Boden und an die Wände geheftet.

Sie war ziemlich außer Atem, als sie den zweiten Stock erreichte, in dem der Bühnenaufbau etwas weiter vorangeschritten war als im ersten. Zwei »Zimmer« – ein Wohnzimmer und ein Schlafzimmer – waren ähnlich einer Bühne bei einer Studiosendung errichtet worden. Einige Möbel waren aufgestellt. Weitere Notizzettel zeugten von Angelas Wirken. Charlotte konnte nur den nächsten lesen: *Kontrastwand. Grau streichen.*

»Da bist du ja«, sagte Charlotte, als sie ihre Freundin im »Schlafzimmer« entdeckte, wo sie im Schneidersitz auf einem Läufer saß. »Ich sollte weniger arbeiten und mehr trainieren. Zwei Treppen, und ich bin völlig aus der Puste.«

»Es sind hohe Räume, im Grunde sind es also eher vier oder fünf Stockwerke.« Kurz sah Angela von ihrem Skizzenblock auf, auf dem sie etwas notierte. »Ziemlich heruntergekommen das alles hier, was? Und wie du bemerkt hast, ist der Aufzug im Eimer. Deswegen ist im ersten Stock noch gar nichts passiert. Er ist mitten am Tag ausgefallen. Der Makler hat versprochen, dass er bis morgen repariert ist, aber glaub mir, ich werde einen Preisnachlass aushandeln. Eigentlich hätte ich den ganzen Tag den Arbeitern auf die Füße steigen sollen.«

»Deine Familie hat dich gebraucht. Das hat Vorrang.« Charlotte wusste, wovon sie sprach. Fünf Jahre hatte sie sich selbst unaussprechliche Sorgen um ein Familienmitglied gemacht. Trotzdem konnte sie sich nicht vorstellen, wie es sich anfühlte, wenn man plötzlich feststellen musste, dass jemand, den man wie eine Schwester liebte, eine Mörderin war. »Ich habe mit Laurie gesprochen. Leider vergeblich.«

»Na, vielleicht ist das gar nicht mehr nötig. Paula hat davon gesprochen, einen Anwalt zu nehmen.«

»Na, ob das was nützt? Ich sage es nur ungern, aber ist es möglich, dass deine Cousine schuldig ist?«

Angela hielt mit dem Schreiben inne. »Ehrlich gesagt, ich weiß nicht mehr, was ich glauben soll«, antwortete sie leise. »Es tut mir so leid, dass ich dich in die Sache mit hineingezogen habe.«

Charlotte ging zum Set und war beeindruckt von Angelas Notizzetteln. *Hier muss das Licht hinfallen,* stand an einer Stelle. *Und außerdem hier,* an einer anderen. *Dieser Stuhl ist zu niedrig. Und außerdem sieht er aus, als würde er zum Set im ersten Stock gehören.*

Charlotte musste zweimal hinschauen, als sie den Zettel auf dem Stuhl las. »Hast du das alles geschrieben?«, fragte sie.

»Natürlich, wer denn sonst?«

59

Am späten Nachmittag wollte Laurie doch noch mal versuchen, von Sean Murray ein Interview zu bekommen. Sie hatte seine Adresse, kurz entschlossen ging sie nach unten und hielt ein Taxi an. Von Angesicht zu Angesicht, dachte sie sich, hatte sie vielleicht mehr Glück als am Telefon.

Seans Brownstone-Stadthaus in Brooklyn Heights lag in einer ruhigen Straße, wo Kinder mit ihren Fahrrädern auf dem Gehsteig zum Prospect Park unterwegs waren und kleine reinrassige Hunde frei in den wenigen eingezäunten Vorgärten herumliefen. Laurie hatte oft über einen Umzug nachgedacht, damit Timmy zu Hause und im Freien mehr Platz hatte, aber er mochte seine Schule und seine Freunde und schien vollkommen zufrieden mit ihrer Wohnung in der Upper East Side.

Sie klingelte, von drinnen ertönten schnelle, laute Schritte. »Daaa-aaad!«, rief eine hohe Stimme. »Jemand ist an der Tür. Soll ich aufmachen?«

Eine sehr viel tiefere Stimme antwortete, die aber nicht zu verstehen war, kurz darauf stand Sean Murray vor ihr, der Mann, der zur Zeit von Hunters Tod mit Angela zusammen gewesen war. Sie erkannte ihn von den wenigen Fotos, die Casey ihnen zur Verfügung gestellt hatte. Auch er schien sie sofort einordnen zu können, als sie ihm ihren Namen nannte. »Ich wollte noch mal mit Ihnen reden, vielleicht möchten Sie ja doch an unserer Sendung teilnehmen.« Sie senkte die Stimme. »Wie sich herausstellte, wird Angela nicht mit dabei sein. Ich dachte mir, das ändert vielleicht einiges.«

Er trat zur Seite, um sie ins Haus zu lassen, und führte sie ins Wohnzimmer. Von oben waren Kinderstimmen und ein Fernseher zu hören. Sean nahm ihr gegenüber in einem Ohrensessel Platz.

»Ich weiß, Sie sagten, Sie können nicht recht einschätzen, wie Ihre Frau zur Sendung steht«, begann Laurie. »Vielleicht sollten wir uns also lieber woanders treffen.«

Sean stieß ein verhaltenes Lachen aus. »Ich bin mir ziemlich blöd vorgekommen, als ich sagte, meine Frau habe vielleicht was dagegen. Jenna ist nämlich überhaupt nicht eifersüchtig ...«

»Warum haben Sie es dann gesagt?«

»Weil ich ein schrecklicher Lügner bin.« Wieder lachte er.

»Sie hatten also einfach keine Lust, mit mir zu reden«, mutmaßte sie und griff schon nach ihrer Tasche. Die Fahrt hätte sie sich sparen können.

Er hob die Hand. »So ist es nicht. Es ... na ja, ich kann es Ihnen ja auch sagen. Angela hat mich gebeten, einen Vorwand zu finden, um nicht an der Sendung teilzunehmen.«

Das war nun ganz und gar unglaubwürdig. Angela hatte nie einen Hehl aus ihren Vorbehalten gegen Caseys Entscheidung gemacht, an *Unter Verdacht* teilzunehmen. Aber aktiv gegen die Sendung vorzugehen?

»Lag es daran, dass Angela schon immer von Caseys Schuld überzeugt war?«

Sean sah sie erstaunt an. »Nein, nein, auf keinen Fall. Ich persönlich glaube ja, dass Casey es war, auch wenn ich das natürlich nicht mit Bestimmtheit sagen kann. Aber Angela?« Er schüttelte den Kopf. »Sie hat sich immer vehement für Casey ausgesprochen und sie vorbehaltlos unterstützt. Das hat immer ihre besten Seiten zum Vorschein gebracht.«

»Inwiefern?«

»Ich weiß ja nicht, was für ein Mensch Angela heute ist, aber damals hatte das Modeln Vorrang vor allem anderen in ihrem

Leben. Nur bekam sie nicht mehr so viele Aufträge wie früher, meistens wurden sie an jüngere Frauen vergeben. So kam es, dass sie mehr und mehr in der Vergangenheit lebte, so, als würde die beste Zeit schon hinter ihr liegen. Es war nicht einfach. Angela konnte sehr eitel sein – und sehr verbittert. Nach dem Mord an Hunter ging es ihr dann allerdings überhaupt nicht mehr um sich selbst. Jedem, der ihr zuhörte, erzählte sie, dass ihre Cousine unschuldig sei. Es war fast so, als hätte sie ihre neue Lebensaufgabe gefunden – als Caseys treueste Unterstützerin.«

»Warum wollte sie dann nicht, dass Sie an der Sendung teilnehmen?«

Sean rang mit sich, ob er wirklich alles preisgeben sollte. »Gut, ich erzähle es Ihnen, es ist ja nur zu ihrem Besten. Sie und Casey sind ja praktisch Schwestern. Eigentlich sollten Schwestern keine Geheimnisse voreinander haben. Angela wollte nicht, dass ich mit Ihnen rede, weil sie Casey nie erzählt hat, dass sie in Hunter verliebt war.«

»Sie war in Hunter *verliebt*? Sie und Casey haben mir erzählt, die beiden hätten sich ein paarmal getroffen, völlig harmlos. Sie haben darüber sogar untereinander Witze gemacht.«

»Glauben Sie mir, ich habe diese Geschichte oft genug zu hören bekommen. Nein, da war definitiv mehr dahinter. Casey war so auf diese Promi-Frauen fixiert, die Hunter schöne Augen gemacht haben, dass ihr nie aufgefallen ist, wie ihre eigene Cousine ihn immer angesehen hat. Aber mir ist es aufgefallen. Eines Tages habe ich Angela dabei ertappt, wie sie völlig versonnen ein Foto von ihm in der Zeitung anschmachtete, woraufhin ich sie direkt darauf angesprochen habe: ›Hast du dich etwa in den Bräutigam deiner Cousine verguckt?‹ Erst wollte sie alles leugnen, aber als ich ihr eindringlich klarmachte, ich könnte keine Beziehung zu ihr haben, wenn sie nicht ehrlich zu mir war, rückte sie mit der Sprache heraus. Sie sagte, sie hätte ihn einmal wirklich geliebt. Ich musste ihr versprechen, es Casey nie zu sagen.«

»Sie sind bei ihr geblieben, obwohl sie Sie angelogen hat?«

»Na ja, sie hat mich ja nicht so richtig angelogen, eher hat sie nicht die ganze Wahrheit gesagt.« Unweigerlich musste Laurie an ihre Probleme mit Alex denken – die vielleicht nicht mehr zu lösen waren? Sie zwang sich, sich auf Sean zu konzentrieren. »Komischerweise habe ich mich Angela näher gefühlt, nachdem ich von ihrer vergangenen Beziehung zu Hunter wusste. Aber ihre Liebe für Casey war stärker als alles, was sie jemals für Hunter empfunden hatte. Sie wollte, dass Casey glücklich war, keinesfalls wollte sie für Probleme in deren Ehe sorgen. Ich bewunderte ihre Selbstlosigkeit. Aber ich kann nicht glauben, dass sie das alles immer noch vor Casey geheim hält, nach all den Jahren. Welche Rolle spielt es denn noch? Wenn, dann zeigt es doch bloß, wie wichtig ihr Casey war. Aber für mich war es, als wäre eine Mauer zwischen uns hochgezogen worden, nachdem sie mir es erzählt hat.«

Laurie verdrängte den Gedanken an ihre eigene Mauer – die Wand zwischen ihr und Alex. Die, die sie anscheinend nicht einreißen konnte.

»Und warum haben Sie sich getrennt?«

»Nur weil man glaubt, man wäre sich ein wenig näher, heißt das noch lange nicht, dass man die wahre Liebe gefunden hat. Ich glaube, Angela wollte mich wirklich lieben, aber ich war nun mal nicht er.«

»Sie meinen, Sie waren nicht Hunter?«

Er nickte. »Ich kam mir ganz schrecklich vor, als er umgebracht wurde. Ich will ehrlich sein, ich hatte ihm häufiger im Stillen etwas Schlimmes an den Hals gewünscht – ich wusste ja, dass Angela ihm immer noch Gefühle entgegenbrachte. Ich hoffte also, sie hätte ihn, nachdem er tot war, hinter sich gelassen, und sie würde mir einen Platz in ihrem Herz einräumen.

An einem Abend dann suchte ich im Schrank im Flur nach einer Ersatzglühbirne für die Lampe im Esszimmer, und dabei stieß ich auf einen Karton, den sie noch aus ihrer Zeit mit Hunter hatte – so eine Art ›Souvenir-Schachtel‹. Also setzte ich ihr ein Ultimatum. Ich sagte ihr, wenn wir weiterhin zusammen sein wollen, müsste sie diesen Karton loswerden. Da ging sie hoch. So hatte ich sie noch nie erlebt. Ich bekam es richtig mit der Angst zu tun. Dann lachte sie mich aus und sagte, ich wäre nie so gut wie Hunter.«

Laurie spürte, dass diese Worte ihn nach all der Zeit immer noch schmerzten.

»Das war das Ende unserer Beziehung. Über so etwas kommt man nicht mehr hinweg.«

Nein, dachte Laurie. Es gab Dinge, über die war kein Hinwegkommen. Sie hoffte, dass das bei Alex nicht der Fall war.

»Aber es wurde dann ja noch alles gut«, fuhr Sean fort, und sein Ton heiterte sich merklich auf. »Zwei Jahre später lernte ich Jenna kennen. Mittlerweile kann ich mir ein Leben ohne sie und die Kinder nicht mehr vorstellen.«

Seans Beschreibung von Angela passte überhaupt nicht zu dem Eindruck, den Laurie bislang von ihr bekommen hatte. Was sie als ein paar »nicht weiter wichtige« Verabredungen mit Hunter beschrieben hatte, war offensichtlich wesentlich mehr gewesen. Aber wäre die Beziehung wirklich etwas Ernstes gewesen, hätte Hunter das Casey gegenüber sicherlich erwähnt. Auch hatte weder Hunters Vater noch sein Bruder erzählt, dass Hunter jemals mit Caseys Cousine liiert gewesen war. Im Gegenteil, man lachte darüber, was für ein schreckliches Paar Hunter und Angela abgegeben hätten.

Aber vielleicht hatte Angela das alles ja gar nicht so gesehen. Vielleicht war ihr Lachen reine Fassade gewesen, während sie in Wirklichkeit im Schrank eine Schachtel mit Erinnerungsstücken an ihn aufbewahrt hatte. Laurie stellte sich Angela in jener

Zeit vor: Es kamen nur noch wenige Model-Aufträge rein, sie wusste nicht, was sie beruflich machen sollte – und dann, wenn sie allein war, holte sie die Erinnerungsstücke aus dem Karton und träumte von einer Welt, in der sich Hunter Raleigh III. nicht für ihre jüngere Cousine, sondern für sie entschieden hatte.

»Sean, der Karton, den Sie da gefunden haben – befand sich darin zufällig auch ein Foto von Hunter mit dem Präsidenten?«

Er lächelte. »Sie sind ja wirklich gut. Wie sind Sie denn da jetzt draufgekommen?«

60

Charlotte und Angela hatten vereinbart, sich die Arbeit aufzuteilen. Angela sollte weiter oben am Set im zweiten Stock arbeiten, während Charlotte im Erdgeschoss den exakten Grundriss des »Fitnessstudios« festlegte.

Sie packte die Yogamatten und Hanteln aus den großen Kisten, in denen Angela sie aus dem Büro hatte anliefern lassen. Sie war immer wieder beeindruckt von Angelas Fähigkeit, die Kosten niedrig zu halten. Größere Geräte wie die Laufbänder oder die Pilates-Maschinen mieteten sie für die Show an, für die kleineren Gegenstände hatte Angela aber das konzerneigene Fitnessstudio von Ladyform geplündert.

Charlotte musste sich zwischen zwei unterschiedlichen, von ihr skizzierten Layouts entscheiden, ihre Gedanken aber schweiften immer wieder ab. Dann legte sie ihren Skizzenblock beiseite und las die Notizen, die Angela im Erdgeschoss für die Handwerker hinterlassen hatte. Wieder fand sich die Wendung *und außerdem*.

Sie zog ihr iPad aus der Tasche, öffnete das Mail-Programm und suchte nach den archivierten Nachrichten von Angela. Erneut fielen ihr manche Sätze auf. *Ich hab die Bestätigung der Beleuchtungsfirma. Und außerdem müssen wir noch über die Musik reden. Gehen wir heute Abend doch zu Lupa. Da gibt's die beste Pasta. Und außerdem liegt gleich zwei Blocks weiter ein Laden, den ich schon immer mal auskundschaften wollte.*

Und außerdem. Die Wendung, die Laurie in den negativen Online-Kommentaren über Casey hervorgehoben hatte. Charlotte war es bislang nicht aufgefallen, aber Angela schien sie ebenfalls häufig zu benutzen. Vielleicht wurde sie generell oft gebraucht. Andererseits gingen ihr Lauries Worte am Nachmittag nicht aus dem Kopf. *Angela hatte möglicherweise schon vorher Zweifel. Sie schien befürchtet zu haben, dass es genau dazu kommen würde. Keiner von uns würde jetzt in dieser Situation sein, wenn sie uns von Anfang an ihre Zweifel an Caseys Unschuld mitgeteilt hätte.*

Vielleicht hatte Angela die ganze Zeit gewusst, dass Casey schuldig war, hatte es aber der Polizei nicht mitteilen wollen. Casey und deren Eltern waren nach dem Tod von Angelas Mutter ihre einzige Familie gewesen. Charlotte konnte nachvollziehen, wie zerrissen Angela gewesen sein musste – hätte sie Casey angezeigt, hätte sie nicht nur ihre Cousine, sondern auch noch ihre Tante und ihren Onkel verloren. Aber anonym und online negative Kommentare posten, während man sich als ihre treueste Unterstützerin ausgab? Charlotte dazu bringen, Laurie gegenüber Caseys Unschuld zu beschwören, obwohl sie selbst starke Zweifel hegte?

Charlotte wollte nicht glauben, dass Angela so hinterhältig sein konnte. Sie war versucht, sie direkt darauf anzusprechen, wollte aber – für den wahrscheinlichen Fall, dass sie sich irrte – ihrer Freundin nicht noch mehr zumuten.

Dann fiel ihr ein, dass es noch eine andere Möglichkeit gab, um ihr Gewissen zu beruhigen.

61

Noch auf dem Bürgersteig vor Sean Murrays Haus rief Laurie Paula Carter an. Paula meldete sich nach dem ersten Klingeln.
»O Laurie. Bitte sagen Sie mir, dass Sie es sich anders überlegt haben. Wäre es denn nicht möglich, die Sendung doch noch abzusagen?«

»Nein, Paula, aber es gibt vielleicht etwas Besseres. Möglicherweise bin ich auf eine Spur zum fehlenden Foto gestoßen. Ich muss Ihnen lediglich eine Frage stellen. Vor zwei Tagen hat mich Casey angerufen und mich gebeten, keinerlei Einzelheiten zu diesem Bild herauszugeben. Sie sagte, sie habe mit Ihnen und Angela darüber gesprochen.«

»Das stimmt. Ich habe ihr zugeredet, die Sache ganz abzublasen, aber sie hat natürlich wie immer nicht auf mich gehört.«

»Aber die Idee, nichts über das Foto von Hunter mit dem Präsidenten preiszugeben: Von wem war die? Wissen Sie das noch?«

»Ja, klar. Es war Angelas Idee. Sie sagte, so macht man das immer in den Krimis im Fernsehen. Wollen Sie mit ihr reden? Sie ist in Brooklyn, sie muss die Ladyform-Modenschau vorbereiten, aber Sie können sie bestimmt anrufen.«

Laurie versicherte Paula, dass das nicht nötig sei, und bat sie, ihren Anruf vorerst niemandem gegenüber zu erwähnen.

Als Laurie das Gespräch beendet hatte, glaubte sie zu wissen, warum Angela zu verhindern versuchte, dass sich Sean Murray mit ihr unterhielt. Niemand sollte erfahren, dass sie das Foto vom Nachttisch entfernt hatte – nachdem sie Hunter umgebracht und den Mord jener Frau angehängt hatte, die er ihr vorgezogen hatte.

Laut Charlotte war Angela sehr bemüht gewesen, die Sendung zu stoppen – *verzweifelt,* hatte sie sie genannt. Aber entgegen Charlottes Vermutung war Angela nicht verzweifelt gewesen, weil sie ihre Cousine vor einer weiteren Demütigung schützen wollte. Sie wollte sich selbst schützen.

Laurie rief Charlottes Handy an, aber es meldete sich nur die Mailbox. Sie probierte es zwei weitere Male, erneut erfolglos.

Sie wollte auf keinen Fall, dass Charlotte in die Schusslinie geriet, wenn Angela bewusst werden sollte, dass ihre Verhaftung unmittelbar bevorstand. Sie musste Charlotte unbedingt warnen. Sie öffnete ihre Uber-App und orderte den nächstgelegenen Fahrer.

62

Im Lagerhaus rief Charlotte die neueste Auflistung der IT-Abteilung zur Internet-Nutzung der Firmencomputer auf. Die monatliche Zusammenstellung führte jede einzelne Website auf, die von Ladyform aus aufgerufen wurde. Wie immer standen Ladyforms eigene Website und ihre Plattformen in den sozialen Medien an oberster Stelle. Sie aktivierte die Suchfunktion und gab das Wort *Chatter* ein.

Sie erinnerte sich, dass Laurie sich darüber beschwert hatte, wie schnell der *Chatter*-Blog von Caseys Entlassung berichtet hatte – und in welch negativem Licht sie dargestellt worden war.

Siebzehn Zugriffe im vergangenen Monat, und alle von ein und demselben Computer. Die einzelnen User waren nicht namentlich aufgeführt, sondern lediglich anhand der Nummer ihres Computers zu identifizieren.

Sie wollte die IT-Abteilung anrufen, bekam aber kein Handy-Signal. Vor dem Lagerhaus, gleich vor der Stahltür, zeigte das Display schließlich zwei Balken für die Signalstärke. Jamie von der IT brauchte nicht lange, um zu bestätigen, dass der fragliche Computer jener von Angela war. Ebenfalls bestätigte er, dass sie nicht nur den Blog gelesen, sondern auf der Seite für »anonyme Beiträge« auch Kommentare hochgeladen hatte. Charlotte hatte das starke Gefühl, dass der Zeitpunkt dieser Einträge mit dem der Kommentare übereinstimmen würde, auf die Laurie gestoßen war.

Sie schickte Laurie eine SMS: *Ich glaube, ich weiß, wer hinter den »und außerdem«-Beiträgen steckt, für die du dich so sehr interessierst. Es ist kompliziert. Reden wir heute Abend darüber.*

Laurie würde natürlich ihre Sendung nicht sausen lassen, aber vielleicht konnte sie sie ja dazu überreden, Angelas Namen herauszulassen. Charlotte konnte sich sehr gut vorstellen, was für eine schwierige Entscheidung es für Angela gewesen sein musste. Sie liebte ihre Cousine, ihre Tante und ihren Onkel, aber Casey war eine Mörderin. Mit ihren Internet-Kommentaren über Caseys Schuld hatte sie anscheinend dafür sorgen wollen, dass der Gerechtigkeit Genüge getan wurde, ohne dass sie dabei Gefahr lief, die einzigen Angehörigen zu verlieren, die ihr noch geblieben waren.

Als Charlotte zum Fitnessstudio-Set zurückkam, stand Angela mit den Händen in der Hüfte neben einem Stapel von Trainingsgeräten, die sie aus dem Büro mitgebracht hatte. Sie griff sich zwei pinkfarbene 1,5-Kilo-Hanteln, stemmte sie einige Male und tat so, als wäre sie schon am Ende ihrer Kräfte. »Was meinst du? Sollen wir die alle auf einem Haufen liegen lassen oder zwischen den größeren Maschinen verteilen?«

»Die gleiche Frage habe ich mir auch schon gestellt«, entgegnete Charlotte und kramte die beiden Skizzen hervor, die sie dazu entworfen hatte. »Ich konnte mich auch nicht entscheiden. Vielleicht sollten wir eine Münze werfen. Aber davor – können wir uns kurz noch über was unterhalten?«

»Klar.«

»Es ist mir etwas unangenehm ... aber du weißt, dass du mir alles erzählen kannst, nicht wahr?«

»Natürlich. Was ist denn?«

»Ich weiß von *The Chatter*. Und RIP_Hunter. Ich weiß, du hast allen versucht mitzuteilen, dass Casey schuldig ist.«

»Aber wie bist du ...«

»Wir überwachen im Büro den Internet-Verkehr. Im vergangenen Monat ist mir eine Art Muster aufgefallen.« Es war nicht nötig, Angela mitzuteilen, dass sie gezielt danach gesucht hatte.

»Ich kann es nicht ganz nachvollziehen. Du hast mir immer erzählt, wie nah ihr euch steht. Außerdem hast du behauptet, dass sie unschuldig ist.«

»Ich kann dir alles erklären, aber, ehrlich gesagt, ich hab mich gefreut, dass ich heute mal nicht an Casey denken muss. Erledigen wir doch erst unsere Arbeit, und dann erzähle ich dir mehr über mich und meine Cousine, als du vielleicht hören möchtest. Einverstanden?«

»Einverstanden.«

»Gib mir doch bitte die Matte dort drüben.«

Charlotte drehte sich um, bückte sich und wollte eine blaue Yogamatte aufheben, aber der Schlag mit der 1,5-Kilo-Hantel gegen den Kopf ließ sie zu Boden sacken. Dunkelheit umfing sie.

63

Laurie wartete immer noch vor Sean Murrays Haus auf den Uber-Wagen, der schon vor drei Minuten hätte eintreffen sollen, als ihr Handy-Display eine neue SMS anzeigte. Sie stammte von Charlotte: *Ich glaube, ich weiß, wer hinter den »und außerdem«-Beiträgen steckt, für die du dich so sehr interessierst. Es ist kompliziert. Reden wir heute Abend darüber.*

Sofort versuchte sie Charlotte zurückzurufen, erreichte aber erneut nur ihre Mailbox. Sie ließ sich Charlottes Eintrag in den Kontakten anzeigen und wählte ihre Büronummer. Ihre Assistentin meldete sich. »Tut mir leid, Ms. Moran, sie ist mit Angela im Lagerhaus, eigentlich müsste ihr Handy aber an sein. Ich habe sie erst vor wenigen Minuten zu jemandem von der IT durchgestellt.«

Dieses Telefonat musste etwa zur gleichen Zeit stattgefunden haben, als Charlotte ihr die SMS über RIP_Hunter geschickt hatte. »Wissen Sie zufällig, warum sie dort angerufen hat?«, fragte Laurie.

»Wegen einer Frage zur Internetnutzung – wer ruft welche Seite auf seinem Bürorechner auf. Sie können sich gar nicht vorstellen, was für einen Schrott sich die Leute da so ansehen. Ohne Sinn und Verstand.«

Laurie ließ sich die Adresse des Lagerhauses geben und bedankte sich. Charlotte hatte die RIP_Hunter-Kommentare gelesen, als sie bei ihr im Büro gewesen war. Etwas musste ihre Aufmerksamkeit erregt haben. Falls sie aber herausgefunden hatte, dass Angela hinter den Postings steckte, war sie in großer Gefahr.

Laurie wählte den Notruf, und in diesem Moment erblickte sie auch endlich einen schwarzen SUV mit dem Uber-Sticker in der Windschutzscheibe. Sie warf sich regelrecht vors Auto, damit der Fahrer sie ja nicht übersah.

»Notrufleitstelle – was ist passiert?«, fragte die Stimme am anderen Ende der Leitung.

Laurie rief dem Chauffeur die Lagerhausadresse zu und ließ sich auf den Rücksitz des SUV fallen. »Beeilen Sie sich bitte!«

»Ist das Ihr Aufenthaltsort, Ma'am? Sagen Sie mir bitte, was passiert ist.«

»Tut mir leid, nein, nein, ich bin nicht dort. Aber meine Freundin. Sie ist in Gefahr.«

Die Stimme am anderen Ende der Leitung blieb sachlich und ruhig. »Hat Ihre Freundin Sie angerufen? Von welcher Gefahr sprechen wir überhaupt?«

»Sie ist in einem Lagerhaus zusammen mit einer Frau, die wir eines Mordes verdächtigen. Sie hat mir eine SMS geschickt, sie hat etwas ganz Entscheidendes herausgefunden, und jetzt geht sie nicht mehr ans Handy.«

»Ma'am, ich versuche wirklich, Sie zu verstehen, aber das alles ergibt nicht viel Sinn.« Laurie sah, wie der Uber-Fahrer sie im Rückspiegel misstrauisch beäugte. Sie musste ziemlich durchgeknallt klingen. Sie versuchte sich zu beruhigen und erklärte der Leitstelle, dass sie die Produzentin von *Unter Verdacht* sei und eine Frau namens Angela Hart wahrscheinlich einen Mord begangen habe, für den jemand anderes verurteilt worden war. »Sie weiß, dass wir ihr auf die Spur gekommen sind. Ich mache mir große Sorgen um meine Freundin Charlotte Pierce. Bitte, es geht um Leben und Tod.«

Sie sah, wie der Fahrer nur mit den Augen rollte und den Kopf schüttelte. Für ihn war sie bloß eine von den unzähligen verrückten New Yorkern.

»Okay, Ma'am. Ich verstehe Ihre Sorge, aber Sie haben nichts davon erzählt, dass Gewalt angewendet oder angedroht wurde oder dass sich Ihre Freundin in irgendeiner Gefahrensituation befindet. Ich gebe alles weiter, damit eine Streife mal vorbeischaut und nach dem Rechten sieht, aber das kann eine Weile dauern. Im Moment haben wir zwei größere Einsätze im selben Revier.«

Als Tochter eines Polizisten wusste Laurie, dass solchen Anfragen unterste Priorität zugewiesen wurde. Es konnte Stunden dauern, bis irgendein Beamter erschien. Aber auch ihr erneutes Flehen stieß nur auf taube Ohren. Die Uhr tickte. Sie beendete das Gespräch und rief ihren Vater auf seinem Handy an. Beim vierten Klingeln meldete sich die Mailbox. Sie wurde aufgefordert, eine Nachricht zu hinterlassen.

»Dad, wir haben einen Notfall.« Sie hatte nicht die Zeit, um die ganze Geschichte zu erklären. »Caseys Cousine Angela ist die Mörderin. Und jetzt ist Charlotte wahrscheinlich in großer Gefahr, sie hält sich in einem Lagerhaus im DUMBO auf. Die Adresse lautet 101 Fulton Street in Brooklyn. Ich habe die Polizei verständigt, aber die Leitstelle hat mich nicht ernst genommen. Charlotte geht nicht ans Handy. Ich bin jetzt auf dem Weg dorthin.«

Sie hatte schon aufgelegt, als ihr einfiel, warum Leo nicht drangegangen war. Er war gebeten worden, einer neu geschaffenen Sondereinheit für Terrorbekämpfung in beratender Funktion zur Seite zu stehen. Das erste Treffen fand ausgerechnet an diesem Nachmittag im Büro des Bürgermeisters statt.

Aber eine SMS würde ihm vielleicht auffallen, dachte sie und tippte bereits auf ihr Handy ein: NOTFALL. HÖR MEINE NACHRICHT AB. UND RUF ZURÜCK.

64

O nein, o nein.« Angela stand über der auf dem Boden liegenden Charlotte und presste die Hände zusammen, um sich wenigstens etwas zu beruhigen. »Was hab ich bloß getan? *Was* hab ich getan?«

Sie ging auf die Knie und tastete vorsichtig nach Charlottes Hals. Charlotte reagierte nicht, aber ihre Haut war warm. Angela legte zwei Finger an die Halsschlagader und fühlte den Puls. Dann beugte sie sich über Charlottes Gesicht. Sie atmete noch.

Charlotte war am Leben. Was mache ich jetzt?, überlegte Angela. Vielleicht kann ich das hier noch irgendwie in Ordnung bringen. Ich muss vorsichtig sein und überlegt vorgehen, genau wie an dem Abend in Hunters Haus. Charlotte muss sterben, hier, an Ort und Stelle, und es muss wie ein Unfall aussehen. Ein Sturz vom zweiten Stock in den Aufzugschacht, den wird sie auf keinen Fall überleben. Und die Abschürfungen am Hinterkopf wird man dem Sturz zuschreiben.

Sie war zuversichtlicher, jetzt, da sie einen Plan hatte. Sie sah sich um und eilte zu den Werkzeugen, die die Handwerker mit ihren Baumaterialien dagelassen hatten, ohne zu wissen, wonach sie suchen sollte, bis sie auf eine Packung Kabelbinder und ein Teppichmesser stieß. Sie steckte das Messer ein.

Sie wollte die Kabelbinder schon um Charlottes Handgelenk legen, als sie innehielt. Würden die dünnen, scharfen Kanten Spuren an den Hand- und Fußgelenken hinterlassen, die nicht durch einen Sturz in den Aufzugsschacht zu erklären waren? Sie brauchte etwas, was nicht …

Sie musste beinahe lächeln, als ihr eine Idee kamen. Nachdem sie sich vergewissert hatte, dass Charlotte noch immer bewusstlos war, lief sie zu einem der Kartons und fischte zwei superelastische Workout-Tops von Ladyform heraus.

Damit band sie Charlottes Handgelenke auf dem Rücken zusammen, und als sie sich an den Füßen zu schaffen machte, hörte sie Charlotte leise stöhnen. Sie musste sich beeilen.

Ihre Gedanken rasten. Am liebsten hätte sie die Zeit angehalten und wäre in einem Paralleluniversum zehn Minuten in die Vergangenheit zurückgereist. Hätte sie genau in diesem Augenblick auf die Pausentaste drücken können, hätte sie gesehen, dass die Lage nicht so schlimm war, wie sie glaubte. Denn Charlotte wusste doch nur, dass sie während der Arbeit ein paar Websites angeklickt hatte. Abhängig davon, wie exakt Ladyform das Surfverhalten der Angestellten aufzeichnete, wusste Charlotte vielleicht noch, dass sie Informationen an Mindy Sampson weitergegeben und negative Kommentare über Casey gepostet hatte. Zu diesem Zeitpunkt hätte sie sich, wenn sie in der Lage gewesen wäre, einen vernünftigen Gedanken zu fassen, leicht aus der Situation herausreden können. Aber natürlich hatte sie alles andere als vernünftig gedacht – sie war, seitdem sie Laurie Morans Namen zum ersten Mal gehört hatte, wegen dieser dummen Fernsehsendung völlig in Panik.

»Vielleicht sollte ich kein so schlechtes Gewissen haben wegen dem, was gleich mit dir passieren wird«, sagte sie und sah auf Charlotte hinunter. »Laurie hat sich doch nur dazu überreden lassen, Casey in die Sendung zu nehmen, weil deine Familie mit *Unter Verdacht* zu tun hatte.«

Die ganze Zeit hatte sie Charlotte – und allen anderen – weisgemacht, dass sie Caseys treueste Freundin sei und sie immer verteidigen würde. Sie war die Einzige gewesen, die Casey regelmäßig im Gefängnis besucht hatte. Wie oft hatte man ihr gesagt: *Was bist du bloß für eine gute Freundin, was bist du bloß für ein guter Mensch? Casey kann von Glück reden, dass sie dich hat.*

Gab es irgendeine Möglichkeit, das alles aufrechtzuerhalten?

Zunächst hatte sie sich nur geärgert, dass Casey im Fernsehen auftreten und ihre Unschuld beteuern wollte. Erneut würde sie sich – zumindest in den Augen mancher Zuschauer – als die nette Frau ausgeben, die niemandem etwas Böses antun konnte. Aber dann musste sie von Casey erfahren, dass nach dem Mord ein Foto von Hunters Nachttisch verschwunden sein musste. Und, noch schlimmer, Casey hatte auch Laurie davon erzählt. In diesem Augenblick fürchtete Angela, dass die Wahrheit doch noch ans Licht kommen könnte.

Aber dann wurde ihr klar, wie viel Zeit seit dem Mord an Hunter vergangen war. Das menschliche Gedächtnis ist fehlerhaft. Erinnerungen verblassen und verschwinden. Trotzdem war sie davon überzeugt, dass sich Sean noch an den Streit erinnern würde, der das Ende ihrer Beziehung bedeutet hatte. Er würde bestimmt wissen, dass es um Hunter gegangen war, und wahrscheinlich würde ihm auch noch der Karton mit den Erinnerungsstücken, den er in ihrem Schrank gefunden hatte, im Gedächtnis sein. Aber würde er sich noch an den Inhalt des Kartons erinnern? Würde er dieses ganz bestimmte Foto von Hunter mit dem Präsidenten vor sich sehen? Vielleicht. Vielleicht auch nicht. *Wahrscheinlich* eher nicht, hatte sich Angela einzureden versucht. Und natürlich hatte sie noch am nächsten Tag den gesamten Inhalt des Kartons entsorgt, so schmerzhaft es für sie auch gewesen war.

Charlotte rührte sich und gab ein tiefes Stöhnen von sich.

Angela hatte es tatsächlich gewagt, Sean anzurufen, nachdem Casey vorgeschlagen hatte, dass Laurie ihn für die Sendung interviewen sollte. »Es wäre doch für uns beide schlimm, wenn sich nach dieser langen Zeit unsere Wege wieder kreuzen würden. Du bist glücklich verheiratet. Ich bin immer noch Single.

Warum hat es mit uns beiden damals nicht geklappt? Mir wäre es lieber, wenn das alles nicht wieder zur Sprache käme. Klingt doch einleuchtend, oder? Da musst du mir doch zustimmen.«

Er stimmte ihr zu, obwohl es alles andere als einleuchtend klang. Die meisten würden doch sofort annehmen, dass eine Frau in ihrem Alter nicht gern allein war.

Charlotte rührte sich, sie wand sich und schien nicht zu verstehen, warum sie Arme und Beine nicht bewegen konnte. »Angela?«, fragte sie mit schwacher Stimme.

Angela versuchte ruhiger zu werden. Obwohl ich Sean davon überzeugen konnte, nicht in Lauries Sendung aufzutreten, habe ich es nicht gewagt, ihn direkt auf den Karton im Schrank anzusprechen. Jede Erwähnung hätte neue Erinnerungen daran bei ihm auslösen können, und natürlich hätte ihn meine Frage verwundert. Ich musste es darauf ankommen lassen und hoffen, dass er sich die Sendung vielleicht gar nicht ansieht. Ich konnte seine Frau schon fragen hören: »Warum siehst du dir das an? Bist du etwa neugierig auf Angela?« Wenn er die Sendung nicht sieht, dann ist es kein Problem. Wenn er sich nicht an das Foto von Hunter mit dem Präsidenten erinnert – kein Problem. Und selbst wenn er die richtigen Schlussfolgerungen zieht, könnte ich behaupten, dass sich Sean vermutlich irrt. Vielleicht hatte er ja ein ganz anderes Foto gesehen. Oder er war immer noch wütend auf mich. Ich könnte behaupten, mir hätte das Foto so gut gefallen, dass Hunter mir einen Abzug davon geschenkt hat. Niemals hätte man mir den Mord nachweisen können, solange die einzigen Indizien ausschließlich auf der alten Erinnerung meines Exfreunds an ein gerahmtes Foto in einem Karton basieren.

Aber was habe ich jetzt getan? Mir bleibt keine andere Wahl mehr. Ich muss sie umbringen und es wie einen Unfall aussehen lassen.

Charlotte kam wieder zu Bewusstsein. Angela griff zu der

Pistole, die sie als Vorsichtsmaßnahme in ihrer Handtasche bei sich führte, seitdem Casey die Einverständniserklärung für *Unter Verdacht* unterzeichnet hatte. Charlottes schreckgeweitete Augen verrieten, dass sie die Waffe in Angelas Hand gesehen hatte.

»Okay, Chefin, steh jetzt auf«, sagte Angela. »Und dann gehen wir.«

65

Lauries Uber-Fahrer hielt vor der Adresse, die sie von Charlottes Sekretärin erhalten hatte. Sie ließ dem Chauffeur ein schwaches Dankeschön zukommen. »Tut mir leid, wahrscheinlich hat es sich angehört, als würde ich Sie mitten in ein Kriegsgebiet lotsen.«

Der Fahrer checkte sein Handy bereits nach einem neuen Kunden. »Nichts für ungut, Lady, aber Sie haben eine ziemlich wilde Fantasie. Wenn Sie mich fragen, sollten Sie erst mal um den Block marschieren. Vielleicht versuchen Sie es auch mit Meditieren. Das hilft mir immer, damit ich es durch den Tag schaffe.«

Damit brauste er davon und ließ Laurie allein vor dem Lagerhaus zurück. In der Ferne bellte ein Hund. In den Straßen war es überraschend ruhig.

Wieder rief sie Leo an, aber erneut erreichte sie nur die Mailbox. Sie probierte es in ihrer Wohnung.

»Hallo, Mom.« Im Hintergrund war eines von Timmys Videospielen zu hören.

»Ist Grandpa schon von seiner Besprechung zurück?«, fragte sie und versuchte entspannt zu klingen.

»Noch nicht. Kara und ich spielen Angry Birds.«

Wenn seine Lieblings-Babysitterin da war, hatte Timmy absolut nichts dagegen, wenn Laurie und Leo länger fortblieben.

Ihr Vater musste noch in der U-Bahn sein.

Wieder rief sie Charlottes Handy an. Keine Antwort.

Sie entdeckte den schmalen Spalt unter dem Rolltor. Komme

ich zu spät? Weiß Angela schon, dass Charlotte ihr auf die Schliche gekommen ist?

Sie konnte nicht mehr warten. Sie legte sich auf den Bauch und robbte unter dem Tor hindurch ins Lagerhaus.

66

In Gedanken versunken verließ Leo das Bürogebäude in Lower Manhattan. Natürlich fehlte ihm die Betriebsamkeit des Polizeidienstes, aber Vollzeit wollte er auf keinen Fall mehr arbeiten. So kam ihm die Gelegenheit, an der neu geschaffenen Sondereinheit mitzuwirken, gerade recht. Er würde mehrere Abende im Monat vor Ort sein, vieles aber von zu Hause aus erledigen können. Damit konnte er weiterhin auf Timmy aufpassen und Laurie helfen.

Auf dem Weg zur U-Bahn sah er ein Taxi, aus dem gerade Fahrgäste stiegen. Kurz entschlossen änderte er seinen Plan, nahm auf dem Rücksitz Platz und nannte dem Taxifahrer Lauries Adresse. Er griff zu seinem Handy, wollte nachsehen, ob neue Nachrichten eingetroffen waren, und erinnerte sich erst jetzt, dass er es während des Treffens ausgestellt hatte.

Mit klopfendem Herzen las er Lauries SMS und hörte sich anschließend ihre Nachricht auf der Mailbox an. Das Gebäude, in dem sich Charlotte und Laurie anscheinend aufhielten, war nur gut drei Kilometer entfernt. »Planänderung«, rief er dem Fahrer zu. »Fahren Sie zur 101 Fulton Street in Brooklyn – und geben Sie Gas!«

Er schlug seine Brieftasche auf und ließ dem Fahrer im Rückspiegel seinen erneuerten Dienstausweis sehen. »Ich bin Polizist. Sie bekommen keinen Strafzettel. Machen Sie schon!«

Als Erstes rief er im Polizeipräsidium an. Dort versicherte man ihm, unverzüglich vier Streifenwagen zur Adresse in Brooklyn zu schicken.

Während sich der Taxifahrer unter dem wütenden Gehupe der anderen Autofahrer durch die schmalen Straßen schlängelte, rief Leo Lauries Handy an. Ihm wurde mulmig zumute, als er nur ihre Mailbox erreichte.

67

Ihr Kopf schmerzte. Charlotte war kaum bei Bewusstsein, aber sie bekam mit, wie sie die Treppe halb hinaufgeschoben, halb hinaufgezerrt wurde. Warum konnte sie die Arme nicht bewegen? Was stimmte mit den Beinen nicht? Irgendwas stieß ständig gegen sie.

Was war geschehen?

Sie hörte Angela.

»Weiter, los, mach schon, Charlotte.«

Angela. *Und außerdem. Und außerdem.* Angela hatte diese schrecklichen Kommentare verfasst. Aber warum? Charlotte bekam einen Stoß in den Rücken.

»Ich habe jetzt immer diese Pistole bei mir, seitdem deine werte Freundin meint, sie müsste Caseys Fall aufgreifen.« Erneut war es Angela, aber sie klang anders. Verzweifelter, hysterischer.

Sie hatten jetzt den ersten Stock erreicht. Charlotte spürte, wie ihre Knie nachgaben, aber Angela schob sie voran. »Weiter hinauf, verdammt noch mal.«

Angela kicherte. »Charlotte, mach dir keine Sorgen. Auch wenn dir was zustößt, wird die Show weitergehen. Vielleicht bietet deine Familie mir ja an, auf deiner Trauerfeier einige Worte zu sprechen. Noch besser wäre es natürlich, wenn sie mir deinen Job anbieten würde.«

Als sie den zweiten Stock erreichten, brach Charlotte auf dem Boden zusammen. »Du musst ... das ... nicht machen«, flehte sie.

»Doch, Charlotte«, erwiderte Angela, jetzt lauter. »Mir bleibt keine andere Wahl. Aber wir sind ja Freundinnen. Ich verspreche dir, es wird schnell gehen. Du wirst nicht zu leiden haben.«

Charlotte stieß einen Schmerzensschrei aus, als Angela an den auf den Rücken gebundenen Handgelenken riss, sie auf die Beine zerrte und zum Aufzugsschacht schob.

68

Ich kann nicht den Aufzug nehmen, dachte Laurie. Sonst merkt Angela, dass ich im Gebäude bin.

Von oben hörte sie ein lautes Stöhnen, dann: »Ich verspreche dir, es wird schnell gehen. Du wirst nicht zu leiden haben.«

Ihr Vater hätte sie davor gewarnt, allein das Lagerhaus zu betreten, aber es blieb ihr nichts anderes übrig. Sie legte ihre Tasche auf den Boden, zog ihr Handy heraus und vergewisserte sich, dass es stumm gestellt war. Wenn sie Charlotte retten wollte, musste sie so leise wie möglich sein. Sie schlüpfte aus ihren Schuhen und schlich zur Treppe.

69

Charlotte versuchte sich Angelas festem Griff zu entziehen, aber diese schob sie unerbittlich zum kaputten Aufzug.

»Ich hab es dir nicht erzählt«, sagte Angela, wieder mit ihrer kichernden Stimme. »Der Aufzug steckt im Erdgeschoss fest, aber hier auf diesem Stockwerk stehen die Türen offen. Es geht also gut fünfzehn Meter in die Tiefe.«

Sie ließ Charlotte los, die schwer atmend gegen die Wand neben dem Aufzug sank.

»Ich verstehe es nicht«, keuchte Charlotte. »Warum machst du das?«

Angela schob sich die Pistole in den Hosenbund und zog das Teppichmesser aus der Jackentasche. Charlotte zuckte zusammen, als sie die Klinge sah.

»Ich werde dir nicht wehtun«, sagte Angela. »Jedenfalls nicht damit.« Sie schnitt Charlotte das Workout-Top von den Fußknöcheln. Sofort strampelte Charlotte die Beine frei.

Angela drückte auf den Aufzugsknopf. Die Türen glitten auf, aber die Kabine unten im Erdgeschoss rührte sich nicht. Angela wollte Charlotte an den Handgelenken packen, um sie zum Schacht zu ziehen, aber Charlotte wich zurück. Ihr drehte sich alles, trotzdem versuchte sie, Zeit zu gewinnen. »Bitte, sag mir die Wahrheit, bevor ich sterbe. Du hast Hunter umgebracht, oder?«

70

Laurie war mittlerweile oben auf der Treppe angekommen und konnte Angela und Charlotte neben dem Aufzug sehen. Angela, die mit dem Rücken zu ihr stand, löste irgendein Stoffteil von Charlottes Füßen. Charlotte lehnte an der Wand und hatte das Gesicht abgewandt.

»Ich werde dir nicht wehtun«, hörte sie Angela sagen. »Jedenfalls nicht damit.«

Laurie sah ihre Chance gekommen. Sie trat aus dem dunklen Treppenhaus in den hohen Raum und winkte mit beiden Armen. Hoffentlich sieht sie mich, flehte sie. Hoffentlich sieht sie mich.

In dem fahl beleuchteten Lagerraum würde Charlotte sie nur dann bemerken, wenn sie in ihre Richtung sah. Laurie wischte auf ihrem Handy herum und rief die Taschenlampen-App auf, ließ sie zweimal in schneller Abfolge aufleuchten und schaltete sie sofort wieder aus.

Hat sie mich gesehen? Unmöglich zu sagen.

Dann hörte sie Charlotte. »Angela, erklär mir eins: Wie hast du es angestellt, Hunter umzubringen und den Mord Casey in die Schuhe zu schieben?«

Laurie wagte wieder zu atmen. Ihr Plan schien zu funktionieren. Charlotte versuchte auf Zeit zu spielen. Hoffentlich weiß sie, dass ich hier bin, dachte sie verzweifelt.

Aber von ihrem Standort aus konnte sie Charlotte nicht helfen. Langsam tastete sie sich in den Raum hinein, von einer dunklen Stelle zur anderen und näherte sich ganz langsam ihrer Freundin.

71

Charlotte glaubte etwas gehört zu haben, gleich darauf sah sie zweimal kurz hintereinander ein Licht aufleuchten. War dort jemand? Jemand, der ihr helfen könnte? Es war ihre einzige Hoffnung. Sie warf einen Blick in die gähnende Finsternis, die hinter den offenstehenden Aufzugstüren klaffte. Sie wusste, sie hatte nicht die Kraft, um Angela davon abzuhalten, sie in die Tiefe zu stoßen.

Ihr Kopf dröhnte.

Angela ist eine Mörderin. Sie will mich umbringen, dachte sie. Sie musste eine Möglichkeit finden, sich zu retten, sich Zeit zu erkaufen. Sie musste Angela zum Reden bringen. Und wenn jemand hier war, dann, bitte, würde er ihr helfen!

»Sag mir wenigstens die Wahrheit«, flehte sie. »Du hast Hunter umgebracht, oder?«

Kurz war Charlotte erleichtert, als Angela einen Schritt zurücktrat und das Teppichmesser in die Tasche schob. Aber dann griff sie wieder zur Pistole, die sie hinten aus dem Hosenbund zog.

Angelas Stimme überschlug sich fast vor Hysterie.

»Ach, Charlotte, du warst immer so nett zu mir und hast mich jeden Freitag Casey besuchen lassen. Keiner wusste, wie sehr ich es genossen habe, sie dort zu sehen, an diesem schrecklichen Ort, wo sie immer älter wurde. Es war herrlich. Meine kleine Cousine, meine *Schwester* – die immer intelligenter war, immer mehr geliebt wurde als ich – versauert im Knast. Dort hat man sie verachtet. Man hat sie gehasst, weil sie Hunter umgebracht hat. Als wir klein waren, hat niemand geglaubt, dass aus mir mal was Besonderes werden würde. Ich war die mit der alleinerziehenden Mutter. Die mit den schlechteren Noten. Die, die nie an den Schulaktivitäten teilnahm. Ich war die, die das College sausen ließ, um Model zu werden, ein Party-Girl. Keiner hat mir zugetraut, dass ich Karriere machen oder jemanden wie Hunter Raleigh heiraten könnte. Ganz zu schweigen davon, dass Caseys Eltern immer so getan haben, als wäre ihre Tochter eine Heilige.«

»Aber warum musstest du Hunter umbringen? Warum willst du mich umbringen?« Charlotte flüsterte nur noch.

»Ich will nicht, dass du stirbst«, sagte Angela. »Ich wollte auch nicht, dass Hunter stirbt. Ich war so dumm und habe ernsthaft geglaubt, durch die Sendung deiner Freundin würden so viele Indizien zusammengetragen, damit ich angeklagt werden könnte. Und jetzt schau, was ich getan habe.« Sie begann zu schluchzen. »Du wirst allen erzählen, was geschehen ist und was ich dir eben gesagt habe.«

»Aber warum hast du ihn umgebracht?«, fragte Charlotte.

»Das war so nicht geplant. Es war alles Hunters Schuld.«

Charlotte konnte Angelas unzusammenhängenden Gedanken keinen Sinn abringen.

»Er ist mit Casey ausgegangen, wie er mit mir und mit den anderen ausgegangen ist. Aber dann diese Verlobung ... als wäre sie was Besonderes, als wären die beiden der Prinz und die Prinzessin aus dem Märchen. Casey hat mir alles erzählt ... wie verzweifelt er gewesen war, als seine Mutter an Brustkrebs starb. Sie besaß die Dreistigkeit, mir zu sagen, wie ihr gemeinsamer Verlust sie *zusammengeschweißt* hätte.« Mittlerweile schrie sie. »Aber dieser Verlust ... das war nicht Caseys Verlust, sondern *meiner*! Verstehst du? *Meiner*! Sie hat vielleicht ihre Tante verloren, aber ich habe meine Mutter verloren, genau wie Hunter. Aber nein, mit wem musste er seine Trauer teilen? Mit Casey.

Und dann die Hochzeitsvorbereitungen. Wie absurd. Casey, die immer so tat, als wäre sie Miss Perfect, aber irgendjemand musste Hunter doch zeigen, wie sie wirklich war. Ihre ersten Schimpftiraden, die hatte er ihr verziehen, aber er musste doch sehen, dass sie ihn nur bloßstellen würde. Ich besorgte ein paar Rohypnol auf dem Schwarzmarkt und gab sie ihr in ihr zweites Glas Wein.« Angela lachte. »Dann hat es nicht lange gedauert.«

»Ich verstehe immer noch nicht«, flüsterte Charlotte und hoffte, Angela würde weitererzählen. Hilf mir, dachte sie. Wenn jemand hier ist, hilf mir! Oder habe ich mich getäuscht? Ist überhaupt jemand hier?

Aber Angela erzählte weiter, als würde sie mit sich selbst reden. »Ich habe die Gala früher verlassen, genau wie geplant, da ich am nächsten Tag ein Fotoshooting hatte. Aber ich fuhr nicht nach Hause. Ich fuhr zu Hunters Haus. Parkte ein Stück weiter. Als sie eintrafen, wartete ich ein paar Minuten, dann ging ich zum Haus. Die Tür war nicht ganz geschlossen, also drückte ich sie auf. Casey lag auf der Couch. Hunter war über sie gebeugt und sagte: ›Casey, Casey, komm schon, wach auf!‹ Als er mich sah, sagte ich ihm, ich hätte mir solche Sorgen um Casey gemacht, deshalb sei ich ihnen hinterhergefahren. Ich deutete auf sie und sagte: ›Hunter, schau sie dir an. Willst du diese Betrunkene wirklich heiraten?‹

Aber er sagte bloß, ich soll den Mund halten und verschwinden.«

Hinter Angelas Schulter konnte Charlotte jetzt deutlich jemanden sehen. *Laurie!* Vorsichtig huschte sie durch das halb aufgebaute Set. Sie hatte keine Ahnung, wie lange sie Angela noch am Reden halten konnte. Wenn sie aufhört, dachte sie, stößt sie mich in den Schacht.

»Hunter ist ins Schlafzimmer gelaufen. Ich ihm hinterher. Ich wollte ihm sagen, dass ich ihm doch bloß helfen und ihn vor einem großen Fehler bewahren wollte. Aber er achtete nicht mehr auf mich. Da beschloss ich, wenn ich ihn schon nicht haben konnte, dann sollte Casey ihn auch nicht haben. Ich wusste, dass er im Nachttisch eine Pistole aufbewahrte.«

Laurie war hinter dem »Wohnzimmersofa« stehen geblieben, die letzte Stelle, die ihr noch Deckung bot. Unmerklich nickte Charlotte, um ihr zu signalisieren, dass sie sie gesehen hatte. Laurie ist hier, dachte sie, Laurie ist hier! Du musst unbedingt noch etwas Zeit schinden.

»Er ging ins Badezimmer. Ich hörte das Wasser im Waschbecken laufen und griff mir die Waffe. Ich wusste auch, wie man damit umging. Casey war nicht die Einzige, die er mit auf den Schießstand genommen hatte. Er kam mit einem nassen Tuch in der Hand heraus. Wahrscheinlich wollte er es Casey auf die Stirn legen. Aber dazu kam er nicht mehr.«

Angela grinste. »Er war so verwirrt, als er sah, dass ich seine Pistole auf ihn gerichtet hatte. Und das Nächste, an was ich mich erinnere, ist, dass er auf dem Bett lag und verblutete. Mir war klar, ich musste fort. Aber erst musste ich nachdenken. Es musste so aussehen, als hätte Casey ihn erschossen.

Hunter hatte das feuchte Tuch auf den Boden fallen lassen. Ich hob es auf. Fingerabdrücke? Hatte ich welche hinterlassen? Ich wischte über die Schublade am Nachttisch.

Ich schoss auf die Wand. Ich ging ins Wohnzimmer ...«

Angela durchlebte wieder den Abend des Mordes. Sie klang jetzt wie in Trance.

»Casey musste die Letzte sein, die die Waffe benutzt hatte. Also wischte ich die Pistole sauber. Legte sie ihr in die Hand. Klemmte ihren Zeigefinger auf den Abzug. Gab einen weiteren Schuss auf die Wand ab. Nahm die Waffe mit dem Tuch weg und versteckte sie unter der Couch.

Und unser Dornröschen gab nicht einen Mucks von sich. Ich dachte an die Tabletten. Wenn die Polizei von Casey eine Blutprobe nahm, würde sie erfahren, dass sie unter Drogen gesetzt worden war. Was wäre aber, wenn sie die Medikamente selbst eingenommen hätte? Also nahm ich die anderen Rohypnol-Tabletten aus meiner Tasche. Wischte die Tablettenpackung ab, drückte Caseys Finger auf die Packung und legte sie in ihre Handtasche. Ziemlich clever, was?«

»Wie konntest du Casey das nur antun?«, fragte Charlotte, während sie sah, wie Laurie immer näher kam.

Die Frage holte Angela zurück in die Gegenwart.

»Schluss mit dem Gerede.« Angela nahm die Waffe in die linke Hand und zog das Teppichmesser aus der Tasche. »Dreh dich um«, befahl sie Charlotte.

Das war Charlottes einzige Chance. Sie musste sie ergreifen. Sie drehte sich ein Stück zur Seite, damit Angela das Top an ihren Handgelenken durchtrennen konnte. Dann ging sie in die Hocke, schnellte sofort hoch und rammte ihre Stirn mit voller Wucht gegen Angelas Kinn. Sengender Schmerz schoss ihr durch den Kopf. Dann hörte sie ein metallisches Klappern. Angelas Waffe war auf dem Lagerhausboden gelandet.

72

Laurie stürzte vor, als sie Angela zurücktaumeln und auf den Boden aufschlagen sah. Sie wollte sich auf die Pistole werfen, die Angela aus der Hand gefallen war, aber es war zu spät. Sie sah nur noch, wie die Waffe zum Aufzugsschacht schlitterte und in die Tiefe fiel, dann war der Aufprall zu hören, als sie zwei Stockwerke tiefer auf die Metallkabine knallte.

Charlotte kauerte auf dem Boden, ihre Hände waren immer noch auf dem Rücken gefesselt. Angela hatte sich bereits wieder erhoben und ging auf sie los. Laurie sah die schmale Klinge in ihrer Hand aufblitzen.

»Pass auf!«, rief Laurie. »Sie hat ein Messer!«

Charlotte wollte aufspringen, geriet aber ins Stolpern, fiel hin, rollte sich zusammen und versuchte ihr Gesicht zu schützen.

In diesem Augenblick warf sich Laurie von hinten auf Angela, beide gingen sie zu Boden. Angela war auf allen vieren und hielt immer noch das Teppichmesser umklammert. Laurie konnte an nichts anderes denken als an die rasiermesserscharfe Klinge sie musste unter allen Umständen verhindern, dass Angela wieder auf die Beine kam.

Sie packte Angela am rechten Oberarm und zerrte an ihr, damit sie das Messer freigab.

Charlotte, die immer noch auf dem Boden lag, trat nach Angelas Armen. Laurie rappelte sich auf und stieg Angela mit aller Kraft aufs Handgelenk, legte ihr ganzes Gewicht darauf, bis sie sah, wie sich Angelas Griff um das Messer lockerte. »Nimm das Messer!«, schrie Laurie. »Nimm es!«

Charlotte trat Angela das Messer aus der Hand, Laurie rannte ihm nach und ergriff es. »Ich hab es«, rief sie. Sie eilte zu Charlotte und durchtrennte die Fessel an ihren Handgelenken.

Angela hatte sich erhoben und wollte erneut auf sie losgehen, verharrte aber, als Laurie das Teppichmesser auf sie richtete. »Zwing mich nicht dazu, es zu benutzen, Angela.«

Schlagartig sank Angela in sich zusammen. Endlich schien sie zu begreifen, dass sie keine Chance mehr hatte. Außerdem waren mittlerweile näherkommende Sirenen zu hören. Als sich Laurie zu den Fenstern wandte, stürmte Angela in Richtung der Treppe davon. Sie hatte den Raum schon halb durchquert, als Leo mit der gezückten Waffe in der Hand über die Treppe nach oben kam.

»Stehen bleiben! Auf den Boden! Die Hände in den Nacken!«, rief er, während er langsam auf Angela zuging.

Kurz darauf waren schwere Schritte auf der Treppe zu hören, mehrere Polizisten stürzten in den Raum. Leo hielt ihnen seine Dienstmarke entgegen. »Ich bin Stellvertretender Polizeichef Farley.« Er deutete auf Angela. »Nehmt sie fest!«

73

Ich habe dich angefleht, dir das nicht anzutun – *uns* das nicht anzutun«, klagte Paula, nachdem sie ins Hotel zurückgekehrt war und Casey erzählt hatte, dass Laurie die Sendung auf jeden Fall zu Ende drehen würde. »Ich habe dich davor gewarnt, ich habe dir gesagt ...«

»*Es ist gut!* Hör auf! Meinst du nicht auch, mir ist längst klargeworden, dass ich einen Fehler begangen habe? Jetzt wird jeder denken, dass ich zu billig davongekommen bin, obwohl ich fünfzehn Jahre hinter Gittern verbracht habe. Dass ich lebenslänglich verdient gehabt hätte. Und das denkst du dir wahrscheinlich auch.«

Auf der Rückfahrt nach Connecticut herrschte eisiges Schweigen zwischen ihnen. Paulas wenige Versuche, ein Gespräch zu beginnen, verliefen im Sand. Es war achtzehn Uhr. Sie ging ins Wohnzimmer, schaltete die Nachrichten ein und hörte den Moderator sagen: »Wie wir soeben erfahren haben, gibt es eine erstaunliche Wende im fünfzehn Jahre zurückliegenden Mordfall von Hunter Raleigh. Wir geben weiter an unsere Reporterin vor Ort, Jaclyn Kimball.«

O Gott, dachte Paula. Was kommt jetzt noch?

Wie betäubt sah sie, wie Angela in Handschellen von zwei Polizisten aus dem Lagerhaus geführt wurde.

»Casey«, schrie sie. »Komm her. Schnell!«

Casey eilte ins Zimmer. »Was ist denn?«

Dann hörte sie Angela. Wie gebannt starrte sie auf den Bildschirm.

Einige Reporter hielten Angela Mikrofone hin, während sie zum Streifenwagen geführt wurde. Einer von ihnen rief ihr zu: »Ms. Hart, warum haben Sie Hunter Raleigh getötet?«

»Weil er es verdient hat«, stieß sie mit wutverzerrtem Gesicht hervor. »Er hätte mir gehören sollen, aber Casey hat ihn mir gestohlen. Sie hat es verdient, ins Gefängnis zu gehen.« Ein Polizist stieß sie auf den Rücksitz und knallte die Tür zu.

Mehrere Sekunden vergingen, in denen die beiden Frauen nur sprachlos auf den Bildschirm starrten.

»Wie konnte sie dir das bloß antun?«, flüsterte Paula schließlich und begann zu weinen. »O Casey, es tut mir so leid. Es tut mir so entsetzlich leid, dir nicht geglaubt zu haben.« Tränen strömten ihr übers Gesicht, sie wandte sich an ihre Tochter. »Kannst du mir das jemals verzeihen?«

Casey spürte, wie ihr eine große Last von den Schultern fiel. Dann streckte sie die Hände aus und umarmte ihre Mutter. »Auch wenn du mir nicht geglaubt hast, hast du immer zu mir gehalten. Ja, ich verzeihe dir. Es ist vorbei. Es ist wirklich vorbei.«

74

Um vierzehn Uhr am nächsten Tag stand Laurie auf der Treppe zu General James Raleighs Stadthaus und drückte auf die Klingel. Sie war überrascht, als der General selbst an die Tür kam.

Er führte sie in die Bibliothek. Sie nahm im selben Sessel Platz, in dem sie sich zweieinhalb Wochen zuvor mit Andrew unterhalten hatte.

»Ms. Moran, Sie können sich vorstellen, wie entsetzt ich bin. Die Frau, die mein Sohn so geliebt hat, verbrachte fünfzehn Jahre im Gefängnis für einen Mord, den sie nicht begangen hat. Ich habe mich taub gestellt gegen ihre Unschuldsbeteuerungen. Nach ihrer Verurteilung habe ich Jason Gardner mit meiner Verlegerin bekannt gemacht. Ich wollte, dass er das Buch schreibt, das sie vollends vernichten sollte.

Ich habe Ihnen versprochen, an Ihrer Sendung teilzunehmen, und mein Versprechen gebrochen.

Von Anfang an habe ich mich ungerecht verhalten. Ich habe meinen Sohn dazu zu überreden versucht, seine Verlobung mit Casey Carter zu lösen. Nach ihrer Haftentlassung schließlich freute es mich zu sehen, dass ihre Leidenszeit weitergehen sollte.

So, falls Sie mich jetzt noch in Ihrer Sendung haben wollen, würde ich dort gern auftreten und mich vor einem landesweiten Fernsehpublikum in aller Form bei ihr entschuldigen.

Und ich möchte noch eine offene Frage klären, an der Sie interessiert waren. Hunter war besorgt, weil meine Assistentin Mary Jane Finder von ihrer früheren Stelle gefeuert worden war. Folgendes war geschehen: Sie war Assistentin der Geschäftsleitung beim Ehemann ihrer besten Freundin. Als sie zufällig über seine Reisepläne zusammen mit seiner Geliebten stolperte, wurde sie von ihm gefeuert. Er sagte ihr aber, er würde ihr das Leben zur Hölle machen und ihren Ruf ruinieren, wenn sie auch nur ein Wort verlauten ließe. In den zwanzig Jahren, in denen sie nunmehr für mich arbeitet, war sie aber stets eine ausgezeichnete Mitarbeiterin und Vertraute.«

»General, das alles war auch für Sie ganz schrecklich. Nehmen Sie bitte zur Kenntnis, dass ich das verstehe.«

»Ich habe heute Morgen Casey angerufen.« Er schluckte schwer. »Ich sagte ihr, dass ich es bedaure, sie nicht mit offenen Armen in unserer Familie aufgenommen zu haben. Sie zeigte sich bemerkenswert nachsichtig. Jetzt verstehe ich, was mein Sohn an ihr so schätzte.«

Kurz darauf brachte General Raleigh Laurie zur Tür. »Ich möchte Ihnen noch einmal danken für das, was Ihre Sendung geleistet hat. Nichts kann Hunter zurückbringen. Aber ich bin ins Nachdenken gekommen. In den Jahren, die mir noch bleiben, werde ich versuchen, Andrew ein besserer Vater zu sein.«

Laurie verabschiedete sich von ihm und ging wortlos die Treppe hinunter. Sie nahm im wartenden Wagen Platz und nannte dem Fahrer Alex' Adresse.

75

Alex kam selbst an die Tür. Von Ramon war nichts zu sehen oder zu hören. Zurückhaltend umarmte er sie zur Begrüßung.

»Danke, dass du mich empfängst«, sagte sie.

»Natürlich«, entgegnete er kurz angebunden und ging ins Wohnzimmer voraus. »Kann ich dir was anbieten?«

Sie schüttelte den Kopf, setzte sich aufs Sofa und ließ neben sich genügend Platz frei. Er nahm ihr gegenüber auf einem Sessel Platz.

»Alex, ich weiß, du brauchst Zeit zum Nachdenken, aber das Schweigen macht mich verrückt. Man sagt, man soll nie verärgert einschlafen. Wir haben uns seit zwei Tagen nicht gesprochen.«

»Das passiert angeblich auch Paaren, die verheiratet sind, Laurie. Aber davon sind wir weit entfernt, oder?«

Sie schluckte. Es würde noch schwieriger werden, als sie erwartet hatte. »Nein, aber ich dachte ...«

»Du dachtest, dass ich auf dich warten würde, egal wie lange es dauert. Das dachte ich auch. Aber als ich Zeit brauchte – nur ein paar Tage, um darüber nachzudenken, wie du und ich mit unserer Arbeit, mit unserem Leben zusammenpassen –, da konntest du sie mir nicht zugestehen. Du bist also hier und verlangst von mir etwas, von dem ich noch nicht einmal weiß, ob du es überhaupt willst.«

»Ich verlange nichts, Alex. Es tut mir leid, dass ich dich wegen Mark Templeton so bedrängt habe. Du hast recht. Ich hätte dir vertrauen sollen, als du sagtest, ich soll die Finger von dem

Fall lassen. Ich möchte nur, dass es zwischen uns wieder so ist wie vorher.«

»Wie vorher? Und wie genau war es da? Wo standen wir da, Laurie? Was sind wir jetzt, nachdem ich nicht mehr dein Moderator bin? Ich bin der Sportkumpel deines Dads und der Kumpel deines Sohns. Aber was bin ich für *dich*?«

»Du bist ... du bist Alex. Du bist der einzige Mann, den ich seit Gregs Tod kennengelernt habe, bei dem ich mir wünsche, ich könnte mich von Greg lösen.«

»Ich weiß, es klingt kalt, Laurie, aber das ist jetzt schon sechs Jahre her.«

»Aber versteh bitte, dass ich in fünf von diesen Jahren jeden Morgen in der Hölle aufgewacht bin. Sogar mit einem anderen Mann essen zu gehen, ohne zu wissen, wer Greg umgebracht hat, hat sich wie Verrat angefühlt. Das war mein Leben, als du mich kennengelernt hast. Ich bin immer noch dabei zu lernen, wie ich da rauskomme. Aber ich werde es schaffen, da bin ich mir sicher. Ich spüre es. Und du bist derjenige – der *Einzige* –, der in mir den Wunsch weckt, es zu schaffen.«

Die Zeit schien stehen zu bleiben, als er sie schweigend ansah. Sie konnte seine Miene nicht einschätzen. Sie zwang sich durchzuatmen.

»Ich wollte mir einreden, es wäre nur eine Frage der Zeit, Laurie. Wirklich.«

Unweigerlich fiel ihr auf, dass er in der Vergangenheitsform sprach. Nein, dachte sie, bitte nicht.

»Ich war bereit, so lange zu warten, wie es nötig sein würde. Aber das ... das mit deiner Sendung gibt mir zu denken. Ich kann nicht darüber hinwegsehen. Wir haben uns beide eingeredet, es würde sich mit der Zeit schon geben, aber das Problem ist vielleicht einfach nur, dass du mir nicht traust.«

»Ich sagte, es tut mir leid. Es wird nicht wieder vorkommen.«

»Aber du kannst deinem Herz nicht vorschreiben, was es zu

empfinden hat, Laurie. Greg war für dich ein Held. Er hat in der Notaufnahme Leben gerettet. Du warst seine wahre Liebe. Dann hattest du Timmy und deine Familie. Ich habe gesehen, wie sehr du deinen Vater verehrst, der gehört auch zu den Guten. Er kämpft gegen das Verbrechen und hilft den Opfern. Das Gleiche gilt für dich und deine Sendung. Aber wer bin ich? Ich bin bloß ein einsamer Junggeselle, der seinen Lebensunterhalt damit verdient, dass er die Schuldigen verteidigt.«

»Das stimmt nicht ...«

Er schüttelte den Kopf. »Ich sehe das sicherlich nicht so, aber du. Gib es zu, Laurie: Du hast mich nie bewundert, nicht so wie Greg. Du kannst dir also einreden, dass du dich von ihm lösen willst, aber das wirst du nicht tun. Nicht, solange du nicht den Richtigen findest, und dann wird es einfach passieren. Ganz mühelos. Aber das hier?« Er deutete auf sie beide. »Das ist nichts als Anstrengung.«

»Was sagst du da?«

»Du bist mir wirklich sehr wichtig. Ich habe dich wirklich geliebt. Wahrscheinlich tue ich das immer noch. Aber ich kann nicht ewig warten. Und jetzt, denke ich, ist es an der Zeit, dass wir aufhören sollten, es zu versuchen. Ich lasse dich gehen.«

»Aber das will ich nicht.«

Alex stieß ein trauriges Lachen aus. »So funktioniert das nicht mit diesem ›Wenn du jemanden liebst, dann lass ihn gehen‹, Laurie. Das entzieht sich deiner Entscheidung. Wenn du jemals das Gefühl haben solltest, dass du für mich bereit bist, dann gib mir Bescheid, und vielleicht können wir von da aus neu anfangen. Aber das wird heute nicht passieren und morgen nicht und nächste Woche auch nicht.«

Mit anderen Worten, er hatte genug davon zu warten.

Als er sie an der Tür umarmte, fühlte es sich wie ein Abschied an.

Nein, dachte Laurie, als sie in den Aufzug trat. Das ist nicht das Ende der Geschichte. Ich bin wieder bereit für das Leben – nicht für ein Leben in der Hölle, sondern für ein freies, glückliches Leben, wie es sich Greg für mich gewünscht hätte. Alex ist der, mit dem ich mein Leben teilen möchte, und ich werde eine Möglichkeit finden, ihm das zu beweisen.

Alex wollte gerade Gin in den Shaker gießen, als Ramon aus seinem Zimmer kam. Er scheuchte Alex fort und übernahm das Mixen.

»Deine Martinis sind immer besser als meine«, sagte Alex dankbar.

»Ich komme nicht umhin festzustellen, dass Sie lächeln«, bemerkte Ramon. »Es ist alles gut gegangen?«

Alex wusste, dass der Schmerz, den er Laurie jetzt bereitet hatte, der Preis für eine gemeinsame Zukunft sein würde.

»Es war ein harter Fall, Ramon«, sagte Alex und griff nach dem Glas, das Ramon ihm hingestellt hatte. »Aber ich habe gerade ein, wie ich meine, gutes Schlussplädoyer gehalten und denke, die Jury wird zu unseren Gunsten entscheiden.«

Er lehnte sich zurück und nippte an seinem Martini.

Danksagung

Wieder einmal war es mir eine Freude, mit meiner Co-Autorin Alafair Burke zusammenzuarbeiten. Zwei Gehirne, die gemeinsam ein Verbrechen aufzuklären hatten.

Marysue Rucci, Cheflektorin bei Simon & Schuster, war erneut unsere Mentorin auf dieser Reise. Tausend Dank für die Ermutigungen und weisen Ratschläge.

Meine Heimmannschaft steht nach wie vor unerschütterlich auf dem Platz. Dazu gehören mein außergewöhnlicher Ehemann John Conheeney, meine Kinder sowie meine rechte Hand und Assistentin Nadine Petry. Durch sie wird es viel vergnüglicher, die Worte aufs Papier zu bringen.

Außerdem Sie, meine lieben Leser. Auch bei Ihnen sind meine Gedanken, wenn ich schreibe. Ich hoffe, Sie hatten während der Lektüre dieses Buchs immer das Gefühl, eine gute Zeit zu verbringen.

Gruß und Segen
Mary

Lust auf mehr von Mary Higgins Clark und Alafair Burke?
Dann lesen Sie weiter in:

LESEPROBE

MARY HIGGINS CLARK
ALAFAIR BURKE
MIT DEINEM
LETZTEN ATEMZUG

ISBN 978-3-453-27185-2

Auch als E-Book: ISBN 978-3-641-22877-4

Überall, wo es Bücher gibt

HEYNE <

Zum Buch

Die pompöse Met-Gala ist eigentlich der gesellschaftliche Höhepunkt des Jahres in Manhattan. Doch dann stürzt die achtundsechzigjährige Virginia Wakeling, eine steinreiche Witwe und großzügige Mäzenin, vom Dach des Kunstmuseums. Schnell zeigt sich: Es war Mord. Und auch der Mörder steht in den Augen der Familie schon fest: Ivan, ein Fitnesstrainer, der seit einiger Zeit eine Liebesbeziehung mit Virginia unterhalten hat, obwohl er über zwanzig Jahre jünger ist als sie. Allerdings findet die Polizei keinerlei Beweise gegen ihn und legt den Fall schließlich zu den Akten.

Drei Jahre später landet die Sache auf Laurie Morans Schreibtisch: Ihr unsympathischer Kollege Ryan, der Kunde in Ivans Fitnessstudio ist, will unbedingt dessen Namen reinwaschen. Widerwillig beginnt Laurie für ihre Sendung »Unter Verdacht« zu recherchieren. Und je näher sie das Umfeld der Ermordeten kennenlernt, desto klarer wird ihr, dass es eine Vielzahl weiterer Verdächtiger gibt: Virginias erwachsene Kinder und Verwandte ebenso wie ihre angeblich allerengsten Freunde. Und eine dieser Personen hat überhaupt kein Interesse daran, dass Laurie der Wahrheit näher kommt ...

Prolog

Drei Jahre zuvor

An einem ungewöhnlich kalten, winterlichen Montagabend schlenderte die achtundsechzigjährige Virginia Wakeling durch die Kostümsammlung des Metropolitan Museum of Art. Es war ein wundervoller Abend, der in einer Tragödie enden sollte – aber das wusste sie nicht.

Ebenso wenig wusste sie, dass sie nur noch wenige Stunden zu leben hatte.

Das Museum war für die Öffentlichkeit geschlossen. Die wichtigste Benefizveranstaltung des Jahres sollte in Kürze beginnen, und das Kuratorium war exklusiv zu einer Ausstellung der Kleider geladen, die die ehemaligen First Ladies beim Ball zur Amtseinführung getragen hatten.

Virginias eigenes Abendkleid war eine Kopie der Robe von Barbara Bush von 1989. Ein Entwurf von Oscar de la Renta, der aus einem langärmligen Oberteil aus Samt und einem langen, pfauenblauen Satinrock bestand. Es wirkte würdevoll und herrschaftlich und vermittelte damit genau den Eindruck, den auch sie vermitteln wollte.

Nur von ihrem Make-up war sie nicht ganz so überzeugt. Dina hatte es aufgetragen, aber Virginia hielt es für zu kräftig. Dina hatte protestiert. »Mrs. Wakeling, vertrauen Sie mir, es passt perfekt zu Ihren dunklen Haaren und Ihrer wunderbaren Haut. Die verlangt nach einem leuchtend roten Lippenstift.«

Vielleicht, dachte Virginia, vielleicht aber auch nicht. Überzeugt war sie nur von einem: Aufgrund des professionellen Make-ups sah sie gut zehn Jahre jünger aus. So ging sie von einem ausgestellten Ballkleid zum nächsten und war fasziniert von deren Vielfalt: Hier war Nancy Reagans einschultriges Etuikleid, dort Mamie Eisenhowers Gewand aus rosaroter, mit zweitausend Strasssteinen besetzter Seide, gleich daneben Lady Bird Johnsons maisgelbes Abendkleid mit Pelzbesatz; hier Laura Bushs langärmlige Robe in Silber, dort Michelle Obamas Kleid in Rubinrot. Alle diese Frauen, so unterschiedlich sie auch sein mochten, waren entschlossen gewesen, neben ihrem Mann, dem Präsidenten, so gut wie möglich auszusehen.

Wie schnell die Zeit doch vergangen ist, dachte Virginia. Ganz am Anfang hatten sie und Bob in einem kleinen Zweifamilienhaus in der damals alles andere als noblen Lower East Side von Manhattan gewohnt, aber das hatte sich bald geändert. Schon ein Jahr nach ihrer Hochzeit hatte Bob, gesegnet mit einem glücklichen Händchen für Immobilien, ein Darlehen aufgenommen und eine Anzahlung auf ein eigenes Haus geleistet. Die erste von vielen brillanten Entscheidungen auf dem Immobilienmarkt. Jetzt, fünfundvierzig Jahre später, gehörten ihnen ein Anwesen in Greenwich, Connecticut, eine Maisonettewohnung in der Park Avenue, ein Strandhaus in Palm Beach und eine Wohnung in Aspen für ihre Ski-Urlaube.

Aber vor fünf Jahren war Bob überraschend an einem Herzinfarkt gestorben. Wie sehr würde es ihn freuen, wenn er wüsste, wie umsichtig Anna seitdem das von ihm aufgebaute Unternehmen führte.

Ich habe ihn so sehr geliebt, dachte Virginia wehmütig, trotz seines aufbrausenden Temperaments, trotz seiner Dominanz. Aber das hat mich nie gestört.

Dann, zwei Jahre zuvor, war Ivan in ihr Leben getreten. Er war zwanzig Jahre jünger als sie und hatte sie während einer Kunstausstellung in einem kleinen Atelier im Village angesprochen. Ein Zeitungsartikel über den Künstler hatte ihr Interesse geweckt, und sie hatte beschlossen, die Vernissage zu besuchen. Billiger Wein wurde serviert, den sie aus einem Plastikbecher trank, während sie die in die Gemälde vertieften Gäste beobachtete.

»Was halten Sie von ihnen?«, fragte er sie mit seiner angenehmen Stimme.

»Von den Leuten oder den Bildern?«, antwortete sie. Sie mussten beide lachen.

Die Vernissage war um neunzehn Uhr zu Ende. Ivan hatte ihr vorgeschlagen, mit zu einem kleinen Italiener ganz in der Nähe zu kommen, wo das Essen ganz ausgezeichnet sei – sofern sie nichts weiter vorhaben sollte. Das war der Beginn einer Beziehung, die bis jetzt anhielt.

Natürlich war es nicht zu vermeiden, dass ihre Familie nach etwa einem Monat wissen wollte, wohin sie so oft ausging und vor allem mit wem. Wie nicht anders zu erwarten, sorgte die Antwort für helles Entsetzen. Nach dem College-Abschluss hatte Ivan seine Leidenschaft und sein Talent für Sport zum Beruf gemacht. Im Moment arbeitete er als Personal Trainer, aber er hatte große Träume und bewies – wie er immer sagte – eine hohe Arbeitsmoral, wahrscheinlich die einzigen Eigenschaften, die er mit Bob gemeinsam hatte.

»Mom, besorg dir irgendeinen Witwer in deinem Alter«, hatte Anna sie bloß angeblafft.

»Ich will niemanden zum Heiraten«, hatte sie erwidert. »Ich genieße es aber, hin und wieder einen lustigen und interessanten Abend zu verbringen.« Nach einem Blick auf die Uhr wurde ihr klar, dass sie seit ein paar Minuten regungslos vor sich hin gestarrt hatte, und sie wusste auch, warum. Lag es daran, dass sie trotz der zwanzig Jahre Altersunterschied ernsthaft die Möglichkeit erwog, Ivan zu heiraten? Die Antwort lautete: Ja.

Sie schob den Gedanken beiseite und betrachtete wieder die Kleider der ehemaligen First Ladies. Hatte sich auch nur eine von ihnen jemals vorstellen können, dass sie einmal einen solchen Tag erleben würde?, fragte sie sich. Ich jedenfalls habe mir nie träumen lassen, wie sehr sich mein Leben noch ändern könnte. Hätte Bob länger gelebt und wäre er in die Politik gegangen, hätte er es vielleicht zum Bürgermeister oder zum Senator gebracht, möglicherweise auch zum Präsidenten. Aber er hat eine Firma gegründet und ein ganzes Stadtviertel aufgebaut und mir die Möglichkeit gegeben, Dinge zu unterstützen, an die ich glaube, wie zum Beispiel dieses Museum.

Zur Gala waren Prominente allerersten Ranges und die großzügigsten Spender der Stadt eingeladen. Als Mitglied des Kuratoriums würde Virginia an dem Abend im Rampenlicht stehen, und mithilfe von Bobs Geld hatte sie die Möglichkeit, sich für die Ehre erkenntlich zu zeigen.

Sie hörte Schritte hinter sich. Es war ihre sechsunddreißigjährige Tochter Anna. Deren Kleid war so schön wie das, das Virginia für sich selbst hatte anfertigen lassen. Anna hatte im Internet nach einem Abendkleid gesucht, das dem von Oscar de la Renta mit Goldspitze ähnelte, das Hillary Clinton zur Amtseinführung 1997 getragen hatte.

»Mom, die Presse ist am roten Teppich eingetroffen. Ivan hat dich gesucht, er scheint zu glauben, du möchtest dort sein.«

Virginia bemühte sich, nicht zu viel in die Worte ihrer Tochter hineinzuinterpretieren. Andererseits konnte man ihren reichlich spitzen Kommentar, »er scheint zu glauben, du möchtest dort sein«, auch so verstehen, als wüsste Anna stets besser, was ihre Mutter wollte. Aber immerhin hatte sich Anna anscheinend einvernehmlich mit Ivan unterhalten und sich auf seine Bitte hin auf die Suche nach ihr gemacht.

Oh, wie sehr wünsche ich mir, dass meine Familie meine Entscheidung akzeptiert, dachte sie leicht verärgert. Sie leben ihr Leben und haben alles, was sie jemals brauchen werden. Lasst mich in Ruhe und gestattet mir, auch mein Leben zu führen, wie ich es möchte.

Sie versuchte den Gedanken zu verscheuchen. »Anna«, sagte sie, »du siehst hinreißend aus. Ich bin ja so stolz auf dich.«

Zusammen verließen sie die Sammlung. Virginias blauer Taft raschelte neben Annas Goldspitze.

Später an diesem Abend wurden Virginias schwarze Haare und ihr farbenprächtiges Abendkleid von einem Jogger entdeckt, der im Central Park seine Runden drehte. Er blieb stehen, als er bemerkte, dass er mit dem Fuß gegen etwas gestoßen war, was aus dem Schnee herausragte. Die Frau, die vor ihm lag, war, wie er mit Entsetzen sah, nicht nur tot, sondern hatte die Augen geöffnet und starrte ihn mit angstverzerrter Miene an.

Virginia Wakeling war von der Dachterrasse des Museums gestürzt – oder gestoßen worden.

1

Laurie Moran konnte den zufriedenen Gesichtsausdruck ihres neunjährigen Sohnes nicht übersehen, als der Kellner ihnen das Frühstück servierte.

»Was ist los?«, fragte sie ihn.

»Nichts ist los«, erwiderte Timmy. »Ich dachte bloß, du siehst in deinem Kostüm richtig cool aus.«

»Na, danke sehr«, sagte Laurie erfreut, auch wenn sein Gebrauch des Wortes *cool* nur davon zeugte, wie schnell er älter wurde. Die Schule hatte wegen einer Bildungskonferenz geschlossen, also hatte sie beschlossen, später im Büro aufzutauchen und vorher mit Timmy und ihrem Vater noch frühstücken zu gehen. Timmy war schon mindestens zwanzigmal in Sarabeth's Restaurant beim Frühstücken gewesen, hatte sich aber nie mit den Eiern Benedict mit Lachs anfreunden können, die Laurie so gern bestellte.

»Man soll zum Frühstück keinen Fisch essen«, bemerkte Timmy selbstbewusst. »Richtig, Grandpa?«

Hätte sich Laurie einen Rivalen um die Gunst ihres Sohnes aussuchen müssen, hätte sie kein besseres Vorbild für Timmy als ihren Vater Leo Farley finden können. Während andere Kids in Timmys Alter irgendwelche Sportler, Schauspieler oder Musiker bewunderten, betrachtete Timmy seinen Großvater, den pensionierten Ersten Stellvertretenden Polizeichef des NYPD, noch immer als eine Art Superman.

»Ich sag es nur ungern, Junge«, antwortete Leo bestimmt, »aber du kannst dir nicht für den Rest deines Lebens Pfannkuchen mit Schokolade und Puderzucker reinstopfen. In dreißig Jahren wirst du verstehen, warum deine Mom Fisch isst, und ich tue so, als wäre dieser nach Papier schmeckende Putenschinken ganz köstlich.«

»Also, was habt ihr beide heute noch so vor?«, fragte Laurie lächelnd.

»Wir werden uns das Spiel der Knicks gegen die Pacers ansehen«, sagte Timmy. »Wir haben es letzten Abend aufgenommen. Ich werde nach Alex Ausschau halten auf seinen Sitzplätzen ganz nah am Court.«

Laurie legte die Gabel hin. Es war zwei Monate her, dass sie zum letzten Mal mit Alex Buckley gesprochen hatte – und wiederum zwei Monate vorher hatte Alex verkündet, als Moderator ihrer Fernsehsendung eine Pause einzulegen, um sich ganz auf seine Kanzlei konzentrieren zu können. Bevor Laurie richtig bewusst werden konnte, wie wichtig Alex in ihrem Leben war, war er auch schon wieder verschwunden.

Es hatte schon einen Grund, warum sie so oft zum Spaß sagte, eigentlich brauche sie einen Klon. Sie hatte immer wahnsinnig viel zu tun, sowohl in der Arbeit als auch als Mutter. Dennoch hatte sich nach Alex' Weggang in ihrem Leben eine Leere aufgetan. So zwang sie sich jetzt dazu, jeden Tag aufs Neue zu funktionieren, sie konzentrierte sich auf die Familie und die Arbeit, aber das half auch nicht recht weiter.

Nachdem Timmy Alex erwähnt hatte, erwartete sie insgeheim, dass ihr Vater den Faden aufgriff und ihr mit seinen Fragen kam: *Ach, übrigens, wie geht es Alex eigentlich?* Oder: *Wollte Alex nicht diese Woche zu uns zum Essen kommen?* Stattdessen nahm Leo nur einen weiteren Bissen von seinem anscheinend zu trockenen Putenschinken. Auch Timmy fragte sich vermutlich, warum sie Alex in letzter Zeit nicht mehr gesehen hatten. Wenn sie hätte raten müssen, hätte sie gesagt, er folgte dem Beispiel seines Großvaters und vermied ebenfalls, das Thema direkt anzusprechen. Deshalb also hatte er Alex und seinen Platz direkt am Spielfeldrand erwähnt.

»Du weißt«, begann sie und bemühte sich um einen neutralen Ton, »dass Alex die Plätze für wohltätige Zwecke zur Verfügung stellt. Auf seinen Plätzen sitzen manchmal ganz andere Leute.«

Ihr Sohn wirkte enttäuscht. Timmy war Zeuge des Mordes an seinem Vater geworden und hatte das alles einigermaßen gut überstanden. Aber es tat ihr im Herzen weh, wenn sie mit ansah, wie er seinen Vater durch Alex zu ersetzen versuchte.

Sie nahm einen letzten Schluck vom Kaffee. »Gut, es ist an der Zeit, ein bisschen Geld zu verdienen.«

Laurie war Produzentin von *Unter Verdacht*, einer Fernsehreihe, die auf wahren und ungelösten Kriminalfällen beruhte. Bereits der Titel gab zu verstehen, dass in der Sendung diejenigen im Mittelpunkt standen, die bei den polizeilichen Ermittlungen unter Verdacht geraten waren. Auch wenn sie nie offiziell angeklagt wurden, war ihr Leben seitdem trotzdem von Argwohn und Misstrauen überschattet. Es war nicht immer leicht, sich unter den infrage kommenden Fällen auf einen zu verständigen, für die neueste Sendung hatte sie die Optionen allerdings mittlerweile auf zwei eingegrenzt.

Sie gab Timmy einen Kuss auf die Stirn. »Ich bin rechtzeitig zum Abendessen wieder zu Hause«, versprach sie. »Sollen wir Hühnchen machen?« Sie hatte immer ein schlechtes Gewissen, dass sie ihrem Sohn nichts Gesünderes zubereitete.

»Mach dir mal keine Sorgen, Mom«, sagte Timmy. »Wenn du später kommst, holen wir uns eine Pizza.«

Leo schob den Stuhl zurück. »Ich muss heute Abend zur Taskforce. Ich breche auf, wenn du da bist, und zum Abendessen gegen acht bin ich zurück.« Einige Monate zuvor war ihr Vater in den Dienst zurückgekehrt und arbeitete nun für eine neue Taskforce des NYPD zur Terrorbekämpfung.

»Klingt gut«, beschied Laurie. Wie unfassbar glücklich sie sich doch schätzen durfte, dass ihre beiden Männer – ihr fünfundsechzigjähriger Vater und ihr neunjähriger Sohn – immer bemüht waren, ihr das Leben so leicht wie möglich zu machen.

Eine Viertelstunde später traf sie an ihrem Arbeitsplatz ein, und ein anderer Mann, der in ihrem Leben eine gewisse Rolle spielte, ging ihr augenblicklich auf die Nerven. »Ich hab mich schon gefragt, ob du heute überhaupt noch auftauchst«, kam es von Ryan Nichols aus seinem Büro, als sie an seiner Tür vorbeiging. Er war vor kaum drei Monaten als Moderator ihrer Sendung angeheuert worden, aber sie hatte keine Ahnung, was er vollzeit bei ihnen im Studio trieb. »Ich habe den perfekten Fall gefunden«, rief er ihr noch hinterher. Sie tat so, als hätte sie ihn nicht gehört.

2

Laurie ignorierte Ryan und sah zu, dass sie in ihr Büro kam, bevor sie sich mit ihm befassen musste. Ihre Sekretärin Grace Garcia spürte sofort, dass etwas nicht stimmte. »Na, was nervt dich? Ich dachte, du wärst mit deinem hübschen Bengel beim Frühstücken?« Manchmal hatte Laurie das Gefühl, Grace kümmere sich weniger um den eigenen Urlaub als darum, dass sich Laurie die so dringend benötigte Auszeit nahm.

»Woher willst du wissen, dass mich etwas nervt?«, fragte Laurie.

Willst du darauf wirklich eine Antwort?, schien Graces Blick zu sagen. Vor ihr hatte Laurie noch nie ihre Gefühle verheimlichen können.

Laurie ließ ihre Tasche auf den Schreibtisch fallen, keine Minute später kam Grace mit einer Tasse Tee nach. Grace trug heute eine leuchtend gelbe Bluse, einen unmöglich engen Bleistiftrock und dazu schwarze Slingpumps mit zehn Zentimeter hohen Absätzen. Wie sie es schaffte, damit auch nur eine Tasse Tee von A nach B zu bringen, ohne der Länge nach hinzuknallen, war Laurie ein Rätsel.

»Ryan hat mich aus dem Aufzug kommen sehen und einen dämlichen Kommentar über mein Zuspätkommen vom Stapel gelassen«, antwortete Laurie recht unwirsch.

»Der muss gerade reden«, entgegnete Grace. »Ist dir schon aufgefallen, dass er morgens nie im Büro auftaucht, wenn er am Vorabend mal wieder auf so einem Promi-Event war?«

Ehrlich gesagt fiel Laurie Ryans Abwesenheit nie auf. Wenn

es nach ihr ginge, hätte er vor dem Beginn der Dreharbeiten gar nicht hier sein müssen.

»Ach, wir reden über Ryans Doppelmoral in puncto Arbeitszeit?« Dieser Kommentar nun stammte von Lauries Produktionsassistenten Jerry Klein, der das Büro nebenan hatte und mittlerweile in der Tür aufgetaucht war. Laurie tat zwar immer so, als würde sie den ständigen Austausch von Klatschgeschichten zwischen ihren beiden Mitarbeitern missbilligen, musste sich aber eingestehen, dass die beiden damit nicht wenig zu ihrer Unterhaltung beitrugen. »Hat Grace dir schon erzählt, dass er hier war und sich nach dir erkundigt hat?«

Grace schüttelte den Kopf. »Ich wollte ihr doch nicht den Vormittag vermiesen. Sie wird ihn noch früh genug sehen. Hat ihm irgendjemand mal verklickert, dass Laurie seine Chefin ist? Er läuft doch immer rum wie ein Klon von Brett.«

Im Grunde hatte Grace damit nicht unrecht. Brett Young war der Leiter der Fisher Blake Studios. Er konnte auf eine lange, erfolgreiche TV-Karriere zurückblicken, war ein knallharter Boss und hatte seinen Laden immer fest im Griff.

Ryan Nichols wiederum war eine ganz andere Geschichte. Bevor er bei Fisher Blake aufgetaucht war, hatte er eine vielversprechende Laufbahn als Jurist vor sich. Jura-Abschluss mit magna cum laude in Harvard, gefolgt von einer Stelle am Obersten Gerichtshof. Nach nur wenigen Jahren als Bundesanwalt war er genau für die Fälle zuständig, über die die *New York Times* und das *Wall Street Journal* berichteten. Doch statt seine Juristenkarriere weiterzuverfolgen, verließ er die Bundesstaatsanwaltschaft und arbeitete als Moderator für Kabelsender, wo er sich mit rechtlichen Fragen beschäftigte und die Prozessberichterstattung begleitete. Heutzutage, dachte sich Laurie, will jeder berühmt sein.

Dann hatte sie erfahren, dass Brett ihn als neuen Moderator für ihre Sendung engagiert hatte, ohne vorher mit ihr darüber zu reden. Laurie hatte in Alex den perfekten Moderator gefunden und die Zusammenarbeit mit ihm sehr genossen. Alex war ein brillanter Anwalt, der immer respektiert hatte, dass Lauries untrüglicher Instinkt die Sendung so erfolgreich machte. Seine Erfahrung im Kreuzverhör machte ihn zum idealen Kandidaten für die Befragung der eingeladenen Gäste, die oftmals glaubten, sie könnten sich bei den Dreharbeiten aus der Affäre ziehen, indem sie die gleichen Lügen erzählten, die sie schon zuvor den Ermittlungsbehörden aufgetischt hatten.

Ryan war bislang nur in einer Sendung aufgetreten. Er besaß weder Alex' Erfahrung noch dessen Talent, sein Auftritt war aber auch nicht so katastrophal verlaufen, wie sie ursprünglich befürchtet hatte. Am meisten Kopfschmerzen bereitete Laurie nur, dass Ryan seine Rolle im Studio anders sah als Alex und ständig Mittel und Wege fand, um ihre Vorstellungen zu untergraben. Daneben fungierte er als juristischer Berater für andere Sendungen, die im Studio produziert wurden. Es gab sogar Gerüchte, wonach er eine eigene Sendung entwickeln wollte. Es war sicherlich kein Zufall, dass Ryans Onkel einer von Bretts besten Freunden war.

Um also auf Graces rhetorische Frage zurückzukommen: *Hat ihm irgendjemand mal verklickert, dass Laurie seine Chefin ist?* So langsam hatte Laurie da ihre Zweifel.

Sie ließ sich Zeit, bis sie sich an ihrem Schreibtisch niederließ, dann bat sie Grace, Ryan anzurufen und ihm mitzuteilen, dass sie jetzt bereit sei, ihn zu empfangen.

Vielleicht war es kleinlich, aber wenn er was von ihr wollte, sollte er gefälligst zu ihr kommen.

3

Ryan hatte die Hände in die Hüften gestemmt, als er in ihrem Büro erschien. Wenn sie ihn objektiv betrachtete, konnte sie eine der aktuellen Debatten unter den Fans ihrer Sendung durchaus nachvollziehen: »Wer ist der Schnuckligere von beiden? Alex oder Ryan?« Klar, sie gab einem der beiden offensichtlich den Vorzug, aber Ryan mit seinen blonden Haaren, den leuchtend grünen Augen und seinem perfekten Lächeln war eine gewisse Attraktivität keineswegs abzusprechen.

»Der Ausblick ist fantastisch, Laurie. Dein Stilempfinden, die Einrichtung ... einfach fantastisch.« Laurie befand sich im fünfzehnten Stock mit Blick auf die Eislaufbahn des Rockefeller Center. Sie hatte das Büro selbst mit modernen, freundlichen Möbeln eingerichtet. »Wäre es mein Büro, würde ich nie mehr weg wollen.«

Mit einem Anflug von Genugtuung vernahm sie den Neid in seiner Stimme, trotzdem konnte sie auf seinen Small Talk gut verzichten.

»Worum geht es?«, fragte sie.

»Brett scheint es kaum erwarten zu können, dass wir mit der nächsten Folge loslegen.«

»Ging es nach ihm, würden wir zwei Sendungen pro Woche ausstrahlen, solange nur die Einschaltquoten stimmen. Er vergisst gern, wie viel Arbeit da drinsteckt, einen Altfall von Grund auf neu zu untersuchen.«

»Schon verstanden. Wie auch immer, ich hab jedenfalls den perfekten Fall für unsere nächste Folge.«

Den Gebrauch des Wörtchens *unsere* konnte sie nicht ignorieren. Immerhin hatte sie Jahre damit verbracht, das Konzept der Sendung zu entwickeln.

So viele ungelöste Fälle es im Land auch gab, nur wenige entsprachen den ungeschriebenen Kriterien, die sie für *Unter Verdacht* infrage kommen ließen. Manche Fälle waren schlicht und einfach *zu* ungelöst – es gab eben keine Verdächtigen, sodass man aufs Geratewohl hätte raten müssen, wer der Täter sein könnte. Manche waren im Wesentlichen gelöst, und die Polizei wartete nur darauf, dass sich die einzelnen Indizien erhärteten und ineinanderfügten.

Die sehr schmale Kategorie dazwischen – ein ungelöstes Verbrechen, allerdings mit einer überschaubaren Menge an Verdächtigen – war Lauries Spezialität. Den Großteil ihrer Zeit verbrachte sie mit dem Überfliegen von Websites, die sich auf wahre Verbrechensfälle spezialisiert hatten, der Lektüre von Lokalnachrichten im ganzen Land und der Durchsicht der Hinweise, die online bei ihr eingingen. Immer war es ihr untrüglicher Instinkt, der ihr sagte, dass es sich lohnen würde, diesen oder jenen Fall weiter zu verfolgen. Jetzt aber stand Ryan vor ihr und war überzeugt, etwas zu haben, an dem *sie* arbeiten sollten.

Sie ging davon aus, dass sie mit jedem Fall, den Ryan erwähnen könnte, bereits vertraut war – von Anfang bis Ende. Aber sie wollte sich ihm gegenüber aufgeschlossen zeigen. »Dann lass mal hören.«

»Virginia Wakeling.«

Ende der Leseprobe